山水恋情

王金大著

古吴轩出版社

图书在版编目(CIP)数据

山水恋情 / 王金大著. -- 苏州 : 古吴轩出版社,
2022.11

ISBN 978-7-5546-1945-2

Ⅰ. ①山… Ⅱ. ①王… Ⅲ. ①散文集－中国－当代
Ⅳ. ①I267

中国版本图书馆CIP数据核字(2022)第177692号

责任编辑： 鲁林林
见习编辑： 刘雨馨
装帧设计： 王 兰
责任校对： 戴玉婷

书　　名： **山水恋情**
著　　者： 王金大
出版发行： 古吴轩出版社
地址：苏州市八达街118号苏州新闻大厦30F
电话：0512-65233679　　邮编：215123
印　　刷： 无锡市证券印刷有限公司
开　　本： 787×1092　1/16
印　　张： 19.5
字　　数： 325千字
版　　次： 2022年11月第1版
印　　次： 2022年11月第1次印刷
书　　号： ISBN 978-7-5546-1945-2
定　　价： 68.00元

自序

生活本该丰富多彩

1952年8月，我出生在宜兴归径涧桥古窑址旁的茅草屋里。生在新社会、长在红旗下的我，从小就喜爱读书，在求学的路上一直非常努力。经历了吃糠咽菜的三年困难时期，度过了“停课闹革命”的特殊年代，在理应读书的年纪没有书读，但我对知识的渴求从未停止过。

人生要有方向但难以规划，命运虽有轨迹却无从把握，阴差阳错中，我走上了从政之路，从村（大队）、乡（公社）、县、市一路走来，跌跌撞撞走了四十余年。由于工作需要，我经常接触社会各阶层人士，有党政领导、教授学者、知名人士，更多的还是广大百姓。他们大都为衣食住行奔波，为柴米油盐劳心，甚至有些日子过得并不如意。他们中的许多人从未出过远门，一辈子没有离开生他养他的地方，也没有做过惊天动地的事情。他们日复一日地辛勤工作，用双手养活自己和家人，为社会创造财富，给祖国添砖加瓦。他们的勇气和坚强令人敬佩，我从他们身上学到了不怕困难，不怕挫折，不怕邪恶，不怕疾病，不怕死亡的大无畏精神，领悟了“对人心存善念，对天善怀感激”的为人之道。他们的音容笑貌和鲜活故事，犹如浪涛翻卷着堤岸，不停地撞击我的心扉，常常让我陷入沉思，记忆之门随即打开，于是就有了《篾匠老丁》《剃头师傅仇宝元》《几个农民兄弟的事》等作品。

流年似水，岁月如歌，时间总在不经意间流逝。那些曾经的往事，散发着时代的气息，铭刻着岁月的记忆，也就成了珍藏的历史。我敬佩祖父和父亲，他们斗大的字不识几个，但懂得敬畏天地、忠君爱国、尊敬师长、孝敬父母……《秋风里的乡愁》，写的是祖父全家流浪生活的片段。祖父在世时，经常念叨这段难忘的经历，嘱咐儿孙们要记住前辈的苦难，珍惜今天的幸福生活。《不成文的家训和家规》中说的那些家训家规，潜移默化地影响着我的人生，使我懂得了做人的道理，拥有了一笔精神财富……

古人云："读万卷书，行万里路。"读书和旅游能使人开阔眼界，增长知识，丰富阅历。如今，旅游已成为人们必不可少的生活方式。我也喜欢四处走走，看看祖国的大好山河，瞧瞧各地的风土人情。浩浩长江，巍巍长城，山川形胜，风俗人文，中华之美异彩纷呈，常常使我流连忘返。在旅行考察途中，可谓"青山看不厌，流水趣何长"。《一条难忘的沟》《羊卓雍错，梦幻般的湖》《秋色天台山》《哈尔施塔特》等文中的景色，如刀劈斧砍般地镌刻在我的心间，令人难以忘怀。

随着生活水平的提高，人们对生态环境有了更高要求，"绿水青山就是金山银山"的发展理念深入人心。以往那种先污染后治理，以牺牲环境换取经济增长点的短视做法，终遭到唾弃。我在赞美祖国大好河山的同时，也毫不客气地抨击那些损害环境的行为，先后写下《河荡》《河水·井水·自来水》《山泉进村》等文章。因为我深知杀鸡取卵终将自食恶果；宁可食无肉，不可居无竹；我们不能用子孙后代的生存环境，来换取自己的"美好生活"。集子里的《一荡清水向东流》《绿染青苗坞》《生态园里白鹭飞》《龙背山守望》《蠡湖水韵》等文章，表达了我对环境保护的认知，以及对绿色明天的期盼。

"文章千古事，得失寸心知。"写作如同跑步，贵在长期坚持，重在真心喜欢。创作时迸发出的灵感，以及种种奇思妙想，犹如醍醐灌顶，令人兴奋不已，那种奇妙的快感和心理满足，唯有亲历方能感知。这是老天爷对作者独特的褒奖。《山水恋情》这本集子，就是我在奔跑途中的所见所闻所思所感，包括急促的呼吸、晶莹的汗珠、灼热的体温、真实的情感、匆匆的脚步，我希望能将它们一并献给尊敬的读者。

天　灵

2022年8月

目录

第三辑　人间有爱

第一辑

往事追忆

老屋秋声

老屋，在人的一生中，是挥之不去的记忆符号，是读来令人动容的词语，是让人倍感亲切的地方，总让人魂牵梦绕。

我的老屋在宜兴乡下，平房三间，门前有个小院，院外是河，河岸上是菜地和数量不多、品种不少的果树。白驹过隙，四十多年如风吹散，我去乡里城里遛了一圈。父母还健在，探望不会少。每当秋深，我站在老屋门前，回忆那逝去的岁月，眼里耳里满是老屋的秋色秋声。

原先的老屋，门前有一排椿树和几棵苦楝树，攀爬在树杈上的丝瓜藤，瓜叶由黄变枯，劳累了数月的藤蔓上，留做种子的丝瓜，体胖身轻，随风飘荡。每到这个季节，父亲会抓住瓜藤把它拽下来，用细绳系好挂在老屋檐下，风吹过时，空落的丝瓜会发出“沙沙”的响声。春天，父亲取下檐下的丝瓜，在地上摔打掉干枯黝黑的瓜皮，取出腹内的瓜子播入土中，丝瓜瓤则用来洗澡搓背或洗锅刷碗。

秋色里，攀在篱笆墙上的扁豆还在垂死挣扎，蝴蝶状的花朵一副没精打采的样子。母亲从“萎靡不振”的藤蔓上采摘扁豆，并将它们倒入木盆中用井水冲洗，再放入锅煮熟，最后捞起来放进竹匾里晒干，这样处理过的扁豆就能留在冬天里做菜下饭了。咸菜扁豆干，扁豆干烧肉，都是饭桌上的美味菜肴。

黄豆老了，父亲拿起闲置了许久的镰刀，霍霍的磨刀声告诉我，是收割黄豆的时候了。我会带上扁担和事先准备好的绳子，去地里帮父亲收割。中午时分，父亲将黄豆挑子撂在门前场地上，母亲马上过来拆开担子，摘掉豆萁上的叶子，用稻草把黄豆扎成小捆，一排排地晒在门前场地上，整齐的豆捆，活像威武雄壮的士兵，煞是好看。失去水分的豆荚会崩裂，豆荚的崩裂声，豆子跳出豆荚的落地声，一前一后很有节奏感。

红薯成熟了，父亲和母亲去地里挖，大大小小的红薯装在筐子里，似乎是献给秋的一份礼物。在深秋，挖红薯，洗红薯，切红薯片，刨红薯丝，是家家户户必干的活，菜刀在刀板上发出的“咔嗒咔嗒”声和红薯在刨刀上发出的“刺啦刺啦”声，犹如一曲美妙的旋律，煞是好听。

老屋翻修后，父亲在屋前的河岸上栽种了樱桃树、梨树、枣树、柿树和银杏树。秋天，梨子熟了，鸟儿们叽叽喳喳地围着梨树转，各自在寻找可啄食的对象，被鸟啄过的梨掉在地上，成为蚂蚁、苍蝇、蝼蛄们抢食的佳肴。

枣树上密匝匝的枣子半生不熟时，孩子们有些迫不及待，在枣树下转来转去，唾液都流出来了。每当这时，父亲会选那些八成熟的枣儿，打下些来让孩子们解馋。枣子黄中泛红，该落枣了，竹竿在枣树上不停地敲打，地上、水里，枣儿散落一片，母亲会用事先准备好的网兜捞起水里的枣儿。住在城里的孙子孙女回来时，一人一份让他们带回享用。当然也少不了左邻右舍孩子们的份。

深秋时节，柿树上挂满了黄亮亮的柿子，远远望去，绚丽多姿，美不胜收。我老家的柿子不像北方品种多样，其中一个品种还是由外地嫁接繁殖引进的。黄皮的柿子有些苦涩，采摘下来洗干净，存放在箩筐里，盖上棉褥放上一段时间，待到皮红肉软时撕开柿皮吮食，软溜溜，甜滋滋，味道还真不差。

老屋门前的树种里，银杏树（我们乡下叫白果树）算得上是最先知秋的树种。深秋时节，黄了的银杏树叶，把秋色点缀得更加浓艳，秋风中树叶互相竞争着向地上翩翩飘落，院子内外落下了厚厚的树叶。母亲总是早早地起来，不辞辛苦地扫起落叶，将其摊晒在场地上，树叶在凉爽的秋风里“沙沙”作响，晒干的树叶用来烧锅做饭。熟了的银杏果落在地上，母亲会一颗颗地捡起来，放在陶缸里泡上几天，用木棍搅去皮，捞出银杏果晒干，剥出杏肉食用。

孩提时，我们一帮顽童经常在老屋门前的场地上玩跳白果游戏。双脚并拢，白果夹在两脚中间，跳起来让白果落到前面地上的白果处，然后，伸开大拇指和小指，够得着那颗白果，地上的白果就是你的了。如果够不着，地上那颗白果的主人会用同样的方法跳一次，够得着，你的白果归他，依次循环。那时候，谁手中白果最多，谁就会引来小朋友们羡慕的眼光。因此，货郎进村，担子里少不了五颜六色的白果。

时过境迁，老屋韵味尚存，往事如云，历历在目，如今站在老屋门前，已是白发人矣！

又到一年麦熟时

小满时节，地里的麦子开始成熟了。金灿灿的麦子犹如大海里的波浪随风起伏，我的心里荡起一阵阵无言的喜悦，思绪也随着麦浪回到了青年时代火热的麦收场面。

我对麦子有着与常人不同的感受，我刚踏上社会参加工作时，干的是农业技术员，麦子自然成为我伺候的对象。秋天播麦下地，冬天培土追肥，春天除草治虫，夏天收割储存，我伺候它一季，它幸福我一年。

铜官山北麓的小村庄是生我养我的地方。岳飞与金兀术的战斗已经过去了近千年，有关岳飞抗金的故事还在那里流传。千年前的金戈铁马早已烟消云散，没有改变的是那片沃土依然在秋播夏收。

深秋，稻谷登场，接下来的农活就是播种麦子。施肥，翻土，整地，播种，紧张而有秩序地进行着。进入冬天，我盼着雪花飞舞，好让麦子盖上雪白的被子，让它躲在雪下享受土壤的温暖，安全地度过寒冷的冬天。现在想起来，这麦子还真成了有生命的活物，有情有意会呼吸，知寒知暖通人性。雪融化了，零下的温度加上连续的晴好天气，麦田里的表层土冻酥了，追肥，培土，踏麦就成了冬天必干的活。早春二月，麦子返青，麦苗生长的速度逐步加快，半月前还是白田一块，三月里就绿色一片。四月，油菜一心一意地开着黄色的花，花谢后的油菜夹嫩绿得要冒出油来；蚕豆褪去紫色的花衣，细嫩的豆荚长在豆棵上特别逗人喜爱；麦子顶尖的叶包里，珍藏着的麦穗宝宝一个个露出芒来。从那时开始，似乎它们在争先恐后不甘示弱地比赛着谁先走到尽头。立夏过去是小满，油菜籽熟了，豆荚的外衣由青变黑，麦穗泛出诱人的浅黄色，该到收割的时候了。

与麦子同时成熟的还有枇杷，黄澄澄的枇杷不仅引来了鸟儿，也让那些馋嘴的孩子们老是围着枇杷树打转。有句农谚说："麦熟抢，稻熟养，黄豆打在肩膀上。"说的是农作物在不同的季节收获的要求也不一样。麦子收割在夏季，江南梅雨将临，天气变化无常，抢收是第一件大事。村民会在早晨四五点钟就去麦地里割麦，晨曦中，大人们正忙着收割麦子，没有吵闹，没有轰鸣，只有镰刀割麦的嚓嚓声。每到下午，大人忙着捆麦挑麦登场，孩子们也会被打发去麦地里干拾麦穗这样力所能及的活。尽管如此，细心的父母总会抽空摘几颗枇杷让孩子解解馋，也算是对孩子们的一种奖励。

割麦、运麦是大人们的活，拾麦穗就约定俗成地成了孩子们要干的事。麦田里经常会发现老鼠洞，挖洞捉老鼠是孩子们最喜欢做的事情，一旦有老鼠从洞里跑出，孩子们会不顾一切地穷追猛打。更有趣的是，猫儿狗儿也来地里凑热闹，撒开四腿跳跃着追赶四处乱窜的老鼠，最终的结果常常是老鼠成了它们口中的美食。

麦子上场，脱粒，晒干，存储，特别是那些麦草、麦秸的处理，够农家忙一阵子的。麦草、麦秸堆在场地上，鸡鸭鹅经常光顾，剩余在麦草麦秸里的麦子，不管是颗粒饱满的，还是"缺胳膊少腿"的，都是它们的最爱。更有那些只顾觅食来不及回家产蛋的，就在麦草堆里扒个洞，钻进去就下蛋了，下错了地方还卖乖，"咯咯哒，咯咯哒"地叫个不停，生怕人家不知道似的。因此，在麦草堆里捡到鸡鹅鸭蛋是经常有的事。

麦季结束，加工厂的磨面机就忙个不停，成箩筐的麦子进去，成袋的白面出来。面粉放进缸里或瓮里，上面盖严实，哪怕老鼠明知里面是面粉，也只能围着缸瓮转圈圈。在苏南农村，农历六月十九有吃馒头的习惯，也许是庆贺麦子丰收，也许是对一季辛苦的犒劳。各家各户都心照不宣地洗青菜，剁肉馅，揉面粉，包馒头，蒸馒头。馒头蒸熟了会给左邻右舍送上几个尝尝味道，更有心灵手巧的会把面粉捏成天上飞的、地上爬的、水中游的动物，孩子们拿在手上炫耀就是舍不得吃。虽然没有像过年贴对联，放鞭炮，走亲访友那样热闹，但整个村子都被祥和的气氛笼罩着。一家人聚在一起，又吃又喝，有说有笑，不知不觉，快乐的一天就这样过去了。

过去麦收从收割、脱粒、风扬、晒干、存储，每道工序都是人工完成的。现在不同了，大片的麦田很少见了，东一块西一块的麦地里也很难见到弯腰躬背的割麦人了。除了收割机和一两个辅助工，再也见不到轰轰烈烈的收割场面了。枇杷园里的枇杷黄澄澄的，缀在枝头绿叶中间，经营者会让游客自己采摘。质量上乘的枇杷，价格合理，游客喜欢，果农也高兴。

现在的农村已今非昔比，城市化了的农村，一家一户的土地流转到能干的大户手里，集中起来的土地有的用来种花养草，栽树育苗，有的改作鱼塘，改种瓜果蔬菜。耕地越来越少，麦田在许多村庄就慢慢地消失了，成片的麦田不见了，零星的麦田反倒成了亮丽的风景。

没有了成片的麦地，麦草堆、麦秸垛也就消失了，没有了这些的农村，鸡鹅鸭就少了觅食的地方，听不到鹅叫鸡鸣鸭闹，农村就失去了当年的味道。

紫云山岕

在我记忆深处，有个小小的山坳，犹如名胜古迹，恰似人间乐园，时常萦回环绕在心头，盘旋往复在梦中，令我难以忘怀，它就是紫云山岕。

紫云山岕位于铜官山西北罗汉顶的北麓和紫云山之间，狭长而不规则，孤独且不起眼，如同一条巨大的飘带，缓冲着大山与小山的撞击；又像一个懂事的孩子，忍受着不尽相同的压力。紫云山为铜官山脉的分支，夹在罗汉顶和紫云山中的山坳，当地人称紫云山岕。这个地名的出处已无从考证，上一代人这么叫，再上一代人也这么叫，祖祖辈辈口口相传，得以延续至今。

我之所以留恋紫云山岕，是因为那里有造型生动的石雕群像，灌木丛中蔓生着大量苜蓿、苋菜、铁丝草、牛筋草、野蒿棵、辣节草、蓑衣草、锯齿草，潜藏着无数蚂蚱、螳螂、蟋蟀、花大姐、磕头虫；天上野鸟飞，地上野兔跑，白天山鸡叫，夜里野狼嚎……童年的足迹变成刻骨铭心的记忆，快乐的汗水浇灌着终生难忘的地方。

多年前因工作变动，我离开归径告别紫云山岕，就很少有机会再去那里。光阴似箭，日月如梭，我从宜兴搬至无锡定居，也有25个年头，虽然常回老家看望父母，却一直无缘目睹紫云山岕的变化。那是个风和日丽、百花争艳、鸟雀纷飞、群山添彩的季节，应朋友虞柏英之邀，我来到阔别多年的紫云山岕。眼前的景物与熟悉的过往相去甚远，变化之大发展之快，犹如两个不同的地方。宜张公路和宁杭高铁在这里交汇，形成汽车穿梭、列车奔驰的热闹场面。岕里密密匝匝的茶树，枝叶繁茂的樟树，含苞待放的海棠，漫山遍野的竹林……令人目不暇接，精神为之一振。

记忆中的紫云山岕，除了春栽红薯冬种绿肥，因地制宜进行耕作，高大整齐的树木极少。斑驳陆离的黄土地，此起彼伏的山坡上，到处生长着歪歪斜斜的马尾松和一些叫不出名字的灌木，弥漫着荒山野岭特有的气息。20世纪60年代，宜兴县委、县政府发动群众，植树造林绿化荒山，林业部门根据山的坡度和土质优劣，划片种植松树、杉树和毛竹。地处铜官山西北的归径公社，山坡平缓土质优良，是种树植竹的好地方。为了解决集体土地和国有土地之间的矛盾，以及队与队之间纠缠不清的“插花地”，公社将集体林地与县林场的林地做了调整，并将各大队分散种植的坡地集中起来，地界变得清晰明了，有利于统一规划种植。

那年秋天，归径公社16个建制大队，有15个大队成立林业队。秋收秋种进入尾声，林业队队长在县林业局接受短期培训后，回到队里便在规划种植的山坡上，用粉石灰画出一个又一个长方形的标记。春节即将来临，轰轰烈烈的绿化运动拉开帷幕，北风呼啸，雪花飞舞，社员们披星戴月奋力挖坑，山上山下人声鼎沸，铁器与石块的撞击声此起彼落，溅出的火花恰似乱窜的萤火虫。挖一个长1米、宽0.8米、深0.5米的坑记3分，挖出的树桩树根归个人所有，既拿工分又得柴火，公私兼顾何乐而不为？于是男女老少全家出动，邻队的亲友前来支援，人人奋勇抢着干，八仙过海显神通。短短一个多月，从山脚到山腰，整整齐齐排列着一个个大坑，坑的周围堆着石块泥土，夹着杂草树叶，犹如一张张嗷嗷待哺的嘴，又似遭到狂轰滥炸的战场。

草长莺飞大地回暖，一场运竹种竹的战斗，在春意盎然的季节里悄然展开。竹的品种很多，有身高腰粗的毛竹，有黄皮密节的刚竹，有株细节疏的淡竹，还有讨人喜欢的紫竹和方竹……品种不同用途各异，细小的扎篱笆当柴火，大些的劈篾编篮织竹席，粗大的用来搭竹架建高楼。宜兴山区适宜竹子生长，竹的种类较多，能产生经济效益的，当数用途广泛的毛竹。山民们对毛竹怀有深厚感情，三年困难时期，尤其在稻子麦子青黄不接时，竹笋救了不少人的命。大量栽种毛竹，也就成了绿化造林的首选。

栽种毛竹难的是母竹（竹种）的选择、挖掘和运送。母竹的竹龄一般在3年左右，以竹竿细瘦竹鞭（竹根）发达为佳。挖掘时须小心翼翼，竹鞭留得越多，繁衍也就越快；“娘家土”带得越多，竹根的保湿性越好，成活率也就越高。当时作业手段简单，加上母竹用量大，挖出来的母竹，不像现在用草绳包扎，根部的泥土容易脱落，搬运时需格外小心。母竹大多来自浙江长兴、安吉和安徽广德，本地产的较少。那时归径不通公路，母竹需要用船运到各村，然后运送上山。搬运一棵母竹到种植地，以大小轻重路程远近记工付酬：路途近分量重的一棵5分钱，分量轻的一棵3分钱，路途远的再统一加钱，队里记工分，年终进行分配。

运竹上山的日子十分热闹，队伍犹如一条长龙，断断续续，首尾并不相连。强壮的小伙挑两棵，年迈的老汉扛一棵，女人孩子抬一棵，送到指定地点快步返回，直到运完为止。栽竹就简单多了，在坑底铺些稻草或茅草，既做肥料又保湿，盖上一层泥土，将削去竹梢带土留鞭的母竹，放入坑中扶正，一层一层填土踩实，再浇足水，一棵竹子便种成了。栽好的竹子排列整齐，昂首挺胸屹立在春风里，呼吸着湿润的空气，淋浴着明媚的阳光，似乎正在拔节生长。

其实，竹子的成活率不算高，种下的竹子能成活七八成，也就很不错了，来年春天还得补种。土层薄保湿性差的地方，得连续补种好几年。如今归径山区成片的竹林，得益于那个年代的造林运动；紫云山岕的大片竹林，自然也不例外。行走在高大挺拔、密密匝匝、秀丽多姿的竹林里，你会由衷地感叹，前人栽竹后人享受。

眼下的紫云山岕，和20世纪可谓天壤之别。层层叠叠的山，弯弯曲曲的水，四季飘香的花，无穷无尽的竹，令人流连忘返。游走在紫云山岕，你会被幽静的环境所陶醉，宛如置身于世外桃源。尤其值得提及的是，在通往竹林的路边，竖立着一根古老的华表，历经五百多年风霜雨雪的侵蚀，盘坐在顶端的神兽貔貅依然栩栩如生，威风不减当年。华表周围的地面，显然用水泥修补过，是为了保护这罕见的珍贵文物。

原先这里有两根华表，坐南面北立于山口，中间是条青石甬道，石人石马分立两旁，一座石牌坊横跨其间，石台阶直达人工堆筑的土山（墓墩）。我儿时见到的石雕群已乱象环生，一根华表倒在地上，石柱断成数截；与石柱分离的神兽貔貅，大半段埋在土中；青石甬道坑坑洼洼，破损十分严重；等距离分立的石人石马，面目变得模糊不清。也许是人为破坏，一匹石马缺了半个脑袋，另一匹却侧翻在地；石人多数残缺不全，断肢少足，样子凄惨。横跨甬道的石牌坊柱倒梁断，构件散落在四周……虽然这里叫紫云山岕，人们却很少呼其大名，有人问羊在哪里放、草在哪里割？回答石人石马的地方，石人石马成了紫云山岕的代称。去紫云山岕骑石马，可谓一大乐事：骑在光滑的马背上，将自己想象成横刀立马的将军，带领千军万马奔向杀敌的战场，委实令人神往；实在闲得无聊，便在马背上呼天号地，或者干脆站在马上，表演各种惊险动作：白鹤展翅、黑虎掏心、金鸡独立、猴子捞月……

当地民间流传着这样的传说：一个伸手不见五指的夜晚，紫云山岕的石马，偷吃山民种植的麦子，并将麦田践踏得一塌糊涂。受害的百姓义愤填膺，却又一筹莫展，只能去山神庙祈求保佑。山神去天庭告状，玉帝震怒，派雷神前去惩罚嘴馋的石马。神兽貔貅为石马辩护，双方发生争吵，雷神一怒之下，挥鞭砍掉石马半个嘴巴；随后又指责貔貅同流合污，一掌击倒华表，将其打翻在地……

规模宏大的石雕群后面有个墓墩，泥石堆积形成小山，树木茂盛杂草丛生。墓地三面环山面北坐南，显然是块风水宝地，据说这里埋葬着吴国皇帝孙权的母亲。山岕前是通往安徽广德的“官道”，依山环绕蜿蜒曲折，人来人往，川流不息。山外一马平川，村庄连绵不绝，袅袅上升的炊烟，如同点着的香火，可供墓的主人长久享用。山如脊梁参差不齐，氿似玉带横贯东西，墓区内溪水潺潺，清澈甘甜，晨雾缭绕露珠滴翠，暮色苍茫落日映晖。春来百花争艳桃李醉，夏至紫烟缭绕岗峦翠，秋到黄叶飘飞野果香，冬临雪花飞舞景色美。前有氿作照，后有山来靠，水土深厚，藏精聚气，实为吉祥勃发之地。

墓的主人到底是谁？儿时懵里懵懂，一直以讹传讹，以为这里是吴国太的墓地。查过《宜兴县志》才知道，此乃明朝宰相徐溥三子徐元相之墓。《中国历史大辞典》记载：徐溥（1428—1499），明代宜兴人，字时用，号谦斋，景泰进士。由编修累官文渊阁大学士，参与机务，旋进礼部尚书。弘治五年（1492）为首辅。曾参与修撰《大明会典》，后有李东阳等奉敕重修，徐氏竟不列名。著有《谦者名录》。在宜兴城里留有阁老厅、阁老牌坊等古建筑，“文革”时悉数被毁。如今阁老厅业已修复，阁老牌坊已无法再现，令人遗憾。

墓的主人不愧为宰相之子，在世三妻四妾，享尽荣华富贵；死后坐拥如此之宝地，可谓洪福齐天。岂知江山易改，世事多变，那些精心制作的石人、石马、石华表（一柱尚存）、石牌坊、石台阶，竟被后人凿成条块，弄去筑抽水机垛，修筑水渠灌溉农田，虽为农业发展做出贡献，毕竟大材小用，使宜兴少了处上佳的旅游景点。

竹林不远处有片鱼塘，塘内的水从山沟里流来，清清凌凌，明明晃晃，在阳光下显得水汽蒙蒙，给人云蒸霞蔚的感觉。鱼塘边设有简洁的钓鱼台，便于客人垂钓取乐，捕捉到的活鱼，可去饭店加工享用。藏身于山中的农家乐，掩映在茂密的竹林间，环境幽雅，野趣弥漫，能让人充分感受大山的气息。偌大的场地上，停满各式各样的小车，前来食宿的游客还真不少，可见“酒香不怕巷子深”。

在我儿时玩伴虞柏英的悉心经营下，如今的紫云山岕，早就旧貌换新颜。公司的护林房建在饭店右边的竹林里，三层五开间楼房，白墙绿瓦瓷砖贴面，房内各种设施齐全，远胜城里的高价别墅。护林的老夫妻，住着600多平方米房子，整日与大山为伴，吃着绿色食品、呼吸新鲜空气、饮用清澈泉水、沐浴温润阳光……如此优越的生活环境，着实让人倾慕。

青年时代的老虞心高气傲，不甘在稻麦换茬的田里混饭吃，于是弃农从商开始创业，将南方的苗木运往北方。起先不但不赚钱，反而经常赔钱，后来他慢慢悟出门道获得经验，从有赚有赔变成包赚不赔。有了一些积蓄，他尝试自己种植苗木，免得受人剥削，以图更大发展。多年前的紫云山，除了尚未成林的零星毛竹，就是栽下不久的茶树，偏远荒凉无人问津。他在那里租用大片山地，承包紫云山里的部分毛竹林，建造房屋，注册花木公司，利用山地种植花卉苗木。由于品种多、质量好、服务到位，公司业绩逐年攀升，有了一些知名度。随着城市化进程的不断加快，市政建设项目越来越多，他审时度势，注册了市政公司，将市政建设和城市绿化融为一体，综合开发多种经营，用赚来的钱改善周围的毛竹林，让紫云山岕创造出更多价值。

我到过许多地方，见过不少竹林——浙江、福建、四川、安徽的竹子，虽然竹节粗壮，碧中透青，竹叶婆娑，竹影飘逸，但比起紫云山岕的竹林，这些竹林似乎有些矫揉造作。老虞的竹林，苍翠挺拔，浓荫匝地，修长而不娇柔，遮天而不蔽日，显得优雅、洁净、朴素、淡定。竹林面积很大，林里有座20世纪90年代荒废的石矿，经过奇思妙想，即将变废为宝：陡峭壁立的悬崖，变成攀岩的活动场所或人造瀑布，与遍植枫树和柿树的大小山坡遥相呼应。到秋时，漫山遍野的红叶和挂满柿子的大树小树与大山一起绘成一幅动静结合的风景（整体改造方案仍在酝酿之中）会多么地诱人；矿基上已盖起养殖场，养了多种动物，既能供游客观赏，又能按价出售，可谓一举两得；池水清澈见底，竹影鸟踪倒映水中，与蓝天白云交织在一起，给人以无穷的遐想……

优美的自然环境，独特的地理条件，完善的旅游设施，使紫云山乔变成真正的风水宝地。随着人口老龄化的加剧，离开喧嚣的城市，回归大自然，在山水间颐养天年，成为人们的追求。养老事业需要大量资源，也需要众多热心人。老虞及时调整经营策略，促使企业转型升级，将更多的资金和精力，投向社会关注的养老领域。利用自然山水和大量闲置的房舍，大力发展养老事业，不断形成新的理念，在实践中加以完善。相信他在这个广阔的天地里，肯定会有大的作为，造福于广大老年朋友。

那个年代的文化生活

在20世纪六七十年代的农村，村民的文化生活十分匮乏，一年里能进几次书场，看几场电影，听几回乡戏，已经很满足了。

听　书

说书是20世纪六七十年代农村里最常见、最简单的文化表现形式，对文化素养不高的村民而言，听书是他们最乐见的文化生活。

那个年代，不是每个村子里都会有说书的人，也不是每个村子都会请人说书。说书人技艺能力强，请他的会多些；村子里的经济实力强，请人说书的场次也就会多些。书场里听说书的，大多是上了年纪的男人，当然也少不了村里的“小皮猴”们。孩提时我就喜欢听说书，年轻时，在请不到说书人的春节茶馆里也学着说过几回书，虽然没有正儿八经说书人说得那么动听，倒也很少有人中途退场。

那时，农村里没有固定的茶馆书场，集镇上的茶馆也是季节性的，茶馆里也不一定会有人说书。春节就不同了，无论集镇还是大队（村）里开设的临时茶馆，都会请来说书人，让茶客过一回听书瘾，也算丰富春节里社员们的文化生活。

茶馆里设施简单，几块木板一拼，就成了说书先生的舞台。一张桌子，一把椅子，一块响木，一把纸扇，一壶茶水，说书人往上一坐，响木一拍，嗓子一亮，书就开场了。

说书人会先说一段书引子，算是开场白。一般都是引人发笑的小故事，或者是说书人根据地方上情况现编的人民勤劳、民风淳朴、村民和睦、粮丰林茂之类的好话，听书人正听得喜笑颜开，说书人突然话锋一转，“许我不一一道来”，便转入正题。

《烈火金刚》是那时说书人最拿手的抗战题材书。当说到大刀英雄史更新刀劈日军身负重伤，生命危在旦夕，为救英雄性命，组织把艰巨的买药任务交给了侦察科科长肖飞时，说书人倏地从椅子上站了起来，行个举手礼，嘴里喊着“保证完成任务！”。听众被他演绎的场景动作所感染，书场里响起热烈的掌声。

说到肖飞身无分文要去被日本人控制的药店取药时，听书人眼神都聚焦在说书人身上，他的每句言语，每个细微动作，一丝一毫的脸部表情都成为调动听书人情绪的晴雨表。

每当这时，说书人会故意卖个关子，抓起台上的紫砂壶送到嘴边，喝口茶润润嗓子，故意咳嗽一声再继续他的下文：肖飞大摇大摆地走进由日本人控制的药店，从兜里掏出药方往柜台上“啪”地一拍，冲着伙计喊：“买药，买药！”然后，胳膊肘往柜台上一搁，侧身靠在柜台边，慢条斯理地掏出卷烟点着，眼睛从店内转到门外，心里盘算着取药后脱身的途径和方案。

这时，书场里一片寂静，听书人的情绪完全被他控制住了，就连爱打闹的小屁孩也鸦雀无声。

伙计拿过药方看了看，向肖飞投去怀疑的目光……

“看啥看，有啥好看，还不快给老子抓药……”

这时从内室走出一位年过半百的胖男人，横肉贯脸，三角眼倒插在布满疙瘩的脸上，看样子是这里的掌柜。伙计赶忙递上药方，胖掌柜看了看，又瞟了肖飞一眼，从牙缝里挤出“给他配药”几个字。

那胖掌柜可不是个好对付的主，他是日军派驻药店专门监视八路方面买药人的汉奸。

伙计配齐药包好，扒拉一下算盘要肖飞交钱。

肖飞假装在口袋里掏钱，嘴里不停地唠叨：“钱呢？我的钱呢？钱到哪里去啦？”

伙计一听没钱，伸手要把柜上的药包收回去，说时迟那时快，肖飞一把抢过药包笑对伙计说：“对不起，钱丢了，你跟我去拿钱吧。”

伙计不依，胖掌柜狡黠的眼光盯着肖飞，话里有话地问：“去哪里拿钱？”

“东关医院。”

“东关医院？那可是日本人控制的医院，那里会没有你需要的药？”胖掌柜好生怀疑。

胖掌柜冲门外喊了一声：“来人！”两个戴黑色礼帽，穿黑色衣裤，腰圆膀粗的大汉进得门来。

肖飞一看就知道这俩是特务。

胖掌柜对他俩使了个眼色，挥了挥手说：“你们跟他去东关医院拿药钱。”

肖飞不慌不忙地走出药店门，把药袋挂在自行车把上，掏出卷烟递给两特务，推着自行车朝前走去，特务寸步不离紧跟在后面。到十字街口，人多热闹起来，肖飞趁两人不注意，故意让右脚踩脱左脚鞋帮，稳住自行车，弯下腰来拔鞋。好一个肖飞，趁特务不注意，使出扫堂腿，把一特务扫翻在地，顺手从他腰间拔出驳壳枪对准另外一人，“砰”的一枪，将其撂倒，再拔出此人身上的佩枪，飞身上车，直奔城门而去……

说到这里，说书先生来了个急刹车：“要知肖飞能否冲出城去，且听我夜场分解。”

您还别说，夜场人气还挺旺，日场的人不但不缺，还牵三拉四增加了许多人，把茶馆挤得满满的。要说这说书先生还真是个人才，不仅能说，还能模仿各种声音，马叫、犬吠、鸟啼、虎啸……惟妙惟肖，入木三分。“镗镗镗”的兵器撞击声，“哗哗啦啦”“滴滴答答”的风雨声，“呼哧呼哧”的抽泣声，“哈哈哈哈”的狂笑声都能从他口里表演出来。说到高兴时扶额大笑，听者笑逐颜开，说到伤心时呜呜咽咽，闻者悲悲戚戚。时而轻声低语，时而声急如潮，时而声泪俱下，时而仰天大笑，把整个书场里人的情绪调集在一处，不同的脸不同的表情，无论是张大嘴巴，露出牙床，还是紧抿嘴唇，睁大眼睛，都直勾勾地盯着说书人，等待着他把下面的故事说出来。

说书人在他们的眼里自然是识字断文的大文化人，不然，这么厚的书要看下来，记下来，再通过嘴巴说出来多么不容易！一场书下来，说书人有些唇干舌燥，听书人却把疲劳忘得一干二净。

当年的说书人大多已经过世，说书这门艺术在农村已经很难找到传人，说书人的音容笑貌和听书的场景，在我的记忆里却永远也不会抹去。

乡村电影

露天电影成为乡村夜色中一道靓丽的风景线，是在20世纪的六七十年代。

放映员肩上挑着各种电影器材，去预先约好的大队（村）里放电影。消息从大队部里传出，孩子们就像炸开了锅，高兴得大呼小叫，活蹦乱跳，纷纷奔走相告，弄得村里鸡飞狗跳，树上麻雀成惊弓之鸟。乾坤大乱过后，女人让放了学的孩子去通知七大姑八大姨来看电影，自己去地里弄来蔬菜，尽其所有准备晚餐。

两根竹竿在谷场的一头树起来，两幅床单大小，四面镶着黑边的银幕被四脚拉直绑缚在两根细竹竿上后，悬挂在大竹竿的中间，一边竹竿上还吊着一只大音箱。离银幕20米左右的场地中央摆一张桌子，放映机就架在桌子上。然后，放映员会去大队安排的地方用晚餐。此时，最佳位置已被近邻农家的长长短短、高高矮矮的板凳占领，四周占席的凳子还在不断地进场，凳子队伍在孩子的喧闹声中不断扩大。

放映员在观众陆续进场时返回，接通电源，从铁皮盒中取出电影胶片，安装在放映机的两个“犄角”上，万事俱备，只欠“东风”了。

晚饭后，人们从四面八方赶来，落寞多日的村庄活跃了起来……先到的观众大都是本村人的亲戚，他们由孩子陪着坐到早已摆好的位置上，有的在聊天，有的在嗑瓜子；后续进场的是邻村人，有自带矮凳坐在前面的，有搬两块砖垫在地上坐着的，大多是抱着臂膀站立的，也有把孩子架在脖子上的；最后进场的是本村的女人，她们洗完锅刷好碗，喂好猪羊，关好鸡鸭才放心进场。有穿红戴绿的大姑娘们聚在一起，叽叽喳喳聊东聊西的，有俊男靓女躲在边上窃窃私语谈情说爱的，还有挽着篮子，卖炒瓜子、炒黄豆和烟丝的。

随着广场中心的电灯一亮，喇叭里传出放映员“喂、喂……”的声音，电影即将开场。电灯熄灭，一束由细变粗的光柱直射银幕，放映员调整投影位置，调皮的孩子会把手放进光束中变换各种形状，银幕上会出现牛、马、鸡、鹅的造型，像手影戏，煞是有趣。片轮转动，放映机发出“哒哒”的响声，全场鸦雀无声，万籁俱寂，人们一个个伸长脖子，屏住呼吸，瞪大眼睛，露天电影开场了。

当各色画面在银幕上不停变换，电影中人物依次出现，故事情节起伏跌宕，观众也时而高亢，时而低沉，时而唏嘘，时而欢呼……喜怒哀乐在影片里和观众中表现得淋漓尽致。

《南征北战》中，在敌我双方抢占摩天岭的紧要关头，观众一个个憋住了气，恨不得上去帮战士们一把。在生死对决中把敌人阻击在摩天岭下，场上竟有“打得好”的喊叫声。《李双双》中，当丈夫喜旺被骂得狗血喷头并被推翻在地时，在场的女人们差一点儿把脸扬到天上。《智取威虎山》中，土匪刚说出“脸怎么红了?”，观众中有人发出了“精神焕发”的回应，土匪又一句“怎么又黄了?”，场上的小伙子齐声高呼“防冷涂的蜡!”。朝鲜影片《卖花姑娘》中，悲凉的镜头让场上的观众哭成一片。

影片中间，大队领导会插进来讲一席话，短的三五分钟，长的七八分钟。如果是看过的旧片，劳累的观众会中途退场。如果放双片，放映员会把新片放在后面，观众没有愿意退场的。像《铁道游击队》《地道战》，属百看不厌的片子！因为在那个时代，这些经典影片代表着一个时代，影响着一代人，也是激励那个时代人的精神食粮，使人从中收获单纯、美好和快乐。

曲终人散，星稀月朗。顽皮的孩子们极不情愿地拍打着屁股上的尘土，大人则扯着嗓子叫他们的名字，让他们回家。一帮年轻人会围着放映员打听明天放映的地点和片名，得到满意的回答后，吹着口哨离去。人潮退去，鸡犬宁声，空旷的场地上只有几个人在帮放映员卸银幕，搬桌子，待电灯熄灭，村子恢复了夜的宁静。

改革开放以来，电影事业繁荣发展，豪华影院，各路大片，大刷票房，宣传海报漫天飞舞，却始终难以拨动我的神经、吸引我的视线，难以改变我对昔日国产影片的钟爱，也无法改变我对天空作顶、夜色当墙的乡村“影院”的独特情怀，使我魂牵梦绕的仍然是在流金岁月中渐走渐远的乡村露天电影，尽管它只能在我泛黄的记忆中循环播放……

乡 戏

乡戏在我的记忆里已经很遥远很遥远了。

我清楚地记得，小时候的乡戏大多是在集镇戏院里演出，内容大多是

《岳飞传》《窦娥冤》《打渔杀家》《春草闯堂》之类的。那时候能买得起戏票的人家不是很多，原本就容不下很多人的剧场，戏开演了仍在出售戏票。没钱买票的孩子们会挤在窗口、门缝张望。有大腕名角演出，四里八乡的戏迷蜂拥而至，戏院座无虚席。

20世纪六七十年代，乡戏变得越来越大众化了，县里剧团下乡演出是轰动性的新闻，外地剧团来乡里演出，更会惊动十里八村。演戏时间一旦敲定，乡里就忙乎开了，确定演出地点，搭建临时戏台，张贴欢迎标语，腾出房舍，打扫卫生，安排演员住宿。

演出海报会贴在最醒目的地方，消息一经传开，乡里村里都洋溢着仿佛过节的气氛。村民们会邀请亲朋好友前来看戏，准备好丰盛的饭菜，招待邀请来的客人。

乡戏一般在晚上演出，因为电力供应紧张，许多在城市戏院里用的灯光道具在乡下不一定都能用上，为确保演出成功，有的剧团还得自备发电机。

演出尚未开始，戏台下已人声鼎沸，观众在喧嚣声中期盼乡戏早些开场。乐器响起，时而高亢，时而低沉，紧锣密鼓的乐器大合奏（闹台）预告观众，戏快开场了。随着大幕徐徐拉开，乡戏正式上演。由《芦荡火种》改编而成的京剧样板戏《沙家浜》是剧团的拿手戏，演员阵容宏大，唱腔清丽，人物性格鲜明突出。《红灯记》《海港》《白毛女》等是剧团必演的戏目，人物饰演、唱词唱腔、功夫动作看不出有半点草率马虎。花旦、老生等角色陆续登场，时而慷慨激昂，时而唱声婉转，时而大声道白，时而打打杀杀，时而哭哭啼啼……别开生面，惟妙惟肖。地方剧团自编的戏目《半篮花生》《海岛女民兵》等也同样经典热闹。

戏台上有戏，戏台下也有戏。戏迷们跟着低声哼戏，懂戏的老大爷一边抽烟，一边谈论着戏里花旦、武生、老生、丑角哪个演得好，哪个唱得准；妇女们交头接耳，叽叽喳喳地谈论着村里乡里的趣事，笑得前仰后合；姑娘小伙躲在一边，嘀嘀咕咕地谈情说爱，心思并没有集中在戏台上；小孩子在人堆里窜来窜去，剧情的发展对他们并不重要，糖果瓜子才是他们的最爱……

爷爷是个戏迷，《空城计》《霸王别姬》都能哼上几段，台词至死不忘。父亲也喜欢看戏，在我的记忆中，附近演乡戏，观众席都不会缺少他。他到外村看戏，在台下一站两三个小时都不嫌累，神情专注、如痴如醉；农闲时，他还会约上几个伴跑到县城里去看戏，锡剧、越剧、黄梅戏……没有他不喜欢的。

我已记不得几岁开始父亲带我去看戏，儿时在戏院里也看过戏，那时候我坐在父亲腿上看，其实什么也看不懂，图个热闹而已。上小学前后，我也经常跟着父亲去看戏，往往是大人看戏，小孩“吃屁”，看不着时，揪着父亲闹，父亲把我架在肩膀上，我乐此不疲，根本不顾父亲累与不累。那时，我喜欢看剧中的刀枪棍棒，打打杀杀。随着年龄渐渐长大，父亲会给我讲述戏里的故事，窦娥冤致六月飞雪、岳飞精忠报国、包公怒铡陈世美……一到村里演戏，我会扛着长凳去戏场占位子，站在凳子上，既能看到演出，也省去了父亲许多力气。每当这时，父亲会给我讲述剧情里的故事，讲《沙家浜》阿庆嫂如何掩护新四军伤病员、利用胡传魁、智斗刁德一，讲《红灯记》李铁梅人小志气高，讲《半篮花生》的军民鱼水情，讲《海岛女民兵》中女英雄们守村护院、保卫海疆的事迹……耳濡目染之下，我对乡戏产生了兴趣，后来还在村宣传队里跑过龙套，演过《半篮花生》中的解放军战士。

社会发展，时代进步，文化艺术高峰已经到来，父亲和村里的前辈们也在新旧文化表现形式的交替中渐渐地老去，一如戏里的“小生”变成如今的“老生”。我好想回乡里看场乡戏，哪怕只是一个片段……

我家就在祠堂边

我的老家就在祠堂边上，确切地说，在宜兴市新街镇洞桥村。

在我的记忆中，祠堂是一座非常雄伟而又精美的建筑。说它雄伟是因为村里所有的房子，没有一栋比它大，没有一间比它高；说它精美是因为祠堂修得十分讲究，飞檐翘角，雕梁画栋，花窗漏格……古老而神秘，每一处都能吸引人的眼球。

祠堂是为祭祀祖先和名人修建的，它和族田、家谱共同构成家族制度的三大支柱。洞桥村并不大，六七十户人家，民居散布，姓氏混杂，蒋氏占了四分之一。蒋姓是宜兴的大姓，家族庞大，人丁兴旺，人才辈出，建所祠堂理所当然。坐落在洞桥村的蒋家祠堂，以其特有的规模在当地小有名气，我小时候却一直很纳闷，常在祠堂前苦思冥想，财大气粗的蒋氏家族，为何会在洞桥这个不起眼的地方修建一座蒋家祠堂？后来经过考证才知道，原来是取决于洞桥村的地形地貌。

曾经听人说过，洞桥村是块船地，东边是船头，西边是船尾，不管全县发生多大洪水，水涨船高，村庄永远不会淹没。在我记忆中有过的几次大洪灾，洞桥村确实没有一户人家进过水，正是由于这个原因，蒋氏先人才把祠堂建到船头上。祠堂在村子的东头，前面有条河，后面是晋代的古窑址，废窑残罐堆积在一起，历经千年沧桑，也就变成小山似的高岗。岗上岗下长满各种大树，应了“前有照，后有靠”的说法。河水由西到东缓缓流淌，在祠堂前成了断头浜；山中流出的清泉汇入河里，河水清澈见底，水质格外甘甜。祠堂建在船头上，占尽了这里的风水。极目远眺，视野开阔，四处景致，八面风光，似乎预示着蒋氏宗族的兴旺发达。所以附近这一带的蒋姓人氏，都愿意为修缮祠堂而出力。

江南的祠堂大都建得比较高大，一般是二三进院落，除了举行宗族祭祀活动，还是处理宗族事务、执行家法族规的所在。族人的红白两事，经常放在宗祠里进行，那是对列祖列宗的尊重；有的家族还在祠堂里设立家学，培养家族子弟，强化家族意识，延续家族血脉，维系家族的凝聚力……

这座蒋姓祠堂面积很大，整个建筑呈阶梯状提升，前后四进，每进七间，中间是大门，房舍分布在一条中轴线两旁。一、二进除地形落差外，房屋是等高的，三进是正厅，比其他三进的房子高大宽敞。二进与三进之间的天井中，西边有棵桂树，树粗近一米，树高四五米，枝繁叶茂，生机勃勃，宽大的树冠笼罩着整个天井，年年秋天开满金色的桂花，离祠堂百米处都能闻到浓烈的花香；东边有棵玉兰树，虽然算不上高大，但粗壮的树身，同样显示着悠久的历史。经过岁月的洗礼，玉兰花越开越大，红红紫紫一大片，美艳得令人神往。三进四进之间落差较大，通过台阶进行连接，天井里有口井，井水清澈甘甜。由于祠堂建在一条贯穿山里山外的路上，北边几十个村庄的乡民，进山砍柴都要从门前经过，早出晚归干活累了，放下柴担走进祠堂，喝上几口凉爽的井水，确实能够提神去乏。

祠堂是为祖先修建的，祖宗牌位、功名簿、家谱等重要历史资料，自然也就摆放在这里。蒋家祠堂里的这类资料，在抗战时毁于一旦，只有老一辈中少数人曾经看见过。

20世纪30年代末，日本人占领了宜兴，城里有所中学的校长，为了躲避战火与兵灾，将学校迁到蒋家祠堂里。起初还相安无事，有淳朴的村民保护，又有茂盛的树木隐蔽，躲在这里教书育人，倒也无人知晓。一天夜里，经过这里的日军发现树林中有灯光，趁着夜色摸进学堂。大多数学生通过侧门冲了出去，逃进后面的树林里，来不及逃走的学生，有的被刺死，有的被戳伤。祠堂变成杀人场，学堂成了灵堂。祠堂遭到重大破坏，原有的格局变了样，许多建筑被毁坏，尽管后来进行了整修，但从那时起，祠堂还是渐渐地衰落了。

新中国成立后，政府开始兴办学校，这里宽敞的房舍和优越的地理位置，自然成了办学的理想场所。一所小学在祠堂里诞生了，也就是我的母校——涧桥中心小学。教室、办公室、宿舍、厨房、礼堂，布局合理，功能齐全，全公社的小学校舍，没有一所比这里更宽敞。

20世纪五六十年代，粮食是人们的命根子，收获的农作物应精心保管，祠堂也就成了理想的仓库。村里有四个生产队，仓库少，谷场小，收下的作物堆放不下，就将祠堂改成临时仓库。虽然占了学校的地盘，使我们这些好动爱玩的小学生好长时间没有课余活动场所，但看着丰收的粮食，大家还是挺开心的。那时的会议特别多，公社开完大队开，大队开完小队开，会议一个接着一个：忙前动员会、忙后总结会、生产现场会、思想教育会……祠堂似乎又成了会议中心。

尽管如此，祠堂仍然是村民的重要活动场所，因为它具有无法替代的多种功能，集大剧场、电影院、运动场为一体。遇到刮风下雨时，学校大礼堂就成了电影场；春节前夕，大队排练文艺节目，学校是最理想的排练场；为了丰富节假日群众的文化生活，各大队的文艺宣传队轮流演出，锡剧、京剧、歌剧、相声、小品、诗朗诵、快板书……热闹非凡，丰富多彩的节目，吸引着村里的老老少少。大队在祠堂里搭建了舞台，各种演出轮流登场，既能让人大饱眼福，又能给人遮风避雨。

20世纪六七十年代，电影是一门新鲜的艺术，也是群众喜爱的文化活动，那时若能看场电影，简直就是一种莫大的享受。60年代是由县电影队前往各公社轮流放映；70年代公社有了放映队，可以随时去各大队轮流放映了。刮风下雨时，就在祠堂室内放映，礼堂内外挤满了人，祠堂成了电影场院。在祠堂柱子上拉根绳子，还可以打羽毛球；里面放着几张乒乓桌，除了学生们会来这儿练习打球，校外的乒乓球高手也经常来这里切磋球技，一较高下。

随着经济的不断发展，为了改善孩子们的学习环境，当地政府建造了一所新的学校。偌大的祠堂里，再也没有孩子的欢声笑语了，开始变得冷冷清清。于是，有人打起祠堂的主意，在里面开办了一家铸造厂，铁水四溅，火光冲天，灰沙飞扬，铸件乱堆，桂树被炉火烤死了，玉兰树被浓烟熏蔫了，整个祠堂乌烟瘴气。阳光从外面透进来，可以看到密密的灰尘到处飞舞。

工厂逐渐兴旺了，业务日益扩大了，祠堂已经容纳不下发展的需要，于是只能另择新址迁走了，留下的是大片残缺不全的房舍。祠堂再也经不住风霜雨雪的侵袭，梁断屋塌，一蹶不振，一座历尽沧桑、辉煌多年的祠堂，最终成了野猫和老鼠出没的地方。

每次回老家，看到破败不堪的祠堂，我的心里总会冒出苦涩的味道，产生一种无法形容的郁闷。童年的记忆，儿时的梦想，似乎都和祠堂联结在一起，久久难以分离。当我得知有个企业家愿意出资修复祠堂，让昔日的祠堂再现辉煌时，心情顿时大好，仿佛在寒冬里喝下一碗热粥！真要感谢这位慷慨解囊的企业家，感谢他对历史文化遗产的钟爱，让古老的祠堂来告诉后人，人间正道是沧桑。

往年鸭事

春节前夕回老家，我闲来无事搬一张藤椅，坐在屋前晒太阳。冬天的阳光瀑布似的倾泻下来，照得身上暖暖的，比待在开空调的房里舒服。几只憨态可掬的鸭子，在我脚边活动着，嘴里发出“呱呱呱”的叫声。见我不理睬它们，就在屋前转了几圈，怡然自得地朝小河浜踱去，一转眼工夫，已经在水中逡巡游弋了。

北风呼啸，寒气逼人，河边结着一层薄冰，如同一条不规则的带子，沿着河岸伸向远方。这种滴水成冰的天气，水温肯定在零度以下，鸭子在河里玩耍，丝毫没有寒冷的感觉，难怪它们身上的羽毛会被人类用于制作御寒的棉衣。

也许知道我在关注它们，鸭子有时会停下来，朝我投以一瞥，然后伸长脖子，把那簸箕状的嘴插入水中，掀起一阵阵水花；有时会直起身来，抖动着并不华丽的翅膀，突然跃出水面，似乎要展翅飞翔，顷刻之间又跌落到水里，激起更大的浪花……也许是玩累了，也许是肚子饥饿该进食了，它们不停叫唤着，就像一群凯旋的勇士，相继爬上岸来，踱着悠闲的方步回家了。

快要过年了，连鸭子也变得悠闲了，养鸭的人也就更加悠闲，因为现在养鸭是自愿的——既可补贴家用，又可改善伙食，还可作为一种产业，做大、做强照样赚钱。当初我们养鸭子，当作一项重要的工作，为增加集体收入而出力流汗的。当然，那是20世纪60年代的事情。

鸭子可以散养也可以群养，散养以家庭饲养为主，少则三五只，多则十几只；群养要有专用的场地和专门的饲养员，少则数百只，多则上千只。在养殖业发达的今天，圈养上万只甚至十几万只鸭子的养殖场可谓司空见惯，但若在当时出现这种盛况，可以称之为天方夜谭了。

江南的鸭子品种比较单一，主要分为两类——种鸭和菜鸭。种鸭是专门用来产蛋的母鸭，饲养的数量一般不超过两三百只，再多就会影响产蛋的数量和质量，加上一些公鸭，以满足鸭群配种的需要。母鸭大都选择体形小、产蛋量高的，公鸭则选择体形高大健壮的，使鸭群能形成一种特殊的平衡。菜鸭的要求就不同了，无论公母都要个大体壮，还要长得快，群养的数量一般在五百至一千只之间，这样才能赚到更多钱。

1969年春天，生产队决定养鸭子，用来增加社员的收入，做出这个决定需要一定的胆略。那时农民的任务就是种粮食，其他经营活动都是不务正业。

那时，农村流传着“家有千担粮，不喂长脖禽”的说法，鸭和鹅在家禽中素有“食客”之称，喂养它们极不划算，当时的环境也不利于养鸭。此外，养鸭子风险太大，养得不好会血本无归，一个十几户人家的生产队，无论如何也难以承受重大的经济损失。当时养鸭子的生产队，粮食部门会适当供应一些平价的麦麸、稻糠之类的饲料，然而，对于胃口极佳的鸭子来说，那点儿饲料可谓杯水车薪，不可能将它们养大。养鸭人必须想尽办法填补饲料上的空缺，养大的鸭子又只能卖给县食品公司，因此，愿意养鸭的生产队并不多。尽管如此，为了增加集体收入，队里还是决定冒这个风险。

那一年，生产队选派四名社员组成养鸭组，饲养六百只菜鸭。

养鸭既是技术活，也是又苦又累的脏活，对饲养员来说，无疑是吃力不讨好的苦差事。养鸭子不仅要有经验，还要冒一定的风险，因为有些因素无法控制，最后只能听天由命。养鸭子的关键在于疾病的防治，一旦遇上鸭瘟，一群鸭子会死得一只不剩。这是常有的事情，所以，没有几个人敢冒这样的风险。

当然，饲养员也不是随随便便就能当上的，首先要被生产队队长看中，其次还要得到大家的认可。队里有养鸭经验的要数蒋伯兄弟俩，蒋伯的弟是我姑父，与我一起被选进养鸭组的还有一位名叫海生的年轻人。海生比我大不了多少，身体结实，手脚勤快，由于辈分的原因，我还得管他叫叔。

那年我刚满18岁，一个充满激情的年龄，可上九天揽月，可下五洋捉鳖，养一群鸭子算得了什么？蒋伯见我对困难认识不足，就笑着说：“你吃得了这种苦吗？不要到时候哭鼻子。”我也笑着对他说：“放心好了，哪怕再苦再累，我也会把鸭子养大的。”

鸭子喜欢在水里活动，鸭棚也就搭建在临河靠水的地方，一间茅草棚成了工作场地，靠水的一边做鸭圈，另一边放着四张竹榻，那是用来睡觉的。

蒋伯是大师傅，姑父是二师傅，我和海生只能算学徒，给他们打下手。鸭子孵化出壳就被捉回来，放在温暖处养上一个星期，身体状况才会稳定下来。小鸭子大多是嫩黄色的，也有少数黄黑相间的，毛茸茸的十分可爱，就像一堆黄色的绒团。苗鸭喜欢挤在一起抱团取暖，稍不留神就会挤伤压死，必须加倍小心。老鼠、野猫、黄鼠狼嗅觉灵敏，将苗鸭视为美味佳肴，特别喜欢光顾鸭棚，一不注意就会把苗鸭咬死叼走，令人防不胜防。因此鸭子进棚的半个月，大师傅特别辛苦，整天和苗鸭吃住在一起，一刻不离地守候着，恰似母亲护理新生的婴儿。

小鸭在圈养阶段，特别喜欢吃粪坑里的蛆，有利于健康生长，用蛆虫喂养的鸭子身强体壮，成活率也高。小鸭从进棚到身上长出大毛，需要一个多月时间，打捞蛆虫也就成了我们两个学徒的主要工作。每天凌晨三点，我和海生挑着木桶，左手捏着电筒，右手提着竹制的蛆篓，穿过一个个村庄，越过一处处粪坑，打着手电筒到处寻找蛆虫。发现粪坑里有蛆虫，就用蛆篓捞上来，倒进木桶里。运气好时，每人每次可以捞到大半桶，两人的加在一起，够小鸭美美吃上几顿了。运气不好时，蛆虫特别难捞，数量少得可怜，小鸭一天能吃上一顿，也算很不错了。

为了抢在别人前面，捞蛆虫必须起得早，不仅风雨无阻，还要熟悉村里粪坑的位置，避免走冤枉路，否则尽管你很努力，到头来仍会白忙一场。要赶在村民上粪坑前，不能让他们看见，因为人家粪坑里的蛆也要捉去喂鸭子，被他们碰到是要挨骂的。这活本来已经够苦的了，真可谓又脏又累，还要时不时遭遇尴尬丢面子。

鸭子长出大毛时，突然变得非常活跃，一不留神，它们就会跑得无影无踪，这就需要饲养员格外小心。我们外出放鸭子，蒋伯总是一步不离地盯着鸭群，生怕出现意外和不测。鸭子找食的能力特别强，田鸡、蚯蚓、昆虫、小鱼、小虾……凡是活物都喜欢，胃口特别好，仿佛永远吃不饱。

为了减轻饲养成本，我们每天上午、下午各一次赶着鸭子去稻田或者旱地里活动，让它们自食其力，这在养鸭的行话中叫“放青棵”。放青棵时要睁大眼睛，提高警惕，因为鸭子的天敌黄鼠狼，经常会在周围转悠，或者潜伏在某处，乘你不备时伺机下口，一只黄鼠狼能咬死几只鸭子。因此，将鸭子放进田里前，蒋伯总要大声吼叫几下，或者叫一个人走在前头，用竹竿抽打着地面，虚张声势弄出动静，吓走黄鼠狼、野猫之类的动物。

一次，我们赶着鸭群在黄豆地里放青棵。雨后的黄豆地一片葱茏，豆叶舒展着娇嫩的肢体，释放出纯净的绿色，叶面上滚动着晶莹的水珠；孵化不久的毛毛虫在叶面上快活地爬来爬去，拼命咀嚼着鲜嫩的绿叶；蚂蚱、蝗虫、飞蛾、蜻蜓……还有一些叫不出名的小昆虫，在田里到处瞎蹦乱飞，伴随着蛙鸣声翩翩起舞；耐不住寂寞的蚯蚓也钻出地面，扭动着腰身前来凑热闹，刚出现就成了青蛙腹中的美食。看着青蛙不顾一切吞食蚯蚓，一副得意洋洋的样子，我的大脑中突然跳出一句成语——螳螂捕蝉，黄雀在后，心里十分清楚，这里将会发生一场大规模的“屠杀”。

下午三点多钟，经过午休的鸭子被放了出来，精神显得特别饱满，先在河里快快活活洗个澡，然后沿着我们设计好的路线，一路欢歌进入事先侦察好的黄豆地里。刚才在栏里还懒洋洋的，在路上还慢腾腾的鸭群，突然像发了疯似的，纷纷冲进黄豆地，整块地里一片闹腾。鸭子在欢叫，飞蛾在瞎撞，蚂蚱在乱跳，青蛙在哀鸣，无论它们怎样刻意躲避，拼命四处逃窜，最终还是无济于事，免不了被鸭子们绞杀一空，全都成了腹中的美食。两个小时下来，鸭子原先干瘪的食囊，就像打足气的气球，圆鼓鼓的，几乎垂到地面上。

大获全胜，班师回朝，我们喜滋滋地驱赶着一大群鸭子，走在回家的路上，这时意外发生了。有只鸭子突然发出惨烈的叫声，我和海生马上意识到，鸭群遭到了其他动物的袭击。我们循声赶去，为时已晚，一只掉了队的鸭子，已经被黄鼠狼咬伤了，痛得在地上打滚；不远处，一只准备逃跑的黄鼠狼，还在依依不舍地望着拼命挣扎的美食。我顿时火冒三丈，捡起石块猛砸过去，早有防备的黄鼠狼，转身钻进旱谷地里，一下子跑得无影无踪了。由于心里不痛快，鸭群喋喋不休的声音传到耳中，就像在发泄着不满，埋怨我们没有尽到保护它们的责任。

去自己生产队田里放青棵，当然是一路绿灯无话可说，别的生产队却不欢迎我们，因为鸭子会损坏田间的农作物。鸭子是低智能家禽，分不清害虫和益虫，所到之处洗劫一空，无论害虫还是益虫，全都吞进肚子里，变成它们的食物。如果不事先打招呼，很容易产生纠纷，吃光田里的益虫，会影响农作物收成。

去其他生产队放青棵，不仅要看队与队之间的关系，还要看队长和师傅的威信，以及有没有做好工作。尤其需要注意的是，在同一块田里放青棵，要尽量避开其他生产队的鸭群，一不小心混在一起，那就麻烦大了，就像溪水流进小河里，想把它们彻底分开，还得花上九牛二虎之力。

赤日炎炎，稻浪滚滚，收获水稻的季节到了。收割双季早稻，一般在七月中下旬，最晚也得在八月上旬结束。那个年代的水稻脱粒，一般以人力掼桶为主，配有少量的脚踏脱粒机，缺少凝劲的早籼稻，容易散落下来，掉在田里造成浪费，放稻田也就成了养鸭人的主要任务。

放稻田比放青棵轻松多了，田里没有农作物遮挡，视野比较开阔，鸭子的一举一动，都在养鸭人掌控之中。加上鸭子已经长大，身体比较笨重，不可能像小鸭那样到处乱窜，即使有几只跑远了，赶回来也并不费劲。鸭子嘴馋贪吃，为了肚子不辞辛劳，见到落在田里的稻谷，就会用嘴捡起来，吞进肚子里，直到胃里装不下为止。凡是它们经过的地方，很少能见到散落的稻谷。二十多天下来，鸭子长得膘肥体壮，分量猛增。

八月下旬是菜鸭上市的时候，队里联系好食品公司，我们就赶着鸭群去县城卖鸭。从村里到县城有20公里水路，大约需要一天半时间，中途还得住上一个晚上。我和海生各自撑着一叶小舟，赶着鸭群沿着钟张运河，缓缓向县城进发。清澈的水面上游动着大批鸭子，“呱呱呱”的叫声不绝于耳，鸭子一边游动一边寻找食物，仿佛出门旅行似的。望着它们欢天喜地的样子，我只能摇摇头，心里有一股说不出的滋味，毕竟朝夕相处了几个月，它们都是我们一点点养大的。

进入西氿，找到事先约好的过夜处，蒋伯和姑父摇着大船早就到了，已经做好过夜的准备。我们让鸭子美美地饱餐一顿，然后把它们赶进围好的鸭栏里，几个人轮流守卫着，防止几月的辛苦在最后时刻出现意外。第二天早晨，又让它们饱餐一顿，继续一刻不停地赶路。中午时分，我们终于将它们赶进食品公司设在氿边的禽畜场。按照对方的要求，把鸭群分成几拨，逐一分级过秤，一直忙到下午三点，总算处理完毕。最后结下账来，500多只鸭子卖了1500多块钱。

身边没有鸭群，耳中听不到鸭子的叫声，我反而有点不习惯了，老是觉得周围空荡荡的，似乎缺少什么东西，一连几个晚上都没有睡好觉。

放牛往事

那个年代，生产队队队有牛，我们大队有十九个生产队，二十多头牛凑到一起就是一大群。各队不同，有饲养员专养的，也有轮养的，我们队有几年是轮养的，我毫不例外地加入过放牛队伍。那时候，人心善良，以队为家，生产队的事就是自己家的事，做起来绝对认真，养牛也不例外。待牛怎样，牛瘦牛肥，各家心中都有本账。

阳春三月，草长莺飞，菜花飘香。轮着放牛的人家会早早地把孩子喊醒，被喊醒的孩子会揉着惺忪的眼睛，去牛棚里牵牛到田边地头吃草。吃早饭的时间到了，大人会放开喉咙喊你回家吃早饭，急匆匆地吃完早饭，背着书包跑步去学校上学。下午放学回家，第一件事就是去牵牛放牛，牛娃会一手拿着树条或者竹枝，一手牵着牛绳，防止调皮的牛偷吃庄稼。稍不留心，牛偷吃了庄稼，牛娃不仅会遭到大人们的臭骂，自然也少不了家长的教训。

放牛的乐趣不在单个的放牧之中，而在于孩子们扎堆在一起放牧的时候。遇上星期天，天气晴朗，牛娃们把牛赶到山坡上，牛绳往牛角上一绕，轮流着瞭望，其余的人就开始疯玩。有玩扑克牌的，有玩捉迷藏的，也有采豆摘瓜的，更有甚者把队里的红薯挖了来，南瓜采了来，捡来干树枝，用瓦罐煨了吃。虽无碗筷，折根树枝当筷子，大家围着“锅”，你一块我一块，风卷残云，一扫而光。填饱了肚子，令人激动的文化场面就会登场。会讲故事的，妖魔鬼怪成了主题，听起来让人毛骨悚然，甚至夜里还会做噩梦，但还是竖着耳朵听；会唱歌的，唱起“南山头上一棵松，弯弯绕绕像条龙……”尽管比不上歌唱家，但在大山的回应下，还怪有滋味的；会吹口哨的，用竹叶当笛，树叶做箫，吹出来的声音特别好听。有一位同伴，擅长用竹叶吹奏，我十分钦佩，跟他学了多次，就是吹不出声音来。玩归玩，该做的事情还是要做，打牛虻是放牛人常干的活。山里牛虻多，大大小小一窝蜂地往牛身上叮，用它的尖嘴刺透厚厚的牛皮，吸牛的血。牛对付的办法是，前面甩动牛头赶，后面用尾巴甩。牛身体这样大，有许多甩不到的地方，牛虻就优哉游哉地吸牛的血。正当它们旁若无人，贪婪无比地吸血之时，一巴掌上去，一手殷红的血。我们折来竹枝，编成扁拍，一拍上去，可以拍死几只，甚至十几只。拍死的牛虻舍不得扔掉，用它做鱼饵钓鱼，效果非常好。夏天气温高，要让牛泡水避暑，既可以降温，又可以减少蚊蝇叮咬。走在窄路上，要防止牛摔跤，笨重的牛身摔倒了不是小事。牛通人性，你对它好，它就亲近你；你经常打它，它就回避你；你把它惹毛了，它就用牛角顶你。

我最不愿意在雨天放牛，尽管打着雨伞，甚至有同伴相随，依然感觉寂寞。人随牛动，牛走人进，牛默默啃草，人默默无语，只有细细的雨声做伴，有时人牛相望，好似有言，却又无语，远山近水，山近水远，人牛相随，那种场景，在画家笔下，就成了一幅美好的雨中放牧图。

最有趣的是在没有庄稼、地域空旷的山坡或者水草丰富的滩地放牛。把牛往那里一赶，人往草地上一躺，仰望天空，蓝天白云，鸟儿飞翔，或者闭上眼睛，听几声牛“哞”，感觉十分温柔；几个玩伴说说笑笑，打打闹闹，掏掏沙子，翻翻石头，捉捉迷藏。傍晚时分，骑上牛背，悠哉悠哉地回家，大人看着肚大体壮的牛，还会夸奖一番，那时的牛娃心里特别高兴。

放牛岁月一去而不复返，现在无锡地区能见到的水牛，恐怕少之又少，没有了耕牛哪来“放牛娃”。2014年春节，天气特别热，我去了趟小时候经常放牛的地方，山坡上长满了灌木，昔日的放牧场已无处寻觅，山沟里的农田已经荒芜，朝阳面上已是绿草茵茵。我想要是有牛，我一定会牵来这里吃草，重温过去的放牛景象。

兔年话兔

兔子，早在6000万年前就出现了。它的温和、善良和纯洁友好，令男女老少皆喜欢。古人早就把兔子视为瑞兽，《春秋》中亦有“玉衡星散而为兔”之说。人们常把月亮比作玉兔，可见兔子在大家心中的地位。春节来临了，家家户户忙过年，呈现出一派喜庆祥和的景象。兔年话兔，重温往事，对于出生在农村的我来说，兔子不仅是吉祥物，更是生存的依靠。

兔是食草动物，生性和顺乖巧，而且浑身是宝。兔毛是纺织的好原料，用兔毛编织的衣服，穿在身上既柔软又暖和，是衣类中的珍品。兔皮经过加工，可以制成各种各样的皮革制品，十分华贵。兔肉十分鲜美，营养丰富，堪称美食。在20世纪50到80年代初，养兔成为农村家庭主要的副业，一些地方对猪、羊、鸡、鸭、鹅有过限养令，从来没有对兔下过限养令，因此有不少家庭养兔，家里的油盐酱醋全指望在兔子身上。

20世纪50年代中后期，许多地方以大队为单位，建立了畜牧场，养猪、养羊、养兔、养鸡、养鸭、养鹅、养牛，一时饲养风大起。在众多畜牧场饲养的畜禽类中，兔的饲养量是最大的，因为兔子生命周期长，繁殖快，饲养方便，成本相对较低。种兔从交配到生养不过三十天，一窝少的七八只，多的可以到十多只。兔子喂养得好，不用一年就长成了成年兔，毛兔高产期可在五年左右。兔在饲养上要求不高，笼养、圈养都可以，食物以草和蔬菜叶为主，适当搭配一些精饲料就行，饲养成本相对较低。而且兔毛价值高，一只兔一年可以采三次毛，兔毛收入至少可达八元，高的可达十多元，那时的十元要抵现在的几百元。所以，家家户户把兔子当成心头肉、命中宝来呵护，因为它能给家庭带来收益，改善家庭生活。但兔子也有一个致命的弱点——抗病能力较差，一旦染上病毒，一死就是一大片，全军覆没是经常的事情。

因此，人们又害怕养兔，它可以在一夜之间，使你赔得血本无归，让你生活的希望破灭。有一年，我们大队的畜牧场，上千只长毛兔得了传染病，不到一个星期就全部死光，大家的收入大减。唯一的好处是，把死兔深埋在桑田里当肥料，使得那年的桑树枝粗叶茂，蚕茧获得了大丰收。就这样，在大队组织下家家养兔，即使在三年困难时期，我们村的生活明显比其他村要好，靠的就是兔子成群，十天半月可宰兔吃肉改善伙食。而且养兔可以产生连环效应，兔多肥多，肥多粮多，兔多毛多，毛多钱多，生活质量也就提高了。

养兔是很讲究的，多多才能益善。那时，每户不是养一只两只兔子，而是几十只上百只。虽然没有先进的兔舍，也没有掌握科学的管理方法，依靠传统的饲养经验，照样将兔子养得活蹦乱跳。兔子一般都圈在家里散养，兔子生来胆子小，见了人就跑，听到响声就躲，因此必须把门关得严严实实，既怕兔子跑丢了，又怕人去骚扰它们的安静生活。兔子有个坏习惯，喜欢在暗处生活，也喜欢打洞，因此家里的床底下、柴房、灶屋里，成了兔子生活的好地方。家里到处是兔子打的洞，隔三岔五会有小兔跑出来，一旦有人进门，它们就跑到暗处躲了起来，有些还躲进了洞里，就连自己也不知道养了多少只兔。家里一般要存储两三天的草料。兔子是不能吃湿草的，吃了容易生病，也不能吃带有毒性的草料。我们家也养兔子，但采用笼养的方法，每只笼里两只兔，为了避免互相伤害，不是两母就是一公一母，这样比较和谐。我每天放学回家后不是做作业，而是磨快镰刀，背上草篮，去割兔草，这也是我童年最快乐的事情，不仅因为在田野上、山林中可以放飞自我，而且养兔即养家，能为家里的生活出点力。

现在生活富裕了，生活方式发生了很大变化，家庭也不再依靠扯几根兔毛、养几只鸡解决油盐酱醋问题，我们老家几乎没有人养兔子了。形势发生了逆转，乡下人不喜欢的东西，城市人却喜欢上了。特别是现在的独生子女，由于太孤单了，家长让他们养一只宠物，既可以解闷，又可以培养爱心。一只宠物兔要卖上好几百元，有的孩子被小兔抓伤、咬伤也在所不惜，仍旧对它关怀备至，为它梳毛洗澡，让它吃香喝辣，伺候得有条不紊。小孙子就向我提出养宠物兔的要求，我一直没有应允。因为我养过兔，知道养兔需要付出。我把自己童年的经历告诉他，并对他讲，当你能承担起养兔的所有工作时，我就给你买。

特殊年代的经历，使我喜欢上兔子。我喜欢它性格内向而乖巧，偏爱独处不张扬，沉静聚神爱思索，诚实敏感特善良，机灵老练爱时髦，谨慎和顺不夸张。但是，随着阅历的增多，我发现兔子身上也有不少弱点——自以为是，势利冷漠，难以捉摸……我不是宿命论者，但从养兔的观察思考中，悟出了些许人生的真谛。

都是桑葚惹的祸

小院东南角的那棵桑树，也许是土质松软肥沃的原因，生长得蓬勃旺盛，风风火火。栽下去当年，桑枝上就挂了果，虽不是很多，但果大而甜。第二年一发不可收拾，老枝新枝，枝枝挂果，沉甸甸的果实压得桑枝一天天地往下垂。

桑葚青时犹如爬在枝条上一动不动的毛毛虫；到它红时，一如煮熟的虾体，密密匝匝布满了枝身。红的果，绿的叶，压得桑枝倒挂，成了名副其实的“柳枝”。五月中旬，桑葚开始变黑，黑是成熟的标志，黑得愈深，桑葚愈甜。

从桑葚发黑开始，小院开始闹忙起来了。先是几只麻雀和小金雀在桑树上蹦来跳去，寻找发黑的桑葚，用它们的尖嘴啄食桑葚上的黑籽，被啄的桑葚遍体鳞伤，不要很长时间就落地干瘪。半生不熟被糟蹋的桑葚实在令人心疼。小孙子更是不让它们胡作非为，拿来了平时玩耍的弹弓对付那些偷食者。我怕伤害了鸟雀，更怕误伤了邻居，就用两只红塑料袋系在小竹竿上，又把竹竿绑在靠近桑树的铁围栏上，风吹袋飘，呼呼作响，作为恐吓小鸟的工具。小鸟们见了，蹲在电线杆上叽叽喳喳，一副望洋兴叹、不知所措的样子。我见到预期效果，心里着实高兴，以为桑葚可保无忧了。

哪知好景不长，那些馋嘴的小鸟，望着满树的美食，经不住那乌黑桑葚的诱惑，它们顶着被人驱赶的耻辱，冒着挨打的危险，先从电线杆上飞到靠近桑树的围墙上，望着微微飘动的红塑料袋，冲着它骂骂咧咧，似乎要把它赶走。在塑料袋骂不动怒，赶不动身时，它们似乎意识到它虽是个忠实守卫者，但不过是个摆设，不会对它们构成威胁，就尝试着飞到了能给它们提供美食的桑树上，稍加停留又扑棱飞回电杆上，继续观察红塑料袋的动静。几番轮回，确信那飘荡着的红塑料袋对它们无能为力时，小鸟们也就摆出了无所顾忌的派头，大摇大摆地飞到了桑树上，大口大口地享用美餐起来。

别看它们旁若无人的样子，其实它们也知道是在偷食别人的劳动成果，因此也就特别警觉，一有风吹草动，互相招呼一声，扑棱着翅膀，飞上电杆，转动着小脑袋，观察着小院内的动静，在确认没有威胁时，马上又飞回继续啄食。起初我和家人还去赶它们，后来干脆不去多问，反正几只小鸟也吃不了许多。不料，小鸟们把我们的宽宏大量当成了软弱可欺，不仅自己什么时候想吃就吃，还吆喝了鹁鸪、八哥、野鸽子等一起参与，你来我往，小院简直成了它们的天堂。它们不仅连食带糟蹋，桑树下落了不少桑葚，引来了一群群蚂蚁，还乱拉粪便，弄得花盆上、围栏上到处是鸟粪。每天早晨，我都要忍受着对桑葚的怜悯和对鸟雀们的恼怒，清理打扫小院卫生。

鸟雀们的肆虐和不地道，在一天早晨遭到了报应。

那天早晨，我在窗口目睹了全过程。忍受了一夜饥饿的鸟雀，在桑树上毫无戒备，津津有味地享用早餐，还忘不了叽叽喳喳地互相交谈。这时，一只体形较大的、在地上啄食桑葚的短尾八哥，抬头望了望满树的桑葚，摆出了一副不太愿意吃剩食的样子，从地上飞到了靠围墙的桑枝上，脑袋转了几下，不知是观察周围状况还是在挑选桑葚。不一会就大口大口地吞食着桑葚，看着它那目空一切、贪得无厌的样子，实在令人气愤。我本想开门将它们赶跑，突然发现在黑色的围墙上蹲着一只黑猫，围墙隔壁的桂树枝叶正好挡住了黑猫的身体，不留心细看，你绝对不会发现那里蹲着只猫。就在八哥全神贯注啄食桑葚时，黑猫唰地扑了上去，一口咬住了八哥的身体，猫爪在空中乱舞了几下，我想它是想抓住桑枝搂住桑树，不料没有抓住掉了下来，落到了花坛沿口上的花盆里，花盆摔到了地上——碎了。黑猫“喵呜”了几声，叼着还在垂死挣扎的八哥，摆出一副胜利者的姿态，走了。

我被一刹那间发生的事情惊呆了，一切都是那样突然，那样迅速，那样神奇。突然得让人呆滞，迅速得让人惊讶，神奇得让人难以置信。

小院发生的一切，归根结底都是桑葚惹的祸。

春　雪

今年春来早，春节前就立春了。

雨水前一天，天气预报说有冷空气南下，合肥、南京有暴雪，上海雨夹雪。无锡夹在南京、上海的中间，至少也有小雪吧！2月19号凌晨，轰隆隆的声音把我从睡梦中惊醒，揉揉蒙胧的眼睛，还没来得及思考是啥声音，一道闪电把窗前阳台照得雪亮，紧接着是轰隆隆的雷声直灌入耳。

我透过窗户望出去，屋上白了，地上白了，树上白了，车子也白了，整个大地银装素裹，洁白无瑕。反正一时也睡不着，干脆穿好衣服，打开空调，站到阳台窗前，细细地观察起雪景来了。

雷声依然，雪势丝毫未减，大地像一张白纸，楼、树、车自然而然地点缀在画面中；鹅毛般的大雪随风飘荡，洋洋洒洒，如嫦娥舒袖，天女散花，湿淋淋，轻飘飘，携珠带玉，扑向大地的怀抱。雷助雪舞，把窗户震得嗡嗡作响，窗前的电线在风雪的作用下，像一把硕大的提琴，弹奏着《高山流水》《阳春白雪》，那一串串抒情的音符，只可意会，不可言传，只有用心的人才能听到，此时此刻，有多少人会去领会这景色呢?

天刚放亮，雪还在不停地下着，不过小了许多。我听到了“嚓嚓”的铲雪声，有谁能这样早起来铲雪呢？往窗下一看，原来是小区值夜班的门卫。大概他们一夜未睡，既观赏了一夜的雪景，又为小区居民早晨出行而担心。为了小区居民的行路行车方便，一大早就行动起来，打扫小区道路上的积雪。他们一人在前面用洋锹铲，一人在后面用扫帚扫，路上的积雪被推到两边，本已被白雪覆盖的路面露出了原来的面貌。不一会，小区里也有人加入了扫雪的行列，不过，大多是各扫门前雪，还有个年龄不小的邻居在空地上堆了个雪人，也许在清理出属于自己的那片净土的同时，希望找回已经失去的童真。

汽车在市区的马路上行走，眼前为之一亮。路面上的积雪已经被推到了路的两侧。市交通台播音员不停地播送着全市道路的积雪情况，九点钟不到，说市区主要道路已经畅通，但还是不停地告诫司机，路面湿滑，小心开车。我只知道小区的门卫一大早铲雪、扫雪的情景，市区这么大，道路畅通这么快，我们的环卫工人又是几点就上了岗？面对洁净的道路，环卫工人的形象立马在我眼前高大起来。我和几个环卫工人聊过，知道他们待遇很低，工作辛苦，环境很差，而且大多还是“临时工”的名分。但是，为了市民的顺利出行，为了城市的文明洁净，他们不辞辛苦，起早贪黑地工作，特别是遇到这样的突发天气，天不亮就奋斗在马路上，他们做出了多么大的牺牲和付出，而我们对他们知之不多，关怀欠少。

在上班的路上，雪还冷凝在树冠上，枝叶交错，状如龙爪，惟妙惟肖。有了雪，城市的空气格外清新，有了雪，农村格外美妙，有了雪，人的心情会格外兴奋。不是吗？被雪覆盖着的山上、湖畔，许多市民在踏雪赏雪，身边有许多顽童。因为这场雪，学校启动了应急机制，推迟一天开学，也给孩子们一个难得的赏雪、玩雪的机会。

春雪化尽不需要太多的时间，太阳出来又会是一个美丽无比的世界。

铁锅饭香

每隔一段时间，我就会带着孙子去农村老家和父母相处一天半日，这已成为我近几年的定例。

父母老了，能和他们一起说说话，让他们看看重孙，就是对他们最大的安慰。父母住的是三间小平房，前面有一个小院子，居住条件当然不能跟城里比，但他们死活不肯到城里住，说到了城里就等于关进了笼子，连一个说话的熟人都没有。我经常往乡下老家跑，不仅因为那里有我的亲人，是生我养我的地方，而且更有趣的是，我老是想着母亲铁锅里的米饭香，也特别爱吃铁锅烘烤出来的锅巴。

母亲的厨房紧挨在住房边上的偏房里，做饭仍然是旧式的灶台，不过是口独眼灶，上面安放着一口铁锅，与过去的老灶比，小了许多，边上少了个用来拉风吹火的风箱。做饭用的柴薪是父亲从建筑工地和山上拾来的废木料和枯树枝，两位老人把废木料和枯树枝砍成段，扎成捆，整整齐齐堆放在柴房和院子的墙根下。我为他们置办了瓶装液化气，他们舍不得用，说那么贵的东西，一瓶烧不了几天就没了，而且做出来的饭菜没有铁锅做出来的香。

母亲身体不太好，见到我回去，总要尽其所有给我做菜做饭，这时，我会坐到灶膛的矮墩上，给母亲烧火。母亲做好几个小菜，然后把淘好的米倒入铁锅里，试好水，盖上锅，坐到椅子上，一边望着我往灶膛里添柴，一边和我唠叨村上和家里的事。

和母亲聊得正浓时，我闻到了一股米饭香味，母亲叫我把灶里的明火熄掉，让炭火焖一焖锅里的米饭，然后再添把软柴，不仅米饭熟了，而且锅底部的米饭成了香喷喷的锅巴，那是我的最爱。多么熟悉的味道啊！我望着院子里的花草、井台、树木，还有走到院子里收拾杂物、走路摇晃的母亲，我的心似乎被什么触动了一下，思绪随着这饭香味飘得很远很远，它穿越了时空，一下子让我回到了童年。

童年的生活不但远比不上现在这样富裕，甚至是苦难的。我和村上的孩童们一样，在贫苦中挣扎着生活。

到我上学的时候，我家已经是个不大不小的家庭，全家七口人，我在读小学，奶奶在家里照顾弟妹和料理家务，爷爷和父母都在队里挣工分。小学就靠在家旁边，中午一家人围坐在一起吃饭，大人们还会聊些家里和队里的事情，发现我们兄妹饭粒掉在桌上，总要让我们拾起来吃掉。有时候，奶奶和母亲干脆自己捡来吃了。她们虽不会用“谁知盘中餐，粒粒皆辛苦”这样的诗教育我们，但她们的举动在无声中影响着我们，让我们吃过饭后面前没有一粒饭粒，碗里也是如此，从小养成的习惯直到现在都无法改变。饭后，奶奶总会捏个带锅巴的饭团，或者留一块烤得脆脆的锅巴装在碗里再放到锅里，这是给我留的放学后的点心，我会背着草篮，闻着香喷喷的饭香，边吃边去割草。那种香味从那时起就定格在我的记忆里，萦绕在我的心头。

有一次，我放学回家，已经有小伙伴在家门口等我一起去割草，我忘了拿奶奶放在锅里的点心，就出门去了。奶奶以为我身体不舒服，挎了个菜篮找到了我，边问边用她的额头贴紧我的额头测量我的体温，问我哪里不舒服。我说：“没有不舒服啊！”“那怎么没吃饭团？”我告诉她是我忘记拿了。奶奶从怀里掏出一个带锅巴的饭团，看着我吃完了才离开。每到星期天，我总喜欢坐到灶膛前给做饭的奶奶烧火，这样好早一点闻到铁锅里的米饭香和重重的锅巴味。

奶奶生病期间和去世后，母亲代替了奶奶，成了灶上的主人，尽管我已经从一个孩子长成了大人，参加了工作，但我还是喜欢闻母亲那铁锅里淡淡的米饭香，特别是那浓浓的锅巴香味。

后来，我们进了城，做饭用的是电饭煲，做菜烧的是液化气，炒菜用的是合金锅，很难再闻到铁锅里的米饭香，更不用说是那浓浓的锅巴香味了。我在城市生活了三十多年，铁锅里的饭香味也似乎退出了我的生活，繁忙的工作也使我忘记了许多童年的故事。

我已年过六十，好在父母都在，只是母亲的身体已大不如从前，我看着母亲一天比一天衰老，佝偻着的身体，我觉得映入眼帘的世界慢慢地模糊了！

“爷爷——”孙子调皮地搂住我的脖子，把我从遥远的思绪中拉了回来。

我问孙子闻到锅里的饭香味了吗？

“没有啊！”孙子回答我。

是啊，儿子已经很难闻到这样的香味了，何况孙子他们这一代呢？

发现快乐，享受快乐

快乐总是近在咫尺。有些人善于发现和享受快乐，成天胸怀敞开，喜笑颜开，快乐就与他常相伴；有些人不懂得快乐，快乐虽在他身边，但他总觉得与快乐无缘，成天眉头紧锁，愁眉苦脸。

一种人把工作主动积极，平时好学上进，同事和睦相处，上下关系融洽当作快乐，把成绩当作前进的动力，为别人进步而高兴，落后了则努力追上，把表彰奖励当勉励，把批评处分当教训，吸取的是经验，修正的是错误，胸襟开阔，少有烦恼，多有快乐。另一种人把工作当累赘，视学习为烦恼，同事如同陌路人，自己不求上进，嫉妒别人进步，有点成绩就喜形于色，一受批评就闷闷不乐，胸襟狭窄，小肚鸡肠，这样的人自然与快乐无缘。

有一家工厂，两位副厂长，一位管生产，一位管销售。凭能力，两人不相上下，由于产品市场上热销，销售副厂长要求加班加点增加产量；生产副厂长认为设备已经满负荷运转，再加班加点，设备没时间检修保养，工人得不到休息，身体要受影响。厂里想添置设备，但一时也到不了位，招收工人还得培训，也远水解不得近渴。厂长决定，在内部挖潜上做文章，于是，用适度加班加点缓解燃眉之急，生产副厂长表示同意，销售副厂长也无言以对。事情虽定了，但销售副厂长认为厂长没有全力支持他工作，心里老是闷闷不乐，感到很沮丧，还经常在销售人员面前发牢骚，不久就病倒了。生产副厂长虽然感觉压力大，但努力按照厂长的决定去做，千方百计腾出时间保养设备，要求食堂为工人改善伙食，成天乐呵呵的，和工人们有说有笑，觉得厂长还是支持他工作的，因此很满足，很快乐，生产任务完成得很好。

在离岗退休的人群中，一种人把离休、退休视作快乐。他们认为，退休意味着功成业就，安全着陆，退休了，可以少受许多清规戒律的约束。不需要西装革履，不需要脸上一本正经，也不需要左顾右盼、言语谨慎，更不需要请假签到。总之，你可以无拘无束转街，自由自在读报，欢天喜地遛犬，国内国外旅游，随心所欲说话，安安稳稳睡觉，随时随地种花，买菜，做饭，哄孩子，拖地板……尽在快乐之中。另一种人认为离休退休像生死别离一样难受，早上习惯动作是拎包上班，遇事喜欢指手画脚，稍有不顺心就打大骂小，老记得过去门庭若市、前呼后拥、好话灌耳、八面威风，讨厌现在门可罗雀，三天接不着电话心里就烦躁，好不容易有电话铃响，打过来的却是骗子，回过去的是牢骚。在位时一口一个铁哥们，退位后受不了“一年以内喝杯酒，两年还能握握手，三年见面点点头，四年见你绕开走”的世故人情。于是，满脑是烦恼，满眼显忧愁！其实，这些没有什么大不了，人走茶凉，处之泰然，凡事想得开，快乐自然来。

有两位同事，同样的职务，不同的年龄，年龄大的早退，退休金还没有后退的高，由于追求不同，心态也不太一样，结果截然不同。前者乐于享受，钱多钱少一个样，成天与快乐打交道，栽花种草，养鱼喂鸟，跑步打球，玩牌下棋，读书看报，喝茶聊天，买菜做饭，接送第三代上学放学。子女收入不高，家境不是很好，生活虽过得一般，但把愁事当作乐事办，小事当作大事办，把全部精力投入在职时想做而没有时间去做的事情上，办成一事就乐呵呵地与人分享，年近九十依然康健，活得潇洒自然。后者退休以后，老是这也不习惯，那也不顺心，东奔西走，应聘帮忙，难以适应门庭冷落、朋友变路人的现实，闷闷不乐，自寻烦恼，远离了快乐，不久离开了人世。

生活中许多人能正视现实，决心去做立志要做的事情，努力去实现所追求的愿望，办成一件事情，就觉得有成就感，就能从中享受到快乐。相反则永无快乐，甚至还会活活气死。

愿人人都能发现快乐，享受快乐！

榕　树

榕树是南方树种，在我国南方都能见到，但最多见的还是福建福州。

福州的大街小巷，家前屋后，到处都是榕树的身影。那天在福州，看着大如伞盖，郁郁葱葱的榕树，不禁使我想起宋朝诗人杨万里的《榕树》：“直不为楹圆不轮，斧斤亦复赦渠薪。数株连碧真成菌，一胫空肥总是筋。”

榕树又分为大叶榕树和小叶榕树。正如诗中所形容的，榕树成不了大材，既不能做梁柱，又不能打家具，更不能制造车轮，即使用它做柴火，烧茶煮饭也不如其他柴火旺而耐烧，所以连樵夫也不砍它做柴薪。世上万物总有它的用途，榕树也一样。由于树冠状如雨伞和菌菇，树上满挂的气根犹如关老爷的胡须一样洒脱，是非常耐看的景观树种，所以它就成了福州市民的挚爱，经过反复评选，榕树成了福州的市树。

榕树适应性不是很强，耐热不耐寒，适宜在零度以上，雨量充沛，相对潮湿的地区种植。福建的气候条件和环境非常适合榕树的生长，因此，在那里它生长得比其他任何地方都舒适旺盛。福建的不少城市都把榕树作为行道树来种，连那些圣庙里的古树，榕树也占了相当大的比例，但都比不了福州。

福州简称“榕”，毫无疑问与榕树有着密切的联系。在福州到处都是青翠欲滴的榕树，既美化了环境，又净化了空气，还为人们遮风挡雨。远看榕树生长得高高大大，其实是好几棵甚至几十棵合抱在一起生长。有些是它的须根着地后，年长日久长成的树干，如果把它们分开，可以分成几十棵。发达的根系，健壮的躯干，茂盛的枝叶，就像一把撑开的大伞，蔚为壮观。

榕树还是制作盆景的好材料。榕树做出来的盆景，小的犹如菌菇，可放在案头茶几观赏；稍大一点的，可以置放在客厅、书房里供人欣赏；大的只能放在宾馆大厅、大餐厅、大会场和公园里，有这样的大盆景在，自然会吸引不少人的眼球。任何盆景树都是需要人工培植的，榕树盆景也不例外，同样需要经过园艺师的相材、锯截、取势、修整、培养，没有欹侧横斜，偃仰矫矢是难能成功的。

我家里就有一棵榕树盆景，不需要施太多的肥料，也不需要花费太多的精力，只要经常给它浇些水，它就非常满足，生长得十分茂盛，浓密的枝叶，奇形怪状的树干，长短不一的气根，活像一柄绿色的雨伞，十分养眼。前年冬天，我出差在外，忘记交代家人把它及时搬进室内，结果将榕树上部冻坏了，尽管我尽力抢救，依然无效，只能剪去枯死部分，没有想到第二年春天，树干上冒出了许多嫩黄嫩黄的细芽，不久就枝繁叶茂，又可以给它修整出新的造型，把它培养成人见人爱的盆景树了。

大白菜·红薯

大白菜

金秋十月，洁净、滋润、硕大、白绿分明的大白菜成熟了。两个多月前，它还是经不起折腾的嫩菜秧子，栽到整好的菜地里，还东倒西歪的，给它浇上水，隔个十天半月施上一次肥料，有了足够温暖的阳光、滋润的水分和肥料，它就非常满足了，一个劲地往上蹿。别看它笨头笨脑，内里却非常有滋味，阳光“进驻”它宽大的菜叶里，水分饱含在肥厚的叶片中。在收获的季节里，家家门前晾晒着从地里收获的大白菜。

大白菜的吃法很多。清炒大白菜、豆腐煮白菜、肉丝肉片炒菜梗……更多是用盐腌着吃，一直可以吃到来年春天。当我有滋有味地吃着用盐腌制的大白菜做的菜肴时，就相当满足这简单而朴实的日子了。

我喜欢层层叠叠、叶梗分明的大白菜。腌制大白菜，要先把收获的白菜晒两天，让它失去一部分体内的水分变软，再用清水洗净，晾干，放入大缸腌制，一层白菜撒一层盐，人站在缸里一层层地把白菜踩结实，最后，用洗干净的大石块压在上面，腌制程序就完成了。冰冻雪飞的季节是蔬菜淡季，腌制的白菜就成了饭桌上的常客。

大白菜，在过去的秋天里积存了许多暖暖的阳光，如今被释放在咸咸的盐水中，想必一定感受到了什么是奉献的滋味了吧。此时的大白菜，天天被人们惦记着，经过加工成了餐桌上令人开胃、被人夸耀的美食。

其实，这已经是过去的事了，如今在苏南农村已经非常少见有人家腌制大白菜了。在菜市场上，也很少见到用这样的方法腌制的大白菜，有也是外地运来的货，幸运的是，味道似乎没有改变。

红　薯

红薯，常有人说它是穷人的庄稼，是印在深秋和冬天里的记忆。红薯是人们喜欢的食物，不仅是过去，就是现在，一年四季都会经常在餐桌上出现。

红薯在粮食中不算主粮，但也不是蔬菜。它三月育苗，五月就可以栽种，一直可以栽种到七月。地上长枝叶，地下长块根，叶梗可入菜，块根可当粮。你给它一分付出，它还你双倍甚至三四倍的回报。它生长的要求并不是很高，只要在栽种时，地下施上一层草木灰或者其他有机肥料就足够了。红薯亩产量一般情况下两三千斤，高的也可以产到三四千斤。管理起来非常简单，不生虫，不生病，只需给它除一两次草，它就能根壮叶茂，秋天只管收获。

秋风显冷，红薯成熟了，队里开始挖红薯，大人孩子齐上阵，女人樵红薯枝藤，男人挖土中的红薯，孩子则跟在后面捡地上的红薯，并将其按大小分类，装进筐内，运回家中。

在那个季节，红薯成了主食，家家早上焖红薯，中午米饭红薯一锅煮，晚上红薯粥。

红薯甜甜的，软软的，除了甜腻没有怪味。有一种品种叫大红袍，产量不是很高，红皮白肉，皮儿透亮，一戳就破，蒸熟后，软稀稀的肉瓤，舌尖一舔，甜入心肺，吃起来软溜溜的，很缠绵，有些像新媳妇的脾性。还有一种黄心的红薯叫黄金薯，皮色呈浅黄色，生时肉质白里透着黄，一旦蒸熟，软软的皮内露出金黄色的肉，吃起来特别香甜。由于这两种品种产量低，已经被淘汰了，现在想起来还很怀念它们。后来换上了高产品种胜利八号，产量是上去了，口感比起大红袍和黄金薯差远了，吃在嘴里有些像板栗，硬硬的，像啃着一块带有甜味的面石头。

红薯产地，当然得吃红薯，但吃多了会出现胃胀气。我就曾吃到胃胀气。尽管不喜欢多吃，还是天天吃，从一个小男孩吃成了小伙子。

收回家的红薯是要及时处理的，否则，会因冬天的严寒冻伤而烂掉。

红薯从土中来，免不了身上粘着泥，洗红薯就成了家家必干的活。根据各家的需要，有的人家把红薯刨成丝，晒成干，在冬天里既可以和大米一起煮粥做饭，也可以单独煮着吃，做出来的食物都带有红薯的香甜，十分可口；有的人家把红薯擦成粉状，洗出它体内的淀粉，晒干，加工成粉皮或粉丝，做菜吃。

由于红薯不容易储存，国家没有下达收购任务，产区一般是六百斤红薯折抵一百斤稻谷分给农户。每年收获季节，圩区人会用一百斤稻谷换取五百斤红薯，因此，红薯在产区也成了抢手货。

在那个时期，收获了红薯，也收获了自己。

棉　花

秋天里，棉花是乡村原野上的一道风景。棉桃张开嘴巴，吐出雪白的棉絮，柔柔软软的，就像温柔的女人。所以乡下人说棉花是女性的，是最温柔的庄稼。

我们乡下不是产棉区，棉花种得不多，但还是利用边角隙地种了一些，以备冬天各家纺纱纺线之用。棉花的种植不同于其他农作物，先要为它准备好营养钵，然后把种子下到营养钵里，等到麦子收割完，再连带营养钵里的母土和棉花苗一起移栽到大田里。棉花是比较难伺候的农作物，苗期土蚕喜欢咬它幼嫩的根部，中期叶面虫喜欢食它的嫩叶，结桃了，棉铃虫喜欢钻进棉桃里挖心食肺。所以，给棉花打药治虫是少不了的农活。

小时候，棉桃壮实的时候，我们这些小顽童会偷偷地折几根带棉桃的棉枝，拿上家里的铜盆，把棉桃当锣锤，敲打盆底，嘴里唱着“新媳妇，回娘家，缎子棉袄，新棉花，人见人爱人人夸”。玩是玩了，总免不了大人的一顿臭骂。

老年时代的棉花，棉桃咧开了嘴，吐出了白白的棉花絮。队里人开始忙碌起来了。肩挎竹箩，手拎竹篮，穿梭在棉花田里，一朵朵雪白的棉花在人们的手心里翻缠，拽满一把扔进箩里篮里。几经收获，仍有不少来不及成熟的青棉桃挂在棉枝上，来不及等它成熟，棉棵就被割下来，捆好堆在场地上。下一茬农作物就播种下去了，季节不等人啊！

秋忙结束，冬天到来，女人们聚集在仓库前的场地上，躲避着刺骨的北风，面朝浅浅淡淡的阳光，开始收拾残留在棉棵上的棉朵。她们非常平静，没有秋收时候的紧张，心情犹如这冬天的天空一样，晴朗而淡远，和平又宁静。她们边在棉棵上寻找残留棉花，边聊着村里村外的见闻，那种和睦相处、姐妹情深的场景现在已无法重现。

棉花分到各家各户，按照各自需要，有的用来做棉袄，有的用来做被絮……更多的是自己纺纱捻线，纺出的纱加工土布，捻出的线纳鞋底、缝被子。我们村许多人家有纺车，一到雨天和夜间，女人就坐到纺车前，一手摇着纺车，一手捏着棉花条，“嗡——嗡——嗡——嗡”，整个冬天，满村子都听到安宁平静的乡村歌谣，夜深人静时格外清晰动听。

加工土布是要请人的，我们村子里没有会织土布的人家，村里人把纺好的纱，称好分量，集中起来，送到别处去加工，加工完再按分量分到各家各户。然后，就请染匠来村里，按照各家的要求，分缸染色。那时，村里的晒场上会用竹竿搭起晾布架，一匹匹退过浆的土布被晾晒在上面，晒干进入染缸染色，再经过漂洗等一道道工序，土布就成了衣服、床单、被服布。那是20世纪五六十年代的景象。

现在的人，除了上了年纪的人还会有些儿时的记忆，年轻人恐怕见都没有见过，甚至听都没有听说过，因为再也没有人会穿那种家织的土布了。

棉棵在冬天里成了烤火的好燃料。在漫天飞雪的日子里，大人会叫孩子们冒雪抱来棉棵，在堂屋中摆上火盆，点上火取暖。即使火焰熄灭了，棉棵的炭灰依然吐着热气。我小时候在灶膛间烧火做饭做菜，最喜欢用的是棉棵，不仅火旺耐烧，而且烟少，不熏眼睛。

乾元红

有位喜欢收藏的朋友邀请去他茶室喝茶，我欣然前往。

在他的家庭茶室中，摆满了各式厨柜和博古架，用来摆放他的收藏品。紫砂壶，木雕件，观赏石，铜雕石刻……让人目不暇接。说是茶室，其实是朋友的店面，兼顾做生意，朋友用生意上赚来的钱收购自己喜欢的藏品。

茶室里有一位稳重端庄、清新爽净的女子，既是营业员又是茶艺师。她领我到茶架前，茶架上摆满了各式各样的茶，绿茶有碧螺春、铁观音、龙井、毛尖……红茶有普洱、滇红、祁红和家乡产的乾元红。我生在茶区长在茶区，哪有不懂茶的。红茶味甘甜，暖胃解渴，我当然选择了红茶，而且是乾元茶场出产的乾元红茶。

这两年乾元红茶十分走俏，最高价卖到每斤四千元，求茶者络绎不绝，断供是经常的事。上茶程序极其讲究，既不可疏忽，也不可繁琐。宽大的茶桌，小巧精致的茶具，壶是紫砂的，盅是紫砂的，勺是紫砂的，连装茶叶的罐也是紫砂的。这些茶具在那女子手上就有了生命，有了灵性，烧水、烫杯、洗茶、冲泡，行云流水般的程序操作，让我不得不屏气凝神，细心察看她每一个细微的动作，聆听她柔软的“茶言茶语”。一壶茶沏好，倒入杯中，橙橙的红，醇厚的香，清亮透明，一看就知道是红茶中的极品；端起茶盅，啜上一口，清香和润，味甘气顺，沁入心脾。几盅茶汤下肚，暖意浓浓，神清气爽。

乾元红茶产自宜兴太华山，茶山坐南面北，与云湖（横山水库）相望。翠竹，绿树，小溪，流水，加上一片片、一垄垄修剪整齐的茶园，给人以人间仙境的感觉。制作乾元红茶要求极高，茶叶起采于三月下旬，止于立夏前，茶片一叶一芽居多，经过采摘、轻揉、发酵、烘烤、筛选、包装等流程就可以出售了。乾元茶场的茶树以有机肥为主要肥料，叶片厚而鲜嫩，加之环境幽雅，为天地清气所养，山间灵坡所育，雨前甘露所滋，再加上严格的采摘时间，精细的制作要求，喝了这样的红茶岂有不齿舌留香的道理！

饮茶对我来说是生活中必不可少的事，各地的茶我也都尝过，各种品牌的茶各有千秋，自从饮了这乾元红茶，便有了喝茶必喝乾元红的嗜好，因为唯有这乾元红茶能给我以茶至心静、茶至灵来的感受。

吃茶有多种吃法。当你厌烦都市喧嚣，内心感觉疲惫，工作繁忙愁绪万千之时，不妨冲上一壶或者泡上一杯，红茶也好，绿茶也罢，细品慢饮中你会感受到愁绪渐消，疲惫顿解，虽然不得茶灵之真体，但也可以在饮茶中有意无意地去寻找其远去的踪影和品尝茶留下的余味，渐渐地神提乏解，清朗空明。对于那些无论是在喧闹繁华的城市还是在烈日当空、蝇飞虫舞的农村为生计而日夜奔忙的人群，哪有多少闲工夫去细品慢饮那工夫茶？吃茶对他们来说只是为了解一时之渴，牛饮之中当有另外的况味。时下流行休闲养生，茶是养生不可或缺的上品，喜欢什么样的茶当然得饮者自定，对于我来说，自然喜欢家乡的红茶，红茶之中当属乾元红茶了。

我已不记得是哪位大家说过："心静之处就是最好的茶场。"事实也是如此，饮茶自当心静，心静方能不拘茶迹，不落茶痕。一杯有形有态有色的茶汤放在面前，冒出缥缥缈缈、丝丝缕缕的茶味，心饮之间你会与空相应，与真相冥，与外相通，与内相融，与物相谐，与人相和。到了这样的境界，你对待任何事物，处理任何事情都会看得破，想得通，提得起，放得下，进得去，出得来了。

闲来得空时我去了趟乾元茶场，面对云淡风轻、绿树成荫的幽静，喝着心仪的乾元红茶，顿觉荣辱全可不计，毁誉无动于衷，信念八风不动，名利云淡风轻了。你说还会有什么放不下的呢？

菱角记忆

大暑，台风“娜基莉”擦边路过江苏沿海，炎热的天气因此清凉了许多，我闲来无事，去湖岸河边转悠，偶然间见到久违的、漂浮在水面上的菱盘，引发了我对菱角的回忆。

小时候，老家的池塘、河荡、湖泊里随处能见到密密匝匝的、平摊在水面上的、绿茵茵的菱田。菱叶嫩绿，菱花洁白，水有多深，菱的根茎就有多长。根茎上生长许多须，根吸收污泥里的营养，须清理水中的污染物，拨开菱叶，菱田里的水格外清澈亮丽。菱在农历三月播种，四月透出水面，五月发杈分蘖，六月菱盘旺长，七月始花长菱，八月菱熟采摘。

菱有人工培植和野生野长两种。

人工培植的菱叫“家菱”。培植家菱，选择菱种非常重要，在采菱期即将结束时，将熟透了的大菱角（老菱）挑出来留作菱种，将菱种洗干净，浸泡在清水缸里，让它在里面过冬。来年三月把它捞出来在太阳下晾晒一下，选择好适宜播种的河荡水面，将菱种均匀地抛撒在水中，在水面上划出范围，做上标记，防止罱泥船进入捞走菱角。菱盘透出水面后，还要检查标记，防止捞水草的船进入捞走菱盘。播种后既不用施肥，也不用治虫，只待菱熟采摘了。野生野长的菱角叫“野菱”。在往年菱角生长的地方，有些漏采的老熟菱角落在水中，被淤泥覆盖，来年气温升高，菱角发芽长出水面，自然形成群体。人工播种培植的菱角个头大、产量高，野生野长的菱角个头小、产量低。

“七菱八落”在我们老家说的是七月生菱八月采摘。七月，绿毯似的菱田平铺在水面上，菱角在叶茎中间初露头角，刚生出不久的菱角既细嫩又可爱，到了八月长得挺胸叠肚时，菱角就开始成熟了，采菱的季节也就到了。一大早，采菱人会扛着菱桶（一种特制的大木盆）或者弄条小船到菱田里。此时的菱田绿色一片，航道在菱田里弯弯曲曲地绕着，站在岸上望去，简直就是一幅天然的图画。采菱一般是女人干的活，女人耐得住性子，而且心细，手脚灵巧，不会轻易放过那些成熟了的菱角。每到采菱时节，总有一群小顽童馋猫似的在菱田岸边转悠，采菱人也懂得他们的心思，把采下来的菱角扔些到岸边让他们解馋，还嘱咐他们不能随便下水采菱角，以免落水发生危险。拨开菱盘，菱田里的水清澈透亮，喝上几口，清凉又解渴。采菱季节，池塘河荡里还会传来采菱人的吟唱：“妹妹菱田采红菱，哥哥禾田赶秋忙，盆里菱角没腰深，禾田飘出稻花香……”岸上的人也会和唱，处处洋溢着丰收的欢乐。

菱的品种很多，从形状上分，有酷似海马的乌菱（两角菱），有挺胸叠肚的白菱（四角菱）；从颜色上分，有青皮白肉菱，也有红壳白肉菱。

菱角有多种吃法，嫩菱和老菱的吃法不同。嫩菱可以生吃，吃在嘴里清脆甘甜，味道绝对不比水果差，也可以和咸菜一起炒成菜吃，味道鲜美可口。老菱需煮熟了吃，可当零食休闲时吃，也可以和大米一起煮饭煮粥吃，吃起来的味道还真有些像栗子，有一种悠长的甜味，而且耐饿。不管哪个品种的菱，吃起来味道相差不多。

菱田是美丽的，菱角是人见人爱的，然而任何东西有可爱的一面，也有可怕的一面。在我们邻村就发生过这样的事情，一个孩子为吃几个菱角，滑进菱塘，孩子会游泳，滑下去后，他挣扎着想爬上岸，却被稠密的菱根缠住了腿脚无法脱身，一条鲜活的生命葬送在菱塘里。

记忆中有关菱角的事已经成为过去，过去的事情既可是经验也可是教训，如今已经很少能见到成片的菱田，但愿记忆中有关菱田的美好场面能够再现。

杨梅熟了的时候

太阳在云雾中制造炙热，云雾笼罩的幽谷山梁也似乎神秘了许多。在这个湿热的季节，一群顽皮的孩子会边打边闹地朝山上走去。他们既不是去放牧，也不是去劳作，而是去采摘成熟了的野杨梅和野草莓。

孩子们的家就在山脚下，从出生的那天起就面对着大山，从会说话开始，就懵懵懂懂地听长辈们讲大山的故事；刚开始懂事，他们就跟随父母在山上山下找生活，大山许许多多的秘密都瞒不过这群小顽童。山坡上、山沟里长着什么树？树上结着什么果？什么时候可以采摘？他们无所不晓，山成了孩子们的乐园。在山中迂回、穿插、走捷径是孩子们早已学会了的本领，有了这样的本领，在山中的活动就省去了许多体力。每当梅子熟了的时候，他们会选择一个云淡风轻的日子，相约去山上采摘野杨梅和野草莓。嘴里唱着不着调的山歌，一路上嘻嘻哈哈，打打闹闹，狂呼乱叫，无拘无束，好像这天底下就他们几个人似的。

采摘野杨梅、野草莓已经是儿时的事，尽管日升月落，岁月流逝，定格在记忆里的东西永远也不会忘记。

如今的大山变成了聚宝盆，山坡山沟被充分利用，许多地方种上了杨梅树。朋友阿听承包了大片的杨梅林，今年气候适宜杨梅生长，果大肉甜。杨梅树挂红的时候，阿听邀请我去他承包的杨梅林采杨梅，我欣然应允。

四岁的小孙女听说要去采杨梅，纠缠着要跟着去。阿听的杨梅林我几年前去过一次，杨梅林中荆棘杂草丛生，虫蝇众多，杨梅林的炙热让大人都忍受不了，何况一个稚嫩的孩子。妻说："带她去吧，我们不在乎采多少杨梅，生在城里的孩子没有乡下孩子的童趣，带她去也好，让她见识见识乡下的风景植物，给她留下一点儿时的影记。"

阿听见我们带着孙女，特地嘱咐看守杨梅林的场员带我们去了一块比较平整的山岗地，那里的杨梅树相对低矮些，杨梅林中的荆棘杂草比山上的少了许多。走进杨梅林，绿色的杨梅树迎风而立，沉甸甸的杨梅压弯了细柔的枝条，绿叶间镶嵌着一颗颗淡红、暗红、紫红、黑红的杨梅，如火似霞。挂满梅子的杨梅树如披红戴彩的新娘，以靓丽的身姿吸引着众多的眼球，又如随风起舞的孔雀正展示它五光十色的美丽羽翎，向我们亲切招手呼唤。

第一次见到这样的杨梅林，孙女兴奋极了，她要我抱着她，伸出小手去采了一颗红色的杨梅，二话没说放进嘴里就嚼，酸得她“哇”的一声吐了出来，把我的衬衣染红了一大片。

我告诉她，杨梅要拣紫红色或者黑红色的采，这样的梅子才会甜，采下的杨梅要拿回去洗泡后才能吃。她“嗯，嗯”地答应我，我把她放到一棵低矮的杨梅树旁，让她自己去采。她开头还能忍着，摘下一颗放进篮子里，嘴里邀功似的叫着“爷爷我摘了一颗，又摘了一颗……”

“昊馨好乖好能干噢！真是爷爷的小宝贝……”

我一边采杨梅，一边注视着她的行动，怕她一个人瞎跑闹出乱子。当我听不到她脆嫩的声音叫喊时，赶紧朝她望去，只见她蹲在树下，嘴巴鼓鼓的，脸上粘着梅子的残渣，胸前衣服已是湿红一片。见我在看她，她冲我“哈哈哈”地笑了起来，是那样天真，那样可爱，那样无拘无束。

杨梅是美丽而奇异的，珍珠粒状的表皮里裹着营养丰富的肉，表皮上布满了一丛丛短刺。成熟了的梅子捏在手里软绵绵的，连刺也是温柔的，含在嘴里不但不刺人，而且软滑而酸甜。不成熟的梅子捏在手上硬邦邦的，咬在嘴里既涩又酸。杨梅不仅是水果中的极品，还可以药用，杨梅泡酒不仅可以治腹泻，喝起来也别有滋味，痛快淋漓。

一个多小时过去了，采摘的杨梅装满了三只小塑料篮，汗水湿透了我的衬衣，小孙女已没有来时的兴高采烈，满头的汗水冲淡了她对杨梅的兴趣。尽管如此，她手里依然抓着几颗杨梅不放，嘴巴嚼着杨梅，我想让她把嘴里的杨梅吐出来，她调皮地朝我挤眉弄眼，趁我不注意把抓在手中的杨梅塞进了我的口中，冲着我“嘿嘿嘿”地笑个不停，一副得意忘形的样子。

真不敢相信，云雾散去的山林比儿时美丽了许多，而站在山脚下的我才恍然大悟，过去的童真已一去而不复返，因为我已步入了老年。

长荡湖上船菜香

朋友国群邀我去金坛长荡湖品尝船菜，闲来无事，欣然应邀。

长荡湖离宜兴新建不过一刻钟的车程，宽大的长荡湖停车场可一次停放200多辆车，虽非双休日，停车场上依然挨挨挤挤地停着大大小小的车辆。国群告诉我，休息日人流量会更大。听管理人员说，前几年这里的生意非常火爆，车辆多得找不到停车位，后来由于经营模式和消费对象发生变化，船菜生意一下子淡了许多，价格也降了下来。随着消费群体的变化，船餐也随之变化，以农家菜为主，菜肴更适合个人和家庭消费，来这里办婚宴、生日宴和朋友聚会的日益多了起来，餐馆桌均消费收入少了，量却做大了，积少成多，生意依旧不差。

长荡湖水上一条街，是由各自独立的船型餐馆组成，各餐馆之间有水上栈桥连接沟通，栈桥为“街”，餐馆是店，街店结合形成了一条水街。供水和排污管道，电线电缆全在下面通过。饮用水由水厂供给，污水从排污管排出，进污水处理厂处理，餐厨垃圾统一处理。

在水街上行走，既可以观赏长荡湖风光，又可以体味由水上栈桥连接而成的、别有风味的“街景”。从停车场入水上栈桥，至水街尽头大约需要20分钟。一路走去，蔚蓝的天空倒映在粼粼波光的水面上，飘移的云彩随着水波游动，有大雁从空中飞过，发出的叫声在长空中回荡。排在水街最前面的蟹王坊酒店，门前铺着红色的塑料地毯，衣着鲜艳的迎宾小姐在门口彬彬有礼地迎接食客们的到来。在水街上行走，脚下湖水清澈，水面泛着涟漪，游鱼在水面上嬉戏，天边的落日像一个大磨盘，亮中透红，垂落前的余晖映照在湖面上，划出了一个弧圈，圈中是一片红晕，红晕映照下的天水阁和老船坞渔府特别亮丽，格外有情调。

正值农历十月十六，一轮明月早早地从东方升起，挂在天空，清晰明亮，落日余晖，东升皓月，互相辉映，把整个长荡湖点缀得美不胜收。美丽的夜景吸引了许多摄影爱好者，他们在栈桥上跑来跑去，寻找最佳拍摄点。再往前走，以人名命名的锡明酒店、晓仙楼、金剑良、蒋大菊、杨菊香、国林餐馆、小六子食府在夜幕来临时一片繁忙。蟹中王、湖仙阁、蟹香楼、仙府阁、湖韵楼、水上渔村、湖畔人家、水乡红坊、渔夫码头也迎来一批批品尝船菜、观赏夜景的客人。越往前走，餐馆密度越高，容客量也越大，络绎不绝的食客为船菜馆增加了夜色中的热闹和繁荣。站在栈桥上向湖中望去，湖面上原本飘香的荷，清鲜的菱，带刺的鸡头米，经受不住冬天冷酷无情的肃杀，无可奈何地呈现一派枯萎凋零的景象。

湖上没有高大的建筑，冷飕飕的风从湖面上吹来，直往人的袖领里灌，迫使水街上那些衣着单薄的俊男靓女加快了脚步去自己预订的船屋取暖。栈桥上的垂钓爱好者，有的收起了钓竿，拎着收获颇丰的鱼兜开始返回自己温暖的家；有的裹紧身上的衣服，依然在傍晚的寒风中坚守，他们坚信在夜幕降临前还会有更多的收获。前方不远的水面上有小舟向水街驶来，挂在船上的丝网依稀可见，很明显是条湖上打鱼船。船上一对老渔人，男的在船头撑篙，女的在船尾摇橹，一前一后，配合默契。船靠紧水街，男人系好缆绳，敏捷的动作不减当年。船中的鱼货吸引了不少水街上的食客，他们指指点点，嚷嚷着要买鱼，野生杂鱼一斤开价6元钱，经过一番讨价还价，以4元一斤成交，价廉物美，船上的鱼货很快被一抢而空。

园林华电湖菜馆坐落在水街的最北端，是金坛园林大酒店麾下的长荡湖餐饮分店。总经理潘小平特意从金坛赶来接待我们。餐馆像一条大船，正乘风破浪行进在长荡湖上，上中下三层，外部装饰华丽，内部墙上挂着当地文化人的书画，虽算不上豪华，但整洁大方，充满文化气息。2个大包厢可容纳40人用餐，2个中包厢可供20多位食客用餐，另有小包厢10多个，家庭用餐、朋友聚会、情侣相聚皆宜，大餐厅可容纳200人，足够举办中小型婚礼。

落日散尽了最后的一点余晖，夜幕降临在长荡湖上。熄掉餐厅里的灯，拉开窗帘，清亮的月光照在湖面上，虽有些模糊，但行走的湖船，摇曳的芦苇仍依稀可见，水光月影中的长荡湖给人难以捉摸的神秘感。

晚餐开始前，小平滔滔不绝地向我们介绍他船菜的种类。从他的介绍中得知，船菜的原料大多来自湖区，除湖鲜类外，江南水中八仙——茭白、莲藕、慈姑、水芹、荸荠、菱角、芡实和莼菜当然也是不可或缺的原料。船菜的做法有同有异，菜名却各不相同，厨师们对冷盘热炒都会精心细作，虽没有食谱，却样样精致。

晚餐在长荡湖夜色中开始，蟹黄面条是园林华电让客人垫肚子的一道美味，精制的面条配以鲜嫩的蟹肉，拌上切碎的菜叶，再加上必需的调味品，煮好后，扑鼻的鲜香味让人有些迫不及待，尝上一口，满嘴生鲜，吃了还想吃，只是不好意思开口再要。油炸川条鱼，软中带脆，香气诱人，口味鲜美；油爆河虾，虾壳鲜红，壳脆肉嫩，咸淡适宜；蟹黄包子更是味鲜且独特，薄薄的包子皮，鲜美的汤汁，可口的馅肉，赛过扬州汤包；螺蛳鳝段，鳝段中有螺蛳的鲜，螺蛳中有鳝鱼的肥，吸出的螺肉既鲜又嫩，鳝段进口，肉骨分离，烂而不腥，鲜美无比；田螺老鹅，剪尾的田螺内塞进了猪肉馅，和老鹅一起红烧，吃起来螺肉肥嫩，肉馅鲜醇，鹅肉辣香；白汤鲫鱼，鱼形完整，肉质鲜嫩，汤色乳白，味道浓醇；红烧青鱼尾，色泽鲜美，香气四溢，味汁鲜浓，鱼尾黏软，胜似鱼翅。糯米莲藕、冷拌水芹、生爆甲鱼、清蒸白鱼、水煮白虾、河蚌青菜、杂烩泥鳅、雪菜银鱼、鲢鱼冬笋汤、红烧昂刺鱼、辣爆青鱼肚、鱼肉圆子、蟹肉豆腐……应有尽有。炖、煨、炒、蒸相得益彰，体现了小平船菜的特色。

我们人数不多，叮嘱小平少上些菜，好客的他哪里肯听，依旧一道都不让落下，好像少了一道他就没面子似的。

清蒸螃蟹是小平船菜中的压台戏，蟹壳红纯的清蒸长荡湖大闸蟹是桌上的一道风景。

蟹的吃法大体有三种：一是用清水煮熟或者隔水清蒸，用姜末、陈醋、红糖做拌料，外加些葱或香菜，剥出蟹肉蘸着吃；二是将蟹洗干净，去掉蟹毛，拦腰斩断，沾上面粉做成面拖蟹，下油锅做成油酱蟹；三是将小一点的蟹和小鱼虾一起红烧，做成“一锅鲜”。

主人好客，专门让蟹农捡了体大肉满的长荡湖大闸蟹，洗净捆扎清蒸让我们食用，还非得雌雄捉对，让我们慢品细尝。我平时是不大吃蟹的，面对这长荡湖大闸蟹却无法抵挡诱惑，抓过雌蟹，卸下爪钳，剥开蟹壳，肉质白净，蟹黄似金，将剥出的蟹肉放入碗中，加上调料，色香味毕集，食在口中满嘴生津；雄蟹一般要比雌蟹成熟得晚些，在这个季节里，雄蟹也已经是肉肥膏足了，我换了种吃法，卸下大钳，掀掉蟹壳，中间折断，让蟹肉充分暴露，白玉似的蟹肉，蘸上佐料入口，蟹黄酥香，蟹脂肥腻，满嘴的清脆，满嘴的鲜美，满嘴的青嫩，满嘴的回甘，可谓五味俱全，回味无穷。

蟹是在水底生存的动物，长荡湖是由西向东流动的洪水通道，湖中很少有淤泥，蟹的活动量较大，在湖底爬行，肚底壳与湖底摩擦，底壳白净，蟹体结实，肉质嫩而紧密，食用时感觉特别鲜嫩。可以这样说，蟹的质地绝不比阳澄湖蟹逊色。

晚餐后坐游船返回码头，湖面笼罩在月光中，水街上的装饰灯在夜幕中闪亮，五颜六色的灯光把一座座船菜馆装扮得十分亮丽。芦苇丛中的鸟雀，或许在夜的静逸中偷视水街的夜景，或许闭上眼睛消除一天飞翔觅食的疲劳。坐在游船中，能听到小鸟在窃窃私语。湖水中夜游的鱼儿，受到骚扰时奋力跃出水面，落水的声音既清脆又清晰。游船用的动力是电动螺旋桨，不紧不慢地在芦苇荡中穿行，苇叶随风摇荡，苇花飘进船窗，让你有种亲昵的感觉。

景色美、船菜香，是对长荡湖最好的概括。

有雪的冬天真好

今冬的雪来得有些晚，快立春了，大片大片的雪花才飘落在苏南大地上。雪在北方不是什么稀罕的事，而对于我们这儿，经常下大雪恐怕还是我小时候的事，现在雪越来越少了，许多地方都被雾霾笼罩，在工业文明发展的同时，也产生了空气、水源等环境的污染，要见到一场洋洋洒洒的大雪也不是那么容易了。

我出生在农村，儿时的记忆中，生活艰苦，物资贫乏，缺衣少穿，寒冷的雪天还要在野地里干活。但我还是庆幸自己生长在春夏秋冬四季分明，山是山、水是水、山水交融、村落锦绣，鱼米之乡的江南天堂地。

每到冬天雾霾来袭，我总是想，还是有雪的冬天好，不是吗？纷纷扬扬铺天盖地的鹅毛大雪，在风中飘舞着，不需要多长时间，大地上就白茫茫的一片。在我的记忆里最大的雪是在20世纪80年代的一个冬天，我在宜兴党校进修，那雪白天连着黑夜一个劲地下，地上积雪半米多厚，大家跑到野外张开手，让凉凉的雪落在手上，任雪粒打在脸上，落在头上，满身沾满了雪花，抖抖衣服，雪沙啦啦地掉落。尽管雪天非常寒冷，心里却充满着期待和希望。站在雪地里，仿佛看见了绿油油的菜地无边无际，仿佛看见了田间金黄色的麦浪滚滚而来，仿佛看见了秋天里沉甸甸的稻谷金黄发亮——说真的，每年冬天有几场雪真好。

有雪覆盖的冬天，晶莹剔透，一片纯洁。白茫茫的大地上，厚厚的积雪掩盖着尘世间许多欲望和浮躁，淡化了爱与恨，模糊了美与丑，消融了愁与苦，心随雪飘，寂寞和无奈也会随雪飘离。小时候在雪地里互相追逐着打雪仗、堆雪人，在雪林间追赶野兔，衣裳单薄，鞋破底漏，手脸冻得通红，都全然不顾，快乐写在脸上，笑声洒在雪地里。

雪后次晨，我站在阳台上往外看，城里的积雪只有少数留在屋顶，远处的山上却是雾蒙蒙的一片，我兴致勃勃地去山上观赏久违了的雪景。雪虽然不是很厚，但已经是白茫茫的一片。常绿树上，由于叶片的作用，堆积的雪明显厚得多，远远望去，如春天里开满的山茶花，又像秋天棉田里绽放的棉花絮。落叶树本来光秃秃的样子既丑陋又笨拙，不想见人又无法躲避，雪片凝结在树枝上，一如冬天里梅树上绽放的梅花，又如春天里的梨树开满一树雪白的梨花。大树小树，一夜间就变成玉树琼枝，分外妖娆。树林里，小路旁的枯草，在雪褥下酣睡不醒。那些枝条软弱，经不起压的灌木，被雪压得欹倒，一副令人怜悯的样子。只有那高高的绿竹，竹枝和竹叶上的积雪让竹梢更加沉甸甸地向下垂着。竹林边上是一座面积不大的水库，水清清的，微风吹过，竹枝上的积雪落在水中，泛起微微的涟漪，此情此景使我想起了柳宗元的诗句："千山鸟飞绝，万径人踪灭。孤舟蓑笠翁，独钓寒江雪。"面对漫山遍野的积雪和清凌凌的水面，真想手中有根钓竿，坐在水边做一回雪中钓翁，享受一番独钓寒江雪的滋味！

人间雪天，落在地上的不仅是雪，也是对未来生活的憧憬，对人生的希望。人间雪天，不仅不令人讨厌，反而增添了许多诗情画意，处处尽显人世间存在的温情，让一方天地更加祥和美好。

"窗含西岭千秋雪，门泊东吴万里船。"我多么希望年年冬天有雪，有雪的冬天，能让心灵随着思念的翅膀飞翔，去表达对雪的热情和感慨！去迎接温暖的春天，书写人生更加美丽的篇章！

院中春

腊　梅

邻居家院子里有棵腊梅树，粗壮的主干上布满疤痕，三根枝干孤瘦而坚硬，蓬勃的枝条透过低矮的铁栅栏，插入我家院内。

三九严寒，腊梅枝头上的花苞悄然绽放出金黄色的花朵，没有绿叶相衬的腊梅花在寒风中格外娇艳。在隆冬季节，寒霜打在花朵上，霜粒细小、浅白、晶莹，虽然衬托出一枝独放的娇嫩和柔情，但也蕴含着淡淡的伤感和悲凉。

立春前几天，雪花飘舞，雪中腊梅却风情别样。雪没有霜那样坚实和严密，在气温没有达到零下时，松软、温和、洁白的飞雪落到腊梅树上，停留不久即融化成水，滴入腊梅树下的土中。小小圆弧状的花瓣和俗称“素心”的花蕊组成花朵，在寒冷的雪天中绽放，犹如一张张充满欢悦而又幼稚的笑脸，把隆冬低沉的氛围调和得异样温暖和明亮。“疏枝横玉瘦，小萼点珠光。一朵忽先变，百花皆后香。欲传春信息，不怕雪埋藏。玉笛休三弄，东君正主张。”宋人陈亮的《梅花》诗用在这里是最贴切不过了。

雪过天晴，冬夜的月光让腊梅树的身影贴到雪白的墙上，清晰地呈现出一幅水墨《冬梅月映图》，妙境天生。

腊梅花开尽，春意到枝头。最后的花朵跌落时，腊梅树的枝条悄悄地吐出嫩芽，在渐渐温柔的春风中，长成深绿而又带微刺的叶片。

海　棠

我的小院里有两盆最先知春的盆栽花卉，一盆是海棠，一盆是红梅，与邻居院内的腊梅隔栏相望。年前，红梅已花红满树，海棠才始见紫红颜色的花苞。从乡下过完春节回来，邻居院里的腊梅已落花满地，盆中的红梅花也在风雨中开始枯萎，凋谢。或许是暖冬的缘故，海棠已披红挂绿含苞待放，预示温暖的春天已经不远。

海棠在世人的眼里是俗气的，看过红梅再看海棠，会觉得海棠不堪看。其实这是人们对海棠的一种偏见，海棠花开时满树皆红，蓬蓬勃勃，在嫩叶相衬下，十分耀眼美丽。

盆栽海棠由于生长环境的原因，不会生长得高高大大，经过修剪造型，倒也倩影亮丽。看着一天天开放的海棠花，心情也随着春风一天比一天温暖。花是经不住风吹雨打的，尤其是在迟暮的时候，一场风雨过后，满树的花儿就被摧残殆尽。就和美好的春光一样，总是容易消逝，总是来去匆匆。李后主曾经为此感叹："林花谢了春红，太匆匆。无奈朝来寒雨晚来风。"

人们把海棠比作中国的樱花，在公园里、道路旁、村前屋后都能见到它的身影。每到海棠花开，我会把自己置于红尘之外，去欣赏披红挂绿、红红火火、娇艳无比的海棠花。置身花海之中，让人感觉格外地欣慰，格外地陶醉。耳外的喧闹，身外的繁华，都似烟雨。

记得那年在茗岭山村老友家中，他屋旁有棵高高大大的海棠树，海棠正盛开着红艳艳的花，从竹林里飞来一群尾巴长、体形美、羽毛呈青苔色的鸟，在海棠树上跳上跳下，东张西望，见没有危险，便伫立枝头开始啄食海棠的花蕊。这对画家而言是千载难逢的机会，作一幅青鸟闹海棠的画作，应是要多美就有多美。

青鸟闹海棠的情景，我至今难忘。

雨夜茶思

夜幕笼罩锡城，华灯照耀街头，一道道闪电划过夜空，雨点在春雷驱赶下滴滴答答散向大街小巷。雨夜的街头冷冷清清，路旁的香樟吐着鹅黄色的嫩芽，向人们昭示着春天的到来。

妻拿着手机让我接听，那头传来熟悉的声音：“乾元红早春茶开采仪式邀请您参加，怎么没来?”

“姑妈仙逝，为她送行，所以……”

我沐浴后坐在客厅沙发上，翻开报纸秉烛夜读。灯光摇曳，帘影轻舞，心境恬然。用煮沸的自来水温壶烫盏，撕开小包装的精制乾元红茶倒入壶中，用温开水洗茶，倒净洗茶水，用烧开的纯净水长冲短泡，“关公巡城”“韩信点兵”，茶香在客厅里蔓延开来。倒上一盏递给儿子，自留一盏在面前，浓浓的茶色，袅袅的茶气，吮上一口细品，甘甜醇厚。

老伴爱喝白茶，用开水洗涤过玻璃杯，投入乾元白茶，经一轮洗茶后，重新冲入烧开的纯净水，玻璃杯里茶芽翻腾，张开的叶芽或浮或沉，或上或下，黄中带绿，嫩色可餐。不一会，茶汤清冽，色泽澄明，浅绿碧透，幽香如兰。我啜入一口尝尝，舌甜喉润，神清目朗，味觉鲜美，回味无穷。顺手递给老伴，一声“谢谢”，暖意顿生。

乾元茶场地处宜兴太华山区，海拔200多米，南接安徽广德，西与溧阳交界。茶场所在地群山起伏，树竹交荫，云雾缭绕，雨量充沛，土地肥沃，吸大山之气，吮云湖之润。有了得天独厚的自然条件，茶树生长施的又是农家肥料，加上精细的制作工艺，让“乾元早春茶”名声远扬，成为知名品牌。

历来文人墨客皆喜茶趣，古今诗词多有咏茶。唐朝陆希声在《茗坡》中有“二月山家谷雨天，半坡芳茗露华鲜”。宋朝杜耒《寒夜》诗云：“寒夜客来茶当酒，竹炉汤沸火初红。寻常一样窗前月，才有梅花便不同。”雨夜品茶，情景交融，我也就“附庸风雅”一回了。

紫砂壶中的红茶几经冲泡，色呈浅红，但香韵不减。玻璃杯中的白茶冲泡三次，汤色鹅黄，温润莹澈，芬芳依然。茶喝到这个时候，细细体会，倒也觉得心平气静，淡定从容，茶中的真味也悟出一二。

品茶如品人，人世间，高官厚禄，俊男靓女，珠宝金钱，人人仰慕；山灵水秀，广厦万间，灯红酒绿，人皆喜欢。但凡事都得有个度，该是你的，你去喜欢，你去享受，天经地义，无可非议；不该是你的，不择手段，占为己有，行为龌龊，手段肮脏，为世人所唾弃。酒醉易误事，情醉易乱性，钻进钱眼而不能自拔则伤身。唯有茶，品之可静神、可悟道、可雅志、可修心养德，从而达到醉心养廉的超凡境界。

夜静雨止，隔窗观景，树影斑斓。雨夜茶思，意趣盎然，绵长岁月人生如梦，笑对世间能有几回。

茶品到这个时候，也许能品出些人生真谛来了！

山泉进村

宜兴新街境内有座罗家山，山呈东西走向，东高西低两座山峰，连接两座山峰的山岭远看似浮在水中的蚂蟥，岭中间有条“S”形的山路，犹如多条头尾相接的蚂蟥在游动，因此就有了蚂蟥岭这个名字。

蚂蟥岭南的山坳叫青苗坞，岭北的山坳叫白洋荡，听起来似乎山坳里有大面积的水域，其实不然，山脚下仅有一洼泉池，约一平方米。山岩中渗流出来的泉水昼夜不停地落入池内，从豁口溢出来流入下边的小溪。雨量充沛的年份，水流量大些，遇上旱年，淅淅沥沥的水流变成叮叮咚咚、滴滴答答的水滴，泉池从来也不曾干涸。

泉池下游是一块块大小不等的梯田，水稻从栽插到收割，灌溉用的是这泉池里流出去的水。无论春夏秋冬，水涝旱天，泉池里的水始终清澈明亮，甘甜可口，喝一口，满嘴生津，沁人心扉。用它泡茶，茶色清亮，用它煮饭，饭更清香。

离泉池最近的行政村是水北村，有19个生产队，2000多位村民。最南端的自然村涧桥，离泉池也有一公里。尽管水质优良，村民们却嫌去山旮旯里取那泉水泡茶煮饭太费工夫。20世纪80年代前，门前小河里的水清亮亮的，不亚于现在的桶装水，因此也没有必要去取那山泉水。山里渗出的泉水，顺着山势，沿着沟坎，绕着梯田，披星戴月，一路轻歌，流进村子门前的小河，甘甜可口的河水，其实就是那日夜渗流的山泉。从担得动水桶起，我就从小河里挑水，从半桶到满桶，一挑就是十多年，从一个小毛孩挑成了小伙子。可以说，我是喝着蚂蟥岭下的山泉水，吃着靠山泉水供养的稻子、麦子、红薯、南瓜等作物长大的。

阳光明媚，莺歌燕舞，百花争艳的日子里，山泉水孕育了村民们对一年的期望。赤日炎炎，知了鸣唱，土裂叶萎的岁月里，清纯的山泉不仅减轻了村民因耕种劳作产生的疲劳，而且解除了作物的饥渴。秋风送爽，大地披金，秋色迷人的季节里，清澈凉爽的泉水滋润着村民们的心田，荡漾着村民们丰收的欢笑。冰封雪飘，寒鸟哀号，景物凝固的冬天，泉水温暖着洗菜汰衣的双手，让米粒在泉水中伸腰飘香。

在洁净成为奢望，物欲横流、污染蔓延的年代，浑浊的河水让人生厌，清亮甘甜的山泉成了村民生活中不可缺少的生命源泉。村民们开着电瓶车，带着塑料桶去蚂蟥岭下泉池里灌水，取水人就如潺潺细流从不间断。原来种粮食的山沟梯田已经荒废，毛草横生的梯田绝望无助地躺在山沟沟里，泉水对荒废了的田地已无用武之地。村里一陈姓村民在山沟里建房居住，为方便村上人取水，自费购买管道，把蚂蟥岭下的山泉引流到住房旁边，在靠近水北村通往铜山村的道路旁安装了水龙头，予人方便予己方便。从此，那里成了四邻八村人的接水点。无论是寒冬腊月，还是赤日暑天，一年四季，拎着大桶小桶去那里灌水的人络绎不绝，大家享受着大山给予的恩赐和陈家的善举！

人们盼望着空气清新，河水清澈，也盼望能过上和城市人一样的生活。政府为民办实事，农村自来水村村通工程让村民看到了希望，在拧开自来水龙头的那一刻，望着哗哗的水流，村民们心里无比甜蜜。通上自来水的头个月里，进山取水的车辆几乎绝迹，村干部们也希望村民进山取水的日子一去不再复返。事与愿违，时隔不久，喝惯了山泉水的村民，又带着水桶开着电瓶车去山里接水，似乎接的不是水，而是一份情，一份舍弃不了的泉水情。

村民们的举动让村干部感到纳闷，放着清洁方便的自来水不用，舍近求远去山沟里取水，个中原因是付不起水费，还是自来水不对口味？结论是勤劳节俭的村民既难舍这优良的水质，又想省去一笔用水开销。

水北村经济状况一般，村里需要用钱的地方多，为方便村民饮用清纯可口的山泉水，村里节减了费用开支，利用有利地形，铺设了一千多米的地下引水管道，把山泉水引进了村，在空旷的宁杭高铁旁安装了连排的水龙头，村民随时随地可以拎着水桶去取水，哗哗流出的不单是山泉水，水中包含着村干部们的心血，源源不绝的山泉不仅满足了本村村民的饮用需要，也满足了四邻八村群众的饮用需求。

我回村里看望父母，也会帮父母去灌水，与灌水的村民聊天交谈，从一桶水里知道村民对山泉的情感，也从一桶水里了解到村民对村干部的期望和信任。

旧年秧事

苏南农村，农忙季节一年中有两次，夏忙和秋忙。夏忙从五月下旬开始到七月初结束，收割播种，翻地插秧，劳动强度大、时间长，农民们在这段时间里忙得不可开交。

立夏过后，隔年里保管的稻种被拿出来，晾在场上，让久违了的太阳晒晒。然后用大缸浸泡，也有图省事的村民把稻种装进蛇皮袋，扎紧袋口，扔进河浜，待到稻粒喝足了水，露出白芽，捞出来晾几个小时就可用于秧田播种。

播种稻谷的秧田早在稻谷浸泡前就准备好了。秧田一般选土质比较肥沃，离水源地比较近的田块，因年年需要育秧，秧田是比较固定的。秧田不宜过大，秧板做成长方形，四周水沟中间高，板面平整光滑，有些像年糕。播种时光着脚板站在水沟中，左手挽着盛满稻谷的簸箕，右手抓稻谷，机械地摆动手臂，把种子均匀地撒在秧板上，像粘在烧饼上的芝麻。然后，用木泥隔或木板将秧板上的稻粒抹进泥里，有条件的在上面撒上一层草木灰，既可保湿又防雀害，而且起秧时黏泥少，容易汰洗。

一株株秧苗似一根根绣花针矗立在秧板上，秧苗抽出的第一张叶是卷着的。嫩绿的秧苗最容易受到虫的侵害，秧田里的秧苗至少要治两到三次虫，一次在出苗后不久，另一次在栽插前。秧苗在秧田里生长20天左右就可以栽插了。

拔秧可是技术活，有用双手拔的，也有用单手拔的，双手拔的秧苗断苗多些，单手拔的要整齐些。不管双手单手，都必须用手指巧妙地捏住秧苗根部，适当提空向上攥，用力要均匀，不能猛攥。手里的秧苗抓满了，在秧沟里汰掉些泥巴，然后用一根稻草将秧苗扎紧，扔在后面秧板上，如此循环往复，拔满一挑就可以送往大田栽插了。

被犁翻的泥土经过太阳的暴晒灌满了水，整齐堆放着的草塘泥正被女人和孩子们均匀地撒向大田各处。拖拉机将大田泥块粉碎耙平，村民再挑些猪羊灰撒在水田里，用耕牛耙一遍，让这些天然有机肥料和水混合，既减少了猪羊灰的刺鼻味，又能更好地助苗成长，浑水栽秧还可以防止浮苗，有利于秧苗扎根。

为方便栽插取苗，一只只秧把被甩到大田各处，拉好绳，男的女的一个个排在大田里，弯着腰屈着腿，整个身子呈坐马式，脚分步后移，一手分秧一手栽插。一会儿工夫，横竖都是一条线的秧行出现在眼前，一棵棵秧苗在大田的舞台上，逍遥自在地享受微风的吹拂，轻松地摇动腰肢，它们可以自由发展，茁壮成长了。

那时的农村，东边拔苗，西边插秧，连接大田和秧田的泥泞小路上，来回挑运秧苗的人互相问候。大田里的插秧人很少有人大声说话，偶尔会有人吼几声小调，说几句调侃的笑话，调节一下沉闷的气氛。

水稻栽秧正值梅雨期，遇上水黄梅，蓑衣雨衣不离身，干起活来多了些累赘不算，淅沥淅沥的雨滴会让人心烦。看到那些路过的上班族，无论是公务员还是工厂里的工人，羡慕，嫉妒，自叹不如的情绪会一齐涌上心头。特别是那些年轻女人，雨天遭雨淋，晴天太阳晒，头上蚊蝇叮，脚下蚂蟥咬，更是怨言横生。蚂蟥也真怪，在水中专叮人小腿，能屈能伸，缩起来一小团，拉长有两厘米，软绵绵，黏糊糊，灰乎乎，让人生厌。也许是为了宣泄对“吸血鬼”的愤怒，有人在腿上挂个小瓶子，里面放些盐，捉到蚂蟥就放进瓶里，不一会儿这“吸血鬼”就缩成一团丧了命。

插秧一般在6月底结束，也有的会拖到7月初，栽下一周，绿茵茵的秧苗就进入眼帘，此时的田野上到处是一片片的生命绿。

阳台上的苦瓜

家中二楼十多平方米的阳台，一直闲着。

春末夏初，我从父亲那里讨了十几粒苦瓜籽，腾出一只紫砂大花盆，搬到二楼阳台上，将有机肥和土一起搅拌后装进花盆，把苦瓜籽种在花盆里，浇上些水，没过几天，覆盖在苦瓜籽上的土被顶裂了。嫩黄的秧子从土里探出来，头上顶着开口的瓜籽，样子活像顶着芦席防雨的孩子，神情慌张地探头张望，紧张导致脚步跌跌撞撞，稚嫩的表情让人从心底里喜欢。

也许是土肥水足，阳光充沛，上午还是鹅黄的秧子，下午就变成浅碧的嫩苗了。瓜籽壳脱落后，青嫩青嫩的幼苗在阳光下朝气蓬勃地生长着。我去宜兴老家住了几天，回来一看，花盆里的苦瓜已经枝叶初生，由于缺水，显露出一副垂头丧气、病蔫蔫的样子。我赶紧给它浇水施肥，第二天，它又挺直地站在花盆里，嫩叶上还顶着一颗颗昨夜留下的晶莹的露珠，在初升的阳光下，闪亮闪亮的，煞是好看。

苦瓜生长的速度非常快，藤蔓长到半米多时，我用小竹竿给它搭了个三脚架，苦瓜沿着竹竿一个劲地往上爬，几天就越过了竹梢。看着疯长的苦瓜藤蔓，妻用线绳在阳台扶栏间粗粗地结了一张绳网，这才满足了藤蔓生长的需要。

原本空旷的阳台，自从有了枝繁叶茂的苦瓜，变得富有生机和“闹忙”起来。苦瓜藤蔓上开始零散地长出一朵朵小黄花，招来了蜜蜂和蝴蝶，它们在小黄花上飞来飞去，许多鸟儿也来阳台上凑热闹，苦瓜藤叶沐浴着阳光，在微风中舒展着腰肢，格外妩媚妖娆。那天，我惊奇地发现有几朵小黄花下结出了一个个小苦瓜，浑身长满小疙瘩，样子颇有些像初生的小黄瓜。第一批苦瓜产生后，天气来了个一百八十度的大转弯，大雨一场又一场，苦瓜花朵全被打落，蜜蜂蝴蝶再也没有光顾过苦瓜藤蔓，小苦瓜在风雨中生长得非常快，不过十天左右时间，最先结出的那条苦瓜的皮肤开始由绿变黄，下部还呈现出酱红色。我小心地把几条长大了的苦瓜从藤蔓上摘下来，妻把它们洗净，切成两半，去掉囊和籽，用小刀将白膜刮掉，切成薄片放在盐水里浸泡去掉些苦涩味，饭前捞出来挤掉水，加上些麻油、味精、糖、醋等调料拌匀，装进白瓷盘里，一盆翡绿翡绿的凉拌苦瓜就做成了。

瓷盘白，苦瓜绿，形成鲜明的对比，摆在桌上的凉拌苦瓜犹如一幅美丽的风景图。那清脆而略带苦味的瓜片，嚼在嘴里感觉格外禅意盎然。苦瓜是清苦的，从外表到内里，干干净净，清清白白，不妖不邪，直来直往，它用一腔苦水浸泡自己的身体，用苦涩的躯体奉献给我们一盆清凉。

抗战中的歌声

退休在家，每天下午打开电视听听那脍炙人口、气壮山河的抗战歌曲，让人进入了另一种境界，似乎我也经历了那段群情激奋、战火纷飞的年代。一段段优美动听、铿锵有力的歌声，是对七八十年前那段历史的回望，听起来特别亲切，唱起来格外舒畅。这些抗战歌曲久唱不衰，越唱越响亮。

由田汉作词、聂耳作曲的《义勇军进行曲》："起来！不愿做奴隶的人们！把我们的血肉筑成我们新的长城，中华民族到了最危险的时候……"歌声激越，曲调动听，起到了聚人凝心、鼓舞士气的作用。在日寇侵占东北，又进攻上海，中国局势危如累卵的年代，在"起来""前进""血肉筑成我们新的长城"的呐喊声中，东北沦陷区的人民在中国共产党的领导下组成义勇军，带领3000万同胞与强敌顽强抗争，谱写了一曲曲英雄的抗日斗争史。赵一曼、杨靖宇、赵尚志、周保中……前人倒下，后人继上，任凭强敌残酷围剿虐杀，救国救民意志坚不可摧。伟大的中国人民高唱着《义勇军进行曲》，不屈不挠，轰轰烈烈地与侵略者进行了殊死搏斗，经过十四年的艰苦抗争，终于迎来了战胜日本法西斯的伟大胜利。《义勇军进行曲》也从战歌成为中华人民共和国国歌。

听吧："大刀向鬼子们的头上砍去，全国武装的弟兄们，抗战的一天来到了，抗战的一天来到了。前面有东北的义勇军，后面有全国的老百姓，咱们抗战弟兄勇敢前进，看准那敌人，把他消灭！把他消灭！冲啊！大刀向鬼子们的头上砍去！杀！"《大刀进行曲》激励全国人民端起长矛，拿起大刀等武器抗击日寇的飞机大炮，千百万抗日将士驰骋疆场，英勇无畏，浴血奋战在血与火的战场。

我上小学时就学会了《没有共产党就没有新中国》，知道了这首歌产生的历史背景：1943年，是抗日战争最关键的一年，苦难的中国人民在日寇的铁蹄下奋力抗争。人民解放军文艺战士曹火星作词谱曲创作了《没有共产党就没有中国》，后有人建议添加一个“新”字，使歌曲唱起来更加铿锵有力，更加激动人心，平添了几分豪气，得到了人民群众的充分肯定。

在那个年代，以田汉、聂耳、冼星海等为代表的词曲作者，深入实际，写了一大批富有号召性，节奏铿锵有力的抗日歌曲：《抗敌歌》《毕业歌》《大路歌》《黄河大合唱》……无不唱出了人民的心声，凝聚了民族精神。

歌为心声，时势造英雄，不同的年代造就了许多不同的优秀歌曲。抗日战争年代的歌曲，至今仍被人们喜爱、传唱，说明歌曲创作必须坚持弘扬主旋律，贴近实际，贴近群众，与社会相辅相成、融为一体。

让我们高唱那个年代的歌曲，继承那个年代的优良传统和民族精神，改革创新，为中华民族的伟大复兴谱写更好更美的华彩乐章。

南瓜情结

南瓜是我喜爱的食物，当南瓜在锅中蒸煮时，特有的味道随着蒸汽在厨房弥漫，又慢慢扩散到餐厅、客厅。闻着南瓜的清甜气息，我陷入了深深的沉思，有关南瓜的往事浮上了心头。

布谷鸟鸣叫的春天里，祖父会请出特意保存的黄白色的南瓜种子，晒上一两天太阳，再把它撒到事先准备好的湿润酥松的洼地里，撒上一层含草木灰的薄薄的营养土，盖上保湿遮阳的油纸或草帘。不出一星期，心形的南瓜苗从土里透出，头上还顶着开裂的籽壳，粉嫩粉嫩的，煞是好看。待南瓜苗长出两叶一心时，就变成了待嫁的“姑娘”。

南瓜性情温和朴实，对土壤的要求不高，只要有一定的泥土、肥料、阳光和水，它就能蓬蓬勃勃地蔓延开来。祖父是村里种瓜种菜的好手，在种植南瓜方面有丰富的经验。特别是祖父在荒坡地上种南瓜的事迹，更是让邻居们钦佩。记得20世纪60年代初，家里分得了自留地，离我家自留地不远处有条小山岗，那里有一大片杂草丛生的瓦砾地。祖父不甘心让那么大的一片地荒芜，于是，就在杂草丛中，隔一定距离挖一个一米左右的坑，拾掉瓦砾，填埋上猪羊灰，盖上酥软的熟土，栽上南瓜秧子，再浇上几回水，经过日晒夜露，南瓜叶儿日益增多，荒地开始热闹起来了。

嫩生生的南瓜叶儿，两面生出密密的茸毛，叶缘和叶面上泛着白斑，叶边呈现不规则的锯齿，抚叶摸边，柔软中带有微微扎手的感觉。藤蔓日益伸长，藤上长出了粉黄色的钟状花冠，雌雄同株的南瓜花开了。这南瓜还真有些能耐，天南地北，平地高山，只要有适合生长的条件，它都能存活，都会静静地、悄悄地、不顾寂寞地开花结果。

雌花凋谢，花座下的南瓜雏形便出来了，如同躺在摇篮里的婴儿，日复一日，婴儿变成了少女，俊俏而圆满。南瓜形状有像灯笼的，有像牛腿的，也有像扁鼓的，无论哪种形状，瓜的表皮上都长有瓜纹，日益成熟，瓜纹也由密到稀，由深到浅，表皮沟壑纵横，如陕甘的黄土高坡。随着时间的推移，表皮颜色由嫩绿色变为青绿色，由青绿色发展成黄绿色。秋风起，南瓜熟，一只只南瓜静静地躺在藤蔓和杂草丛中，等待人们去收获。

那一年，祖父种在荒坡地里的南瓜获得了大丰收，牛腿形、扁鼓形的南瓜摘了一批又一批，不仅个大而且特别粉糯香甜。祖父给周围邻居送了一些，让他们也分享这丰收的快乐！

在粮食不足瓜菜代的年代，南瓜无疑是自然界无私馈赠的奢侈食粮，也是农家最看得见、摸得着的度荒食物。它在稚嫩时可以充当菜肴下饭，成熟了的南瓜可做成南瓜饭、南瓜粥、南瓜饼吃，也可以直接蒸煮替代主粮食用。我们常常把家里的陶罐偷出来，拾来石块，搭成“灶台”，支上陶罐，将南瓜切成块煮熟了充饥，南瓜在我们村里几乎成了村民们的主粮。

20世纪80年代，我们村里人家前屋后、自留地上仍然种南瓜，但已不是用来充饥度日，而是用来调节口味，南瓜成为喂养家禽家畜的精饲料。祖父虽已年过八十，身体仍硬朗，似乎对南瓜特别钟情，春育苗，夏施肥，秋收获，依次循环，直至1985年离开人世。

父亲一生当了近40年的生产队队长和林业队队长，由于受到祖父的影响，他在任期间年年在地里田间见缝插针地种南瓜，南瓜成为队里养猪的主要饲料。用南瓜喂出来的猪，不仅生长快，而且肉质鲜嫩。直至现在，父亲每年都要在家前屋后种上一些南瓜分送给我们品尝。

南瓜还是南瓜，如今南瓜不仅农村人在食用，城里人也在食用。人们不仅爱吃瓜，更爱吃它的藤叶。

如今，南瓜品种有了极大的改良，变过去追求产量为追求质量，瓜形由大变小，质地由粗变细，吃法上也大不相同。特别是那小南瓜，一箱十几个，大的一斤多，小的六七两，早上切块蒸熟，喝粥吃瓜，甜而不腻，味道不比大饼油条差。晚上煮粥熬汤，吃起来皮粉肉甜有滋有味。南瓜去皮切块加蒜白烧了当菜，吃起来清香甜鲜。不过，食用任何食物都得有个度，多食无益，南瓜也是一样。中医说，过量食用南瓜容易得“湿气”，在生活贫穷时谁也不会去计较，现在不一样，追求生活质量，身体健康是人们的最大愿望，食谱成了人们研究的重要对象。

无论南瓜形状怎样变化，它甘于寂寞、朴素结实的本色没有任何改变，秧还是秧，藤还是藤，花还是花，瓜还是瓜。纵使千年万年后，南瓜仍然会在土地上舒展藤叶，开花结果，造福人类。

孩提时的年庆

贴春联

年关到了，请人写春联是必然的事。

父亲读了一年多私塾，认识些字，但毛笔字写得不怎么好，他总是把自己选好的春联写在白纸上，让我带着他买好的红纸去请蒋爷爷写。蒋爷爷是个私塾先生，写得一手好字。红纸服服帖帖地任其折叠剪裁，再平铺在门板上，饱蘸墨汁的毛笔在红纸上挥洒自如，勾画点、横、竖、撇、捺。写好后，蒋爷爷会把春联叠好，让我拿回家去。

大年三十下午，父亲让我陪着他贴春联。春联内容是：“勤劳人家春常在，节俭门第庆有余”，中间倒贴被裁开的“福”字，示意福到家门。贴好后，父亲对我说：“居家过日子，勤劳是致富根本，节俭就不会败家。”还要我读上几遍，让我记住“勤劳节俭”这四个字，并用它们感悟人生。

门屋堂壁上贴了蒋爷爷用半张红纸写成的“天地君亲师”五个大字，父亲对我说：“这五字缺一不可，敬天、敬地、敬国君、敬双亲、敬老师是中华传统文化的精髓，牢记五字会终身受用。”

房门上贴的是“家和万事兴”，粮囤上贴的是“五谷丰登”，灶壁上贴的是“小心火烛”和“岁岁平安”，猪屋门上贴的是“六畜兴旺”，连门前的大椿树上也贴上了“开门见喜”和“吉祥如意”。

经这样一张贴，屋里屋外一派喜气吉祥，溢彩流光。

放鞭炮

小时候盼过年，除了穿新衣、吃好食、拿红包，最大的乐事就是放鞭炮。

那时候家里穷，想攒几个钱不容易。村里许多孩子捡废铁、拾破烂卖几个钱就是为了买鞭炮。买来的鞭炮藏在秘密的地方不让大人知道，还不放心，每天都要去查看，揪心的幸福一直持续到鞭炮放完。

小时候过年，既无电视又无广播，吃过年夜饭，一家人围坐在桌子边嗑瓜子喝茶守岁，等父亲放关门炮。三个大爆竹一串小鞭炮，我总抢着用木棍或竹棒挑着那串小鞭炮，等到父亲放完两个大炮，擦根火柴点燃小鞭炮，噼噼啪啪一阵放完，再放一个大炮，把“年”这个鬼东西吓跑，赶紧关上大门，一年就这样过去了。

大年初一，父亲总是先起床，第一件事就是放开门炮。我尽管睡眼惺忪，还是兴奋无比地从床上爬起来，穿好母亲早已为我备好的新衣服，迫不及待地跑到父亲跟前讨放那串小鞭炮。在三大一小的爆竹声中，新的一年又响亮地开始了。

趁着越来越亮的天色，我先在自家门前，然后去其他放炮的人家门前，寻找没有放响的小鞭炮。因为在那时，村上没有富人，所有的人家都穷，穷人家的孩子过年最奢侈的享受就是能买上一串百响的小鞭炮，噼啪一个、噼啪一个地放上一两天。为了能捡到没有放响的小鞭炮，许多孩子早早起来的第一件事就是冲着放鞭炮的人家跑，在落红缤纷中挑挑拣拣。大家低着头，仔细地搜索，盼望着意外的发现，功夫不负有心人，瞎猫总能碰上死耗子，多少会有些收获。

记得那年，冰雪把贫穷的村庄覆盖得严严实实，大地一片洁净，放完鞭炮的门前红黄纸屑格外醒目，未燃响的小鞭炮一目了然。不知是主人天黑没在意还是粗心大意所致，我居然捡到了半挂未燃放的小鞭炮，意外的收获让我足足高兴了一整个新年。令许多小孩不乐意的是口袋里的小鞭炮越来越少。过了正月初三，积雪还未融尽，大人下地忙活去了，村庄变得寂静起来，偶尔也会听到小鞭炮的燃放声，那是些大孩子刻意留下用来显摆的。那年，我是村里唯一过了初五仍能从口袋里掏出小鞭炮的，一大群孩子跟在我屁股后面转，那个高兴劲真无法形容。

乡路弯弯

宜兴元上是我曾经工作过的地方，我1983年离开那里，对那里的乡土人情至今记忆犹新。几回做梦都会不自觉地梦到那熟悉的地方和认识的人。

那时，乡叫人民公社，村叫大队，加上地名就是完整的名称。我家住归径公社水北大队涧桥村，一个听起来很幽雅美妙的名字。从家里去元上公社有两种方法：一是乘轮船至张渚镇，然后转乘汽车至元上，这样至少得四个小时；二是步行去元上，途经归径浦墅、鲸塘凤凰、西渚吾桥、元上牌楼，东有离墨山，西有烟山和金山，中间还隔着一条钟溪至张渚的运河，直路虽不到20公里，但乡路弯弯，有些路得绕着走，其中有不少是田埂路，步行也得三个来小时。好在早走晚走、快走慢走完全由自己掌控。那时我年轻力壮，追求宁静，所以只要天无雨雪，步行去乡里是我的首选。

轻装上路，行囊中只有一杯水和少量杂物，行走起来轻松方便。在弯弯曲曲、坎坎坷坷的乡村路上行走，总有一股清新浓郁的气息扑鼻而入，那是泥土、青草、野花、蔬菜、麦苗、稻禾散发出来的，令我百闻不厌，浑身舒畅。仰望天空，天空是多么高远辽阔，蓝天幽幽、白云飘飘、晨星闪烁、晚月横空；目视大地，大地是多么旷远纯洁，重峦叠嶂、河流蜿蜒、炊烟袅袅、禽畜鸣唱。春天，麦苗一片嫩绿，燕子、蜻蜓、飞虫在绿海上追逐翻飞；夏天，瓜地里躺着滚圆的西瓜，篱笆上悬满各色的果蔬，稻田里蛙声阵阵，昆虫鸣唱；秋天，稻田一片金黄，风过处掀起一片片金浪，水欢鱼跃，一片丰收景象；冬天，地里越冬的麦苗油菜，不露声色地抵抗着严寒的袭击，努力地孕育又一个春天。天地相容，物物相间，犹如一本漂亮的画册，不同的季节都有不同的画面，每一天都是崭新的一页。

负重行走，需要体力的支撑和毅力的坚持。我去元上工作的第一年还是

“工农新干部”，口粮要自备。我用在归径粮管所兑换的粮票在元上公社食堂里买饭票。一次走得急，来不及兑换，我扛了20斤大米步行去元上。上路时，妻劝我别逞能，我不听。虽然肩上有些分量，但它并没有影响我欣赏旷野里的风景，渡过钟张运河还感觉良好，走过一段田埂路，感觉有些力乏，放下米袋，坐在路边休息一会，继续前行。走了不到2公里，20斤重的米袋犹如泰山压顶，我坚持着走了一段，不得已又放下休息。此时已经日薄西山，晚霞染红了烟山金山，染红了村庄，染红了元上的山山水水，景色相当迷人。这时的我却已无心思去欣赏，一心只想早早到达目的地，再次休息时，粮袋被路上的石子划了一个小口子，没办法，我从随身的挎包里拿条长裤，把裤管扎紧，把米灌进裤管，像扛小孩一样让米“骑”在肩上，从家走到公社大院，我足足花了四个多小时。

那时农村里的运输主要靠人扛肩挑，走在路上经常碰到扛物挑货的人，特别是老人和未成年的孩子。看着他们十分吃力的样子，我就会想起那次扛米时的尴尬，怜悯之心油然而生，只要顺路，我都会替他们一段，让他们歇歇肩。

钟张运河是宜兴南北运输的大动脉，每次渡河我都会想起20世纪60年代末梳理运河、清理淤泥时的情景。那时没有挖泥机，没有吊车，全凭人工操作。天空飘着雪花，河里结着冰凌，工人们光着脚板挖泥挑泥，没有骂声，没有怨言，他们抱着艰苦奋斗、改造山河的坚强信念，默默无闻地贡献着自己的一切，让这古老的、像蓝色丝带一样的运河永葆青春，不停息地发挥着作用。望着这钟张运河，心灵不由自主地为之震颤，总会呆呆地望着，忘记了一切。

渡河的次数多了，我就与河上摆渡的老船工混熟了，见面总要天南海北地聊上几句，分享一下各自的欢乐，体会摆渡工的艰辛，说几句遇上的烦恼……

如今，宜兴道路四通八达，宽阔的柏油马路代替了往日里的弯弯乡路，钟张运河上架起了牢固的水泥大桥，从我老家开车去元上只需20分钟，渡船和那弯弯的乡村道路已经成为可供回忆的历史。

渡　口

老家多河，在我远去的记忆中，有河流有渡船的地方，就有渡口。渡口是水陆交通的连接点，在促进河流两岸商贸文化交流和拉近人们心与心之间的距离上，起着重要作用。

记得孩提时，我去临近的镇上和居住在水网地区的亲戚家，都少不了要摆渡。

古老而繁忙的渡口会有一二间平房，一半是渡工值守用房，一半供渡客挡风遮雨。房上瓦片间积满了尘埃，生长着瓦花（一种杂草），墙上的粉灰大多已斑驳陆离，屋里靠墙处摆放着简易、粗糙、厚实、供渡客休息的木条凳。渡口有码头，码头大多是用条石砌成，码头与河面有石台阶连接，渡客从台阶上船。

渡客稀少的渡口，仅有一间渡工渡客共用的低矮小屋，歪歪斜斜的乱石倚在河岸边，行使着让人踩踏上船的使命。在一些无足轻重的渡口，渡船是没有渡工掌控的，在河两岸打上固定的木桩或者放上笨重的大石头，分别系上一条麻绳或粗壮的草绳，绳子另一端系在渡船船头固定的铁环上，渡客拉住绳子上船，再用力拉另一端的绳子，船在水中游荡，人在船上拉绳，绳移船走，船至岸边，在岸边等待的渡客会拉紧绳子，让船上的渡客上岸，然后再上船拉绳渡河，如此循环往复。渡口日复一日、年复一年地行使着自己的使命。衡量一个渡口的历史长短和地位作用，渡口阶石上深深的磨痕，就是最好的印证。

每次来到渡口，我都会兴奋不已，站在渡口的平台上看熙来攘往的人流，听渡工清脆响亮的歌声，望渡船在河面上诗意地摇曳，也喜欢看渡客小心翼翼地上船下船。轮到我们上船，渡工关照坐好站稳后，用竹篙一点，渡船旋即离开码头驶向河心，随着渡工身姿的摆动，橹声水声迭起，船后漾起朵朵美丽的浪花。渡船到达渡口，我们上岸后，渡船又搭载上等待渡河的渡客驶向对岸，我会边走边回头张望，目送渡船回到我出发的渡口接送下一批渡客……

古老的渡口，在岁月的轮回中，渡船换了一条又一条，渡工走了一茬又一茬，一批批游子从这里远行求学谋事，一代代商贾经这里经商谋利。只有这渡口才知道游子们远行扬起的离愁，只有这渡口才知道亲人相逢堆积的喜悦，也只有这渡口才知道在渡口等待的不只是渡船，还有亲情、友情、爱情、愁苦和痛楚……

如今，渡口已然光荣退役，渡口的河面上架起了牢固的钢筋水泥桥，随着渡口同时消失的，还有河岸两边的码头和低矮的民房。尽管如此，我在路过昔日渡口时，总会情不自禁地重拾当年摆渡的悠悠情怀。

小区里的蛙声蛇影

我住在新世纪公寓，晚饭后有在小区里散步的习惯。绿荫覆盖的小区里，昆虫在草地上跳跃，鸟儿在树枝上鸣唱，孩子们在追逐玩耍，父母带着幼儿在鱼池边喂鱼，引得鱼儿跃出水面抢食，欢快的笑声在小区里荡漾。

今年，受厄尔尼诺现象影响，雨天明显比往年多。雨过天晴，凉风习习，空气新鲜清爽。刚走了一圈，突然听到“咕嘎——咕嘎——”的声音，我以为是归鸟在树上的叫声，也没太在意，又一圈过来，“咕嘎——咕嘎——”声分外清晰明朗！

在小区里住了六七年，确实很少听到这样的叫声，我细细辨别，确认是农村里才能听到的蛙声。怀着好奇心，顺着小区里的观赏鱼池找了两遍，也没有找到蛙的踪影。

农村里长大的人，特别是我这个年龄的人，没有不熟悉蛙的。蛙的生活习惯是冬眠春出，春末夏初交配繁殖，喜阴喜湿，以昆虫蚯蚓为食。那时，农村里有这样的说法：“草青青蛙鼓鼓，蛙身常被蛇盘住。”蛙是喜欢干净的动物，它经常出没在没有污染的水塘、水沟、河流、田间，喜欢在青草丛中和庄稼地里捕食。蛇也有冬眠的习性，喜欢在蛙生活的环境里活动，老鼠和青蛙是蛇的最爱，因此蛇捕蛙技能特高，是蛙的天敌。

“咕嘎——咕嘎——”“咕咕——嘎嘎——”的叫声，时断时续，非常热闹，非常温馨，非常亲切，我停住脚步细听，原来这蛙声是来自隔壁畅舜苑小区。在我的印象里，畅舜苑里没有可供蛙类生活的水域，我觉得好奇，信步走进畅舜苑探个究竟。畅舜苑是市里较早开发的小区，环境在老的一批小区里属于一流，大门进去有一条南北向的明沟，沟底和沟壁是用水泥铺垫、卵石镶嵌的，沟两边是人行小道和休息区，有绿化植物点缀。沟北头是人工垒建的假山，再往北是耕读河；南头有个凉亭，边上是人工建造的水池子，水池里面堆着假山，颇有些古典园林风格。平时沟里无积水，水位低，池子里除了大旱天，积水长年不断。假山缝隙里积有淤泥，给蛙潜伏过冬提供了条件。细心搜寻，终于在假山池边的草地上见到了蛙影。

蛙的种类很多，小区里见到的属于花皮青蛙，听蛙声，见蛙影，勾起了我对蛙的许多回忆。

童年时，我多次从蛇口救蛙，也熟悉蛙在遇到生命危险时无奈而绝望的哀鸣。一次，我在菜地里除草，刚下过小雨，菜叶上还残留着雨珠，菜地不远处是疯长的草地，湿漉漉的草地里突然传来了“嘎——嘎——嘎——”的叫声，听起来有些声嘶力竭。我觉得好奇，手里拿着镰刀，顺着叫声拨开浓密的杂草，发现一条水蛇缠住了一只青蛙，青蛙鼓起肚皮，使出浑身解数，拼命抵挡蛇对它的攻击。面对善于捕蛙充饥的蛇和想从蛇口挣扎求生的蛙，我犹豫不决，“救活田鸡饿死蛇”，自然界中生生相克的道理我懂，我下决心救蛙是因蛙的哀鸣让我于心不忍。我用镰刀挑动蛇身，因为水蛇无毒，我没有伤害它的念头，也许是锋利的刀口刺痛了它，蛇感觉到了危险，很快松开青蛙消失在杂草丛中，青蛙也松了口气，一蹦一跳地逃命去了。

第二天清晨，在我们小区的水池边，居然也看见一只花皮青蛙大大咧咧地蹲在池岸上，见我过去，扑通一声跳进水池，潜入水底不见了。

小区里环境适宜青蛙生长，这样的条件同样适合另一种动物——蛇的生存。有人告诉我在小区景观林里看到了蛇，我似信非信。时隔不久的一天晚上，我在小区里散步。天气闷热，远空响着闷雷，我在耕读河岸边的草丛中见到了一条成年水蛇。见我过去，这蛇一头钻进路边的绿化带里去了。小区里有蛇的说法得到了印证。

前些天，老伴告诉我：“小院里来了条水蛇，本想打死它，但水蛇无毒，于人无害，我用竹竿把它挑到院外去了。”

院外不远处就是蛙经常出没的水池。

板　车

在我年轻时代，板车是农村的主要运输工具。春天它往地里拉去萌动的种子和殷切的希望；夏天它拉去庄稼的“食粮”和村民的期盼；秋天它拉回满仓的粮食和丰收的喜悦；冬天它拉来柴火和满屋的温暖。它曾经是农村一道流动的风景。

记得孩提时，生产队里有一辆板车，除供集体使用，也可借给社员家里使用，邻队有需要时也来借用。我们这些顽童会趁着中午或晚上板车空闲时，拉上板车，轮流乘坐，互换着拉车，在嬉闹中感受飞奔的节奏，享受坐车的快乐。板车是靠人力拉动的，拉载着重物的板车是非常受累的事，平路上要好些，遇上陡坡，拉车人不仅要有饱满的体力和坚强的意志去征服，而且要学会用巧劲，在陡坡上拉车，走“S”形路要比直上直下省许多力。我们队里的土地既有山地也有水田，有的水田还在山沟里。从村里拉东西去地里，大多是上坡路，拉车人会挎上肩带，攥紧把手，弓起身子，脚往后蹬，使出浑身力气拉车上行。每到上坡，推车人会双脚紧踩地面使劲向前推，在上坡的关键节点，拉车的和推车的，会踩着自己的影子，咬紧牙关，一步一步地往前挪，容不得半点矫情和松懈，手没劲了，会用肩膀顶上，直到板车爬过陡坡。

我经常听拉车的人说“上坡用死力，下坡用巧劲”，一点儿不假。我年轻时也经常拉车，拉肥料、拉粮食、拉柴草、拉石料。遇有下坡，空车飞快而轻松，人随车滚，不用费力；重车下陡坡就不同了，由于惯性，板车轮子会自行往坡下溜滑，需要把持行车的速度和方向。初下坡时，拉车人需让身子后倾，将车臂抬起，脚踩地皮顺坡滑行；当车行驶在陡坡上时，车轮越滑越快，拉车人必须把车臂高高抬起，使板车后部底面的刹车棍紧贴地面产生摩擦，以达到减速的效果。

记得初中毕业那年，我和一社员去邻乡换稻种，板车上拉着200斤稻谷，那时的公路还是石子路，途中有一段陡坡，为防车下坡时飞速下滑，我把拉车的绳子扣在车后面的厢梁上，这样拉紧绳子可以让车放慢速度。车至半坡，由于惯性，板车犹如狂奔的野马，结果是车轮与车厢分离，两麻袋稻谷也被摔出了车厢，幸好人无大碍。

如今的农村，乡间马路修得宽敞平整，电动三轮车运输已替代了人力板车运输，而在我的内心深处依然珍藏着对人力板车的质朴情愫，偶尔看到有人边着沉重的脚步用板车拉运货物，我会情不自禁地助上一臂之力，让内心的板车情结得以释放。

碾　米

“三天不闻米饭香，心里感觉愁得慌”，这是我对大米怀有的特殊感情。白米煮出香喷喷的米饭，当你细嚼慢咽时，那股饭香味，让你永远也闻不厌吃不腻！每一粒大米的背后，不仅凝聚着劳动者付出的辛勤汗水，而且在岁月中见证着由人力到机械加工稻米的变化，从中透示着时代的发展和进步。

稻谷加工成白米，最初是把干稻谷放进石臼里用榔头捣，让稻壳和糠皮与米分离，这种原始方法叫舂米。这样的大米加工方法，不仅劳动强度大，而且效率不高。后来发展到用石磨，工效提高了许多倍。石磨，由上下两大块圆形的花岗石组成，磨爿上凿了一行行凹凸有序的纹理线条，很像一排排能上下咬合的牙齿。一根硬木做成的木塞，一头方一头圆，方的一头牢牢地嵌在下爿磨芯里，成为磨轴。上磨爿宽松地套在磨轴里，转动时上磨爿不会偏离下磨爿，上磨爿上凿有圆孔供稻谷进入，上磨爿相对下磨爿要薄而轻些，面上凿有凹进去的磨框供存放稻谷。在外力牵引下，贴合在一起的上磨爿不停地转动，稻谷从上磨爿孔里进去，米和糠从磨腰里出来，经风扬去掉稻壳和糠皮变成白米。这是延续了多个世纪的碾米方法，靠的全是人力，相当辛苦。

自从有了电力，碾米机代替了石臼和石磨，形状像鸡的小型碾米机，高高昂起的鸡头是吞吃稻谷的漏斗，随着碾米机“呜呜”作响，米和糠分别从鸡肚皮下缓缓流泻出来，这时的米和糠还带着温热。一遍加工出来的米上粘着糠皮，还得重新倒进漏斗里再碾一次，出来的米就变成白米了。在20世纪六七十年代，碾米机加工点还不普及，几个村子才有一个加工点，一个点上也只有一两台碾米机。为了不误挣工分，村民们总是在出工前的早晨和收工后的晚上将稻谷挑去加工。有过用石臼和石砻碾米经历的人，有足够的耐心排着长龙似的队伍等候。随着时代的发展和科技的进步，大型加工机械代替了小型碾米机。稻谷进去，经过机械“绞”去谷壳和糠皮，白米哗哗地从机槽里流出来，既干净，碎米也少，像用手一粒粒剥出来的一样。

时下，有许多人喜欢买精制白米，这样的精米是经过碾米机的多次碾轧而成。越白的米营养成分越低，因为60%—70%的营养成分在米糠里。米糠含有丰富的维生素，是饲养鸡、鸭、鹅、猪的好饲料，用米糠饲养的鸡鸭鹅不仅产蛋量高，而且质量好；鸡鸭鹅肉鲜美可口，猪的肉质也特别鲜嫩。

用碾米机碾米，虽失去了石臼舂和石磨磨的传统味道，却充分体现了现代文明带来的快速、高效和高品相。在人口众多的国度里，若仍用石臼舂和石磨磨的办法，是绝对供应不了这么多人口吃米的。

春来野蒜香

在城市里住久了的人们，总喜欢到野外去挖野菜，采杨梅，摘橘子……借这样的活动，人们得以亲近自然、释放天性。

在东风轻拂、万物吐新的星期天早上，我们老两口开车去宜兴紫云山里挖野蒜。车停好后，我们拿上事先准备好的铲刀和塑料袋子，沿着上山小路，豪气十足地踏上了挖野蒜的征程。

小时候，常听村里懂草药的土郎中蒋先生说："野蒜又名山蒜、小蒜，生长在山坡地里，地上部分，苗似韭菜，叶中心擀葶，开淡紫色花，结球型包，褐色的籽；地下部分，根白嫩，结大蒜状小球。味辛，性温，有微毒，能抑菌。在古代《救荒本草》中有记载。"据说，野蒜还有治疗痢疾，抑制高血脂，防止动脉硬化的功能。

宜兴人称野蒜为小蒜，也称莉蒜。野蒜在野菜中属于早春植物。在寒冷的冬天里，它不声不响地在泥土里萌芽，春节前后就破土出苗了。今年冬天暖和，野蒜出土也比往年早。野蒜嫩苗和初生韭菜相似，茎和叶与韭菜比更加细而长，叶面上浅而直的茎线直达叶尖部，背面呈半圆形。如果和韭菜放一起拿到城里卖，肯定有人分不清哪是韭菜，哪是野蒜。野蒜既不像葱，也不像蒜，茎叶没有葱和蒜粗壮，根部像葱蒜，蒜头很小，大的弹子大，小的豌豆大，色白如玉，玲珑剔透，根须也与葱蒜相似。

童年时光，野蒜是村民度春荒的珍贵食物，给我留下了许多难以忘怀的记忆。我是在母亲的指点下认识了野蒜，又在不知不觉中学会了挖野蒜的方法，小时候，我最喜欢在一览无余的山坡地上挖野蒜。

春光明媚，杨柳吐绿，紫燕翻飞，我和小伙伴们一起，手里拿着镰刀，臂上挎着竹篮，一路追逐嬉闹着去山坡地里挖野蒜。野蒜在空旷的山坡地里吸收大自然的日月精华，采集天地间的灵气，喜欢扎堆生长，找到一丛，就会在周边地里找到一大片。无论是谁找到野蒜，都会叫来同伴一起分享。野蒜的地下部分比地上部分有分量，蒜球的营养成分远远高于蒜叶，采挖时，镰刀入土要深些，连着泥土往上掘，才能挖到完整的野蒜。当夕阳映照在回家路上，满载而归的我们会迎来路人赞许和羡慕的眼光。

野蒜既有韭菜的鲜美，又含葱、蒜的香味。在缺肉少油的年代，在烧热的锅里滴几滴素油，将切碎的野蒜入锅翻炒，加些盐巴出锅，满屋子都是辛香的味道，特别下饭。那时候，除炒食野蒜外，几乎每家都做生腌野蒜，把洗净的野蒜在太阳下晒数小时，切成数段，加适量的盐和辣椒，有条件的放些味精和香料，轻揉后放入坛子里压紧，封好口，过几天就可以食用，打开坛子大老远就能闻到腌野蒜的味道。用野蒜炒出来的鸡蛋辛香味特浓。用它拌米粉、面粉烤饼，烤出来的饼子又香又脆，吃了还想吃。

正是青梅开花时节，漫山遍野的青梅花把山坡装扮得分外靓丽。茶树经过寒冬的考验开始复苏，修剪整齐的茶树上细芽待发，野草纷纷生出新叶，大地呈现生机盎然的景象。小时候，我经常在这片山坡地上挖野蒜。那时候，这片山地冬天种的是蚕豆、豌豆、油菜，野蒜伴生在作物中间。由于土质松软肥沃，这里非常适宜野蒜生长。现在，这片坡地上不是郁郁葱葱的竹林，就是枝繁叶茂的花卉和果林。在林边隙地寻找野蒜虽然非常娴雅，但是很少见到期望中的野蒜，更难见到成片的野蒜。

我沿着茶地边沿的隙地寻找，发现一丛和杂草生长在一起的野蒜，青色的茎叶粗壮有力，我小心翼翼地用铲刀掘开边上的泥土，将野蒜连根挖起，数一数，大小有十几根。有了良好的开端，让我们充满了信心，功夫不负有心人，中午时分，袋中的野蒜已足够让一家人尝鲜了。

如今，国家经济大发展，人民生活水平日益提高，大米、白面，变着花样吃；鸡、鸭、鱼、肉，不仅成为家常便饭，而且要原生态的。吃杂粮、野菜成为时尚和人们健康生活的追求。自从走上工作岗位，我再也没有去挖过野蒜，在城里想吃野蒜也已成为一种奢望。野蒜的生存环境虽大不如从前，但凭着顽强的生存能力，哪里有它生存的条件，它就会在哪里生根、开花、结果。退休了，我有的是时间去老家挖野蒜，不仅可以改善伙食，还可以在春光里漫游，享受明媚的阳光和野花的芳香。在呼吸新鲜空气的同时，还可以无限地享受野蒜带给我的喜悦和快乐！

带着满载而归的喜悦，我去了父母家。母亲佝偻着身子坐在门前拣菜，我在她身边蹲下帮着拣，居然见到了大把又粗又壮的野蒜。我问母亲是哪里来的，母亲说在菜地里种了些，挖来炒鸡蛋。

母亲的回答启发了我，许多野生植物可以人工培育种植，野蒜也一样可以呀。于是，我萌生了在花盆里种植野蒜的念想，一旦想法实现，还愁闻不到野蒜香吗？

不成文的家训和家规

我出生在一个幸福的家庭里，自打记事起，和谐的家庭气氛一直影响着我。家庭和睦得益于良好的家训、家规。虽不成文，但约定俗成的家训、家规，影响了我家几代人。

家里的“家长”是祖父。目不识丁的他，做得一手好农活。老人家不仅种地是行家，且能唱出一腔好京剧，说出许多有关“礼义廉耻，忠孝节义”的故事。这些故事里包含着不成文的家训、家规和劝人为善的内容，这些，成为我家代代相传的家风。

称呼要讲礼貌。从我会说话起，见了长辈，爷是爷，奶是奶，伯是伯，叔是叔，姑是姑，姨是姨，绝对不能直呼其名；同辈之间，兄弟姐妹也应姐是姐，哥是哥，妹是妹，弟是弟，互爱互敬。从小到大，父亲和四个姐妹间从不喊名字，只以姐弟、哥妹相称，亲热无比。

行为举止要得体。站得直，坐得正，行得气壮，睡得坦然，也是我儿时耳濡目染的规矩。家里来人，爷爷和父亲总是正襟危坐，从不架二郎腿。父亲说，这样既显得谦虚，也是对别人的尊重。长辈们以身作则，言传身教，以自己的实际行动引导教育和感染我们，传给我们的是好影响、正能量。

饭桌上的规矩不可缺少。饭前、饭中、饭后的一举一动都有讲究。饭前须帮忙整理饭桌，用抹布擦净桌椅，放好汤匙碗筷，端菜盛饭；开吃时，长辈未到要留出位子，长辈不动筷子，小辈不能抢先动筷；饭进口，菜进碗，咀嚼嘴里不能发出声响，夹菜别把筷子伸到别人面前，不能老是盯着你爱吃的菜而不顾及别人；吃饭不能趴在饭桌上，不能将腿脚搁在椅子上，更不能蹲在椅子上。见长辈和客人碗里空了，要主动给长辈和客人添饭，并用双手送到长辈和客人面前。锅里饭不多了，要轻轻地把锅盖上，把碗放下，让其他人先吃饱。待客时，茶上七分，饭盛八分，酒斟十分，是待客有度的起码要求。去人家做客，更要学会矜持，无功不受禄，不能白吃白喝，要尊重长辈，知礼识礼，懂得礼义廉耻，才能把握有度。从小受饭桌上的礼仪文化熏陶，让我受益匪浅。

做人要懂得感恩。不忘别人对你的恩情，是做人最起码的道德素养，忘恩负义不仅说明你道德素养不高，而且人品有问题。我20岁那年，光着脚板，穿着背心短裤去生产队催收催种，核实亩产量，在田间路上，头顶的低压电线突然断裂掉落，四周无人，我触电倒地。在这千钧一发时刻，幸亏被路过的村妇发现，被赶来的村民救下。事后，父母买了礼品陪我前去拜谢村妇，村妇非要我认她做干娘。救命之恩，永生不忘，自然答应。虽然她老人家已去世10多年，但我至今不忘她救命之恩，仍然深深记着对她的哀思。

做人必须学会忍让。那年秋天，邻居锄地锄过了界，爷爷对邻居说："您地锄过界了。"邻居不仅不承认，反骂爷爷仗势欺人（那年我已经在公社里工作），爷爷听了心里好不来气，明明是你占了我家的地，反倒骂我仗势欺人，凭他老人家的脾气打一架都有可能，可他硬是忍了。第二天去地里，那一粑之地不仅还过来了，邻居还给爷爷道了歉。事后我想，也许是他老人家常给我唠叨的"千里书信为堵墙，让他三尺又何妨"的结果。此事对我影响很深，也使我懂得忍让是一种品质，一种修养，是用之不尽、享受终身的财富。

踏实做事是立身之本。父亲长期担任生产队长，吃苦耐劳，踏实做事，一心为公是他的一贯作风。他任队长，队里一直是村里乡里的样板队，粮食产量、副业收入样样领先，在全乡一直名列前茅。他上工总是第一个到地头，活要比别人多干，和别人拿一样的工分，收工还得去田头转一圈，为安排明天的活计操劳。父亲吃苦耐劳和踏实认真的工作作风，在我的工作生涯中得到了传承。儿子也同样受到了熏陶，上班在前，下班在后，加班加点，不计报酬已成常态。

家训、家规，是优良的传统文化，用其教育子孙后代有百利而无一害。

雪落无声

雪恋腊月，这话一点不假。虽然近二十年无锡地区冬天少雪，但大多数年份还是下雪的，只是大小不同而已。记得上一场大雪是在2008年冬天，距今已经十多个年头了。

傍晚时分，孙子孙女放学回来，进门就冲着我喊：“爷爷，外面下雪了。”那样的高兴劲活像我小时候的模样。晚饭后，我顶着雪花陪小孙女在小区里玩，遇到几条被放出来遛的狗狗，它们一会儿跑这儿嗅嗅，一会儿跑那儿闻闻，有一条还朝天“汪汪”几声，一副特别高兴的样子！也许这就是我们常说的“下雪狗欢喜”吧！

盼望已久的雪终于来了。纷纷扬扬，飘飘洒洒，柔软无声，浪漫多姿的雪，黑夜连着白天不停地下着，屋上白了，树上白了，车上白了，地上白了。纯净、洁白得让人喜爱。锡山、惠山，被扣上了严严实实的雪帽子，田地盖上了厚厚的雪被子，城里城外都被雪包裹起来，风景特别好。生长在农村，又干过多年农业技术员的我，对雪是有着特别感情的，因为我懂得冬雪赛如油的道理。尽管雪天寒冷，但能增加土壤墒情，能把越冬的部分害虫冻死，看到白雪，仿佛看见雪花化成了雪白的白面。

常言道，过了腊八就是年，农村里该杀猪宰羊，磨豆腐，打年糕，蒸团子，发馒头了；镇子里也闹忙起来，商贩纷至沓来，雪地里出现了一条长长的商业街，鱼肉、蔬菜、食品、服装、鞋帽、日用百货、过年用品……应有尽有。街市上人来人往，叫卖声、讨价还价声响成一片，热热闹闹，喜气洋洋。现在不同了，农村和城里一样开起了超市，商品琳琅满目，应有尽有，别说难得见一场雪，就是落个十天八天，商店也不会关门，商品也不会断货。

一早，我冒雪出了门，一是为踏雪，想找回我儿时玩雪的感觉；二是为观雪景，看看大雪天里有什么新鲜的趣闻。曹张菜场里，鸡鸭鱼肉、米面果蔬，应有尽有，丰富多彩，价格没有因为下雪而暴涨。穿着制服的城管队员手拿铁铲、扫帚，在菜场门前清除积雪，制服上白色的“梁溪综合执法”几个大字在雪地里特别显眼。

太湖广场一片洁白，孩子们抓住这难得因雪天而放假的机会，在雪地里尽情地玩耍。穿着衣服的狗狗在雪地上撒欢，雪地里留下一串串梅花形的脚印。车少了，人少了，马路变得宽敞起来，不远处，有三位上了些年纪的阿姨在清除人行道上的积雪，手里的扫帚不停地在雪地上划动，嘴巴里呼出白白的热气。经过她们时，我用手机拍下了她们劳累的身影，听她们的口音都是外地的，在大雪纷飞的天地里，经她们扫过的路面特别干净，她们在雪地里的身影也特别靓丽。

美丽多姿的腊月雪，在农人心里播撒下了来年的希望，在市民们的眼里纷扬着欢乐，也飘洒着春的气息。我说得对吗?

大豆往事

农谚云："清明前后，种瓜点豆。"这话一点不假，受季节性气候影响，三月气温很不稳定，土壤温度尚低，清明时节，气候虽仍有变化，但土壤温度上升，是下种的时候了。

清明小长假，见老弟在菜园里种黄豆（大豆），我有些不解。清明前后，种瓜点豆，但不是种黄豆的时节。我说："不是五月割麦，六月种豆吗，怎么现在种黄豆啊?"他告诉我，这是早熟品种"六月黄"，产量不高，在炎夏蔬菜稀少时可剥青豆做菜食用。哦！我怎把这早熟品种给忘了。眼前的情景勾起了我对黄豆往事的记忆。

五月下旬，苏南乡间的大地上，油菜熟，麦子黄，庄稼地里一片繁忙。不同的面孔，不同的年龄，于岁月和苍老中收获喜悦。黄豆不是苏南主要农作物，但生活中不可缺少的食油和豆制品都来自黄豆。因此，无论是在集体生产的年代，还是连产承包到户的年代，各村各户都会种些黄豆，作为丰富生活的补充。

没有机器的年代，地里劳动，男人总是承担最重的劳动强度。油菜、麦子进仓，男人们一双粗糙有力的手，忙着翻土整地，女人则在整好的地上打"塘"，小孩会围着父母打转，等待着父母派活。

经过精选、颗粒饱满的隔年黄豆种子从不同的盛器里被请了出来，在场地上晒上一两天太阳，被带到地头。在父母的示范下，孩子们左手端碗，右手抓豆，小心翼翼地在打好的"塘"里投进三颗金黄灿亮的种豆，有条件的在上面撒些草木灰，既做肥料又防雀害；没有条件的，薄薄覆上一层细土。覆土挺有讲究，既不能太厚也不能太薄，厚了种子出土难，薄了容易遭雀害。黄豆适应性强，根系发达，在田边地头也能生长得很旺盛。土地金贵，庄稼人会充分利用田边隙地，一手拿铁锹在田埂边凿道缝隙，一手从口袋里掏出三粒黄豆种子，弯腰放进缝隙里，用脚埋掉缝隙，盖住黄豆种子，种植黄豆的任务就完成了。

盛夏，早晨的太阳还会给面朝黄土背朝天、蓬头垢面的庄稼人足够的面子。中午的太阳却再也不讲情面，火火辣辣，逼得人浑身是汗，连头都不愿抬。为了避暑，庄稼人头上都会戴着草编、芦编或竹编的凉帽。

种下的黄豆，带着庄稼人的希望和憧憬，在天气正常的情况下，一个星期就顶着嫩嫩的“头盔”出土了。黄豆出苗期，遇上暴雨，土壤容易闭实，细嫩的豆芽会被“憋死”在土中；遇上土蚕（一种害虫）高发的年份或地块，豆芽在土中就会被啃食掉。无论遇上哪种情况，都需要及时补种，才会不负庄稼人曾经虔诚的身影以及一份对于土地的希冀。

雨水阳光充足的盛夏，杂草总是和黄豆抢着生长，草长不让苗，草害不等人，除草护苗大多是女人们干的活，因为女人有着一双围着锅台转悠了半辈子的手，她们会像洗菜、淘米、刷锅、洗碗、缝补衣裳、编织毛衣一样，细心周到地为黄豆除草；女人又有一颗善良的母爱之心，黄豆苗在那一刻就是她们的孩子，会被轻柔、温和、小心翼翼地对待。

黄豆根系发达，吸肥能力极强，容易疯长。在开花结荚期，疯长的豆棵一个劲地往上蹿，甚至长出长长的藤蔓，严重影响黄豆产量，需要及时遏制。办法很简单，人工摘除一部分豆叶，或者用镰刀割除顶部的茎和叶，让营养回投到豆茎豆荚上，茎粗荚多，豆粒饱满，丰收才有希望。

秋深了，黄豆叶在秋风中泛黄，在霜打中变枯脱落，黄灿灿、毛茸茸、沉甸甸的豆荚，成为大地上艳丽的风景。

黄豆收割期的夜晚，村里会响起霍霍的磨刀声，声音里透出阵阵喜悦，预示今年是个丰收年。清晨的凉风，拂过每一个早起的影子，疲劳和喜悦同时写在他们的脸上。太阳从东方升起，一垄垄被放倒的黄豆，整整齐齐卧倒在地上，接受阳光的照射。中午，庄稼人挑起捆扎好的黄豆，尽管饥肠辘辘，汗流浃背，但他们步伐依然轻快，深沉的脚印在大地上闪闪发光。

蚕豆的旅程

老屋门前园子里，有两方不大的地块，一块种的是蚕豆，另一块种的是油菜，惜地如命的父亲总是将土地分割利用得恰如其分。一丛丛，一簇簇，不疏不密，不多不少，种下的蚕豆经受住了寒冬里的风吹、霜打、雪压，带着四棱形、中心空的茎，带着浅绿色的叶，进入了春天。

吸取阳光的精华，沐浴滋润的春雨，一地绿苗蓬蓬勃勃，遮盖住了脚下裸露的泥土。它们一株株，手牵手，肩靠肩，额抵额，雄赳赳，气昂昂，齐头并进，和园子里的油菜暗暗较着劲生长。油菜花喜欢显山露水，招蜂引蝶；蚕豆花却不一样，白色中带有紫斑的花儿，爱把自己藏在浅绿色的叶下，和勤劳的蜜蜂捉起了迷藏。那些白里带紫的花朵沿着茎秆一直朝上，自由自在地开着、落着，一层一层成熟。不久，茎秆叶根处结出细嫩、鼓胀、狭长的豆荚，紧紧地粘在茎秆上，彰显着一种谦虚、清闲和自豪。

春带着依依不舍的情调，无可奈何地拱手让给了夏。立夏尝三鲜，是指立夏到来，在自然环境中生长的樱桃、蚕豆、苋菜可以食用了。此刻，蚕豆的身子如足月的孕妇，鼓胀得呼之欲出。此时，乡村农家都会采一些豆荚回来，捏出鲜嫩的豆子，再将它们洗净，在锅里倒入适量清水烧开，放入豆子煮至九成熟，撒入少量食盐、香葱等佐料拌匀起锅，一股清香浸润五脏六腑，入口酥香软绵，时蔬的鲜嫩破豆而出。蚕豆炒青菜，蚕豆炒蒜苗，味道鲜美，可口下饭，吃了还想吃。

当然，更多的蚕豆还在地里，守着炎热的阳光，一天一天地老去。豆叶发枯脱落，豆荚如睿智的老人，在风中摇出欢快的铃声，脱去了茂盛的“浓妆”，蚕豆地里疏落异常，所有的秘密都暴露无遗。此刻，你走近豆田，会听到豆荚“哔啵”爆裂的响声。收割的季节到了，一排排蚕豆被摊晒在场院里，鸡群围着它寻找可口的食物，满院里透出蚕豆的清香。日光吸尽豆荚中的水分，豆子干渴难耐，急吼吼地从豆荚里蹦出来，赤身裸体躺在场地上，鞭打、扬场、过筛、晾晒，结束了从地里到囤里的旅程。

蚕豆不像油菜，在地里脱落很少，但也不是一颗没有，偶尔遗落的豆荚和炸裂的豆子，主人会一颗颗捡回来。

蚕豆，也叫胡豆，有的地区叫罗汉豆，是非常古老的草本植物。据载，最早可追溯至新石器时期，属蝶形花科，多产于亚洲南部至北非洲。我国种植蚕豆的历史很长，蚕豆的食用价值也很高。除了餐桌上把嫩蚕豆做菜吃，蚕豆还有很多种吃法。炒蚕豆，是我孩提时的最爱，当蚕豆子在滚烫的锅里“哔啵”作响时，一股香气弥漫在屋里，真让人垂涎欲滴。起锅后，等不及凉透，抓起一颗就往嘴里送，烫得舌头不停地在嘴里打滚，呼哧呼哧地吸进冷气解烫，咀嚼的味道不停地在舌尖上演绎和升华。豆瓣汤，将干豆子在清水里浸软，剥去豆皮，和鸡蛋或猪肉一起做汤，鲜美无比，百吃不厌。豆瓣粽，将豆子泡软去皮，豆肉和糯米一起包成的粽子，既有糯性，又有酥性，蘸上白糖，香甜可口。更有用蚕豆打成浆，做成粉条、粉皮、粉丝……猪肉炖粉条，肉片炒粉皮，咸菜粉丝汤，用来待客，醇香弥远，皆大欢喜。

从地里到走上餐桌，蚕豆的旅程，一路芬芳，一路从容，芬芳里凝聚了朴实的泥土精气，从容里包含了淳朴的乡野浪漫……

盆中那棵石榴树

2010年搬进新居，老同学见我房前有20多平方米的小院，特地挖了棵他已经培育了3年的石榴树送来，让我种在小院里。院子里地坪已经铺好，不愿再搞破坏性开挖，为不负老同学的好意，我把老家特大号的花盆运来，带了泥土，土中掺了些饼肥，把石榴树权当盆景种了。

三月下旬，石榴树透出了新枝嫩叶，红红的，非常养眼。四月下旬，枝头出现了玫瑰红的花苞，虽不是很多，在细小的绿叶中彰显出它与众不同的模样。“五月榴花照眼明”。石榴树浓密的叶子，在肥料的作用下，变得翠绿可爱。石榴花盛开，如火红的小灯笼，点点挂在枝头。可惜的是，那年石榴树只开花未结果实。

初识石榴，还是在50多年前，祖父不知从哪里弄来3棵石榴树苗，栽在门前的菜地边上。每当给蔬菜上肥的时候，石榴树都会分得一杯羹。有了肥沃的土壤，温暖的阳光，足够的水分，石榴树生长得枝繁叶茂，一米多高的时候，石榴树开花了，红艳艳的花朵，引来了嗡嗡的蜜蜂和纷飞的蝴蝶。那个年代少有人有闲情栽花种草。家门前的石榴树，缀着繁密的花朵，翠绿映衬中的火红，成为村里一道亮丽风景，过往行人会情不自禁地驻足观看。石榴树是哪年结的果，我记不清了，但记得石榴花谢去，墨绿的枝叶间，一只只石榴随着季节的更替而长大。秋天，石榴熟了，我提着竹篮，祖父用剪刀把石榴一只只剪下来放进篮子，让我给左邻右舍的孩子们送去，与他们一起分享他的劳动成果。祖父已经离世30多年，当年的孩子大多步入了老年，大家相聚在一起，还经常念叨当年围着石榴树转悠，不采不摘心不甘，采了摘了怕挨骂的矛盾心态。

为了让盆中的石榴长得茂盛些，我从菜场弄来鱼内脏，从乡下弄来鸡鸭粪，买来黄豆煮熟，埋在花盆泥土里，除草、浇水、修枝，尽心伺候，希望来年能挂果，帮我找回童年采石榴、吃石榴的美好情景。功夫不负有心人，石榴树第二年就结了一大一小两只石榴。金秋十月，石榴熟了，两只野鸽子光临石榴树，它们栖息在石榴枝上，各守着一颗石榴，顾盼四周，见没有干扰，用喙对着石榴啄了起来，我怕石榴被它们啄坏，赶紧打开窗户，“嘘”的一声把它们吓跑了。国庆长假，我从老家回来，进院子侍弄花草，抬头观赏枝头上的石榴，惊讶地发现，只有空空的石榴壳挂在枝头随风摇荡，花盆中散落着星星点点的残渣。我虽感惋惜，但并不感到惊讶！

第三年，石榴树长高大了，三根分岔的枝条上都结出了果实。石榴成熟时，麻雀来了，斑鸠来了，野鸽子来了，连喜鹊也飞来了，还有一些叫不出名的小鸟，它们在石榴树上欢快地叫着，啄着，跳来跳去，且吃且舞，如同举行一场欢乐的宴会。我不再小气，也不忍心破坏它们的欢乐场面，只是站在窗口尽情地欣赏它们的精彩表演。秋尽冬至，石榴树被冷雨淋得湿漉漉的，叶子也差不多落完了，只有很少的几片叶子在雨点的拍打下簌簌抖动，粗看还有一些石榴在树上挂着，其实它们已经变成一只只空壳，黑白相间的鸟雀粪便粘在盆体上，我费了好大劲才擦干净。

石榴树有着很强的自理能力，野地里生长，无须施肥打药浇水，发芽、开花、结果，一项都不会耽误。石榴生长在花盆里，经常补水、施肥，才能花红果大。虽然挂果好多年了，大大小小的石榴也结了不少，我却从来没有品尝过，不知道盆栽的石榴究竟是啥味道？去年，闲来无事，翻阅了有关资料，才知道石榴有好多品种，我家盆里的石榴叫铜皮石榴。石榴成熟后，我剪下一颗，粗看，皮色铜黄，皮面透着胭脂红，细看，粗糙的表皮上还带有小黑点，皮子比较薄，被石榴籽撑得凹凸不平。我将石榴切开，满满当当的石榴籽，晶莹透亮，像红宝石一样。放在嘴里咀嚼，石榴汁甜而不酸，把核嚼碎，还透出一股清香，满嘴生津。

石榴树在盆中已经生活8年了，主杆已有胳膊粗，树高超出了围墙许多，花盆虽大，但已满足不了它生长的需要，盘根错节的根须开始裸露。我曾想把它迁出去，既舍不得，又怕有违同学的一番苦心。看着石榴树在盆中挣扎着生长，着实有些不忍心。今年春天，石榴树生长的速度和旺盛的程度大不如去年，枝条耷拉，树叶稀疏，一副萎靡不振的样子，也许是肥水不足吧！

那天，我给它施肥，意外发现花盆从上到下裂开了一条缝。

我毅然决定，在今年冬天，挖开院中地坪，把石榴树从盆中移栽到地上，为它创造良好的生存环境。让欧阳修的“荒台野径共跻攀，正见榴花出短垣。绿叶晚莺啼处密，红房初日照时繁”的情景在我院中重现。

雪　钓

2019年元旦前，纷纷扬扬的飘雪，染白了村庄、山林、城市。老友给我打电话：“有兴趣去山里水库钓鱼吗?”

“非常想去，这几天有事，只能改日了啊!”我不无遗憾地回答。

年复一年，年龄比我还大几岁的老友，还想着我这个退休赋闲的人，每年安排我去钓一次鱼，还真有些感动。在水库里垂钓，有着别样的感觉！水库边一坐，呼吸着清新的空气，眼睛盯着水里的鱼漂，嘴上唠着家长里短，天南海北，别有情趣地享受垂钓的乐趣，不是神仙胜似神仙。

老友的撩拨电话，让我回想起之前雪中垂钓的情景。

那天，夜里下了场不大不小的雪，清早，天空还飘着雪花，天气预报是小雪转阴到多云。我应老友邀请，去山中水库里钓鱼。

我备好钓具和盛鱼的网兜，换上厚厚的带风斗帽的棉衣，开车接了多年的钓友老尹，一起向目的地驶去。公路上，雪被碾成了雪饼，路面有些滑，透过车窗玻璃，山林迷蒙蒙的，路两边的树木变成了“玉树琼枝”，美景如画。

到了垂钓地点，我把车停在路边，已在等候的老友领我们到垂钓处。见水库边已经有人下钩了，我和老尹选好钓点，整理钓具。

“用手竿还是抛竿?”我问老尹。

“自选呗!”他说。

雪虽然停了，天依然阴沉沉的，山里的温度比城里要低些，风吹在脸上冷飕飕的。我想，在这样的天气里，鱼儿恐怕也躲到深水里抱团取暖去了。

这时，养鱼的师傅过来了，我问他：“这样的天气能钓到鱼吗?”

“能啊！昨天人家钓上来两条20多斤的大青鱼呢!”

“用的抛竿还是手竿？”

“当然是抛竿啦！”

听他这么一说，我立马选择了抛竿。我把抛竿拉开，挂上串钩，扎上油炒的红薯块，双手紧握竿子，拉开马步，瞄准方位，将钩线抛甩过去。“咚”的一声闷响，铅锤牵着钩线落入30多米远的水中。我将抛竿斜搁在石头上拉紧，夹上响铃，坐等鱼儿上钩。

老友风趣地对我说：“放长线钓大鱼啊！”

“嗯！懒人懒钓。”

老友不钓鱼，只是在一旁陪我们说话，到饭点领我们一起去享受农家乐！

见老尹还在结钩线，我说：“你用手竿啊？”

“先用手竿钓会试试，不行再用抛竿。”

老尹把蚯蚓穿在钩子上，从塑料袋里抓出诱料撒入水中，点上根烟，展开自备的折叠椅，坐在既避风又安静的大岩石旁，近水钓了起来。

我戴上手套，一边听着铃声，一边悠然地与老友攀谈。

“您女儿公司经营得怎么样？”

“托您的福，不错啊！”老友洋洋得意地说。

老友经营的水泥厂，前几年由于矿山停采，原材料的供应成了问题，加上设备老化和生产方式陈旧，几乎到了关门的状态。有人劝他把厂子卖了，再寻找新的项目。他没听劝，坚持认为熬过了寒冬，春天就会到来。他自信地认为有多年搞水泥的经验，国家建设少不了水泥。于是，他去外地寻找原料供应商，引进人才，改造设备，改进工艺，搞起了产业升级。果然，水泥市场回暖，水泥价格上涨，他赚了个盆满钵满。由于他的坚持，终于守到了一条“大鱼”！前年，老友把水泥厂交给了女儿经营，自己当起了参谋。

云层开始变薄，微弱的阳光开始光顾大地，不知是人体适应了气候，还是气温回升，感觉此时已没有来时寒冷了。不经意间，我抛竿上“叮铃”一响。我赶紧提竿紧抽，摇线收钩，没啥力度，我知道是空钩。

“钓上没有？”老尹问。

“放长线钓大鱼，这里的鱼学精了，空钩！”我打趣地回答。

老友见我放了空钩，接着我话茬说：“钓鱼有时像办厂，要想得到大的，不能目光短浅，急功近利，要学会守候，鱼总归要吃食的。”

老友的话颇有道理，办厂、干事业是一场意志拼搏和实力较量的完整过程。把做事情、干事业当作享受，会有另一番情趣！钓鱼也一样，有的人把鱼儿咬钩、鱼漂沉浮、快速提竿的瞬间快感当作享受；有的人把碧水溪流、风和日丽的逍遥当作享受；有的人把临水冥思、静修顿悟的禅意当作享受……各取所需，各有所好。

“上钩了！”老尹惊呼一声！

起初，我并没太在意老尹的叫声，因为他用的手竿，近水浅钓，细线小钩，即使咬钩，也是鲫鱼、鳊鱼之类。

“老王，快过来帮忙！”

我转过身去，见老尹的鱼竿成了弯弓，这才意识到，老尹钓上大鱼了。

我赶忙拿起网兜过去，老尹不停地挺腰提竿，弯腰松竿，步随鱼移，鱼随人走，每一个动作，都是力量的比拼，手上的鱼竿始终保持着弓形状态，人和鱼的耐力较量正在进行之中！

“坚持住！小心脚滑！坚持就是胜利！”我鼓励着老尹。

经过十多分钟的较量，鱼头终于被提出水面！鱼儿还在不停地挣扎，明显已力不从心，乖乖地被我套进网兜拉上岸来，一条青鱼足有10多斤重！

老尹首战告捷，增强了我的信心，让我看到了雪天水域里钓鱼的希望！

“老王，快！铃响了，钩线松了！”老友急不可待地叫我。

我急忙拽住鱼竿，迅速摇动转轮收线，感觉线上有些分量，但经验告诉我不是大鱼，拉近一看，一条3斤多的大鳊鱼在钩上不停地挣扎！

有了收获，寒冷已甩在脑后。为让老尹稍事休息，我和他互换，我用他的手竿，他守我的抛竿。

“老王，吃钩了！”老尹提醒我。我紧盯水面，鱼漂正上下浮沉。我猛提竿，一条鲫鱼露出了水面，为防鱼儿脱钩，我一手提竿，一手用网兜将鱼捞起。

午餐后，天空放晴，阳光照在雪地上，银亮银亮的，把山林、水域打扮得更加美丽！我想如果鱼儿有意，一定会跃出水面与我们共享这雪后美景。

大约过了个把小时，铃铛一阵骤响，斜搁在岩石上的抛竿被拉动了，我一把抓住抛竿向后紧甩两下，迅速摇动转轮，收线、放线，放线又收线，随着鱼线进了又退，退了又进，脚下的积雪被我踩成了雪饼，鱼儿也筋疲力尽，我赶紧把它拉近岸边，捞上来，少说也有20多斤吧！

雪钓，不仅观赏了美丽的雪景，而且享受了垂钓的快乐，大获全胜，满载而归，真让人念念不忘！

河　荡

河是江南大地上的“血管”，荡是江南大地上的“血库”，河荡密布的江南大地，河荡之声经久不息。

居住在江南的人都知道，河荡就在人们居住地的周围，所以，河荡对于他们就好像是自己家的，于是，就有了“李家河”“陈家浜”“浦墅荡”“林金荡”之类的名称。

傍山安家，依水而居，这是先人智慧在选址居住中的充分体现。先人们远去，给我们留下的是青山绿水，我们这一代人离去时留下的该是什么？值得深思。

小时候的河荡是多么清澈纯净，多么自由潇洒啊！齐腰深的水，小鱼在两腿间游来荡去，小虾从水草里蹿出来撩拨你脚板，游鱼、螃蟹、螺蛳，样样都看得一清二楚。随便拿根针，在油灯上烧一烧，弯成钩，穿上线，扎上饭粒，往水里一沉就可以钓鱼钓虾，一切似乎天经地义，平常得不能再平常。

为扩大种粮面积，河荡首当其冲被利用，填河围荡，造地种粮，粮食数量增加无几，河荡数量却减了不少。河荡是用来蓄水、排水和航船的，功能改变，蓄积洪水和排水的能力减弱了许多，航运成了过去的事，水灾发生的次数增多了，粮田沉没，村庄淹水，城市进水，人民遭殃，河荡之痛也由此开始。尝尽填河围荡的苦头，人们从教训中醒悟过来，把填没的河浜重新挖开，围起种粮的湖荡改成鱼塘，既蓄水又养鱼，河荡的蓄水功能得到了恢复，河荡里水欢鱼跃的景象让人欣慰。

河荡是脆弱的。河荡存，风景存，河荡废，风景无。曾经，河荡边的田野里，成片成片的水稻和蔬菜不见了，代之而来的是与田野无关的高楼、厂房。渣土、垃圾、塑料、玻璃、乱砖、废木……什么都往河荡里倾倒；生活污水、工业废水……肮脏的液体都往河荡里偷排，河荡成了名副其实的垃圾场。河荡里沾染了奶白、墨黑、猩红浓稠的油污，久而久之，水草不长了，鱼虾死光了，芦苇奄奄一息了，鸟儿也“退避三舍”了，河荡里一片腥臭锈绿。

河荡成了可怜的弃儿。河荡的美景，河荡的功能丧失殆尽。不见了挑水浇菜的小伙，不见了浣衣的姑娘少妇，不见了淘米洗菜的大嫂大妈，不见了戏水游泳的顽童，连农家饲养的鸡鸭鹅也不见了。剩下的只有对昔日河荡的回忆和怀念。为恢复河荡本有的纯真，人们必须行动起来，才能让一艘又一艘航船从博物馆里、景观河上回归到河荡，在航行中重新泛起一波又一波浪花，让河荡在清风中吹皱一波又一波清凌凌的涟漪。让船与水，水与风，曾经那样的默契配合回归重现，继续共同书写江南水乡的梦幻篇章。

在中国历史上，治水者不乏其人。为了消除水患，让人民过上安稳的日子，大禹治水“三过家门而不入”；为了使成都平原粮丰林茂，人民安居乐业，李冰父子修筑了“都江堰”。我国学者黄灏在他的《治水论》中发出了振聋发聩的呐喊：“我们的地下水资源即将面临枯竭。”充分说明治水的紧迫性！现实的状况迫使我们必须进行一场伟大的治水“革命”，否则，人类将无法生存，更遑论发展和进步。

痛定思痛，人们高举“保卫河荡”“拯救河荡”的旗帜，筑坝抽水，扩河拓荡，清理河荡里的杂物，清除河荡里的淤泥，修筑石驳岸；在河荡里种植水草、芦苇、苍蒲等水生植物。在河荡边的“水泥森林”里铺设管道，将雨水和生活污水分开处理；关停、搬迁化工厂，新建、扩建污水处理厂，不达标不排放。给河荡配“保姆”，给河荡派“河长”，给河荡治病、清洁、装扮、呵护。

“绿水青山就是生产力”，我们不仅需要高速公路、高速铁路、开发区和新兴城市，更需要蓝天白云，空气清新以及清波荡漾、水欢鱼跃的河荡；不仅需要崭新的、宽阔的、钢筋水泥的现代化发展，更需要三春杨柳、九夏芙蓉、暮秋稻香的大自然。保护河荡水质和沿岸的生态环境，还河荡以本来面目，甚至创造出比旧时河荡更加美丽，更适合人居的生态环境，我们必须行动起来，并为之去努力，去奋斗！

当鲜活的春光、焕然一新的河荡和水欢鱼跃融合在一起时，我们这一代人才能响亮地对下一代说：“保护河荡，我们做到了。”

小区里的香樟树

我观察香樟树好多年了，观察它，是因为它是我心目中的嘉木和精神树。

20世纪70年代，一纸调令把我从归径调往元上任职。离家15公里，交通又不方便，一个月不回家是经常的事，为方便衣物存放，我去农具厂里定做了一只木箱。取箱时，我打开箱盖，闻到一股淡淡的香味，我问师傅木箱是啥材料，师傅告诉我，为防虫蛀，用了两块香樟木板。在那个年代里，木材是紧缺物资，要找好木板做箱子不容易，更不用说香樟木板了。

我曾有多次工作调动，但箱子始终是我存放衣服的忠实伴侣。用它存放衣服，不仅防虫蛀，而且穿在身上的衣服还会保持一段时间的淡香。所以，我对香樟树存有好感几十年了，静心观察香樟树也有好多年了。

我居住的新世纪公寓与畅舜苑相邻，两个小区围墙的间距间种上了号称乔木中“美男子”的香樟树。经过二十多年的生长，这些香樟树不仅树身高大、挺拔秀美，而且与众不同，颇有些“志存高远”的样子。

新世纪公寓落成，小区里的绿化树仍以香樟树为主，而且都是成年大树，腰围在一米以上的有好多棵。香樟树在移栽时被锯掉了枝杈，只剩光秃秃的树干，春天新枝长出，园林工人剪掉繁多的小枝，留下三五枝粗壮的新枝，不过一两个春秋，香樟树又变得枝繁叶茂，树荫如云。我在小区里散步时，常驻足树下仔细观察，发现香樟树皮上的纹路都呈纵向流线型，像音符一样带着韵律感，可以说是大自然和生命力的杰作。香樟树幼年时，表皮并没有纹路，而是呈浅绿色，平滑而光亮。成年以后，表皮呈灰褐色，随着年轮增多，树的表皮会出现深褐色的纵向型裂纹。这些裂纹是逝去的岁月和风雨沧桑留下的痕迹，也是香樟树成熟的标志。

四季轮换，香樟树不仅会传递季节变换的信息，而且有与其他树木不同的生长轨迹。

春来了，在香樟树上固守了一年的樟叶，颜色由绿色变浅红，变老的樟叶依旧不惧风雨，眷恋在树枝上，护卫着新枝新叶的生长。等到新叶长结实了，老樟叶伴随春风在一夜之间，毫无眷恋，果断坚决地从樟树上凋落下来，让位于新叶。落在地上的老樟叶伴着雨水，腐化成泥和肥料，滋润着树上朝气蓬勃、郁郁青青的新枝新叶。

春夏之交，在香樟树的枝叶之间，一朵朵有如米粒大小、浅绿色的花朵，在人们不经意间，默默地、隐蔽地绽放着。在樟树下散步，能闻到一股淡淡的、沁人心脾的芳香，给人增添许多惬意。盛夏里，蓬蓬勃勃生长的香樟树，树冠如一把撑开的大伞，烈日的光焰也穿不透它，树下一地阴凉，老人们在樟树下放张桌子，搬张凳子，一只水壶，一杯清茶，天南海北，家长里短，无忧无虑地享受着香樟树给予的清凉。

秋深了，香樟树上结满了成熟的紫黑色果实。这些浆果吸引了灰椋鸟、野鸽子、斑鸠、八哥、乌鸫、鹊鸲等众多鸟儿来树上享受美食。茂密的枝叶成为鸟儿们的保护伞，从早到晚，它们在树枝间穿来穿去地捉迷藏，叽叽喳喳地谈情说爱，交头接耳地窃窃私语，香樟树成了鸟儿的天堂和乐园，这样的情景一直延续到冬至前后。暮秋时，小区里落叶萧萧，金黄色的栾叶、琥珀色的楝叶、深红色的樱叶……随着秋风凋落下来，落在地上的随风滚动，落在景观池里的随风飘荡，断断续续一月有余，忙坏了小区保洁员。而香樟树却不一样，仍然枝繁叶茂，蓬勃生长。

冬天里，万木凋零，叶落殆尽，赤身裸体的落叶树失去了往日里的浓妆，在凛冽的寒风中瑟瑟发抖。香樟树依旧伸展着细长的叶柄，舒展着带有蜡光的叶面，任凭寒风凛冽，雨雪摧残，依然顽强地固守在树枝上，青青翠翠地装扮着萧瑟的冬天。

香樟树用途广泛，能成为深受世人喜爱的树种，除了它漂亮的树冠和带有香味的优良材质，还因它的树叶和果皮、壳、仁都含有油脂，是制作香皂、面霜的好原料。夏天，在房间里放上一块香樟木，哪怕是一小块樟树根，房间里始终弥漫着一股淡淡的、若有若无的香味，这种香味不仅让人闻了舒服，而且能驱赶蚊虫和蟑螂。在浙江、江西、贵州、皖南的许多古村落，村口总会看到冠盖如云，腰围粗得容几人合抱，深受村民敬畏的老樟树，当地人称它为“风水树”。香樟树根系发达，在地下可以肆意延伸出几十米，甚至上百米，据说千年以上的老树，树根会延伸到千米以外。香樟树龄可达千年以上，和银杏树一样可称作“寿星树”。

香樟树是崇高的树、无私的树、有灵性的树、不平凡的树！它吐故纳新、不离不弃的宽厚怀抱，坚强、隐忍、深沉、乐于助人的精神，值得世人敬仰！

我找了许多资料，想找出古代或近代赞美香樟树的诗句，却没有如愿。但在我的心目中，香樟树早已成为品格高尚、伟岸质朴、坚忍不拔、力求上进、自强不息的精神之树。

青 团

春风撩人，春雨润物，菜花金黄，桃李争芳。春风吹绿的土地，空山新雨后，格外清洁明净，也许这季节就该叫清明。

入春后，下了雨，那些可供做青团的苎麻、艾草、白蓬草生长起来了吗？想起青团那绿如翡翠的模样，让我难以割舍！

做青团看似容易，其实工序也挺多。小时候，家里做青团，用的是腌制过的苎麻叶。

苎麻用途很广，绞绳索、编麻袋、织毯子……所以，不会轻易割来摘叶腌制做青团。在我老家，一般是在苎麻收割时，人们会摘取苎麻顶尖嫩叶，洗净，在开水锅里焯一焯，捞起晾干，用适量的粉石灰腌制后，存入瓮中压紧，封口，使其与空气隔绝，大约过半个月，就可以用来做青团了。腌制过的苎麻叶呈青绿色，做青团时，按需取出苎麻叶，在清水里将石灰洗涤干净，挤干水，在砧板上剁碎捣烂，加糯米粉，加水搅和，用手揉、捏、摁，将糯米粉揉成碧盈盈、翠生生的一团，然后把揉好的糯米粉搓成圆长条，分割成鸡蛋大小的块状，搓圆，捏成粉窝，填进馅，捏紧，搓成馒头状，放进垫有纱布的蒸笼蒸熟，青团就做成了。

青团馅有豆沙馅、芝麻馅、花生馅、猪油馅等。我老家年前做团子，家家必做青团，用的全是腌制过的苎麻叶，绿茵茵的糯米粉皮里包的是甜馅。而且做青团的苎麻叶不需要家家都腌制，一家腌了多家用，多家腌了全村用。

用苎麻叶拌糯米粉做的青团，特别有嚼劲，红豆、芝麻、花生的香甜和苎麻叶的清香混合在一起，特别可口，有滋有味，吃了还想吃。小时候见谁家做青团了，孩子们会在村子里唱这样的儿歌：“白蓬（苎麻、艾草）团子凝黏黏，公公吃了上高山（砍柴），婆婆吃了撑竹排（毛竹入河扎成排从水路运出去）……”

清明节前，我去朋友家，见到朋友夫人和厨娘从地里割来青翠欲滴的艾草（宜兴人称之为蓬蒿草）。艾草系菊科植物，叶小微圆互生，呈灰绿色，长满细茸茸的白毛，簇生梢头，有平喘、消火、利胆、抗菌、驱寒、除湿等功效。厨娘把艾草嫩头摘下，洗净，入滚水锅焯水，出锅挤干，切碎，捣烂，加糯米粉拌和，艾叶和艾草汁在雪白的糯米粉中不断地扩大地盘。加水揉成碧绿色的粉坯，再分成鸡蛋大小的粉团，捏窝，填馅，捏拢，搓成圆形，一个个青团在厨娘的手中形成。做好的青团整齐划一地摆放在竹筛里，煞是好看。纯手工制作的过程中充满着热情和期待。

朋友家有口土灶，土灶上用的是铁锅，灶膛里的细竹柴在火苗中噼里啪啦作响，灶膛口蹿出明艳的火舌。铁锅里滚开的山泉水，呼呼地冒着热气，厨娘麻利地将青团下到锅里，用不锈钢滤兜轻轻地搅动，过了五六分钟，青团一个个从锅底浮了上来。煮熟了的青团晶莹剔透，盛进碗里，非常诱人。我尝了一口，青团是花生馅的，咬在嘴里软糯香甜，一点儿没有粗糙的感觉，艾草的清香让人品味到了清明的滋味。

也许是嫌腌制苎麻叶、艾草麻烦，有人盯上了浆麦草。将浆麦草洗净，放入搅拌机，打成青汁，加少量盐，入锅煮沸去涩味。然后，将青汁趁热混入糯米粉揉成绿茵茵的粉团，捏窝、填馅、收口、搓圆、入笼蒸熟。现在街上卖的基本都是用浆麦草做的青团。

用浆麦草做的青团卖相不差，吃在嘴里，却怎么也吃不出苎麻和艾草青团的味道来。

河水·井水·自来水

河　水

乡下老屋门前是条河，一条由小变大，伴着我成长的河。

小时候，河很小，农船相向而行常避免不了磕磕碰碰。一条小小的山涧源于一个叫白洋荡的山坳，沿着山脚弯弯曲曲地延伸过来，涧里清流不断，潺潺流入小河。清亮亮的河水里，成群结队的小鱼在水里吐着泡泡，摇着尾巴，无忧无虑地游弋；小虾在水草里自由自在地觅食，吃饱了就弓着腰，伸着钳，躲来躲去地捉迷藏；螺蛳壳上黏附着青苔，吸盘紧叮在河埠石块上，露出嫩嫩的螺肉。小河两岸东倒西歪，龇牙咧嘴，着实上了些年纪的老柳树映在清澈见底的河水里，煞是好看；岸边芦苇，窈窕淑女般地扭动着腰身，争着将倩影投进水中；天空中的云朵也来凑热闹，镜子般的河水里就有了蓝的天白的云。

三五成群的鸭子和白鹅，在小河里自由自在地觅食。一年四季，小河里总能见到野鸭的身影，有时还能见到长颈的天鹅和美丽的鸳鸯。

小河从东到西建造了五个河埠，供村民挑水、洗衣、淘米、洗菜。

清晨，静止了一夜的河埠开始忙碌起来。男人们早早起来担着水桶去河里挑水，水缸里一年四季装的是小河里的清泉水；大娘、大嫂、媳妇、姑娘，挎着竹篮——篮里是家人换洗的衣服，夹着木桶——桶里是捣衣用的棒槌，坐在河埠的石阶上，手里搓着衣服，嘴里唠着家常；晚起的小伙，一手拿着杯子，一手拿着挤上牙膏的牙刷，毛巾搭在肩头上，往河埠上一蹲，舀杯水，嘶啦嘶啦地刷起牙来。

晚霞映照在河面上，劳累了一天的村民，光着脚板，一手拎着鞋，一手拿着擦脚布，小心翼翼地来到河埠，坐在石阶上，腿脚浸在河水里，用清澈的河水洗去脚上的泥巴和脸上的尘埃。有的村民干脆把小河当成了泳池，跳进河里，痛痛快快，从东到西游个来回。还有的村民会把晚饭后的碗筷都拿到小河里去洗。然而小河从不厌烦村民一日又一日地利用它。

20世纪70年代初，小河顶头建起了砖瓦厂，砖瓦要从水路运出去，燃料要从水路运进来。小河已经适应不了运输的需要，被挖深加宽，名副其实地变成了一条大河。机器声隆隆作响，船来船往，清清的河水不见了，河岸的美景没有了，河四周的工厂越来越多，河水越来越黑，从此，村民和河水的交往越来越少了。

井 水

村南古窑址旁有座真武殿，坐南朝北，殿门东侧有口井，井边有麻石制成的井栏圈，四周铺了一圈平板石。井边放着木吊桶，井不很深，吊桶扔下去两米多就够着井水了。儿时，我经常在井边吊水喝，井水清澈甘甜，沁人心脾。

后来，真武殿里的道士归天了，真武大帝的泥塑也毁掉了，老井废弃后被填埋了，再也无人问津。直到河水不能饮用，村民这才想到了老井，他们清除了井里的淤泥，清洗掉井壁的污垢，老井又重放光彩。吊桶放下去，手中桶绳带动井桶晃一下，桶就喝饱了清澈甘甜的井水，用力收绳，一桶水就提上来了。自打河水不能喝了，村民们起早摸黑去井里挑水。老井还真争气，任你手提肩挑，井水终年不断。

住在村东头的人家，来回600米，一天跑两趟，累也不累，不累也累；村西头的人家来回800米，日久天长，费时费力。

守着不亏不溢的老井，虽不愁没水喝，但也有“吃水难”的时候和人家。这个“吃水难”其实是“行路难”。那时，雨雪天气多，遇上连绵不断的梅雨和经久不息的秋雨，挑着水桶在泥泞的小路上三步一摇，五步一晃，满桶的水挑到家里只剩下半桶。遇上大雪天，风寒雪飘，脚底打滑，一百多斤的担子，年轻力壮的还扛得住，年老体弱的家庭，吃水就真成了问题。村里两户“五保户”，一户老头腿瘸，老太眼瞎，平日里老头拄着拐棍去挑水；另一户，老太眼瞎，老头体弱，经常缸底朝天。那时，村里“雷锋”还真不少，两家的吃水基本被村里的年轻人包了。

挖井，只有多挖几口井，才能解决吃水难的问题。

父亲是村里第一个主张挖井的人。准备好挖井工具和盘井用的水泥管，在一个天朗气清的日子，父亲邀请了几位有经验的社员，选择在门前的场地边挖井。左邻右舍知道我家挖井，都来帮忙，清早开工，一口4米多深的圆井，晚上就挖成了，而且水量充足，水质不输老井。有了新井，村民吃水用水方便多了。来井上淘米、洗菜、洗衣服的人越来越多，拥挤是避免不了的，于是就有了第二口、第三口……从村东到村西打了十多口井，村里的能工巧匠还专门做了压水泵，用力一压，水就哗哗地流出来，从此，全村人过上了不愁喝井水、用井水的日子。

自来水

前人栽树，后人乘凉。

这句老话一点不错，20世纪五六十年代，人们修建横山水库，目的非常明确，蓄洪和灌溉。水库修成后，西渚元上不再是宜兴的“西藏”，徐舍地区不再担心山洪威胁，上游下游旱涝保收，一派丰收景象。

进入新时代，桑田沧海也发生了巨变。耕地减少，集约经营，农作物用水量日益减少，水库的灌溉功能也日益减弱。站在水库大坝上，放眼远眺，群山围绕，蓝天碧水，让人心醉。到水库观光旅游的人越来越多，因此，在文化人的提议下，“横山水库”改名“云湖”。云湖周边风景如画，成为旅游休闲的好去处。

河水变臭，井水变差。库容量一亿多立方米，清凌凌的云湖水，白白流掉实在可惜。让云湖成为自来水厂的水源地，让人民喝上甘甜爽口的云湖水，成为政府的重要工作。一百多万人口，数万家工矿企业，用水的需求量实在大。政府以人民为重，开工修建油车水库（阳羡湖），填补云湖供水量的不足；铺设云湖、阳羡湖输水管道至水厂，让源源不断的优质湖水，日夜不停地流进自来水厂。湖水进厂只是万里长征走完了第一步，要把通过水厂加工处理后的饮用水送进千家万户，送进农村，才算功德圆满。

星罗棋布的村庄，白墙黑瓦的农舍，分布在2200多平方千米的土地上。口径不同的自来水管道，犹如人体大大小小的血管，走村串巷，跨路过桥，连接起城市、农村、工厂、学校，从此，云湖和阳羡湖真正成了宜兴人民的大水缸。

有水从“远方”来，自从通上了自来水，不肯离开故土的父母在屋里屋外、厨房厕所都安装了水龙头。年迈的父母再也不用到井里压水取水了。父亲喜欢种菜养花，一根塑料软管，水流直通门前菜地——隔三岔五浇顿饱雨；院里的花花草草也跟着沾了光，草木们也真真有福了！

母亲是最容易满足的人。她88岁的年龄，头脑清晰，喜欢回忆过去。每次拧开水龙头，清澈的水柱哗哗直流时，她总要唠叨守着河水没法喝和去老井挑水摔跤的往事。自从用上了自来水，家里的水桶闲置了，水井也不用了，为了安全起见，井口盖上了沉重的水泥盖头。

鸡　趣

我小时候的乐趣之一，是偷偷地逗奶奶饲养的小鸡玩。

奶奶一生中最大的乐趣，就是喂鸡、养鸡、捉鸡、卖鸡。那个年代，家里没有钟表，奶奶算时间，不是看太阳就是听公鸡打鸣。她还常说："人是一口，猫、狗、鸡、鸭、鹅，有一只算一口。"

春天，是母鸡产蛋的旺季。然而家里饲养的大黄鸡却停止了产蛋，嘴里不停地发出"咯咯咯"的声音，蹲在鸡窝里怎么赶也不肯出来，奶奶把它抓出来，扔到外面，它依然萎靡不振，走路也东倒西歪，老是想往窝里钻。

奶奶说："大黄鸡要孵小鸡了。"于是，她从柴屋里翻出旧箩筐，用稻草在里面围个窝，放些破棉絮，拿到太阳下晒晒，往箩筐里放进30多个鸡蛋，把大黄鸡抱来，让它住进这为它精心准备的暗房里。大黄鸡还真听话，乖乖地匍匐在里面，闭着眼睛，全神贯注地孵小鸡，虽暗无天日，但无怨无悔。

从那天开始，奶奶夜以继日地照看着它，定时给它喂水喂食，睡觉前把箩筐轻轻地搬在床边，防止猫、鼠干扰。白天，我经常蹲在箩筐边偷听，大黄鸡在里面非常安静，有时会发出"咯咯咯"的声音，还会听到"咯落咯落"翻动鸡蛋的响声。奶奶告诉我说："大黄鸡是在搞平衡呢，它身子下面30多个鸡蛋，受热程度不一样，把底下的鸡蛋翻上来，上面的翻下去，边上的翻到中间，中间的翻到边上，这样，鸡蛋受热平衡了，出鸡的时间就不会相差太远。"

大黄鸡孵蛋10天后的一个晚上，奶奶趁着给大黄鸡喂食，把箩筐里的鸡蛋拿起来，对着灯光一个个地细心观察，蛋内有阴影的放进箩筐里，继续孵化，混浊一团，孵不出小鸡的拿出来。奶奶怕看走眼，会把混浊的蛋放进温水里重试一遍，浮起来的继续孵，沉下去的出局淘汰。

当箩筐里发出“笃笃笃”（母鸡啄蛋壳）和轻微的“叽叽”声时，奶奶扳着手指说：“21天了，该出鸡了。”

奶奶拿来竹篓，在里面垫上旧棉絮，揭去箩筐上的竹筛，把大黄鸡抱在臂弯里，从箩筐里捧出一只胎毛未干、毛茸茸的嫩黄色小鸡，大黄鸡 “喔”了一声，伸出尖喙，对准奶奶手背上啄了一口，奶奶的手被啄了个大紫块。前后一天多，箩筐里的鸡蛋都变成了活生生的小鸡，黄的、白的、黑的、花的，应有尽有。奶奶白天把小鸡放进大木盆里，定时给它们喂些碎米糠和水，大黄鸡守护在旁边“咯咯咯”地引导小鸡啄食；晚上，奶奶把它们放进竹篓里，大黄鸡非常老到地把它们拢在羽翼下过夜。一周过去了，奶奶放心地把小鸡交给了大黄鸡带领，大黄鸡成天“咯咯咯”地领着它的儿女们到处寻找食物，场院里鸡头攒动，染浓了春意。

那个年代，母鸡孵蛋是农村人家培育鸡苗的主要方法，没有母鸡孵化的，就从走村串户挑筐卖雏鸡的鸡贩手里购买饲养。家家养鸡，户户喂鸡，小鸡跟错“妈妈”的事经常发生。村民们怕混在一起认不出来，就在小鸡身上染上一小块颜色，有染在头上的，有染在身上的，也有染在屁股上的，红色、黄色、蓝色……各取所需。

一天，天空下起了小雨，奶奶怕小鸡被雨淋着，叫我去把鸡们找回来。我找了好一会，也不知鸡们跑到哪里去了。突然听到生产队稻草垛旁有“咯咯”叫声，我悄悄地走过去，见大黄鸡撑开两只大翅膀，俯冲式地立在草垛洞口，伸长脖子，颈毛张开，面对一只体积不大的黄鼠狼，摆出拼命决斗的架势，小鸡们在草洞里发出害怕的叫声。我捡块石头扔过去，黄鼠狼一溜烟跑了。大黄鸡好像很感激，“咯咯”地领着小鸡，跟着我回家了。

那时的农村里，经常发生“鸡案”。

记得那年，李家的一只黑母鸡失踪了，怀疑被人偷去吃了，李婶在门口骂骂咧咧。

奶奶问李婶：“鸡是啥时候不见的?”

李婶说：“前天晚上就不见了，这几天，鸡老是萎靡不振，喜欢蹲鸡窝，见到人会趴下来，开春到现在也没生几个蛋。”

奶奶说：“别着急，你家大黑鸡恐怕是躲在什么地方孵蛋了。”

奶奶和我一起帮着李婶找。我隐隐约约听到李婶家西山墙草垛里有“咯咯”的声音，扒开草捆一看，嘿！大黑正趴在里面，闭着眼睛睡觉呢！

李婶跑过来，伸手抓住大黑的翅膀，大黑“嘎嘎”地扑腾起来。我朝草垛洞里一看，惊讶地叫了起来：“鸡蛋，一窝鸡蛋！”李婶哈哈大笑起来！

那年，李婶家无意中多出了一窝小鸡。

梁上燕呢喃

一个阳光明媚的春天午后，从遥远南方飞回来的燕子，歇在父母门前的电线上，排成长长的“一”字形。它们一边梳理着羽毛，一边叽叽喳喳，唠叨个不停，似乎在互相问候，谈论一路迁徙中的辛苦和遭遇，又仿佛在商量去哪里筑巢安家。休息够了，它们就成双成对地飞走了。

父母住的是前带挑檐的平房，伸出的挑梁上是平铺的水泥楼板，下面是宽阔的走廊，墙、梁、水泥楼板之间形成了角落。自从房子造好后，每年都有燕子在角落里筑巢安家，生儿育女。有一年，一只顽皮的、羽毛尚未丰满的小燕子从窝里掉了下来，燕子父母急得团团转，嘴里不停地叫唤，就是没办法让小燕子回到窝里。母亲把它捧在手里，在它翅膀上系了根红丝线，搬来梯子，把它送回了窝里。燕子长大后飞走了，只留下空空的燕窝。也许是年久失修，燕窝从角落里掉了下来，墙角上只剩下窝的影痕。

“几处早莺争暖树，谁家新燕啄春泥。”燕子念旧，一般会回到友善的旧主人家，修补老巢，老巢不在便会重新修筑新窝。

果然，后来有两只燕子直接飞到了母亲住房的屋檐下，朝着挑梁墙角观望，又双双飞贴在墙角的旧窝处“测量”。母亲发现了燕子翅膀上的红丝线，急忙告诉父亲，去年掉在地上的小燕子回来了。父亲有些不信，几经观察才最终确认。

燕子飞回到房梁上，一阵交头接耳后，便箭一样地飞了出去。不一会儿，燕子衔着泥巴飞回来了，在旧窝处开始重新筑巢。

燕子飞出飞进，不厌其烦，一次又一次地衔泥，不过几日，就造出了非常精美的“新家”。

燕子安家后，成双成对，出出进进，不是在窝里，就是在梁上，亲亲昵昵，呢喃不停。父母的生活，也在燕子的呢喃声中一天又一天地过去。

母亲是个爱唠叨的人，她总是说，燕子是益鸟，一只燕子一生能除掉无数害虫。家里有了燕子，就不用担心蜘蛛遍布，虫豸横行。

在我老家，老一代的人特别喜欢燕子来家里筑巢定居，凡是有燕窝的人家，如果不小心碰掉了燕窝，会特意在燕窝的下面钉上木板，希望燕子来年继续在此安家。燕子的到来，给主人家带来了欢乐，没有见到燕子归来的人家，心情会感觉不爽，情绪也会低落。

燕子是鸟类中最懂人心思的，与人总是保持不太近，也不太远的距离，若即若离。由于这样的态度，才使它没有像鹦鹉一样成为人类的笼中之物，依然能够在浩瀚的天空自由地飞翔。曾经有人笼养过一对燕子，关在笼子里的燕子，不吃不喝，没几天就饿死了。

新窝落成，燕子白天出去觅食，吃饱了双双泡在窝里睡觉，醒来不是在梁上就是在院子的围墙上呢喃，比生死相依的恋人还亲热。

秋天，刚学会飞翔不久的小燕子，跟着燕子大军开始迁徙。在迁徙飞翔的途中，无论是弱小的，还是强壮的燕子，都无所畏惧，飞过高山，穿过河流，冲破重重险阻，飞到世界的最南边。

为了下一代，燕子们会义无反顾地翱翔在蓝天，经受暴风雨的洗礼，躲过强敌的“追杀”，不远万里来到适合它们繁衍的地方。

父母经常对我们讲他们小时候也像燕子一样，一会儿东，一会儿西，一会儿南，一会儿北，过着迁徙流浪的生活，受尽压榨，受尽欺凌，直到新中国成立才过上安居乐业的生活。还有那些春节前后往返的民工，不就像迁徙的燕子一样，不辞劳苦，奔波在家和打工点之间吗？他们和燕子一样有着坚强的品质，多让人敬佩，叹服！

燕子和人类和谐相处已很久了，两者相伴共生，度过了无数岁月。父母在一年年老去，挑梁角上的燕窝也筑了一次又一次，我不知道每年回来的是否还是原来的燕子，只觉它们就像我父母，依旧坚守着故园。

房　子

喜鹊在枝头上撒欢叫热的傍晚，我迫不及待地降临在低矮的土坯茅草房里，成为父母的“第一粒白米”。

“村口的那条路，延伸着我童年的记忆，住过的老房，写满了一家人的艰辛。”

儿时常听祖父说：“哪怕少活几年，也要住上自己盖的砖瓦房。”20世纪60年代中期，在他老人家的操持下，我家建造了两间坐北朝南，南北长7米，东西宽6米，屋脊高4.26米的砖瓦房。

那时，家里有7口人，祖父母、父母和我们兄妹3人。为建造这两间砖瓦房，一家人披星戴月为之奋斗了好多年。上工哨子响了，祖父母、父母亲去集体地里劳动挣工分。收工后，祖父去自留地上干活，祖母在家做晚饭，兼做喂猪、羊、兔、鸡、鸭等杂活。父亲扛着铁锤、钢钎，母亲拿着抬杠、绳索，两人一起去山上撬石头，撬下的石头抬到大路边，再用独轮车运回家。我放学后的任务是割草，妹妹照看弟弟，我空闲时还帮做些零杂活。

祖父是种植瓜果蔬菜的能手，门前菜园子里有他专门用来培育蔬菜、瓜果种苗的小苗圃。育出的种苗除自己栽种，祖父还无偿提供给左邻右舍，多余的拿到集市上出售。家前屋后，自留地上一年四季轮番种植的瓜果、蔬菜，拣好的卖钱，次一点的自家食用。一家人省吃俭用，几年下来，家里终于有了点儿积蓄。

20世纪60年代中期，祖父和父亲合计，可以盖两间砖瓦房了。

于是，买来松木做梁柱，细毛竹做椽子，编织芦苇做网莲，砖瓦、石灰、铁钉，一应齐备。在秋收前一个月，请来工匠，邀来亲戚朋友，和泥的和泥，搬砖的搬砖，砌墙的砌墙，起早摸黑，忙得不亦乐乎。上梁那天，外婆家送来了贺喜的米糕、馒头、团子、米粽，姑母家买来了糖果、花生、鞭炮。大梁上贴着大红“喜”字，柱子上贴着大红“福”字，脚手架上的箩筐里装着糕、粽、团、圆（馒头），方盘里装着花生和糖果。“噼里啪啦”的鞭炮声，吸引了无数村民来屋场周围看热闹。领班师傅骑在大梁上，高声喊着：“白米方糕抛往东，寿比南山不老松；糯米粽子抛往南，子孙个个中状元；点红团子抛往北，财神菩萨到主家；精粉馒头抛往西，祖宗保佑全家福。”米糕、米粽、团子、馒头、花生、糖果从师傅们手中飞向房屋四周，村民们有伸手接的，有弯腰捡的，还有吆喝师傅们往自己面前扔的，场面热闹极了。前后十多天，用尽所有建房材料，两间砖瓦房终于落成了。从房子外表看，白墙青瓦，还有点模样，其实是个空壳子，房子内部空空如也，连隔墙都没材料砌。

父亲决定自制土坯砌隔墙。制土坯是件力气活，父母起早贪黑地把挑运来的黏土摊在场地上晾晒，将稻草铡断后用木槌捶成草丝，将黏土和草丝拌和堆在一起，在泥堆中间扒个塘窝，慢慢地向塘窝里灌水，这时，睡熟的泥土似乎被唤醒了，吱吱直响，整个泥堆也变得灵动起来，感觉挺有灵性。泥土喝足了水，踩在脚下还挺鲜活。泥踩的时间越长，黏性越强，似乎长了筋骨，有了柔软轻盈的生命。踩熟的泥被切成块，压进长方形的砖模里，再用木板刮平，然后松开砖模，一块土坯砖就制成了。一块块、一排排土坯砖晾在场地上，接受着光和热的烘烤，越来越鲜亮，越来越精神。晒干了的土坯被搬进屋内存放，当土坯足够砌隔墙使用时，父亲干起了泥工活。墙体砌完，用泥巴将墙面抹平，再涂上一层石灰水，感觉还挺敞亮。经过燕子筑巢式的劳动，我家终于有了让村里人羡慕的砖瓦房。瓦房西间分隔成南北两个卧室，住着祖父母，我和弟妹；东间后面做灶间，前面是堂屋，堂屋墙上有门通向紧邻的三间茅屋，茅屋里住着父母，还养着家禽家畜。

20世纪六七十年代，稻田里草比稻禾长得还高，旱谷作物藏在杂草丛中躲猫猫。父亲临危受命担任生产队队长，他带领社员埋头苦干搞生产，人勤地不懒，粮食产量上去了，猪也多养了，还与县食品公司挂钩养鸭，农闲时，组织劳力去林场打工，多种经营搞得红红火火，到年终分配，多年工值在全大队排第一，我家挣的工分多，成为队里的进钱大户。

为改变人畜同舍的尴尬局面，父亲和祖父合计，再苦干两年，把草房翻盖成砖瓦房。决定做出后，除了参加生产队劳动，家禽家畜的饲养数量成倍增加，自留地里经济作物的花色品种也比以往增多了。我经常在睡梦中被父亲叫醒去自留地里干活，早饭后和父母一起参加生产队劳动。劳动间歇，割猪草、羊草、兔草成为常态。卖猪、卖羊、卖种兔，家庭收入让村里人都羡慕!

20世纪70年代初，我家第二次建新房。落成后的三间新瓦房，不仅有宽敞明亮的堂屋，足够空间的卧室，独立整洁的灶间，而且还用多余的材料修建了猪羊舍，告别了人畜混居。

我家之前建造的房屋，由于建房材料老旧，加上猫踩鼠钻，屋面瓦片发生移位，漏雨的问题越来越严重。父亲经常颤颤巍巍地爬到屋面上去盘瓦捡漏，好不容易托人买来了市场上十分紧缺的牛毛毡，把漏雨的屋面掀开，铺上牛毛毡，盖上瓦，暂时解决了老屋漏雨的问题。

随着乡镇企业的兴起，砖瓦生产也由土窑变成了机轮窑，不仅水泥产量高质量好，而且水泥制品也应运而生，为农村拆草房建瓦房，拆旧房建新房创造了条件。

1979年，父亲手里有了些积蓄，动了盖楼房的念想。盖楼房可不是件容易事，砖瓦、水泥、楼板虽不是很紧张，钢材、木材却都是紧缺货。父亲是个敢想敢干的人，在他的操持下，经过一年多的筹备，于第二年的秋天，拆掉了老房，建起了前带挑檐走廊、村里独一无二的三间楼房，父亲成为村里第一个敢吃“螃蟹”的人。

农村实行联产承包责任制后，农民的生产积极性空前高涨，农村生机勃勃，拆旧房建楼房高潮迭起。1985年，我被调进城里工作，夫人和儿子随我进了城。我外嫁的妹妹举家迁回老家，我把父母分给我的房子让给了妹妹一家居住。

日益年迈的父母割舍不掉养育他们的土地和朝夕相处的乡亲。按父母的意愿，拆除了二老居住的平屋，改建成底下架空不易受潮，上有隔热层，住房和灶屋分开的小洋房，门前小院既可种花养草，又可停车。进入新世纪，越来越多的年轻人往城市里跑，越来越多的人家在城市里买房，弟妹在城里也买了住房，老屋成了闲置房。村子里冷冷清清，孩子们满村追逐嬉耍的景象已经远去，老屋里只剩下不愿意离开故土的老人。我望着日益败落的村庄，忍不住为逐渐沉寂冷清的乡村叹息!

一代人有一代人的历史印记，一代人有一代人的使命担当。沉寂冷清了的乡村现正走在振兴路上，山清水秀，别墅新颖，瓜果飘香，生气勃勃的美丽乡村，已经成为乡亲们聊得最多的话题。

怀念忙年

“年”在我心中始终是最幸福、最美好、最值得回味的节日。小时候，家家户户为过年忙的情景，也很值得怀念。

打扫卫生，缝制衣服，置办年货，杀猪宰羊，烹饪食品，等等，一切的家庭琐事都集中在年前的一段日子里了。

对平时贪玩的孩子们来说，忙年同样是他们最渴望，最高兴的事。

那时候，家里住的是茅草房，做饭是土灶，拉着风箱，烧着柴草，一年下来，房梁、柱子、墙壁上被炊烟留下了黑漆漆的印迹。锅灶上面的顶棚上，被拦住去路的烟尘和蜘蛛网结成了联盟，共同结起了黑黝黝的小棉絮。爷爷折来竹枝，绑在长竹梢上，头上戴着草帽，身上披着蓑衣，把竹竿所到处的蜘蛛网全都缠在竹枝上。屋里灰尘飞扬，奶奶拿着掸帚，把落在家具上厚重的尘埃掸落地上，清扫干净。每到这个时候，我都会高高兴兴帮助他们打扫，因为我知道，年快来到了。

在那个年代里，一家人的衣服都是新三年，旧三年，缝缝补补又三年。每到年关，母亲就会琢磨着给家里人做新衣，谁添新上衣，谁添新裤子，计划详尽周到。布票是按人定量供应的，因此，全家人的布票都需要合理套用。去年添了新上衣，今年就做条新裤子。家里我是老大，还有一个妹妹和一个弟弟，每到年前做新衣服，我都是沾光的。我穿过了妹妹穿，妹妹穿了弟弟穿，妹妹弟弟老为拣旧衣服穿哭鼻子。为了让他们开心，母亲总是事先把我穿小了、旧了的衣服翻翻新，等裁缝师傅来了烫烫熨熨，当作他们过年的新衣。买来布料，预约好裁缝师傅，父亲一早去请裁缝师傅来家吃早饭，并挑来缝纫机，早饭后量体裁衣。衣服做好后，让我们一个个试穿，试穿过后，要把新做的衣服折叠整齐，放进衣柜里，等待着又一年的到来。

过年前，天气好，大人总会早早地把孩子们叫起床，把被褥、床单、衣服浸泡在大木盆里，用搓板搓洗后去河里洗涤，河埠上挤满了洗衣的女人。门前的竹篙上挂满了晾晒的被褥、床单、衣服，有的竹篙不够用，干脆拿根绳子往两棵树上一系，拉直，当竹篙用。谁家外出有事，左邻右舍在傍晚时，主动帮助收拾进屋，事情虽然不大，心里却总是暖暖的。

爷爷奶奶去集镇买年货，我会跟着去。对老一辈人而言，年关祭祖是件大事，因此，长香、蜡烛、炮仗、黄表纸是必须买的。我最喜欢去食品商店了，麻花、饼干、桃酥、寸斤糖、豆腐干、小酥糖、红纸包裹的小方糕、长条糕……琳琅满目，应有尽有，虽不能一一买来品尝，看看也觉得是享受。爷爷奶奶总是根据需要选择性地买些，也会让我尝一两个品种解馋。菜市场也是要去的，自己家地上有的蔬菜是不会买的，如果集体或家里杀年猪，集体干塘捉鱼，鱼肉就免了，毕竟口袋里底气不足。家里没有的品种，诸如海蜇头、咸猪头、香肠之类的，爷爷奶奶总会买上一些。回到家里，弟妹也同样会尝到为他们准备的小食品。手心手背都是肉，爷爷奶奶从不会让他们吃亏，隔代亲，隔代情，那是长辈对晚辈至爱无私的表现，让我刻骨铭心。

在一个村里住着，平时看不出远近，但到了忙年的时候，互相之间就不分彼此，犹如一个大家庭，有苦同担，有福同享。中华民族的传统美德会在忙年中充分体现出来。不是吗？乡下人过年，喜欢喝自己酿造的米酒，自己磨制的豆腐，年前蒸糯米做酒，浸黄豆磨豆腐，磨米粉做团子，忙得不亦乐乎。谁家人手不够，村里人都会主动前去搭把手，帮个忙。米酒开缸了，豆腐做好了，团子蒸熟了，第一时间想到的是帮忙的人，舀碗米酒，捞几块豆腐，装几个团子，让孩子送过去让他们尝尝，这送去送来的不仅是米酒、豆腐、团子，更是一份真诚的感情。

斩肉馅、捣红豆、包团子，那是女人们干的活，左邻右舍的姐妹们会聚在一起，帮了李家帮王家，叽叽喳喳，热热闹闹，完全出于自愿，没有半点功利想法。还有炸薯片、炒花生、炒瓜子、压糖糕，大家都会帮着干。谁家有了事，忙年顾不上，大家搭把手，帮个忙是自然的事，忙完了，各回各家，没忙完，明天继续。那个时候的人，真的很单纯、无私、善良、朴实。

年不光是孩子们的幸福时光，也是大人们的高兴时刻。谁家都有三亲六眷、亲朋好友，一年下来，互相走动走动，拜个年，问个好是必须的，给帮过忙的人道个谢，适当的意思还是需要的，否则这个年你会感觉缺少了什么。于是，茶叶、香烟、老酒也是必备的。跟着大人，拎着纸包的食品或香烟老酒，走东家串西家，喊了伯伯喊叔叔，叫了伯母叫婶婶，嘴唇舌头打个滚，糖果多少还是会给的，见了爷爷奶奶磕个头，说不定还能给个压岁钱。

现在过年，和过去完全不同了，过年再也不用忙乎了，市场上一年到头啥东西都有卖，物质丰富，兜里有钱，打开手机，手指一点，货就送到门上了。不过，缺少了忙年，也就没有了红红火火的热闹场景，没有了过年的热烈气氛，似乎还缺少了令人向往的那份情怀。

萝卜的那些事

进入秋天，萝卜种子在阳光下伸了个懒腰，被点播到湿润的泥土里，没过几天，嫩黄的幼苗破土而出，从此日日见长。

萝卜缨子苦涩，虫见了都退避三舍。萝卜生长在泥土里，不管颜色是红，是白，是青，土蚕这样的害虫都不愿去侵害，是蔬菜这个大家族里最好伺候的品种之一。

在我老家，萝卜家家都种，老少都喜欢，是早中晚三餐都可食用的美味佳肴。萝卜有好多品种，红萝卜、青萝卜、白萝卜……宜兴太湖渎边的洋溪，大浦一带种植的白萝卜，不仅个大，而且皮薄肉嫩，市场供不应求。

冬天的日子寂寥而漫长，时间仿佛被冻僵了一样，停滞不前。天上云落云起，太阳也像个待嫁的娇羞少女，象征性地露一下脸，又迅速将自己藏了起来，似乎在捉迷藏。生长了一个秋天的萝卜，正等待着人们去收获。收获萝卜最方便的方法是用手拔，不过，拔萝卜看起来容易，做起来并不那么简单，有的萝卜扎入土中很深，拔起来着实要费一些力气。所以在干这活时，人们会选择下过雨后，天空放晴一两天，这时的土质松软，拔起来不用费太多的劲。

收萝卜的季节到了，松软的萝卜地里，人们被那些长相结实，分量十足的萝卜吸引着，一个个弯腰曲背，像一头不知疲倦的老牛，双手抓住萝卜茎叶，吭哧吭哧地往外拔。遇上扎土深的，需左右前后摆动，再用足力气往外拔，整个动作一气呵成，娴熟干练。一个个粘着泥土香味的萝卜被拔出来，整整齐齐地摆放在田间地头上。那些白白嫩嫩，还带着泥土余香的萝卜，长相饱满、粗壮、厚实，露出土的部分还带有青色。

拔萝卜用力不宜过猛，否则萝卜缨子容易折断，萝卜断在泥里得用工具挖。而且强行拔出萝卜会带出泥，泥弹起来沾到裤管和胸前衣服上，脸上，甚至钻进嘴巴里，弄得满身狼藉。

萝卜运回家后，各家都会在柴屋或灶屋的角落里垫上柴草，把事先挑选好的健壮肥实的萝卜，按个头大小层层排列摆放在上面，然后盖上厚厚的稻草，既暖和又通气，这样保存的萝卜一直可以食用到春天。腌制萝卜干，是家家必干的活。把洗干净的萝卜切成块，摊在太阳下晾晒，萝卜块里的水分被温柔的阳光一点点蒸发，当萝卜块变得柔软时，收回来放在木盆里，撒上一定量的食盐拌均匀，闷在缸里几天后，在天气晴好时拿出来晒上几天太阳，然后加进适量的茴香、味精、酱油等调味品揉搓，再放进瓮或坛子里压紧密封。这样制成的萝卜干味道鲜美，四季食用，百吃不厌。

我母亲在村里做菜没啥名气，但她会在萝卜上翻出些“花样文章”。辣炒萝卜丝、清烧萝卜块、糖醋碎萝卜都是我的最爱。红烧萝卜，吃起来特别有味道，软软的萝卜，味道肥美，素里带鲜；加入鲜肉或排骨炖出的萝卜，肉和排骨烂而不成渣，萝卜酥软而不会碎；汤呢？集浓、香、稠、鲜为一处，是餐中之上品。如今，萝卜不仅是平常百姓的家常菜，还走进了饭店，成为餐桌上的美味佳肴。萝卜与肉的关系，犹如月亮和云的关系，它们是相辅相成的。

别看萝卜又憨又土，它浑身都是“宝”，不仅可以做菜肴，还可以药用。中医说萝卜能“大下气、消谷和中、去邪热气”，极具食用和药用价值。

话　老

老同学聚会，不问职位，不谈名气，不论贡献，无论方桌圆桌，自由落座，亲亲热热，话匣顿开。论起年龄，大多过七奔八。个个感叹，岁月无情，急匆匆撞开了耄耋大门。不禁自问，我们真的老了吗?

六十退休，说老不老，穿戴讲究宽松随意，打开衣柜，西装数套，齐刷刷在里面立队，二话不说，爽快送人。喜欢柔软的衣服，没有皮带勒紧裤腰，浑身通爽舒适多了。工作时，皮鞋锃亮，还跟皮鞋有缘，现如今，只跟布鞋、棉鞋、老人鞋较劲。

“人老腿先老”，此话一点不假。十年前翻山越岭，脚不痛腿不酸，如今爬山，气喘吁吁，腰酸腿疼，双脚发软。五年前徒步，万步不觉累，如今走路，五千步也够呛。三年前上楼，健步自如，一步两台阶，如今上楼，把住扶手，步步为营。光阴似箭，日月如梭，人呐，说老就老，毫无商量，不认也得认。

唉!“人生天地间，若白驹过隙。”退休后，管你的人少了，与你套近乎的人也少了，子女们各有各的事，能经常回家看看，嘘寒问暖已属不易。少年夫妻老来伴，老夫妻俩生活，互相还有个依靠，一方走了，孤身一人，日子还得往下过，生活就得靠自己，只要身体还硬朗，活着才会有味道!

“人老心不老”是现代人的常态。年过六十，还想干一番事业，折腾来折腾去，不把几个养老票子折腾光了不罢休!时间不等人，岁月不饶人，不能不服老，老了就是老了，老了就循规蹈矩，干一些自己喜欢且能干的事情，要量力而行，得不偿失的事千万别干，因为你输了很少有赢回来的时间。不能老是想着年轻时，志向高远，神清气爽，朝气蓬勃，那是一去不复返的年龄，岁月不会倒转来。

“少年辛苦真食蓼，老景清闲如啖蔗。”苏轼的两句诗，高度概括了我们这代人的一生。年轻时吃的苦简直比食蓼还苦涩。我们这代人，又遇上了改革开放的好年代，老来还算省心，吃穿不用发愁，只要“知足常乐”，即使不会像吃甘蔗那样甜，也不会过得“穷困潦倒”。

“树老根多，人老话多”，这是生活中的规律。对社会上的一些现象这也看不惯，那也不顺眼，絮絮叨叨，爱发牢骚。其实，这只能图个嘴上痛快，既不能解决问题，又不能改变社会。还不如读点诗书解解闷，出去走走散散心，老年大学听听课，写写字，画画画，唱唱歌，跳跳舞，打发打发时间。

老来多结“忘年交”，也算是一项不错的选择。过七奔八的人，老也不老，不老也老，大多精神矍铄，头脑清楚，体力尚可，生活稳定，衣食无忧。在日常生活中多结交些忘年交，有百利而无一害。如今年轻人，朝气蓬勃，清爽利索，潇潇洒洒，敢作敢为，既不搬弄是非，也不计较个人得失，不像我们这代人活得那么累。多和他们交往，被这样的氛围感染，自然会心态纯净，活得省心。他们活得潇洒，你也活得开心，何乐而不为呢?

文艺演出见闻

那天，我应邀去惠山区华美达观看《梦回江南》演出，在前排落坐，面北的看台，风迎面吹来，虽然不大，但毕竟是在冬日，还真有些寒气逼人。幸亏主人想得周到，为我们准备了棉大衣，否则，我们当中一定会有人坚持不到谢幕。

舞台与看台隔河相望，河不是很宽，河水也不是很深，河水清澈，能够航船。舞台后面是山，名字叫西高山，虽说是山，而且带个高字，其实山并不高，但树木葱绿，山体沿河而立，颇有些气势。以河为幕，以山为景，山河一体，形成了空前广阔的露天舞台。这样别具匠心的山水结合的野外舞台设计，我曾在广西阳朔也看到过，这是我第二次看到。看台并不是很大，位置仅容千人。

演出阵容当然比不上张艺谋导演的《印象·刘三姐》那样宏大，但也不算简陋，专业演员和群众演员加起来有六十余人，专业演员是聘请的，群众演员是华美达的员工。节目内容是由六则在苏南和浙北一带广为流传、脍炙人口的历史爱情故事和人文故事编成，因此定名《梦回江南》。

春秋战国时期，吴国强大，打败越国。越国上至君王，下至百姓，卧薪尝胆，励精图治，不过十年时间，历史来了个大逆转，越国灭亡了吴国。越国能够战胜吴国的原因是多方面的，其中之一是越国使用美人计，利用西施的美貌迷惑吴王，导致吴王中计丧志，亡国亡命。出谋划策的范蠡在吴国亡国后，携西施隐居，上演了一曲美丽动人的爱情故事。《二泉映月》诉说了瞎子阿炳的悲惨人生。他一生穷困潦倒，流落乡村街头卖艺，衣不蔽体，食不糊口，居然留下了经典杰作《二泉映月》，令人深思，发人深省。断桥相会，一场人妖间的爱情，被法海搅局，导致水漫金山，一双情侣被活活拆散，谁是谁非，一目了然。其余，梁山伯与祝英台，乾隆下江南，无锡大阿福，都是观众熟悉的故事。演出时间约一小时，从演出内容到演员演技，使我瞠目结舌，大有“人不可貌相，海水不可斗量”的感觉，演出之精美给我留下了非常深刻的印象。

做任何事情都有一定的原因和目的。

作为《梦回江南》的主创人，华美达董事长沈森龙花费巨资，煞费苦心，网罗人才，亲自主导了这样一台节目，这其中当然也有原因。他在商海打拼多年，曾为社会事业慷慨捐资。他认为，物质上的贡献是单方面的，只有在物质和精神上都做出贡献才是全面的。因此，他萌生了为父老乡亲献上一台精彩文艺节目的想法，为他们提供丰富的精神食粮，回报人民群众对企业的支持和关怀。这是他多年的愿望，也是他操办《梦回江南》的真实思想根源。于是，他煞费苦心，选地址、造舞台、收题材、请编导、聘演员、排节目……历时一年多，《梦回江南》终于隆重上演。

节目的成功上演，为人民群众献上了一台文化大餐，为惠山区汇聚了人气，为华美达带来了客源。对沈森龙来说，既实现了多年的梦想，也充分展示了当代企业家的睿智。

收获记忆里的秋天

水　稻

五月播种，六月栽插，七月分蘖，八月孕穗，九月抽穗扬花，十月成熟收割。水稻，人们侍弄它一季，它喂养人们一生。

五月，把库里的水稻种子拿出来晒上几天太阳，让它暖和暖和身子，伸上几个懒腰，把它放进盛上水的大缸里泡，直到水稻种子吐出白芽。水稻的农事就从这缸里开始，似乎这缸里不是泡着水稻种子，而是酿着村里人甜美的生活。

浸在缸里的稻种，会泛着淡淡的红晕，散发出酒的香味。稻谷先是吐出一粒小米芽，就像白白嫩嫩的小手，缸壁上的小水泡仿佛是稻谷们一边发芽，一边还在唠叨着它们的前世今生。

当稻谷吐出齐崭崭的白芽时，捞出来晾上几个小时，把它播种到事先准备好的秧田里。经过二十多天的肥水调理，就可以移栽了。平整的水田犹如一面镜子，秧把均匀地抛散在田坂上，一撮撮的，煞是好看。第一天插秧叫开秧门，一般由实践经验丰富的插秧高手插第一行，以示对插秧农事的重视。水稻从插秧到收割，粳稻生长期一般一百四十天左右，产量在千斤以上。由于米质分优劣，农民种植水稻时在品种上会有选择。

金秋十月，是水稻成熟的季节。金黄色的原野上，到处泛出金灿灿的浪花，在地里劳作的农人，脸上的笑容也是金色的。开镰了，一行行的稻子被放倒在稻田里，齐崭崭的稻穗犹如一条金龙。晒上几天太阳，把它扎成小把，家乡人把这项农活叫“和稻”，然后打捆挑上场。那时候，白天抢种，晚上脱稻，稻谷晒干后，第一是交公粮，把上好的稻谷卖给国家，交到粮库，然后留足种子，再分口粮和饲料粮。到那时，生产队的仓库里除了种子和集体的饲料粮外，再也没有可机动的稻谷了。

如今，插秧大多已由机械代替，收割也已经机械化。稻谷直播更是省去许多工序，农民们似乎收获的不仅是稻谷，而是一个美丽无比的秋天。

又闻桂花香

搬了新家，有了一个二十多平方米的院子。我第一个念头就是在院里种上一棵桂树。

树种下了，但叶片总是黄黄的，没有一点儿茂盛劲，到了秋天，也开了几朵花，却感觉不到什么香味，而且有几根树枝枯死了。也许是土层比较薄，也许是围栏外的景观竹与其争肥争光。开春，我从乡下弄了些黄豆、鸡粪，将煮熟的黄豆发酵后与鸡粪拌和，一起深埋在桂树下，又为它剪枝整容。不到一月，新叶长出，鲜嫩得要冒出水来似的，又过了一段时间，枝繁叶茂，满树葱茏。

有两只白头翁经常光顾树梢，悄悄地说着知心话。我不懂鸟语，但从它们光顾的频率和热情的动作可以肯定，它们来这儿，是喜欢上了这闹中处静的环境。果然不出所料，它们神不知鬼不觉地在桂树上筑了个窝，看来它们也准备在这里生儿育女，开枝散叶了。桂树好像也不怕吵，我也爱屋及乌，欣然接受了它们。为了不惊扰它们，我减少了进院子的次数，也不让小孙子知道树上有鸟窝。每天早上，我站在窗户边偷偷地观察它们，发现总有一只白头翁蹲在窝里，哪里也不去，另一只则站在树梢上四处张望，俨然像个站岗放哨的士兵。我出差回来，第一件事就是观察鸟窝里有没有变化，蹲在窝里的鸟不见了，树梢上站岗的鸟依然在那，看来“士兵”的职责发生了变化，共同的责任使它们不断地交换着所担任的角色。没过一会儿，另一只鸟飞了回来，嘴里叼着食物钻进窝里，窝里顿时热闹开了，小鸟们叽叽喳喳地在抢食。树梢上的那只鸟抖了抖翅膀飞走了，窝里的那只鸟喂完了食，飞到了树梢上担负起站岗放哨的任务，等到另一只鸟飞回来时，它又飞走了，这样来回循环一直延续到小鸟出窝。桂树似乎不怕负担，仍迎风招展，英姿飒爽。

树干更壮了，鸟窝更坚固，叶子更茂盛，遮风避雨，窝更温暖了。

一天早晨，鸟儿不仅叽叽喳喳叫个不停，而且十分恐慌地在院子上空飞来飞去。我好奇地站到窗口，仔细观察院子里的情况，突然发现院墙上有一只黄猫蹲在那里，眼睛死盯着桂树上的鸟窝，只是桂树离院墙远了些，桂树枝又软，根本无法承受住它的重量，所以，尽管它对窝里的美食垂涎三尺，但又不能唾手可得。尽管如此，鸟儿还是想把它们的敌人轰走，于是就在猫的头顶上飞来飞去，叽叽喳喳地赶它。我明白了猫和鸟的动机，便主动出手帮助弱者，赶走了黄猫，还园内安静。秋天到了，院里的部分花木开始挂果，特别是几盆草本植物，果实累累。没有想到的是，那窝鸟儿竟然恩将仇报，见黄就啄，一个熟果都没给留下，我看着它们贪婪的模样，一半是来气，一半是好笑。但更担心的是，那些鸟儿们是否会不放过给它们提供栖息地的桂树。中秋节到了，我围着桂树细细地观察，树上布满了含苞待放的花蕾，我心中的石头掉下来了，终于可以看到春天的劳动成果了。

院子里的桂花开了，从屋里往外看，满树金黄的花朵开得热热闹闹，绿叶相衬，芳香四溢。整个院子里暗香浮动，打开门窗，微风吹来，那香气直往屋子里钻。真是“院角一株桂，叶密千层绿，秋深显花蕾，香飘满庭芳”。我搬张椅子坐到桂树下，面朝太阳，闭着眼睛，任凭微风吹拂，桂香扑鼻，此时的我不是神仙赛神仙。真所谓，茶可以不喝，饭可以不吃，音乐可以不听，但桂香不可不闻，滞留不住的遐想就像一阵阵桂花的香味扑面而来。其实，我对桂树有着别样的感情，那还是儿时的经历了。我老家东边有座祠堂，祠堂天井里有棵上了年纪的桂树，别看它皮粗杆弯，枝枝杈杈，每年秋天花开时节，整个村庄都散发着桂花的香味。20世纪50年代，祠堂改成了高级小学，我的小学生涯就是在那里度过的。幼时的欢乐也离不开这棵桂树，捉迷藏、纳凉、听故事……美丽的桂花，我看不够，芬芳的桂香，我闻不够。

有一天，我爬上了含苞待放的老桂树，准备折几根缀满花蕾的桂枝回家插在瓶子里，方便我近距离欣赏，更可以让简陋的家增加些情趣，增加些花香。不料老师看见了，我刚拽上手的桂枝，折也不是，不折也不是，折吧，怕挨老师批评，不折吧，心有不甘。老师笑眯眯地站在树下叫我，让我慢慢地下来，并用双手接住我，然后把我带到办公室，打了点儿水让我把手洗干净。老师问我折桂花何用，我如实地把想法说了出来。老师没有批评我，笑着对我说："你的出发点是好的，是热爱生活的表现，但是，如果同学们都这样想，也都爬上树去折，桂树不就变成光头了，桂树还会这样美丽吗？来年还会开花吗？村上人还能闻到桂花香吗？再说，这样高的树你爬上去，万一摔下来怎么办？折枝桂花，把人摔坏了，值吗？"一番教诲让我惭愧，但是却加深了我对桂树的热爱，因为它的美，它的香！因为它让我懂得了做人的道理，更是因为看到它就仿佛看到了慈爱、宽容的老师。以后每次回老家，只要祠堂门开着，我总要进去看看老桂树。那一年回家，正是桂花开花的季节，竟然闻不到桂花香，我跑进祠堂，祠堂里铁水飞溅，热火朝天，我发现老桂树不在了。我从父亲口中得知，老桂树被火燎烟熏活活折磨死了。从那一刻起，我就想，只要有院子，我就会种上一棵桂树，用我的爱来看护它，这也成了我多年的心愿。幸运的是，新房二十多平方米的小院满足了我的愿望。

人与人是有缘分的，俗话说：有缘千里来相会，无缘当面不相识。人与树是否也有缘分呢？我看是有的，小时候年年闻到桂花香，与桂树有缘，人到老时院中种了桂树，与之相伴，这不是缘分又是什么？虽然花期短，但是我想，只要心里有爱，用心栽培，桂树一定会更茂盛，花香味一定会更浓烈，左邻右舍也一定会分享花香，我的爱心也一定能散得更远。

春节前的那场雪

我喜欢雪，几乎到了痴迷的程度。不为别的，只因为她洁白无瑕，圣洁至极。

儿时总喜欢吟诵“一九二九不出手，三九四九河上走……”的儿歌。其实它不仅是儿歌，还是对冬季气候变化的经验总结，形象地描绘了冬季中的“九九”八十一天，气候由暖到冷，又由冷转暖的季节性变化。在这个季节中是最容易下雪的，虽在我们这个地区一年只下一两场雪，不大，但也让我饱了眼福，“瑞雪兆丰年”更是增加了我对雪的喜爱和期盼。

尽管我快步入老年人的行列，但对下雪仍然情有独钟，快乐的记忆也历历在目。儿时站在屋檐下，遥望远方的天空，大雪轻飞曼舞，摇曳多姿。我不时地伸手去抚摸飘落的雪花，甚至不惜弄湿母亲辛辛苦苦缝制的棉鞋，到雪地里狂奔一番，尽兴地享受老天赐给大地的圣洁。到了夜幕笼罩时，我仍没有回家的意思，即使被父亲拎回去后，仍是不时地跑出门去探测雪的深度。夜深人静后，我躺在床上久久不能入睡，心里总在祈祷雪下大一点，想象着明天白皑皑的世界，琢磨着堆雪人、打雪仗的事，更是幻想着怎样避开父母的监视，跟捕猎人进山去循着雪地里的足迹猎捕野兽，享受收获的喜悦。当时那种喜悦期待的心情是难以形容的。20岁时我当上了村里的农技员，了解农作物生长与天气的关系是农技员的基本常识，也许正是因为这层关系，我对雪更是期盼和喜爱。当时还没有天气预报，我只能凭经验，用眼判断何时快下雪，以便早早地指导村民做准备……年龄越来越大，习惯却没有改变，遇到下雪天，我同样喜欢站在窗旁门前看那洋洋洒洒的大雪。落雪无声，世界瞬间默然无语，静得听得见自己的心跳，我欣赏着满目绽放飞扬的雪花，而忘记了寒冷。大雪过后，空气也格外清新，深呼吸再深呼吸，让我尽情地释放身心，洗去一天的疲劳。有了孙子后，看着孙子在雪地里欢奔，银铃般地笑声不绝于耳，更是增加了我对雪的喜爱。

受“温室效应”的影响，全球气候逐年变暖，暖冬的雪只是零星地飘上几朵，意思意思，只有2008年的那场大雪，给我留下了深刻的印象，也给经济和生活带来了巨大影响，但是仍没有改变我对雪的喜爱，只是每年入冬后总希望今年的雪来得温柔些。今年还没有入冬，就有专家说今年的冬天将有奇寒来袭，人们也早早地做好了应对准备，我的心里很矛盾，既期盼又害怕，期待着一场淋漓尽致的大雪，洁白的世界将再一次激起我的遐思，但是2008年那场雪的破坏性更让人心惊胆战。入冬后，陆续有些国家和地区受到了暴风雪的影响，受灾严重，我的担心更重了。但寒冬、暴雪似乎离我们很远，天气还是暖洋洋的。

天气预报说：“有一股强冷空气南下，会带来大范围的雨雪天气。”这给我打了一针兴奋剂。还真灵，早上还见到太阳，到午后就寒风细雨直透肌肤，着实让人领略了一番寒冬的威严。没过多少时间，从家乡传来下雪的消息。仅隔60余公里的无锡还仅是小雨纷纷，没有一点儿下雪的迹象，我盼雪的心情不断地在攀升。好不容易在晚饭过后，雪终于在锡城降临了，先是小雨夹着雪花飘落，很难相信这也是雪天？不过到了黄昏时候，风紧天寒，雪花飞舞，由远而近，由疏而密，仿佛织补成一张巨网，俘获了天下万物，让世界成为琼楼玉宇，大地也变得愈来愈丰富起来。过了一个小时，我竟然和儿时一样跑到院子里，仰望起飘雪的天空。白茫茫一片，比起灯光闪烁的街道似乎单调了些，单调得像一部黑白剧，但在这单调中间却有着柔美和眷恋，一种无法形容、无法抑制的眷恋，感觉自己就像一只小鸟，在静谧中展翅飞翔，飞过时间，飞过空间，飞入那茫茫的雪色里，最终自己也变成了雪。

茫茫雪夜，伴着圣洁的灯光，怀着安谧的心情，静坐其中，捧书研读，浮躁的心情就像被雪洗过一般，豁然透亮。听着孙子的喋喋梦语、夫人熟睡的呼吸声，一种知足的感觉顿时漫过心底，在这蕴藏着圣洁的宁静之夜里弥漫开来，而我在这雪夜书香中品尝着人间快乐。打开窗户，漫天飞雪，赞美的话语脱口而出，这雪夜多美啊！

雪不但可以观赏，而且可以聆听。听见了吗？一片一粒是一种回忆，也是一种追思。你听，雪片落地发出的细微“嚓嚓”声，不正是雪温柔而低沉的倾诉吗？生命即将逝去。你再听，人从雪地里走过，“咯吱咯吱”的响声，更让人心中发毛，圣洁被玷污，它们的生命在加速灭亡。在这雪夜里，我遥想过去，点点滴滴，杂事琐事爬上心头，酸甜苦辣，百味交集，人生苦短，这日子和雪花一样消失得太快，中年的尾巴已似乎难以抓住。

片刻的伤感终究抵不过魂牵梦绕的期盼，我在不知不觉中熟睡过去。不知雪下了多久，天亮时仅有零星的小雪花在轻歌曼舞，地上的积雪虽不是很厚，但毕竟遮盖了房屋、道路、树木，还有那结冰的河流。太阳出来了，天空清澈而湛蓝，雪在阳光的照耀下闪闪的，耀眼极了，一阵冷风掠过，雪面上卷起一层淡淡的雪雾。一群麻雀在雪地里觅食，谈天说地，叽叽喳喳，孩子们也像麻雀一样，忙着在雪地里找乐。雪虽然不是很大，但还是点亮了锡城大地，那些与雪久违了的人们，早早地提着相机，游猎于湖边山间，把一幅幅迷人的雪景摄入镜头。我不善于拍照，但还是像模像样地把院子里的雪景留在了相机里。

有了雪，城市的空气格外清新。一些污浊的死角，由于雪的存在，也暂时变得圣洁起来。在雪中行走，感觉跟平时在马路上散步完全不一样。你会感觉年轻，感觉自己回到原始的心地，一切都是圣洁的、透明的；你会把一切烦恼抛至九霄云外，静心地欣赏雪给大地营造的静雅、端庄与美丽。站在雪地里，你会尽力地避免让雪被自己污染，也会尽量不让别的东西来污染自己，使自己和雪一样洁白无瑕。

我想把这一切长久保留下来，但这场雪来得慢却走得快，我还没有尽兴。听说老家的雪比无锡下得大，而且持续时间长，于是我计划利用周末，继续去追逐雪的倩影，洗涤疲惫的身心。

播　春

门口沿河的那片滩地，联产承包后，被分割成块分给了农户，惜土如金的村民把它变成了一年四季被翠绿、嫩黄覆盖着的蔬菜地或苗圃。春天里，韭菜嫩黄，莴苣清香，菠菜青翠……留作种子的白菜、萝卜，在竞相抽苔开花；菜地边的小草翠绿一片，绽放出各色各样的花朵，蔬菜和野草共同把滩地装扮得春意浓浓，诗意盎然。收完的蔬菜地被翻过来，菜地主人并不急于把黝黑的泥块捣碎，而是让那些带着湿气的泥土在太阳下晒一晒，和风中晾一晾，让明媚的阳光和劲道的风把泥土中的湿气带走。

播种最先从瓜类开始。晒透了太阳、吸足了空气的泥块经锄头轻轻一叩，就立即散落开来。农人粗大的手指捏着细小的种子，均匀地在苗床土层的表面播种，然后，撒上一层薄薄的泥和草木灰合成的肥土，用喷壶洒上水，覆盖上既能保温、保湿，又能防止鸟、鼠、猫、狗糟蹋的“面纱”（薄膜或草帘）。种子在土里耐不住寂寞，议论着外面温暖的阳光、和畅的春风、湿润的雨露，迫不及待地撑开了籽壳，争先恐后地从泥土里钻了出来，完成了由瓜子到瓜苗的转变。农人知道瓜苗急于想见到春光明媚的外部世界，却偏不急于满足它们的愿望，迟迟不肯揭去覆盖在上面的“面纱”。因为，春天里的天气变化和川戏里的变脸一样快，忽冷忽热，嫩瓜苗容易“感冒”或被冻伤。

长出两叶一心时，瓜苗会被小心翼翼地挖起来，移栽在事先布局好的大田里。没有培育种苗的村民，有的会来讨瓜苗栽种，主人会把多余的瓜苗无偿提供给他们；有的先斩后奏，主人也绝对不会责怪。这个季节，是农民一年中最紧要的时刻，怎么做都不过分，谁都不会计较。

茄子、辣椒类的育苗要比瓜类更细心，护理更周到，由于种子细小，播撒时一不小心就会密度过大，一场大雨也会让他们全军覆没。因此，现在大多采用营养钵育苗，望着一钵钵细嫩的幼苗，我恨不得自己也变成营养钵。

水稻育种期到了，水渠边的秧田居然没人去打理，我颇感奇怪和不解。一打听才知道，农村土地集约化经营后，机械化栽插代替了人工栽秧，育秧也工厂化了。

光照充足的育秧棚里，一盘盘撒满谷种的塑料秧盘排立成行，亮灿灿的水稻种子在种盘里不动声色地吸取水分、空气和光照。当它们吃饱喝足，气沉丹田，突破稻壳防线，珠玉般的米粒带着活性初露峥嵘时，才发觉自己生长的环境已经被彻底改变。白嫩的芽尖在不经意间生长，透出沁人心脾的嫩绿，叶片增多，根系增长，绿油油的苗，洁白粉嫩的根，诗意般地展现在秧盘上，让人赏心悦目。农人一身的劳累、酸胀和疲惫都被淹没在这青白分明的喜悦中。

隔年的红薯在地窖里熬过了寒冷的冬天。出地窖后，经农人简单的“体检”，在太阳下晒上几小时，被送到苗圃地里，育红薯苗的坑宽约60厘米，深约30厘米，长度酌情而定。坑里需垫满容易生发热量的农家肥料或是稻草，浇上足够的水，压实。然后，覆上厚厚的碎土，抚平，把种薯均匀地平压在苗床上，再覆上事先准备好的肥土，用塑料薄膜搭盖成低矮的暖棚，适时通风浇水。红薯在农人为它们精心准备的环境里发芽，前赴后继地为农人提供种苗，默默地孕育秋天的希望。

这是一个忙闲并存的季节，在这个季节里，农民们伴着明媚的春光，在播种自己的春天，村庄正孕育着一个殷实而灿烂的梦。

红薯记忆

红薯，苏南人叫山芋。它是农作物中的一种，但不是蔬菜，是粮食类中的杂粮。

杂粮总与穷苦有关，红薯也不例外，是穷人的朋友。人们种植它，不仅可以弥补细粮的不足，还能用来做禽畜饲料。

20世纪70年代初，时任村农业技术员的我在种植红薯时，还专门为它做过“红薯下蛋”的栽培性试验。在深0.5米的坑中填上厚厚的猪粪和草木灰，盖上土，栽种了30棵山芋苗，由于肥足，秋天收获了230多斤。小块试验成功不等于大片种植也行，在没有足够肥料和满足用工的条件下推广，群众是不能接受的，这样的事情是注定要失败的，“红薯下蛋”也一样。

在我的记忆中，永远也不会忘记困难年代，有许多人靠红薯维持了生命。我小时候的玩友中，有丁姓兄弟俩，母亲早逝，父亲外出做木工，12岁的哥哥带着9岁的弟弟，住在远离村庄的山冈上，低矮的茅草房四壁透风，屋顶漏雨，家中无粮，举借无望。那时，是周围大片地的红薯救了他们兄弟俩。

在细粮不够粗粮补的年代，红薯是我们最理想的配角。秋尽冬来，红薯被挖了出来，整个村庄都弥漫着红薯的味道。一大清早，人们端着饭碗汇聚在一起，要么焖红薯，要么红薯汤，要么红薯粥，要么烤红薯片。吃得津津有味，谈得头头是道，一碗不够，回去添了再来，直到肚皮填饱，身体暖了，脚底热了，一天的活儿商定了，人们才散开。

我最早知道的红薯品种叫大红袍，吃起来甜甜的，软软的，皮薄透亮，只有甜腻没有怪味，既可以熟吃，也可以生吃。然而大红袍由于产量不高被淘汰了，取而代之的是胜利八号。它比大红袍产量高得多，熟吃时，肉囊白里透黄，咬在嘴里绵绵的，带点儿板栗味；生吃可不敢恭维了，一口下去，硌得你牙都疼。红薯喜欢欺负那些“弱胃者”，我就是其中之一，不吃嘴馋肚子饿，吃多了胃胀气难受，但我从不嫌弃它，照样喜欢它。

日子好过了，红薯成了改善生活的好品种。为提取淀粉，改善生活，人们发明了铁皮擦子，在硬铁皮上面用钉子凿出密密麻麻的细孔，孔四周是被钉子顶出的铁皮毛刺，洗净的红薯被推擦成碎末，倒入清水搅拌成糨糊状，用细纱布过滤去红薯渣，沉淀在水底的就是淀粉。用它可以制作凉皮、凉粉、粉丝等美食，制作出的凉皮、凉粉呈暗青色，拌上细葱、蒜泥、胡椒粉、香油等佐料，吃起来不仅柔软富有弹性，而且润滑富有韧性，香辣十足，非常可口。用它制作的粉丝，更是餐桌上的美味佳肴。随着机械化程度的不断提高，公社在粮食饲料加工厂里专门开办了红薯加工车间，生意十分红火。不仅代农民加工，厂里还大量收购红薯，更有平原圩区的农民用船装着稻谷到红薯产区，以稻谷交换红薯。那时候，我们队是600斤红薯折100斤稻谷，农民私下交易则是500斤红薯折100斤稻谷，所以红薯成了抢手货。现在的餐桌上，炒红薯藤、焖红薯仍然让人钟爱。

俗话说，樱桃好吃树难栽，小曲好唱口难开。栽种红薯也不是件容易的事。红薯的种植分为育苗和栽培两个阶段。秋冬季节，从地里挖出红薯，经过筛选，把红薯种子存放进地窖中，在上面堆上厚厚的稻草，晚上有专人为它守夜，防止蟊贼光顾。第二年春天起出来，把健康的红薯种子育在苗圃里，出苗放叶后一星期就可以剪苗移栽。红薯喜欢生长在比较干燥的土壤里，山地、旱地更适宜它生长，一亩地一般种植3000株左右，根据地力情况，产量在2000—3000斤之间，也算是高产作物。红薯的最大特点是不容易生虫，因此也不用农药，是有名的绿色产品。

十月是收红薯的季节，一大早，人们带着镰刀，扛着铁耙，挑着箩筐，浩浩荡荡走进了红薯地。女人在前面樵红薯藤，男人用铁耙扒开泥土挖出红薯，然后挑拣装筐送进仓库，散工后把红薯分到各家各户。

儿童时代，每到星期天和放学后，我们经常去集体的红薯地里拾红薯。拾红薯不比拾谷穗，谷穗在地面上，红薯在泥土里，只有把挖过的红薯地重新挖一遍才能找到遗留在土里的红薯。一天下来能拾上个十斤八斤就是非常幸运的事了。

事过境迁，岁月易逝，许多事情已经遗忘，红薯却永远沉淀在我心中，因为它给了我很多的记忆。

下　雨

今年的雨水很多。下雨，有人喜欢，有人讨厌。我是喜欢下雨的，哪怕是狂躁的暴雨、阴冷的春雨、潮湿的梅雨，我都能接受。

春天，没有春雨连绵，哪来菜花飘香、滚滚麦浪？夏天，灼热的阳光炙烤着大地，在电闪雷鸣大雨滂沱的时候，站在阳台上，透过窗户看那密密麻麻的雨点砸到马路上，溅起一簇簇水花，不仅让你心情分外敞亮，还给你送来丝丝清凉。秋天，满眼秋风，细雨连绵，给人颇多的感怀。冬天，寒风凛冽，银装素裹，白色世界是雨的化身，等待和期盼来年的风调雨顺。

在温室效应严重、气候变暖的今天，气候反差特别大，旱涝急转也是经常的事。云南连续三年干旱，连人畜饮水都十分困难，而长江三角洲却连续阴雨，连本该盛开的桃花也延期开放了。中国有着历史悠久的农耕文化，农民出身的我当然不会遗忘。春天雨下大了，时间长了，我第一想到的是麦田要排水了，否则，麦苗生长会受影响。夏天是麦收季节，梅雨来得早，我会担心麦子来不及收割，黄灿灿的麦穗上会长出绿芽，发了芽的麦子喂猪，猪都不愿吃，农民们大半年的辛劳付诸东流。秋天雨大成涝，使到手的果实被水冲、水淹，造成秋熟歉收，影响百姓生活。冬雨连绵，强冷空气南下，雨雪急转，大棚倒塌，植物遭殃，畜牧业受损。我的这种“农事情结”与我年轻时从事的工作有一定的关系。今天生长在城市的年轻人恐怕下一百天雨也不会想到农村那档子事。

关于下雨，在我的印象中最深的就有好多次。一次是在1975年的秋冬换季，我在乡里（那时叫公社）工作，临近晚稻收割，老天就开始滴滴答答下起了雨，一直陆陆续续地下，慢慢变成小雪。没办法，只能把割下的稻子堆在田埂上，田里全是烂泥浆，麦子根本无法落地。苏南有句农谚“立冬种，收把种”，说的是麦子种晚了，来年收成肯定不会好。时间就是产量，季节决定丰收。那时候收割播种不是队里说了算，而是县里省里说了算。那年，上级要我们薄片翻地，堆土成垄，等雨停后，天气转晴，泥土晾爽后再播种。不知疲倦的老天依然阴雨不断，眼看一步步逼近小雪，心急如焚的农民再也顾不得上级的指示，基层干部冒着被处分的风险，下达了“抢季节，争主动，突击抢种”的指令，终于在立冬后小雪前把麦种撒在了板田上。虽然种的质量差些，但争取到了季节，争取到了早苗。进入冬天，开沟培土，施肥压麦，加强管理。第二年，全县夏熟减收，而尊重自然、尊重规律，及时播种的地方获得了三麦增产。

还有一次是在1980年，那是我所在的乡推广包产到户的第一年，那年麦子长得特别好，望着乡民们脸上的笑容，我心里也是乐滋滋的。不料，刚进入麦收季节，梅雨提前光临，半个多月没见太阳。长在田里的麦子不能收割，收上场的麦子不能脱粒，脱下的麦子不能晒干，田里的、场上的、仓里的，一齐开口吐芽，望着麦子由黄变白，又由白变青，我心里刀绞似的痛。在一片咒骂声中，老天依然一百个不买账，它下它的，虽然我想尽了办法，依然是丰产没能丰收。

没有想到的是常年风调雨顺的江南，竟然也会数月缺少雨水，连20世纪60年代建成的宜兴横山水库也几乎到了底朝天的境地，让以喝横山水而自豪的宜兴人也谈水色变。该是茶叶采摘的时候没茶采，该是出笋长竹的时候不见笋出土，可见雨是多么重要啊！

唐朝诗人杜甫在诗里写道：“好雨知时节，当春乃发生。”也不知什么原因，现在的雨似乎不是那么“知时节”了，该下时不下，不该下时不断地下。雨是自然之物，自然是雨的“指挥棒”，我想，只有完好的“指挥棒”才能让雨顺其自然。

第二辑

山水寄情

秋日余山

初秋，我去了宜兴西渚镇的余山。

第一次登余山，是在1979年秋天。我到宜兴元上公社工作，放映员张洪春告诉我，要了解元上的地形地貌，上趟余山便一清二楚。

余山既不雄浑伟岸，也无参天古木，海拔不过百米，四周无山脉相连，孤零零地矗立在筱里村北、蔡塘村东、厚圩村南、鲁山村西的田地间。从南坡上山，山上树木稀少，杂草丛生，山坡上的农地里，红薯和大豆，红的红，黄的黄，秋色尽染。

从山顶俯视田园村庄，看得清清楚楚，直线距离10多公里外的溧阳城也隐约可见。田园、阡陌、河流、村庄，交相辉映。瓦房、草房，聚散有序，相得益彰。正值午饭时间，冉冉升起的炊烟，在空中散发开来又慢慢地消失。

余山东侧是条南北向的泥土小路，能走板车、拖拉机，曲曲折折，随坡起落，从山脚下的村子里穿过，北通厚圩、濮阳，南接筱里、篁里。西坡是座采石矿，矿的表面覆盖着厚厚的碎石土层，开采时必须先行清除，露出岩体，采下的块石需用人力车运送，一年也赚不了几个钱。曾经，村里没有其他工业，采石头卖石头是很不错的副业了。北坡下边是条河，连蔡塘接厚圩，河滩上杂草丛生。南面坡平地宽，村里的孩子们赶着羊牵着牛去山上放，牛羊在啃草，他们在打闹。冬天，山上的枯柴枯草被村民砍去引火做饭，光秃秃的余山在萧条中经受着寒冬的煎熬。

第二次登余山，是在1983年的秋天。即将离开元上的我，站在余山的最高处眺望，正在改变面貌的村庄、新建的工厂、绿色的农田、成片的桑地、田野里劳动者的身影，构成了美丽的画卷，让我感慨万千。怀着对余山一草一木、一溪一流、一石一径的深厚感情，我告别了余山。

如今，我再次登佘山。岁月流逝，佘山名字依旧，但已经彻底改变了原来的面貌。山上集食、住、游、娱乐为一体，成为远近闻名的旅游景点，还取了个充满田野芬芳的名字：水墨田园。

水是生命之源，也同样是山的生命之源。佘山北面的小河和滩地，经疏浚改造成了大片湿地，河面变宽了，滩涂变大了，浅水区域种植了许多水生植物，不同的植物，在不同季节里，变换出不同的色彩，使佘山变得更加靓丽。

横跨水面上的仿古石桥，在阳光下熠熠生辉。桥用白色花岗岩砌成，桥孔呈圆形，多半在空中，少半在水中。细心观察，每一块石料都经过精心设计，量身定做，雌雄榫卯，精准无缺，古老的造桥艺术在这里演绎得天衣无缝。坐在河岸柳荫下的石条上，可动观鸟翔，静听鸟喧。

荷塘里，荷叶田田，荷花盛开，莲蓬青翠。无论是在荷塘木步道上行走，还是在荷塘木亭里小坐，荷始终与你亲密无间。碧绿的荷叶，洁白或粉红的荷花，泛着清香的莲蓬，无不散发着华滋优雅、超凡脱俗的气质。水中纳凉的鱼儿，耐不住寂寞，浮出水面，见到静卧水边的龟和蛇，惊恐万分，一甩尾巴潜入水中逃之夭夭。蜻蜓在荷叶、荷花间穿插飞行，似乎在赏艳闻香。

建设者别具匠心，利用原采石宕口修建的大水池，犹如一颗晶莹剔透的玉珠，镶嵌在佘山腰间，池内清流碧碧，灵韵四溢。温泉池坐南朝北，温暖的水温使你舒心适意。富丽堂皇的酒店，客房宽敞明亮，在房间阳台小憩，田园风光尽入眼帘。宽敞的柏油马路从山脚直达溧阳城区，林立的高楼拉近了溧城与佘山的距离，繁荣景象，尽收眼底；一条条硬化了的乡村道路在村庄间穿行，全新的面貌让人心旷神怡。

如今的佘山，成为宜兴大地美丽的一角，“水墨田园”也成为一张响亮的名片，正不断发挥着普惠人民的无限能量。

缙云写真

缙云地处浙江南部，群山环绕，风景秀丽。20世纪80年代，我曾两次路过缙云，那里的青山绿水，农田阡陌，牧童老牛，用就地取材的石头构筑的农家小屋，在我脑海中留下深刻的印象。今年清明小长假，有朋友邀我去缙云，我欣然应邀前往。

“清明时节雨纷纷”，杜牧的那首《清明》诗，就好像特地为我们出发那天所写。清明小长假，出游和回乡祭祖扫墓的人多，一路上车流如潮。雨雾水珠造成的视线障碍，迫使汽车走走停停，停停走走，比在城里堵车难受多了。原计划在缙云用午餐，没想到等车开进缙云县城时，《新闻联播》都已开播了。雨停了，浓厚的云雾笼罩着缙云县城，连浙江朋友也迷失了方向，叫了辆出租车当向导，才把我们带到了住宿的宾馆。

第二天，我起了个大早到马路上散步，云雾依然很浓，山体就像害羞的少妇，扭扭捏捏不肯露出靓丽姿容。本以为只能雨中游缙云了，不料天公作美，到我们出发时，竟云开雾散，阳光灿烂，洁净的山，洁净的水，洁净的村庄，踩在洁净的路面上，心情格外敞亮。

在去仙都景区的路上，我四处搜寻着往日记忆里的山村旧景。农田还在，阡陌减少，放大了的田地少了些旧时的韵味。青山还在，绿水依然，不见了牧童老牛。房屋还在，却不是用石头构筑的农家小屋。依山傍水而建的一栋栋色彩缤纷的楼房，二层三层的居多，四层五层的也不少，造型各异，色彩分明，在青山绿水的环抱下，煞是好看。朋友告诉我，现在的浙江人，无论是外出经商还是留家创业，只要赚了钱，建房造屋是头等大事。我到过几位朋友家里，高大漂亮、装修一新的房子，长住的只有两个老人，清扫都有困难。这在我看来是极大的资源浪费，他们却认为是有出息和富有的象征，是光宗耀祖的伟业。

山无水不秀，水无山不丽。仙都的山水沐浴着柔和的阳光，山是柔和光亮的，水是柔和光亮的，房也是柔和光亮的，连那走在山水之间的人也是柔和光亮的……总之，此刻的仙都，到处都是春光明媚姹紫嫣红、风吹蝶舞碧波荡漾的景色。人走在其间，有说不尽的舒畅，道不尽的畅想，忧愁和烦恼一下子都到了九霄云外。在这片极乐世界里，你可以随心所欲放飞心情，陶冶情操构思畅想；也可以轻言慢语一诉衷肠，更可以呼天嚎地狂奔一场。正当我沉浸在秀美山水之中时，一声悠扬而沉闷的钟声把我从轻松愉快的思绪中拉了回来。

哦！原来是鼎湖峰景区到了，那钟声是从号称天下第一祠的黄帝祠中传出来的。站在好溪边眺望鼎湖峰，轻雾缭绕若隐若现，犹如雨后春笋，直刺云天，边上有石峰陪衬，大有竹林中笋笋相竞，胜者生败者亡的味道。也许是刚下过雨的原因，从峰顶到峰底全都是湿漉漉的，使高达170.8米的鼎湖峰显得更有灵气。更令人不解的是，大名鼎鼎的轩辕黄帝竟也曾不远千里跑到缙云仙都来凑热闹，相传他在此炼丹升天，后人为他造祠祭祀。每到清明节和重阳节，这里都要举行盛大的祭奠仪式。坐缆车到山顶，仙都景色尽收眼底，一览无余。山峰重叠层次分明，沟壑纵横错落有致，春在缙云山村如锦，桃红柳绿莺歌燕舞。

在小赤壁漫游，神奇的石峰和美丽的传说，给人以丰富的想象。在好溪边西望，双膝跪地的婆婆，只有躯体没有头颅的媳妇，以及北山上的那顶轿子和撒腿奔跑的舅爷，共同演绎着一则美丽的传说。传说当地的一户山农，儿子被招应征，家中留下年迈的母亲和年轻的媳妇。媳妇好吃懒做，把家务和田间农活全都推给了婆婆，稍不顺心就拿婆婆出气。媳妇的恶行惹怒了天庭，雷神下凡调查，恰好媳妇在谩骂跪着的婆婆，雷神大怒，一声响雷劈下了媳妇的头颅，此情此景被押轿前来接姐姐回家的舅爷看个正着，惊恐之中撇下轿子撒腿就跑，也遭雷击。没头的媳妇，跪地的婆婆和撒腿奔跑的舅爷，还有那顶轿子全都化成了岩石，成为一则耐人寻味警训世人的教材。

好溪是仙都景区的一条河，溪水清澈，水生动物清晰可见，河岸边野生植物丰富。鱼腥草、枸杞藤、马兰头、野芹菜……还有许多儿时食用过，如今已经叫不上名来的植物。溪边几近疯长的野芹菜勾起了我的食欲，身边没有刀具，我只能用指甲一株株地沿根掐断，旅友们也不甘落后，不一会就掐了一大把。到了农家餐馆，让厨房炒了一盘，在满满的一桌菜肴中，唯有那盘野芹菜被我们狼吞虎咽一扫而光。

芙蓉峡的景色十分美丽，漆黑的峭壁沿溪而立，犹如钢铁铸成的石城堡。由于时间的原因，我没有渡过河去，沿溪而走，隔岸观赏，不经意间，脚下觉得特别松软，低头一看，呀！竟是一片茎红叶绿的马兰头。如今城市的餐桌上虽然也经常能吃到马兰头，但毕竟是人工在大棚里栽种的，与此处经风吹雨打、日晒夜露的马兰头不能相提并论。尽管时间不多，仍然不肯手下留情，大家一齐动手，掐满了两塑料袋。

好溪的水特别绿，绿得让人惊奇，绿得让人心醉，绿得让人不愿意离开。走上百步就可到达对岸的我们，却不惜花费十元的票价，选择了竹筏过河，为的是在临别时能更好地亲近这沁人心扉的一溪碧水。

景自天成话连池

在我国黑龙江境内，小兴安岭西侧，纳谟尔河支流白河的上游，有一处景自天成的旅游胜地——五大连池。我想去五大连池的念头由来已久，直到有机会去齐齐哈尔参加会议，才了却我多年的心愿。

五大连池能成为旅游胜地，不仅是因为它有五个蔚蓝色串珠似的湖泊，还因以当地独特的火山地貌建成的地质博物馆。

日本的富士山，美国的圣海伦斯火山，意大利的维苏威火山，以及印度尼西亚还处在喷发期的那些火山，它们独特的风景非常令人向往。在我国也有许多颇负盛名的火山迹地，云南腾冲就非常典型。五大连池的独特之处，在于它是我国近代喷发的火山地，规模之大，火口之多，实在令人震撼。特别是老黑山和火烧山喷发形成的熔岩地貌，更是令人惊叹不已。

五大连池火山最近一次喷发约在1720年。据说喷发的时候，烟火冲天，响声如雷，夜以继日，飞火成石，经年不断，累积成山。从老黑山和火烧山四周地貌可以看出，火山喷发距今并不遥远。

登山望去，五个湖泊就在脚下不远处。由于熔浆从火山口喷薄而出，涌流而下，堵塞了白河河道，因而形成了五湖的壮丽景观。极目远眺，处在阳光下的一座座火山堆很有规律地出现在湖泊周围，在导游的指点下一一数去，湖泊东面七座，湖泊西面七座，座座都是朝东北方向摆开，座座都像铁塔式的壮士，或分或合，有的孤峰矗立，有的双峰对峙，湖山合在一处，成为景自天成的自然景观。

乘车在呈南北带状分布的火山熔岩地巡游，就仿佛进入了黑色的海洋，石是黑的，地是黑的，水是黑的，连水中的游鱼也是黑的。在这个黑色的世界里，感觉自己也是这黑色中的一员了。这是一片熔岩台地，虽已形成约300

年，但至今仍然是原始状态，许多地方仍寸草不生。由于当年熔岩的互相挤压，形成了奇特的形状，有的双峰兀立，穹隆拱卫；有的似浪峰迭出，鳞次栉比；有的如濒水陡崖，卧牛栖石。金鸡报晓，雄狮懒卧，狐狸觅食，虎啸山崖；蘑菇、土豆、黄瓜、西红柿……形态各异，奇巧无比。台地中浮石遍地，呈蜂窝状，气孔密布，质地轻盈，置于水中，轻如朽木，半浮半沉。

过石海，亲近连池，湖水清冽，池鱼闲游，阳光折射，波光潋滟；路边林木滴翠，鸟雀戏语，草地葱茏，秋花点缀，牛羊撒欢，美不胜收。

几眼泉井水流不断，过往游客多往品尝，我们一行人也不例外，泉水不仅清凉爽口，而且甘甜无比。据介绍，有座药泉山，山下有眼药泉，用药泉水洗身，或者用泉中的药泥涂抹在人身体上可以治疗各种疾病。是否可信，虽不得而知，但有一点，此地的水含有多种矿物质元素，火山地硫磺含量高，对人体有益是不争的事实。

五大连池火山地貌独特而美丽，它以美丽的身姿吸引着国内外游客，以神奇的泉水造福万物众生。它跻身于世界著名火山之林，当之无愧。

龙脊梯田

广西龙胜的名气一天比一天大，名气大不仅因为那里有天然温泉，还因为那里有壮族和瑶族人民经过数千年的努力修筑起来的迷人的龙脊梯田。

说起梯田，并不陌生，在云南、贵州、福建、浙江等省份都有梯田存在，不仅中国有，外国也有。梯田我见得不少，但从未见过海拔如此之高，造型如此之美，面积如此之大的广西龙脊梯田。

六月，龙胜地区正值雨季，也是龙脊梯田蓄水栽秧的季节。从照片上看，蓄满水的梯田就像一面面形状各异的镜子，光亮光亮的。雨停后，云雾还不肯散去，淋过雨，又笼罩在云雾中的龙脊梯田会是什么样的景色？在这高山怀抱、云雾缭绕的大山里还能看得见梯田吗？带着诸多疑问，我们登上了开往龙脊景区的汽车。

龙脊梯田地处海拔1916米的大山深处，梯田海拔最高处1180米，最低处380米，垂直落差800米，面积70.1平方千米，有平安村、大寨村、龙脊村三个入口。由于天气和时间的原因，我们选择从平安村通过。车在蜿蜒曲折的“之”字形盘山公路上爬行。路旁林木葱茏，云雾飘忽，溪水潺潺；窗外山势险峻，山崖陡峭，湿中带滑的路面，让车内的旅友们增添了几分担忧。尽管如此，探访梯田，一览美景的愿望始终没有被道路的艰险阻挡。

云雾开始变淡，变稀，隐蔽的梯田如纱帐中的新娘，渐渐露出她美丽而尊贵的尊容。梯田里早栽的秧苗已经返青，个别的田块已经黛绿浓抹，葱绿一片；刚栽下的秧苗在白水一片的梯田中立足未稳；一些零星田块仍在栽种，秧手有向前走着栽的，也有向后退着栽的，还有蹲在田埂上一棵棵地往田里栽的。望着面朝黄土背朝天的壮族同胞，我的心里有着说不出的滋味，机械化耕作在这里恐怕还有很长的路要走。风调雨顺，五谷丰登，对于他们是最好的祝愿。

远处，雾岚轻纱曼舞似的跃动起来，似乎有人在驱赶覆盖着梯田的雾岚，远处的梯田终于露出了妩媚的面孔。由高及低，由远及近，一条条围绕山头的梯田清晰可见，线条长短有序，弯曲流畅得像乐谱，田埂溜窄光亮，光亮白净得像剥了皮的蛇身；梯田有大有小，大的可以亩计，小的则以厘算，且大多只能插两到三行秧苗，有“青蛙一跳三块田”和“蓑衣盖过田”之说。梯田形状妖娆柔媚，姿容绮丽多彩，线条色彩融和，气势排山倒海，苍茫壮阔，铺天盖地，密密匝匝，如逶迤行进的长龙，扭动着充满野性的青春活力。目及远处，梯田和周围的高山、峡谷缠绕在一起，和紧挨着的村寨连接在一起，如梦似幻，难分难舍，真让人目不暇接，百看不厌。“七星伴月”是平安壮族梯田中的亮点，由七个大小各异的小山包和一个大的土山包组合而成，形成了碧玉镶嵌，气象万千，七星伴月的奇特景观。

波澜壮阔的梯田，是壮族和瑶族同胞用他们勤劳灵巧的双手，一锹锹，一铲铲，筑田岸，铲田坎，一年又一年，一代又一代，从水流湍急的溪谷到云雾缭绕的峰峦，从森林边缘到悬崖峭壁，筚路蓝缕，历尽沧桑，筑埂开田创造出来的。其中的苦楚和辛酸，只有筑田人自己知道。到了今天，龙脊梯田的意义已经远远超出了养活人的范畴，它已成为壮族、瑶族人民厚重的文化积淀和珍贵的文化遗产。这样鬼斧神工，如诗如画，妩媚，舒展，潇洒的稻作文化景观，堪称世界之最，连身边的老外都连连称赞：“完美无缺，望尘莫及。”

秋到太湖话芦苇

又到了芦花飞扬的季节，我站在太湖边上，望着不畏寒冬腊月，不怕烈日酷暑，无论任何气候环境，只要有水源就能生长的芦苇，不由生发出一种冲动，引发了颇多感触。

我一生中接触过许许多多野生植物，依水而生的有菖蒲、莼菜和荷……但令我魂牵梦萦，永远不会忘怀的，是生长在沟河湖荡边的芦苇。

一片片，一簇簇，绿油油，碧生生，杀不尽，斩不绝。芦苇，默默地矗立在池塘、沟河、湖荡里。随着轻风，摇曳着修长青玉似的秀枝，犹如一朵朵绿色的轻云飘浮在地平线上，给浩瀚的湖面、宽广的原野、隐约的乡村，平添了几分恬静和飘逸的色彩。

春风吹谢雪花的时候，芦苇就迫不及待地从寒意还未退尽的泥土里探出戴着靛青帽的尖脑袋。那清新厚实、充满活力、滚动着的绿色，是最杰出的画家也无法调出来的色彩。水催苇生，风吹苇长，拥拥挤挤，热热闹闹，一路奔跑，那气势是用语言都难以表达的壮观。芦苇用自己的青春魅力让你感受着象征生命的绿色，感受着浓烈的生命气息。

烈日炙烤大地的时候，芦苇一发不可收拾地窜高疯长，枝繁叶茂，一片碧绿，鱼儿在它脚跟乘凉，飞虫在它枝头歌唱，渔火闪烁，渔舟唱晚，伴随着从苇荡里吹来的风，使你感受到盛夏里的清凉。这时的芦苇正用它发达的根系吮吸水中日益攀升的磷氮，减轻富营养对水质的破坏，还沟河湖荡以本来面目。这时的你和芦苇在一起，会增添对它无限的爱。

金秋时节，芦花绽放，那一片片皎洁的银色，远远望去犹如起伏的波浪，浮动的积雪，飘逸的云彩。一群群黄雀在苇荡里穿梭跳跃，贪婪地吞食着大小不同、颜色各异的昆虫。秋尽苇黄，芦苇丛是黄雀息夜的场所。

雪花飞舞，苇荡清凉，偶尔有水鸟从苇荡里惊叫着飞出，平添了几分凄凉。芦芽在凛冽的寒风和凄凉的雪天中，依然骄傲地伸展着柔嫩的肢体，等待着初到的春风，一起向世人报告春天的信息。

在诸多的野生植物中，南北气候都适应，又能连片成块生长的不是很多，芦苇就是其中之一。没有人播种，没有人栽培，只要有泥土和水，它就能自生自长，繁衍生息，一年又一年，不厌其烦地播种绿色，以它坚韧的生命、坚强的毅力向人们展示它多姿的风采。

不起眼的芦苇，其实浑身都是宝。稚嫩的芦根可以解渴充饥，也可以药用。翠绿厚实的芦叶可以包粽子，芦叶与糯米一起煮熟后的清香会引起人的食欲。苇秆可以编苇墙、盖房顶，为人们遮风挡雨；芦苇还是造纸的好原料。劳动之余，折根苇节做苇笛，吹出的声响清脆悦耳，犹如汩汩流淌的溪水，滋润着幸福的胸膛。

过度的开发，使沟河湖荡中的芦苇几乎荡然无存。为让它尽快回归自然，重现芦花飞扬的美景，人们开始恢复湿地，播种培育芦苇。沟河湖荡能重见傲然挺立的芦苇，又见芦花飞扬的场景，既是大自然馈赠给人类的美妙礼物，也是人们重视环境、敬重生命的真实写照。

绿岛遐思

我不擅长唱歌，但喜欢听歌。一首《绿岛小夜曲》曾经风靡海峡两岸，也一直撩拨着我的心。九月去台湾，同事建议去绿岛，其实，我知道歌曲中的绿岛并非是指我要去的绿岛，而是指台湾岛，但我仍欣然而往，去圆我多年的绿岛梦。

绿岛位于台湾东部的台东县境内，离台东县36千米，面积约16平方千米，岛上3000多居民，多数系闽南人后裔。绿岛属火山岩地貌，故又称火烧岛。其实绿岛最早叫鹿岛，因岛上多梅花鹿而得名，又因当地口音“绿”与“鹿”不分，“鹿岛”慢慢地变成了“绿岛”。

去绿岛可以坐船，也可以坐飞机，我们选择了坐船。50分钟的海路，海是蓝的，浪是白的，海鸟翻飞，海船穿行，不知不觉就到了绿岛码头。迎接我们的是一位当地居民，他祖籍福建，原来靠捕鱼为生，随着绿岛旅游业的兴起而改做导游兼司机，不仅收入比捕鱼高，而且安全，风险也小。环岛一圈20千米的路程，他一个景点一个景点地领我们参观，滔滔不绝地为我们讲解，不厌其烦地回答我们的提问，充分体现了台湾人的热情。

在绿岛的时间虽然不是很长，但美丽的风景，给我留下了美好而深刻的印象。对于绿岛，用“海、神、泉、幽”四个字概括是最贴切不过了。

“海”是大海。绿岛位于太平洋中，北与台湾本岛隔海相望，一年四季海浪拍岸，鱼类品种多，而且品质好，渔业十分兴旺，是品尝海鲜的极佳场所。

“神”是火山岩石。岛内火山岩遍布，形状各异，兔子、山羊、水牛、睡狮、骆驼、大象，壮士、情侣、顽童、老翁、老妪、睡美人……形象神奇，栩栩如生。

“泉”是温泉。绿岛温泉水温高，稠度适宜，自然流溢。用其泡汤可滋养皮肤，缓解疲劳，是地热温泉的疗养佳地，许多游客总爱在这里逗留、泡汤。

“幽”是指环境幽静。绿岛四周环海，中间丘陵起伏，山海一体，植被常青，天蓝海蓝，风景如画，海风猎猎，凉爽宜人，远离污染，没有噪音，世外桃源般的幽静，非常适宜人居。

绿岛不仅岛上风景美丽，海上游玩项目也别有乐趣，浮潜就是其中一种项目。穿上游泳裤，套上丁字衣，拉紧拉链扣，扎好救生衣，戴上浮潜镜，咬住呼吸管，背朝天面向下地浮在海面上，海底景色一览无余，珊瑚、游鱼，清晰可见。珊瑚石颜色美妙，形态各不相同，大大小小密布海底。浮潜处是浅海，脚可够着最浅处，浮潜累了，脚踩在珊瑚石上可聊作小息。但浮潜的人们没有一个肯浪费这美好的时光，总想和海中游鱼多相处一会。放眼海底，满目的海鱼让你目不暇接，有情投意合，成双成对，卿卿我我的；有性格孤僻，独来独往，单打独斗的；也有胆小慎微，躲在珊瑚石洞里向外探头探脑的。有形如芭蕉扇状的鲳鳊鱼，也有皮带状的海鳝鱼，更多的是我叫不出名字的各类海鱼。各种海鱼混杂在一起，自由自在，给人以海阔任鱼游的感觉。不过它们大多是围着珊瑚石转，遇到食物就争先恐后，你争我夺起来，场景非常壮观。为了让我们享受到与鱼共乐的情趣，领队特地带了面包分给大家作鱼饵，引诱鱼儿亲近。我将面包捏在左手中，让面包屑从手指缝中慢慢地释放，也许是鱼儿聪明，也许是人为财死、鸟为食亡的哲理同样在游鱼们身上适用，在我的手边围上了大大小小几十条鱼，我的右手慢慢地向左手靠拢，在接近正在抢食的游鱼时突然向它们发起了“攻击”，想乘它们抢食不备之机抓住其中的一条。哪里知道，狡猾的鱼儿虽然在争抢食物，警惕性却很高，时时刻刻在防备着，尽管我出手速度很快，但它们躲避逃走的速度更快，几次下来，仅有一次碰着了鱼身。

享尽了浮潜回海滩，释放一下自己。海滩上经常看到石蟹，个头不大，身体厚实，看样子笨头笨脑，其实非常灵敏，当它见到你时，能判别你是否会对它构成威胁：当你对它不屑一顾时，它仍悠然自得地爬来爬去；当你向它逼近时，它会迅速向水中逃生，或者找个洞穴躲起来，如果没有水和洞穴，它会举起双钳，频频钳动，张牙舞爪向你示威。

浮潜观鱼，海滩看蟹，在没有争斗，没有暴力，没有威胁的世界里，鱼和蟹们活得多么自由自在。

卡斯卡伊斯的早晨

微弱的晨光笼罩着葡萄牙卡斯卡伊斯市，天空的星星已褪去了部分光亮，四周静悄悄的，这座镶嵌在大西洋边上的滨海城市，还没有完全从酣睡中醒来。宽阔的马路上，只有我一个人。黎明的海面，远远望去就像一面墨镜。

绕海的街路上偶尔有车驶过，车灯亮光被天空的光亮抵消了大半，照明作用已明显减弱。马路的左边，整齐地排列着六只垃圾桶，高高大大的，一辆垃圾车驶来，停靠在垃圾桶旁，车上坐着两位穿环卫服装的工人，一人从副驾驶位上打开车门跳了下来，看起来很年轻，看到我就打了声招呼。他一只只地打开垃圾桶盖，检查了一遍，把存放不可回收垃圾的垃圾桶推到车的后面，车上的自动装卸工具将桶内的垃圾倒入车内后，他把桶放回原来的地方排好，然后熟练地跳上车，冲我摇了摇手，喊了声“拜拜”，开走了。

洋面上空，飘荡着不多的白色片云，不断地变化着自己的身姿，在晨光中分外妖娆。几艘负重的货轮互不依靠地仰卧在洋面上，绰绰约约，朦胧中彰显出无限的醉意。一声笛鸣，刺破了早晨的宁静，有船从远方来，踏着水，拂着云，盈盈如飘，从船的吃水可以判断出，货轮是进港装货的。在这样安静的早晨，大部分的海员们是否还在做着甜蜜温馨而又美妙的梦？

海岸边是高低不平的丘陵，上面布满了造型别致、色彩各异的建筑，楼层都不高，隐隐的轮廓，连那灯光也是淡淡的，在晨光中显示出特有的魅力。我们下榻的皇村大宾馆也在其中。这面海靠山、层林密布的地方，确实是块难得的风水宝地，难怪意大利末代国王被赶下台后，曾选择这里作为他的客居地。他在这里住着豪华的别墅，做着重登王位的美梦。不过直到生命终结，他也没能回到祖国。

建于17世纪的西特德勒城堡，在早晨显得格外凝重。它是一座防御工事，因为它地处卡斯卡伊斯要塞，一旦发生战争，人们在这里可以炮击从洋面入侵的敌人，封锁通往内地的海口；在敌人进攻的时候，可以利用坚固的城堡抵御攻击的敌人，固守待援。它又是一座国王的行宫，卡洛斯一世和他的家人在这里度过了一段难以忘记的岁月。城堡外部的坚固庄严和内部的绚丽豪华足以说明城堡外刚内柔的性格，它和罗卡角一样是卡斯卡伊斯人的骄傲。

我是下午去罗卡角的，它因处在欧洲和亚洲板块的结合点而成名，面对浩瀚的大西洋。这里的风特别大，吹得人脚跟发飘。满地的沙石，奇怪的是，有一种软体植物看似弱不禁风，却在这样恶劣的环境下生长得红红火火，给罗卡角增添了不少光彩。

市政厅是卡斯卡伊斯的行政中心，办公楼不高，面积也不大，与附近的房屋没有什么区别，门前的广场不大而且简洁，除了旗杆没有什么装饰品。跨过马路就是大海，海边的沙滩上有不少海鸟在觅食，我走近它们细细观察，除了海鸥，还有家鸽，其他的我就叫不上名字了。奇怪的是，在这里觅食的鸟类，不仅家鸽与人亲近，就连海鸟也不避人，只要你手上有食物，它们会和鸽子一样飞过来啄食，只要你不去欺负它，它就会与你和谐共处。因为是早晨，也许是葡萄牙人生活习惯不同，广场上没有一个人在晨练。除了偶尔的鸟鸣和汽车驶过的声音，几乎没有任何杂声。

爱都娱乐城，是澳门同胞投资开设的，气魄的建筑，豪华的装饰，热闹的场面富态而奢侈。友城朋友在那里招待我们用晚餐，烤鱼、牛排、番茄酱，没有让我们吃惯中餐的人感觉讨厌，换种口味反而感到不错。娱乐城外车水马龙，城内座无虚席的场景着实令人咋舌。据说一到天亮，娱乐城内外空空如也，与夜晚大相径庭。在这样安静的早晨，爱都娱乐城静静地躺在城市中做短暂的休整，准备在华灯初上的夜晚，重现灯红酒绿、热闹非凡的景象。

皇村大宾馆花园里，有两位建筑工人在整修游泳池里的台阶。他们小心翼翼地撬起破损的马赛克，装进备好的包装袋，用刷子把破损地面刷干净，从塑料桶里挖出事先搅拌好的水泥浆，在破损的地方抹平，贴上新的马赛克，再用抹布把四周揩得干干净净。结束之后还不放心，又重新检查了一遍，用木板覆盖好，防止有人踩踏，一切都是那样熟练，那样认真细致。临走时还冲我这个局外人点点头，不紧不慢地离开了。在卡斯卡伊斯的早晨，垃圾收集工人和建筑工人是使我最难忘记的人。他们就像在葡萄牙冬天里仍然盛开的，一簇簇、一串串红色的芦荟花，装扮点缀着卡斯卡伊斯城，是他们使城市更美丽，使城市人的生活更美好。

迷蒙蒙的洋面一眨眼就变得金光四溅，溢彩流光！太阳神采飞扬地高居在洋面的上空，金色的光焰如圣水一般，浓浓地泼洒在海面上，泼洒在卡斯卡伊斯城区。海水如镀上了一层金，卡斯卡伊斯披着金辉，映着海光，人走车流，整个城市生机勃勃，充满活力。

蠡湖水韵

蠡湖的水，是有灵性的。这灵性既缘于她周边的山，又缘于被称为母亲的湖——太湖，更缘于那古老的传说。

在蠡湖泛舟，你会感到心情十分愉悦，你的心会被那蠡湖的水所浸润。秀丽的蠡湖，虽没有大海那样浩瀚，也没有太湖那样浩大，但它依偎在太湖岛山和锡城的怀抱里，吮吸着母亲湖供养的乳汁。在它清凌的年代里，湖水闪动着迥异的眸子，那眸子透着不可言说的美丽，它似乎能在不知不觉之中，慢慢地渗进你的心里，洗去你的杂念和烦恼，让你的心和蠡湖水一样清明。

蠡湖水清明的时候，你都不忍心用手去碰它，碰它一下都会感到内疚和自责。那时的蠡湖水是一个处女的梦，那梦流动着云层的轻盈，编织着群山的起伏，萦绕着湖上的帆影，净化着人们的心灵。

鸟儿挟带着林间的清风，在它的上空向云天欢叫，又贴着湖面柔柔地滑过。湖水是它们的镜子，湖区是鸟儿的家。

鱼儿在湖水里吹着气泡，躲在水草丛中，羞答答地互相问好，缠绵过后决定在这里建造它们的新房。

船儿轻轻地摇过，风儿轻轻地拂过，湖面泛起的涟漪醉了候鸟，醉了鱼儿，也醉了游人。

蠡湖的水是那样让人着迷，晶亮晶亮的湖水在湖山的照映点缀下，泛着不同的色彩。青的是山，蓝的是天，绿的是草，红的是花。不同的界面，差不多的水深，不同的色彩在不经意间悄然化开，晕染成深深浅浅，清晰而透明的样子。

蠡湖水是永远不会醒来的梦，不喧不闹，年复一年地睡在温柔的梦乡里。水花是梦的引子，碧浪是梦的微笑。一湖秀水串起湖岸秀色，范蠡在湖上撒网，西施在湖畔浣纱，文豪吟诵，墨客挥毫，丹青妙笔，所有的所有都呈现在蠡湖的水中。

水是山的生命，水是城的精华。蠡湖水曾经有过浑浊和腥臭并存的年代，那时，蠡湖水的眸子根本无法睁开，整天像瞎妇一样向你诉说着它的不幸，湖水一天不清明，唠叨一天也没有停止。十多年的阵痛留下了太多的回忆，让你立下不医治好它誓不罢休的誓愿。

蠡湖边的人记住了蠡湖水的苦涩，从恐慌中惊醒，励精图治十多年，终于使蠡湖水清亮起来，并慢慢地接近原来的模样。

如今的蠡湖，鱼儿在水中撒欢，鸟儿在空中欢唱，水草在水底飘荡，船儿在湖面上荡漾。

无论你在水上行游，还是在湖岸漫步，都会被这澄清的蠡湖水感染，忍不住伸手，掬一捧，洗洗脸，爽爽心，发出一声感叹：“美丽的蠡湖啊！你就是西施的化身。”

蠡湖静静地躺在无锡的怀抱里，温柔地孕育着圣洁，它没有长江阳刚，也没有黄河洒脱，但有着泰伯一样的胸怀，至柔至德，豁达大度，充满灵气。

泸溪河赏景

清明刚过，工会组织去江西龙虎山旅游，一路行去，车外景色如画，车内欢声笑语。车过衢州，珠帘似的春雨散落下来，给车窗外的风景罩上了神秘的面纱，让人欲看不成，欲罢不能。进入江西，春雷驱赶着风，风挟带着雨，一个劲地往车窗上砸，司机小心翼翼地驾驶着车，在风雨中艰难地行进。

去龙虎山旅游，不能不去泸溪河漂流。坐在竹筏上，筏工撑篙，顺流而下，移步换景，满眼秀色。听着虚无缥缈，似有似无的故事，有说不完道不尽的惬意。但愿明天是个风和日丽的好天气，好让我们不虚此行。

事与愿违，第二天出发，导游抱歉地告诉大家，泸溪河涨水，为安全起见，漂流停止，改由岸路游览，因水流湍急，悬棺表演暂停。龙虎山景色虽然可赏，泸溪河也依然可游，缺少了漂流赏景和悬棺表演，成了龙虎山此行的最大遗憾。

雨稀稀拉拉，似下非下，天空阴沉沉、雾蒙蒙的，整个景区朦朦胧胧，泸溪河更是被笼罩在轻纱幔帐之中，极富诗情画意。朦胧中，一头“大象”出现在眼前，厚重宽大的象身，百米多长的鼻子，白雾在鼻下飘动，似大象在轻轻呼吸，竹林在不停地摇摆，酷如象耳在扇动送风。这头“巨象”在群山的簇拥下，睡意未退、似醒非醒的样子，迈动着的巨脚是那样厚实和稳重。无论岁月如何变化，它永远不会改变自己的状态，永远不会迈出这栖息之地，始终执着地、永恒地追求着谁也猜不透的目标。春夏秋冬，风雪雨霜，斗转星移，故我依然。这是一种精神，一种坚韧不拔，自强不息，只有奉献，没有索取的精神。

湿漉漉的石路沿着山脚延伸，美丽而古老的许家村依偎在泸溪河畔。

全村四十多户人家，都姓许，许家村因此而得名。许家村还有个别名叫“无蚊村”，这个名字是否名副其实？是否因旅游需要故意而取？在这依山傍水的山村能没有蚊子？让人大为不解。为解开心中之谜，我找了一位老人，跟他聊起了蚊子的事情。老人告诉我，无蚊村并不是一只蚊子都没有，而是蚊子很少。这有着种种说法：一说，张天师携母在村中投宿，蚊子的骚扰不仅使张母夜不能眠，还将其咬得遍体红肿，天师不忍心母亲挨此痛痒，抽出宝扇，念动咒语，将村中的蚊子赶出了村庄，从此，许家村就没有了蚊子。二说，是村里特殊环境造成的，许家村多樟树、桉树，其味驱蚊，而且村后山崖上多蝙蝠洞，一到夜晚，成群结队的蝙蝠飞出来吃蚊子，所以村里蚊子很少。我在村里四处走了走，环境优雅，干净整洁，生态良好，虽也养家禽、家畜，却非常干净整洁，也许这也是蚊子少的原因之一。

泸溪河与许家村擦“村”而过，许家村人过去靠在河里打鱼养家糊口，村里人个个能摇船撒网，后来鱼少人多，加上季节性禁捕，已不能满足生活需要。村里人只能靠种地过日子，又因地少人多，土地贫瘠，收入寥寥。龙虎山开发旅游，泸溪河漂流成了热门，村里男人上筏掌舵撑篙，女人做船娘唱曲和做些服务工作，老人做些小生意，村民过着安静悠闲、世外桃源般的幸福生活。泸溪河与许家村相依相偎，在烟雨缥缈中更显出它的神韵和魅力，折射出社会和谐，人民安居乐业的幸福图景。

泸溪河畔仙水岩是游客必到的地方，仙水岩分仙岩和水岩，仙岩是水上部分，水岩则是水下部分，合起来称仙水岩。这里河面较宽，水势平稳，山水相映，妙趣横生。登上探奇亭，壁立万仞的羞女岩洞穴中的棺木历历在目，2600余年的古越先民还在守望着日落日出，用自己的躯壳篆刻着人类走过的历史，细说着泸溪河的昨天和今天，崖墓奇观带给你说不清道不尽的遐想。在既不发达也不文明的古代，居住在这里的古越人居然把他们的先人安葬在这奇妙之处，可谓是别具匠心了。话又说回来，如果没有古越人别具一格的安排，也就没有今天所见到的崖墓奇观，龙虎山、泸溪河也就少了许多迷人的故事和色彩。

这里的崖墓是一奇观，更有可看不可言的奇景。见过此景的人无不赞叹大自然的鬼斧神工，能将这造化得如此神奇。导游告诉我，我国著名散文家石英观后在《仙女岩记》中发出这样的感叹："至奇则过客仰叹，绝美则倩女自愧。华夏之唯一，域外世无双。"

山是大地的脊梁，河是大地的血脉。龙虎山、泸溪河，谁也离不开谁，有了这脊梁血脉，景区永远美丽而富有魅力。

品　秋

秋季是一个令人向往的季节。不为别的，只因为秋季里有秋风、秋雨、秋日、秋云、秋光、秋色、秋声、秋韵。秋季又是一种生命被另一种生命更替的日子，生命在秋季里通过外力打开自己，吸取营养，产生出另一种力量，使来年的秋季更加硕果累累，五彩缤纷。

虽然没有冬天飘零的雪花，没有春天明媚的阳光，没有夏天奔放的热情，也少了些鲜花和绿色，多了些惆怅和凄凉，但我还是由衷地感谢造物者设计了秋。岁月更迭，四季交替。没有秋的幻化，或许我们永远也感受不到冬的万里雪飘；没有秋的多姿多彩，也就不会有春的温柔妩媚；没有秋的丰实，或许我们永远也摆脱不了夏的烦躁。

我很喜欢秋的意境，就像一杯加了糖的红茶，色香味俱全，百喝不厌，回味无穷。不是吗？在凉爽的秋风中，我仿佛回到了顽皮的童年，没有世俗的羁绊，无忧无虑地肆意放纵。秋风送爽，落叶缤纷，秋雨霏霏，给人以虚无的怅然。透过五彩缤纷的色彩，静听着大地万物的心语，我的心就被这多彩的世界带走，与天地自然地融为了一体。被秋色染过的生命，更加丰富多彩，被秋色染过的心灵，变得与秋色一样纯净美丽。

秋是一首深沉的诗歌，言不尽意不止，意在言外。当雁阵远去，繁华落尽，留给我们的是冬的庄严和肃穆。但秋毕竟是丰硕的，过往的一切都在人的记忆中变得格外清晰。秋去冬来，花开花落，没有遗憾只有温馨。秋是夏的期待，期待色彩迷人，硕果遍地。每当晴朗的秋日，我总喜欢打开窗户，坐在窗口，面对楼前的一湖清水和色泽艳丽的草木，让清新的空气荡进这窗内，迎身上去感受那扑面而来的清风，自己仿佛置身在这浪漫的天堂，到处弥漫着鲜亮光泽的色彩，找不到一丝瑕疵。我的心会幸福地飞出去与这艳秋融合在一起，像蝉翼一样透透亮亮、快快乐乐地吟唱出生命的赞歌。

在难忘的秋天里，我常常把思绪幻化成多姿多彩的色调。在草地上，在树丛里，在蜿蜒的小路上，在波光粼粼的湖水间，思绪披着交相辉映的秋光，漫游在色彩斑斓的世界。心，和眼前的秋色似乎一起走上了挂在天际的彩虹桥。

在四季分明，似水流逝的岁月里，没有冬春夏是遗憾，没有秋则更是遗憾。其实，一年四季谁也离不开谁，但我仍要说，没有秋的供养，也就无所谓冬春夏，也就不会有欣欣向荣的升华。岁月四季，犹如人生，有欢笑，有泪水，有幸福，有痛苦，有真实，也有虚假，除非让时空定格，岁月定影，否则人将永远生活在这冬春夏之中。

四季是美丽的，我们只要维持一颗美好的心、欣赏的心，对生命有包容之念，那么你就永远会像秋，永远硕果累累，色彩缤纷。尽管鬓发花白，暮秋已至，离冬不远，但这秋依然是十分美好，树黄草枯，落叶缤纷，但落叶化泥更护花，永远也不会改变。

在美秋里，把自己走过的路，做过的事，曾经有过的荣耀和挫折做些梳理和总结，它作为后人的勉励和警戒，那该多有意义啊！

中犊山随想

落　叶

小时候生活在乡下，霜降一过就会见到白色的初霜。如今生活在城市，汽车、空调、各种燃气，加上城市周围的工业区，使城市的热岛效应变得越来越明显。在城里，不是大冷天是很难见到霜的。如今的岁月，霜来晚了，落叶同样也晚了许多。

我到太湖工人疗养院疗养，中犊山上的树木还是绿色占多数，不过也有一些弱不经霜的树种叶子黄了，有些还戴上了红帽子。虽然没有北京香山红叶那么引人眼球，但也有别样的情调，别样的风韵。坐在烟波楼房间阳台上，放眼望去，宝塔压山顶，晚霞染层林，夕照映高楼，碧水荡清波。面对这美丽景色，连我这个不太愿意出门走动的人也迈出了双脚。

绕中犊山慢行，不时有一片两片的树叶飘落下来，我顺手接了一片，是枫叶，小小的，薄薄的，多角形的轮廓非常鲜明。这枫叶啊！长在树上人见人爱，落在地上任踏任踩，爱也好，踩也好，无声无息，无怨无悔。在山的转弯处，一株柞树经不住霜打，已是落叶满地，宽大的叶片有的已经缩成了卷，像烧焦了似的，微风吹动，在地上打滚。柞树叶是可以养蚕的，在那个种桑养蚕的年代，一旦桑叶短缺，人们第一想到的就是用柞树叶代替桑叶喂蚕，如今，它又变成喂鱼的好饲料。

樟树，是不耐寒的树种，过了长江就很难见到，因为它四季常青，长江以南多作为城市行道树栽种，蓬勃的树冠，密匝匝的树叶，迎风挺立，活得是那样翔实，那样洒脱，一副永远也不会衰落的样子。但是你细心观察，在它的根部有许多已经腐烂的落叶，这些落叶是春天里透新枝长新叶时，新老叶更替的结果，也许是这些一年又一年的落叶，向它提供了营养，才使它生长得格外茂盛。

在旷野，在山林，落叶是无人打扫的，它们依偎在树根下、杂草中，任凭风吹雨淋，霜打雪压，腐烂成肥料，向树木提供给养。这是一种精神，一种落叶化泥更护花的献身精神。我望着这些落叶，敬佩之情油然而生，恨不能自己也化成一片落叶……

落　日

有许多颇有名望的作家写过日出，在他们的笔下日必生辉。巴金的《海上日出》，刘白羽的《日出》，读了还想读，真是百读不厌。写日落的要比写日出的少得多了，不过读了“大漠孤烟直，长河落日圆”的诗句，确实有些萧瑟的感觉。“白日依山尽，黄河入海流，欲穷千里目，更上一层楼”就另有一番意境了。也许是因为晨雾渐消，一轮红日从地平线冉冉升起，蒸蒸日上、朝气蓬勃的势头给人以鼓舞，才是那些写日出的作者心里的真实写照吧！其实，落日也非常有情调，非常有魅力。不信您可以到中犊山醉乐堂喝晚茶，观落日，听涛声，品楹联，找一找落日也生辉的感觉。

我去醉乐堂喝茶已不是一次了，每次去既有同感，也有异觉。同感是一年四季风景如画，异觉是不同的季节有不同的感受。

醉乐堂位于中犊山半山腰，是一座古色古香的建于1918年的老式平房，面积不过200平方米，房外露台与房子的面积一般大，也许是建筑设计者的别具匠心。有位年过半百的女士李秀芬，不惜重金竞拍下来，在那里开了爿茶室，说是卖茶，倒不如说是给那些名人志士提供一个会友赏景的场所。

那是个桂花待放的季节，我来到醉乐堂，坐在露台上，四周被绿色怀抱，桂树在露台上尽展风姿，待放的花苞开始释放出淡淡的清香。色香味俱佳的大红袍茶让你未饮先醉，时而自斟自饮，时而与朋友互相斟饮。话匣子一开，天南地北，海阔天空，政治经济，人文地理，谈天说地，无拘无束。茶香花香混合在一起，情趣浓浓，嗦语不断。微风轻拂，树枝摇曳，秋虫唧唧，湖鸟飞鸣，湖山相映，秋意盎然。

夕阳下的太湖格外平静，清波荡漾，落日斜映，天淡色黄，三山岛在夕阳下变得神秘起来。归巢的湖鸟掠过湖面，发出几声鸣叫。落日渐渐失去了它的亮光，就像一块白净的圆饼贴在天际，不一会圆饼开始变红，周围泛出暗红色的光亮，远山变得灰蒙蒙的。奇迹出现了，落日下，一条红色的丝绸带在湖面上铺展开来，直达中犊山下，是猩红？是紫红？是嫣红？都不那么贴切，那红啊，简直找不到词来形容！有几枝树枝伸展在露台前，给漂亮的落日增添了美丽的色彩。我突然想起白居易《暮江吟》中的“一道残阳铺水中，半江瑟瑟半江红”，不与此时此景有所类同吗？我情不自禁地掏出手机，摄下了这难得的一幕。

在西风劲吹的日子，坐在醉乐堂露台的你，还可以闭上眼睛，静听湖面上湖浪击岸的声响。睁开眼睛，你可以细细品味醉乐堂前的楹联：“帆影贴天满怀壮志驰乾坤，苍茫溢彩万顷烟波连吴越。”“结构踞中峰湖光山色三两鱼帆佳景当前皆入画，登临逢胜日越俗吴风万千气象妙境到此应忘机。”如此贴切，让人神往，让人心醉。

江山如此骄人，太湖如此美丽。生活在此的人们，应该珍惜如此的好环境、好时光，把它维护好，建设好，让我们的子孙后代永远生活在优美的环境里。

一条难忘的沟

行程目的地是位于河北省邢台市路罗镇的太行大峡谷。也许是因为太行山的山沟太多了，司机阴差阳错地把我们送到了位于浆水镇那条被称为九龙峡的山沟里去了。当我们买票时得知此山沟不是我们要到的那条山沟时，时间已不容我们再做任何改变，只能将错就错，极不情愿地走进那条山沟。

山沟是由好多座山头连接包藏成的，和许多被称为峡谷的山沟一样，沟里的石头特别多，不同的是，这里的石头呈浅红色，在雨雾中略显娇嫩。越往里走，沟里的石头越多，但都不是很大，山里人就地取材，小的做垫脚石铺路，大的用来砌台阶。山沟里除了正在修筑的路、几座简易的房子和人工搭建供游客攀登的铁梯外，没有太多的人工痕迹。用“山高石头多，果树遍山沟，飞禽鸣枝头，松鼠遍地走”形容这条山沟是非常合适的，这也是山沟给我留下的印象。

山高石头多是峡谷的共同特点，这里的石头大多呈片状形节理，沟里的石头被水浸着，透出暗红色，越往里走，石头越多，留在沟里的大多是因水的力量太小，推不动而留下来的。远在山崖上的，样子比沟里的有意思些。有人说它们像鸟、猴、乌龟、狮子、骆驼等动物，细细看去，还真有些像。在光作用下的美女石、老叟石、婆婆石、更是十分逼真。有些地方，从山顶到山沟里，悬崖峭壁数百米，如刀削斧砍的一般，昂头望去，岩壁陡立，直插云霄，有的地方特别狭窄，石壁对峙，缝中观天，大有两壁即将闭合的感觉，很森然。唯有那顽固不化的树，硬是和石壁较着劲，活生生地将石崖撕裂弄碎，把根深深地扎了进去，这种景象和场面，在沟里随处可见。

说果树遍山沟是有些夸张，但山沟里长满了各种各样的树却是不假，当然不都是果树，许多树我还真叫不上名来，但那些果树，尽管它藏在深山，埋名林间，还是逃不过我的眼睛，总能把它认出来。离沟口不远处，有一块很大的岩石，岩石边长着一棵树，粗糙而釉黑的树皮包裹着壮实的身躯，树枝上已经吐出了鲜嫩鲜嫩的嫩芽，有的已经舒展成叶，非常诱人，我一眼就认出这是棵柿子树。待到秋天，满树由青变黄，由黄变红的果实，犹如一盏盏红色的灯笼挂满了枝头，鲜艳夺目地点缀着山沟，煞是好看。不远的山坡上，有一片林子，粗大的树干支撑着繁密的树枝，树枝上嫩叶初展，再过些日子就是它的花期，条形状，绒白色的花粉会发出一股腥臭味，特别刺鼻，围着它转的不光是蜜蜂，还有苍蝇。果实收获的季节，人们会用竹竿木棍把它的果实从树上敲打下来，然后小心翼翼地弄回家里，堆起来让它慢慢地耗去水分，使它针刺状的外壳开裂，再取出里面的栗子就容易多了。那是一片进入老年期的板栗树，生出的果实一定特别的香甜。沟里最多见的是核桃树，它对春天的反映不是很敏感，新芽刚从树梢吐出，嫩黄嫩黄的，特别像我们家乡的香椿树。太行山的核桃在全国是出了名的，这里产的核桃壳薄如纸，肉质细腻鲜嫩，很受消费者欢迎。此外，我发现沟里的山坡上还生长着为数不少的野枣树，它的果实是否甜中带酸就不得而知了，营养价值很高是肯定的。

山沟里多的是飞鸟，飞鸟鸣枝头的景象随处可见。高大的树杈上有鸟做的窝，是鹰还是喜鹊，由于时间和天气的原因，我没有去分辨，反正在沟口我见到了喜鹊双双在枝头上跳跃，它们冲着我们又摆尾巴又点头，“嘎嘎”的叫声并不很动听，也不知是欢迎还是讨厌我们这些不速之客。沟里鸟的种类不少，发出的叫声也不同，“咕噜咕噜”带有婉转声音的是黄鹂鸟，“叽叽叽叽”的是黄雀鸟，“唧唧唧唧”的是麻雀，“咕咕咕咕”的是鹁鸪鸟，“呱呱呱呱”的是野山鸡……有鸟从沟里飞起来，沿着沟崖拐弯抹角快速飘转，倒像是一位花样滑冰运动员在表演；也有鸟从山顶上顺势而下，穿过山崖，直插沟底，又返身逆势飞翔，箭上箭下，让人目不暇接，飞得美丽极了。其实，在沟里任何美丽的飞翔都是沟深崖陡的地形诱迫而成的。

松鼠遍地走一点儿都不假，从沟口到沟里，再从沟底到沟顶，我见到有松鼠的地方有十多处，有在树上窜来窜去的，也有在树枝间跳来跳去的，更多的是在你面前穿梭而过。人说松鼠是生活在松树林里的，因为它喜欢食松子，其实不然，只要是果实，它都喜欢，沟里果树多了，食果的松鼠自然也多。尽管沟里见到的松树不是很多，但沟里多的是各种各样的果树，长着很多像野核桃一类容易保存的坚果，足够松鼠采集食用了。我国从南方到北方都有松鼠的身影，它们常年生活在树洞里，在食物丰富的季节里，过着衣食无忧的日子。松鼠非常机灵，每到秋天，它会预感到难熬的冬季即将来临，会在离窝不远的地方，选择几处储藏食物的“仓库”，把采集来的坚果储藏在里面，用沙、石子或者泥土、树叶之类的东西盖实，做上记号。寒冬腊月，食物难寻，别的动物四处觅食无着，忍饥挨饿时，松鼠们会把储藏的食物挖出来慢慢享用，熬过最难熬的冬天。

在沟里你会觉得山高沟深，人烟稀少，特级的空气，特级的水，在这里过着世外桃源般的生活，你一定会与世无争的。其实，在你的头顶上就是喧嚣声不断的公路，一辆辆满载着乌金的卡车从你头顶呼啸而过，显示出繁荣中的激烈竞争。

这就是我游过的那条沟，一条难以忘记的沟。

秋到云湖

秋天，镶嵌在宜兴大地上的璀璨明珠——云湖，在群山的怀抱中更加绚丽多彩。湖在山的脚跟，山在湖的唇边，湖山相依，令人向往。我闲来无事，去云湖小住了两日，饱尝了云湖的秋色。

云湖并非天然湖泊，她的前称叫横山水库，那是宜兴人民在20世纪五六十年代手挖肩挑，日积月累修出来的。偌大的水库，上亿立方米的水存量，在没有机械作业的年代，修建难度是可想而知的啊！当年的云湖周围，土地贫瘠，非旱即涝，是个十年九灾的穷乡僻壤。自从修了水库，农田旱涝保收，人民安居乐业。进入21世纪，云湖的功能发生了变化，由过去的蓄洪灌溉，变成了现在的旅游胜地和百万宜兴人名副其实的大水缸。纵观她的前世今生，都与宜兴人民的生活息息相关。

秋天，由于大山的原因，云湖的早晨似乎比别的地方来得晚些，黛青色的天空刚刚吐白，饿了一夜的鹭鸟便在湖面上巡回飞行，寻找早起的鱼儿，鱼儿一旦被发现，很难逃脱它们的尖嘴利爪。太阳从山东边吐出红晕，色彩由红变白的时候，栖息在树林里的鸟雀就喋喋不休地闹个不停，早起的游客在湖畔，更多的喜欢在大坝上散步，近可观云湖水韵，远可望大山美景。偶尔有云从头顶上飘过，她是大山派来为云湖润色的，由于云的点缀，云湖变得更加亮丽多彩，连大山也全神贯注地欣赏起自己的杰作。叶面上的露珠闪耀着圣洁的晨光，湖面上不时会有鱼跃出，落水时的动静会引发人的许多遐想。此时的你一定是无忧无虑，轻松愉快的。

离云湖不远处，有一处古窑址，在遗存的古窑废墟上观察四散的韩瓶残片，复原错综复杂的历史，从不同的角度去玩味会复制出许多儿时的记忆，此时的你定然会童心不老，顽性再现。

位于云湖东面的大觉寺在淡淡而琐碎的飘云中迎来了新的一天。无论是室内还是室外供奉的形态各异、大小不同的佛像，都宁静庄重，栩栩如生。这座崭新的寺庙凝聚了星云大师一生的心血，为了兑现20世纪80年代末在乡亲们面前的承诺，大师煞费苦心，呕心沥血，建设了颇具规模的大觉寺，为弘扬佛教文化、开展两岸文化交流奠定了更加扎实的基础。而且礼佛方式更加符合当今的环保理念。

秋阳直射到云湖上空，游客会走进遍布乡村的农家乐，品尝产自本地的山珍和产自云湖的鱼虾。咸肉笃笋，味在笋中，鲜在汤中；板栗爆鸡，栗酥鸡嫩，入味可口；泥鳅豆腐，荤素结合，口味鲜醇；砂锅鱼头，汤汁浓醇，鱼肉鲜嫩。

日落西山，暮霭悄悄地降临，最后的一抹晚霞被挽留了下来，映射在湖面上的晚霞，酷似一盘沙金撒在波光粼粼的云湖水面上，汇聚成一条金带子，一直铺到视线的尽头。此时此刻，云湖的水显得特别安静，湖岸上的游客止住了脚步，说话也细声慢气的，湖里的鱼虾也被深深地吸引，憋住了呼吸，止住了游弋的身姿，浮在水中静静地观赏。

黄昏降临，临水而居，我躺在松软的床上，竟毫无睡意，胡思乱想地消磨辰光。于是，我走到窗前，推开窗户，想欣赏一下云湖的夜色。浓重的夜色笼罩在云湖上，湖山已被夜色抹平，只有清甜而滋润的水汽随风漫进窗来，我嘴鼻并用呼吸了几口，顿觉神清气爽，子夜的兴奋是被云湖的氧离子激活的。怀着感恩的心情去追寻云湖水的来路和轨迹，远则无影无踪，近则可歌可泣。不是吗？水生汽，汽生云，云生雨，滴水成流，如此循环，周而复始。造湖蓄水的艰辛，谱写了许多可歌可泣的动人故事，那些辛酸苦辣中的感人事迹，或许已被人遗忘，那些只求付出而从未奢望过享受的人，或许已经离世，但他们造湖的贡献将永远伴随云湖。夜色笼罩了山，盖住了湖，无论夜色多么浓重，这山这水，夜以继日，年复一年，始终相互厮守在一起，永远也不会分离。没有月亮，星星在固定的天空闪亮，微风的夜里，云湖水在窃窃私语。

秋夜的云湖，静是主色调，不过静得似乎有些虚无，虽有虫唧水语和偶尔的鱼跃鸟鸣，但抹不去云湖秋夜的静。从城市尾随我而来的嘈杂和喧嚣却在寂静中慢慢地稀释，直到痕迹全无。

秋天的云湖，美不胜收，使人流连忘返。

行走庙凹山

宜兴西渚镇西南与溧阳交界处，有座海拔不足200米，方圆不过2千米，谈不上挺拔雄伟，也无名胜古迹，平常得不能再平常的小山——庙凹山。

由于工作的原因，我曾多次造访过这座名不见经传的小山。我第一次走进庙凹山，还是在30多年前的深秋。山中只有一条细长而弯曲的人行道，是村民们上山劳动的通道。散居在山脚下的人家组成的集体劳动组织——横塘生产队属于磨山大队领导。山坡上成熟了的红薯和黄豆，是村民们辛勤的劳动成果，既是他们生活的食粮，也是他们改善生活、做出美味菜肴的主要食材。我没有惊动正在挖红薯、收黄豆的人们，独自走进了素不熟悉的庙凹山。

庙凹山四周没有山体连接，可以说是一座小孤山，除了山脚下的人家，山坡上种植的作物，剩下的是蔓生的杂草和种下不久的杉树和松树。杂草丛里有鸣叫的昆虫，灌木叶上匍匐着凸眼长须、青翅坚腿的蝗虫，它们一动不动地晾晒着被秋露打湿的身躯。没有大树的遮盖，就少了枝繁叶茂、荫翳遮天，更谈不上绿影婆娑、清凉滋润。没有大树，山就缺少了灵气、秀气，更谈不上财气。

在瓦砾遍地的山坳里，我遇到了一位年过七十的老汉，他热情地告诉我，庙凹山曾经有过它的辉煌。在山坳面南的台地上曾经有座神庙，供奉着各路神仙，烧香礼拜者络绎不绝。有一年，庙里来了一班吃荤的花和尚，他们勾结南山里的强盗，鱼肉乡民，欺男霸女，横行乡里。大觉寺高僧多次劝说，他们不仅不思悔改，反而变本加厉。百姓忍无可忍，告到官府，官府联络乡邻，用武力赶跑了恶僧。寺庙失去了香客，从此一蹶不振，冷落破败，房倒墙塌，最终只剩下这破砖残瓦。庙凹山寺庙兴衰成败的故事，同样可以说明“水可载舟，亦可覆舟”“得民心者得天下”等名言的正确性。

后来我又去过几次，因为时间相隔不久，没有太大变化的庙凹山，也没有给我增加什么新鲜难忘的记忆。

时隔十多年的冬天，冬雪莅临人间，庙凹山到处银装素裹，玉树琼枝，皑皑白雪，壮美瑰丽，雪花漫天飞舞，山野的胸怀广阔而纯洁。偶尔有山鸡飞过，去山脚下人家房前屋后觅食，野兔在离洞穴不远的地方寻找食物，麻雀在飘满雪花的空中飞来飞去。雪中的庙凹山，风景秀丽，美不胜收！

去年，应白塔村书记欧阳华之邀，我又一次在庙凹山行走。这次给我的感觉是，它美妙、富有灵气，它葱茏、滋润，丰满而秀丽，朴素而深邃。

虽然已是初冬季节，庙凹山依然是一片翠绿。爬上山顶，放眼环顾，昔日村民们用来栽种红薯黄豆的山地不见了，代之而来的是杉树成片，松树成林，毛竹青翠，铺以杂树、灌丛、蒿草。杉树，树干笔直，戴着宝塔状的冠直插云霄；松树，树干遒劲有力，树冠呈华盖状，针叶细长柔软；碗口粗的毛竹，点头哈腰，斜倚如弓……它们齐刷刷地从山脚排到山头，如展现四季恒绿的旗帜，层层叠叠、郁郁葱葱地覆盖在庙凹山上，彰显着庙凹山永远的青春。山风摩挲，树林起伏，像荡漾的海水，涛声飒飒。

植被好了，林子密了，资源丰富了，野生动物多起来了。野兔、竹鸡、野鸡、野猪、獐子、穿山甲等动物应有尽有。竹笋、地衣、野菌菇都是上等的餐饮食材，做出来的菜肴既美味又营养。

俯视山下，村庄依然散落，那些低矮的茅草房早已成为历史，连那些平瓦房为主的时代也成为过去，一幢幢楼房、别墅，在绿树成荫中亮丽登场，格外引人入胜。

进山的道路由30多年前的羊肠小道变成了宽阔的柏油路，昔日用来灌溉的小水库如今成了旅游景点。有识之士看中了庙凹山这块风水宝地，花巨资在水库边修建了楠木陈列馆，珍藏许多珍贵的金丝楠木和制品，供游人参观。

山下人家结合美丽乡村建设，争先恐后地在改造村里的环境，装修住房，改善住宿条件，为开办农家乐做准备。不久的将来，那些久居在鳞次栉比的高楼中，承担着巨大工作压力和需要修身养性、清静自在的人群，在这里可以找到自己合适的养生之所。

多年营造，多年奋斗，山与人默契，人与山共进，人为山增色，山为人添景。有勤劳、勇敢、智慧的人们，善于保护和利用资源，庙凹山的明天一定会更加美好！

羊卓雍措，梦幻般的湖

羊卓雍措，位于西藏山南地区浪卡子县，当地人称“羊湖”，是喜马拉雅山北麓最大的内陆湖泊，与纳木措、玛旁雍措并称西藏三大圣湖。在我游览过的湖泊中，羊卓雍措是海拔最高的高山湖泊，也是令我印象最深刻的湖泊。

七月中旬，正值小暑季节，我和游伴们从拉萨出发，乘车翻越海拔5030米的岗巴拉山，没有强烈阳光照射，只有云雾在山间缥缈；没有牧民甩鞭吆喝，只有牦牛在山坡草地上啃草；没见雄鹰在高空盘旋，只见小鸟在低空吟唱。车在盘山道上爬行了近一个小时，终于登上了岗巴拉山口的观景平台。站在观景平台往下看，我被荡漾在脚下的奇绝迥异的羊卓雍措的景色惊呆了。

镶嵌在大山之间的羊卓雍措，因为雨季的原因，天空被云层笼罩着，被乌云遮住阳光的天空，黑沉沉的，失去了光亮，当你不留意时还会飘洒几点雨星。低空中的云在湖面上空飘移，浓云密布时湖水呈深褐色，云层变淡时湖水呈深蓝色。湖两岸的大山显得特别深沉持重，山上的牧草在云雾中泛出浅蓝色，湖光山色，互为映衬；水里天上，互相转换。遥远处的雪峰，湖岸边的村庄，深绿色的草滩，成群结队的牛羊，金黄色的菜花，嫩绿的麦苗和豌豆苗，全都纳入冷色调里。

旅伴大多是摄影爱好者，在观景平台的拍摄难以满足他们的愿望，寻找最佳景点，拍摄最佳画面成了他们追逐的目标。司机米玛熟练地驾驶汽车，在坑坑洼洼的便道上穿过村庄，穿过农地，穿过草滩，一路颠簸来到湖边。此时天空的云层慢慢地变淡，偶尔会有阳光从云缝中折射下来，阳光洒在湖面上，湖水变得蔚蓝而金亮，是那么纯净，那么深湛，那么恬雅。依偎在湖岸的草滩，牧草绿得是那样娇嫩，那样纯正，那样醉人。镶嵌在草滩中的菜田，油菜正当盛花期，金黄色的菜花正蓬蓬勃勃地展开，娇艳得让人羡慕不已。

湖面上没有舟船、樯帆、鱼簖、围网，见不到一丝人工造作的痕迹，唯见一两只水鸽，展翅在湖面上飞翔。湖水就在脚边，蓝绸缎似的湖面荡漾着微浪，浪花轻轻地拍打着湖岸，发出的细语好似母亲的催眠曲。

湖北岸的草滩上，数以百计的羊在低头吃草，“咩咩”的叫声在湖畔的空中回响，我们的到来，并没有引起它们太多的注意。当镜头对准它们时，才有羊抬起头警惕地向我们张望，当我们试图靠近它们时，它们一齐掉过头去，慢慢地离我们而去，似乎不乐意做镜中之物。羊群一齐向山坡上奔去，远离了镜头的羊群齐崭崭地站在山坡上朝我们观望，似乎在嘲笑我们拿它们没办法！

西藏的湖泊大多是自然形成，由于地处高原，湖水中含氮量低，浮游生物少，又没有污染，湖水特别清澈透明。我掬起一点儿湖水吸入口中，凉爽爽，甜滋滋，沁人心扉。

用静来形容此时的羊卓雍措最恰当不过了。高山出平湖，羊卓雍措地处高原，两岸山峦绵亘，湖面曲折蜿蜒，像珊瑚枝一样多的湖汊口增加了湖水的蓄积量。据介绍，湖面上有21个大小岛屿，生活着各种候鸟，是西藏最大的水鸟栖息地，是名副其实的鸟类乐园。我奇怪湖面上怎么见不到翻飞起舞的候鸟，原来它们在自己的乐园里尽情地享受，因为时间关系没能去欣赏鸟儿们的精彩表演，也是此行的最大遗憾。如果不是旅游开发，躲藏在深山幽谷中的羊卓雍措依然会隐匿山林，无人问津。美丽的“玉体”一年中也得不到几双眼睛的欣赏，特别是在寒冷的冬天，鸟不叫，蝉不鸣，虫也无声的时候，羊卓雍措恐怕几乎是要凝固的了，我不知道那时会给人怎样的感觉！虽有微浪，湖面依然平静，微弱的浪波里微微地泛着寒气，寒气又凝固了宁静。岸边的村庄安然静卧在湖湾里，村前房后，屋顶门前少不了的是经幡。依偎在群山怀抱中的房屋，墙是就地取材用乱石砌的，顶是平的，全是藏式格局，既古朴又单调，用精巧、清晰、直观、富有诗情画意形容一点儿也不会过头。偶尔有人进出房屋，脚步是轻盈的，体态是肃穆的，不急不慢的肢体动作更衬托着幽静的韵味。

羊卓雍措跟西湖比，没有西湖那样妩媚；跟太湖比，没有太湖那样辽阔；

跟千岛湖比，没有千岛湖那样秀丽……也许是我的偏心，也许是它的质朴，也许是因为陌生，使我对它产生了一种难以割舍的特殊情感。只有到了羊卓雍措，亲眼见到了它的美姿，才能真正领略到什么是质朴的美，自然的美，静逸的美。

美丽的羊卓雍措，有机会我一定会再来的，到那时，我会更好地欣赏祖国大地上的这朵奇葩。

高空观云

8月10日，我结束东欧旅行，从维也纳乘机回国，机场阴云笼罩，飞机升至8000米高空，超越空中风雨，银燕分外平稳。骋目窗外，烟霞混合，云叠成海。我活过数十载，乘机许多次，窗外云起云涌也没太在意，如此细观空中云彩变幻，品读高空丽影，闲意神驰，惬意连连，还真是第一次。

凌空瞭望，云叠霞映。整体观之，掩奥秘无数于云海里，藏玄机万千在丽影中，促发我无尽联想。云霞或静或动，若行若止，亦重亦轻，叠起若群山连绵，峰峰挺立；铺平如波涛万顷，雪源茫茫。风助云动时，云轻歌曼舞，婀娜多姿；风停云静时，云纹理清晰，可辨可数。轻时，形虚如棉山絮堆；重时，座实如大山兀立。细察，有孤客独行，慢步缓行；有群聚豪饮，击缶当歌！粗看，或为牛羊奔马，戏耍追逐而不恋水草；或为苍龙，翻云吐雾而不生雨露；或为苍鹰，翻飞盘旋，不栖林枝；或为醒狮，咆哮山林而不逐猎物；或为白熊，巡游雪地而不思觅食。变幻莫测，神往神驰。

凌空万米，霞光妙见，绚丽多彩，纵横而多姿。飞机穿云破霞，霞光透过云层，烛照万里，满目生辉。有光束似细纺纱线，由远及近，多彩而不妖冶，多姿而不凌乱；有光穿云而不透，黑衣黑裤黑头巾，似教堂里的美丽修女，给人以纯粹而率真之感。

云与霞做伴，云为躯体霞为衣裳，鲜艳夺目，活泼可爱。有云和霞相互戏耍，更添摇曳婀娜之韵。

机身平行，极目远视，云海之美，动人心魄；霞光之妙，撩人情怀。侧目俯视，云缝间，大地之美，跃然目中，绿色山林，蓝色河流，隐约村舍，确是人间仙境，无不尽善尽美。耽于美妙，已然忘形，盒饭送至，浑然不觉。饭毕，窗外暮霭渐生，玉宇广大，云景呈暗，正待叹息，倏然间，乌云惊散，波澜稍复，也许是天公不忍败兴之故。天尽处，一脉霞光，红彻天际，极目望去，深中带暗，暗中生淡，纯正无比，有云朵飘过，霞光尽染。前座少年，手舞足蹈，后座老叟，喋喋不休，啧啧之声不绝于耳。有心者错位耸身，屏气欲息，或摄或录，以求永恒。好景不长，夜色笼罩，繁星闪烁，偶有白云在空中飘忽，形态不再。

高空旅行，观云赏霞，细思，汽生云，光生霞，令寰宇生灵性，使大地有能量，皆太阳之功。然播能量而不吝啬，造物万千而不取一物，实在令人叹服不止。

莫斯科遇雨

莫斯科是我一直想去的地方，在朋友们的诱惑下，终于成行。

6月的莫斯科，天高云淡，风清气爽，气候宜人，游走在这座城市，倍感舒适。游览完莫斯科大学，已近下午4点。蔚蓝的天空染上了斑斑点点，不一会儿变成了深深浅浅的墨色，路旁的景物黯淡下来。悬在天际深浅不均的墨色，飞快地分化开来。乌沉沉、黑压压的积云在前，雾白色的积雨云紧随其后，形成了大片的雨幕。

风吹着哨儿，从树林里、草坪中蹿出来，在地上打着旋儿；太阳躲起来了，蓝天被雨幕覆盖住了，飞鸟在空中蹿飞惊叫；乌云涌过来，大地凉瑟瑟的，预示一场大雨即将来临。

车刚启动，星星点点的雨点从头顶乌云中落下，打在车窗玻璃上，啪啪地响。乌云过去，疾雨骤至，雨由星星点点变成了密密匝匝，风助雨势，雨借雷威，一时间风声、雨声、流水声混杂成一团，似乎天宫倾覆了雨盆。急雨中的莫斯科，置身于一片汪洋之中，我们乘坐的大巴，仿佛变成了水上游船，随时会被“激浪”卷走似的，着实有些让人胆战心惊。司机将雨刮器启动到了最高档，挡风玻璃仍被接连不断的雨水染糊，路面模糊不清，很多车辆停靠在路边，雨中行驶的车也打着双跳灯。瞬间马路变成了河流，路面上的雨水前呼后拥流向下水道，水急口子小，一时容纳不了，雨水挤在下水道周围打着旋涡。

处在暴雨中的莫斯科城，任凭风雨暴虐，城岿然人不惊。在国内听说俄罗斯城市的地下管道修得特别好，莫斯科地铁是在战争年代修建的防空地道基础上改建而成，地铁深度世界罕见；地下管廊四通八达，地面上极少见到蜘蛛网似的电线；排水管网通畅，雨过水尽，不会形成沼泽城市。

莫斯科地铁站和凯旋门是我们计划中的景点，因瓢泼大雨没有停歇的迹象，大家遗憾地决定放弃游览景点，回旅馆休息。车临凯旋门，司机放慢车速，让我们透过车窗，一睹雨中凯旋门的雄姿。雨中的凯旋门雄伟挺立，英雄气概一点没有减弱，不过在雨雾笼罩中略显些扑朔迷离。

车从凯旋门右侧道路前行，车前不远处是条斑马线，斑马线前礼让行人是世界各国通行的规矩，司机自然放慢了速度。雨虽比原先小了许多，仍接连不断地下着，路两侧等红灯的人群中，有一些没带雨具的，特别是那些衣衫单薄的女孩，还有上了些年纪的老人，遭受雨淋的身体一定在瑟瑟发抖，但他们没有惊慌失措，没有焦躁不安，更没有争先恐后，穿越斑马线时，神态是那样自然，那样从容，仿佛没把这疾风骤雨当回事，我内心深处产生了深深的敬意。

这场暴雨时间不长，雨过天晴，天特别蓝，云特别白，太阳更加光鲜，空气格外清新，虽然湿度明显增加，但没有一点儿闷热的感觉，树林、草坪显得分外精神和纯美。水流成河的场面已悄然不见，此时的莫斯科城，像画家用浓绿的油彩画出来的一样。

哈尔施塔特

世界名镇——哈尔施塔特位于奥地利的阿尔卑斯山脚下。小镇背靠青山，面对清潭，像世外桃源。

在车上远眺，阿尔卑斯山雄壮峻峭，隐峙天际。经过细雨的洗礼，山景格外清新。小镇在山腰若隐若现，云雾、青山、小镇、碧水，层次分明，好似一幅立体的山水油画。下得车来，我迫不及待地来到萨尔茨卡默古特湖的亲水平台上，湖水清澈，透亮见底。成群的野鸭，有的在湖水中追逐戏耍，有的在湖边觅食，有的则浮在水面上，闭着眼睛随波逐流。三五成群的白天鹅则悠然自得地在湖面游弋，脖子时而伸长，时而弯曲，时而歪在一边与伴侣亲昵。鸥鸟在湖心上空忽高忽低地盘旋追逐，叫声在山谷中回荡。

翘首以望，小镇房屋依山沿湖而建，大多二三层，高的四五层，五颜六色，形式各异，错落有致。家家窗下都吊着花篮，姹紫嫣红，争相竞艳。一只小小的花篮，彰显出小镇人爱花护花的美德。抬眼，有水流从山间来，拥拥挤挤，推推搡搡，在悬崖处泻下，虽无“飞流直下三千尺”之壮观，水光山色却彰显出密密秋意；仰视上空，似云似雾又似山，一座巴洛克风格教堂的尖顶，直冲云雾间。

小镇因盐而生，由盐而兴，先有盐矿，后有小镇。许多商品与盐有关，罐装盐形态各异，与盐有关的纪念品琳琅满目，是专门为游客打造的特色礼品。沿着两边布满荆棘的山路上行，有盐矿博物馆可供参观。小镇道路不宽，登高的石板路还极其狭窄，但整洁有序。走过一家紧挨一家的特色小店，便是建于14世纪的小镇中心广场。广场四周的房屋，大多建造于16世纪，岁月蹉跎，风霜雨雪，完好依然。室内结构简单，宜居舒适。贴生在墙根的树木，历经风雨，略显斑驳。1743年建造的三位一体圣柱，见证着小镇的前世今生。

拾级而上，可达小镇之巅。由于道路狭窄，空间有限，主人别出心裁，将已经结果的梨树枝顺着墙壁一枝一枝地固定在墙上，将立体的活木硬是雕刻成平面画卷。主人独树一帜的杰作，把狭窄变成了美丽，而且美得那样自然，那样时尚，着实让人惊叹不已。

在哈尔施塔特，我领略了山的雄壮峻峭，湖的清澈幽静，镇的美丽古老，人和自然的和谐融洽。

龙背山守望

宜兴城区，有一块像月亮表面一样隆起的地方——龙背山。

山从西南方向蜿蜒伸展到东氿边，伸进氿里的山坡说是埋头吸水的龙头，龙身落在宜城镇和丁蜀镇之间，把两镇连成一片，共同构成了宜兴城区，龙尾则在西南与铜官山相连。过去的龙背山树木稀缺，乱石横生，杂草蔓延，蚊虫肆虐；现在的龙背山绿树成林，茶树成园，景点遍布，游人如织。

宁杭高速和高铁像两条巨龙从龙背山穿身而过，列车飞驰，汽车飞奔，承载着盛世繁华。

一年四季被绿色覆盖的龙背山，犹如一个巨大的氧吧，时刻不停向它的周围吐纳天地精华，成为名副其实镶嵌在宜兴市区的一颗“绿宝石”。

龙背山与铜官山相比，是大人身边的孩子，没有奇峰，没有妙壁，然而，正是它的平民姿态、平民模样，才使更多的人愿意去亲近它。我经常去龙背山，每次去都感觉它像一位憨厚和蔼的兄长，什么都不和你争，什么都让着你，还尽其所有地让你玩个够。清晨和傍晚，老年人来这里活动腿脚，它便俯下身来，降低坡度；中年人来这里晨操暮练，它会毫不吝啬地敞开胸怀，由你放任地施展拳脚；青年男女来这里谈情说爱，它会给出幽静的地方让你约会并绝对为你保密；孩童们来这里，它会变着法子让其尽兴，直到他们筋疲力尽。聪明智慧的宜兴人，早已把龙背山当作城市的一员了。

去龙背山公园必去“名人馆”，那里汇集了宜兴历朝历代的名人，透过他们，可以闻到这座古老城市的气息和书香。

烈士陵园，因城市建设的需要，从西氿边搬迁过来。人们在这里缅怀烈士们的历史功绩，会增强建设新宜兴的信心和决心。

文峰塔，是龙背山公园里的最高建筑，属典型的中国古典式建筑。登塔既可步行拾级而上，又可乘坐电梯。在塔楼顶层，俯可读氿观城，仰能观云听风。每座宝塔都有故事，文峰塔也不例外。在中国诸多的古典建筑中，我最喜欢的是宝塔。

站在文峰塔上，我总会情不自禁地把目光投向位于北面的东氿和西氿。四十年前，宜兴还是个被东西两氿夹在中间的小城，居民不满三万人，最高建筑不过十多米，平房小巷，河湾交错，虽老态龙钟，但韵味十足。从西到东有数条河流穿城而过，连接东西两氿。那时，氿里的水是清的，城河里的水也是清的，清得晶莹，清得纯粹，掬来饮之，清凉甘甜。清澈的氿水昼夜不停地流入太湖，水流潺潺，演奏着一首首美妙的乐章！

改革开放以来，城区不断地向东西南北迅速扩张，一座座造型新颖别致的大桥耸立在氿面上，一片片高耸入云、错落有致的建筑群，把西氿中的团氿围在了中间，团氿成为真正意义上的城内之湖。团氿东岸是观赏落日的最佳地点。傍晚，天际线下的落日，会使你享受到诗意般的优美。云溪大桥、宜园在浅灰色里充满神奇色彩。

晨光唤醒了东氿边的建筑群。

高大伟岸、富丽堂皇的大酒店；娇巧玲珑、美轮美奂的凤凰街；疏密相间、高低错落的居民楼；远看混成一体，近看绵延起伏的图书馆、科技馆、博物馆；在初阳下犹如一幅宏阔而跌宕的画卷，在东氿边铺展开来。

一座有山有水的城市，无论城在山中还是山在城中，水环城流还是城依水建，都可创造出变化无穷的空间格局。

宜兴有山有水，不仅给城市居民预留了休闲活动的空间，面山朝水的建筑也创造出一分恬静，提升了城市的品质，奉献了消除现代人的心灵疲惫和情绪焦虑的生态良方。

人是城市的核心和灵魂，建设城市要把宜居放在第一位。因为城市是母亲，市民是孩子，孩子需要母亲的呵护和照料，所以规划城市、建设城市必须树立以人为本的构建理念，既有繁华又有幽静才能满足人口居住的需求。巴尔扎克曾经说过："休闲活动少的国家，无法培养出更高度的文化。"是否可以理解成休闲的质量就是城市的品质。高楼大厦、车水马龙并不是新型城市的典型面貌，只有构建适宜人居的价值观，才能建设好人民满意的新型城市，满足人民群众对美好生活的向往。

山镇太华

宜兴西南部，群山簇拥，小镇太华就藏在其中。小镇因境内有太华山而得名。一条公路从北往南，带子似的从镇中穿过，连着宜兴和广德。

小镇所在地杨店，位于6个行政村的中心地带，虽地形较开阔，但比起山外的镇子仍显狭窄。眼一睁，山在眼中；手一伸，山在手中；头一抬，脑门能撞着大山。太华山没有黄山、华山险峻，也没有峨眉、九华有名，更没有嵩山、井冈山有文化，但民间至今仍流传着“先有太华后有九华”的传说。太华山上有座千年古寺，供奉着地藏王菩萨，香客众多，香火旺盛。后来，寺庙被拆毁，只留下千年银杏和古井。改革开放后，四方信众自募资金，自带干粮，背砖挑瓦，和泥垒墙，立柱架梁，铺楞盖瓦，在原址上重修了寺庙，规模虽不如从前，朝拜的香客却络绎不绝。更有许多善心人，为方便登山香客和游客，在山脊梁上修建了一座座凉亭。坐在凉亭里歇脚，喝着自备的茶水，吃着自备的点心，观赏着美丽的山景，一切烦恼皆烟消云散。

巍然、高耸、苍茫的太华山，远望似静卧巨龙。挺拔高大的松树、杉树和那漫山遍野的毛竹，追逐着太阳，你挤我，我挤你，拼命地向上生长，把山体装点得繁茂葳蕤，郁郁葱葱。山镇太华在俊秀森立、蓬勃苍翠的山林映衬下，似一首小诗，宁静、恬淡、悠然。

清晨，为数不多的鸡鸣伴随林中的鸟儿啁啾欢唱，清脆婉转的歌喉谱就优美的山间晨曲，唤醒了小镇。山区的早晨多雾，那些雾忽淡忽浓，随风在群山间飘荡。浓时成团笼罩在群山林间，让山体和竹林变得扑朔迷离；淡则飘忽不定，收缩成雾带，白纱巾似的缠绕在大山的脖颈上；变幻不定的晨雾，或在茂密的林间穿行，或在两山间飘荡，农家小楼也在白茫茫的云雾里若隐若现，增添了许多神秘色彩。

傍晚，暮色降临。山中的岚气把小镇人家笼罩在苍茫中，一家人围坐在一起，喜欢喝酒的喝点儿小酒，咀嚼着餐桌上的山珍美味，讲述山里山外一天的见闻，盘算着明天的活计，渲染着浓浓的温馨。饭后，打开电视，山外的世界历历在目，电视剧里的高亢激昂、悲欢离合感染着电视机前的每一个人，快乐、生气、流泪的情绪任由宣泄，窗口透出的灯光在苍茫里氤氲出一片暖色。夜深人静，大山深处，竹林人家，只有为数不多的路灯还在闪烁，山里人背靠青山，头枕小溪，进入了梦乡。

山镇风景随季节变化而变化，不同的景色，美得令人窒息。春天，绿意盎然，竹林生辉；夏天，阳光灿烂，风清气爽；秋天，万木争艳，栗子飘香；冬天，雪花飞舞，银装素裹。小镇如同大山母亲怀抱中的婴儿，静静地迎接朝阳的抚慰、雨露的滋润，默默地接受月落黄昏的洗礼，用守望描绘属于自己的历史画卷。

小镇边上有条溪，山里人叫它“涧”，涧里流水终年不断，清澈的流水从千山万壑汇聚而来。人们在涧里淘米洗菜、洗衣刷鞋，白鹭在涧中觅食，野鸭在涧中戏水，小鱼成群结队地在石缝间窜游。镇东不远处地名龙珠，十多年前为让山镇人民用上自来水，镇里花巨资修筑水库，取名“龙珠湖”。一泓清波如明镜般，映着蓝天白云、苍山竹海。从龙珠湖溢出的水，在涧中唱着歌儿从镇中穿过，夜以继日流入镇北库容量过亿的云湖（横山水库）。

改革开放前，山镇因拥有丰富的竹木和煤炭资源而富甲四方。随着时间的推移，煤炭资源耗尽，聪明的山镇人应时顺势及时转型，纺织、服装、化工应运而生，仍然领跑宜兴经济。云湖成为百万人的“大水缸”后，身为水源地的太华，工厂关闭的关闭，外迁的外迁，经济受到了重创。然而，山镇依然，山镇人没有气馁，在“既要金山银山，又要绿水青山”的思想指导下，太华经济又一次转型。在巩固传统种植业的基础上，利用丰富的自然资源开发深加工，竹器远销海外，板栗、茶叶成为抢手货。乾红、茗鼎、龙珠、华锦等一批品牌享誉大江南北。

人们对美好生活的向往，既需要丰富的物质生活，也需要健康的精神生活，小镇最大的优势是拥有丰富的自然资源和旅游资源。漫山遍野的毛竹，闻名遐迩的茶园；太极洞、云湖、大觉寺与小镇毗邻；抗战时期，新四军在此驻足活动，留下了许多脍炙人口、可歌可泣的斗争事迹，已经落成、正在布置的新四军纪念馆将成为山镇旅游的一大亮点。太华山、一线天、深洞、石门、胥井等旅游资源尚待开发。宜长高速公路的建设，让人们出山进山更加便利，山镇太华必将成为名副其实旅游休闲的好去处。

像大山一样朴实、厚道且富有智慧的山镇人，一定会用灵活的头脑、勤劳的双手，开创出更加美好的幸福生活。

芙蓉，一个去了不想走的地方

这里的芙蓉既不是指花，也不是指古诗词里的国，它是一个真实存在的地方。

宜兴南部山区“天蓝水绿，竹林密布，空气清新，鸠鸣雀跃，风景如画”。在这美丽的山川里，有一个去了不想走的地方——芙蓉。

芙蓉位于铜官山南麓，芙蓉村、芙蓉寺、芙蓉茶场（宜兴监狱）均在其境内。

沿川张公路五分钟车程就进入芙蓉地界，公路两旁，山峰耸立，莽莽苍苍，树木茂密，物产丰富。山岭上长满松树、杉树、栗树，还有许多叫不出名的杂树；更多的是郁郁葱葱、密密匝匝、涌翠竞秀的毛竹。

公路两旁的茶园里，茶丛、茶垛、茶龙，一行行、一排排地站在一起，绿意浓厚，一垄垄、一片片地组成美丽的风景。春天，一望无垠的茶园里，鲜灵灵的叶芽缀满茶尖，青翠欲滴。

美丽的山川，丰富的植物，澄碧的泉水，古老的传说，共同构建成我对芙蓉依依不舍的眷恋。“天下名山僧占多”，当年的芙蓉禅寺坐北朝南，依山傍水，殿宇宏伟，香火旺盛，曾名扬大江南北。如今，古老的芙蓉禅寺原址上，有一座现代化的建筑——芙蓉茶场场部，两棵古老质朴的银杏树，传说是岳飞帐前大将牛皋亲手所植，历经千年，依然傲然挺立，蓬蓬勃勃，象征着岳家军坚强不屈、忠勇卫国的抗争精神，也见证着芙蓉地区的历史变迁。

古老的芙蓉禅寺在历史的长河中已经远去，原址东侧的山坳里，新建成的芙蓉寺，继承了老寺的衣钵，承续了芙蓉禅寺的香火。

芙蓉寺原址东侧，在原饮用水池的基础上扩建的蓄水池，深七八米，历经风雪雨霜，清泉依旧汩汩流淌，手掬一捧透亮晶莹的泉水，清凌凌的水花在掌心流动。问“池”哪得清如许？这是从铜官山泉汇集自然形成，才如此纯净澄碧。天上飘的云，空中飞的鸟，两侧的青山，池边的柳树，长廊，楼屋，均以池面为画板，渲染出一幅幅绝世佳作。池容量不是很大，由于多年没有清池，池里的鱼类很多，青鱼、草鱼、鳊鱼、鲫鱼、鲢鱼，最讨人喜爱的是金色鲤鱼，还有许多叫不上名的杂鱼。据租住在此修身养性的朋友史全祥说：“黄昏，清晨，经常能听到放养的娃娃鱼的叫声。”

芙蓉多竹，茂盛的竹林以它特有的魅力，吸引人们前去探秘。竹林里人工修成的小径，顺着山沟，沿着山坡，向竹林深处延伸。在林间信步，最有趣的是观风听风。风是无形的，在竹林里却是有形的，也是山区竹林里特有的现象。伏天的竹林，林间和林外温差大，山峦起伏，空气环流，会形成小范围短时间的阵风。风来时，翻山越岭，由远及近，有时长歌当哭，有时悲怆长啸，所到之处，竹身晃动，竹枝交缠扯拉，响声怪异，令人不寒而栗；风在竹林里穿行，忽左忽右，忽高忽低，线形，团形，螺旋形，行走到哪里，哪里的竹子就不会有安宁。竹林里的风多数是温和的，清风徐来，似蝉嘶，似鸟鸣，嘶嘶啦啦更像是笛子独奏，优美动听。竹林里的风是清凉的，清风拂面，凉意透心，世事纷扰全抛九霄云外，让人心旷神怡，烦恼全消。

竹林里常见到三三两两的栗子树，它们在这里生长非常艰难，在与竹争水、争肥、争光的博弈中，有的因寡不敌众而枯死在林中。在一株枯死的栗子树上，啄木鸟双脚紧抓蜕皮的栗子树干，从树洞中啄出一条赤身裸体的小虫，脖子一伸，吞进肚里，脑袋左顾右盼了一会儿，尖喙又伸进洞里，一条虫子又被拖了出来，我情不自禁的“嘘”声惊动了它，它叼着猎物，扑棱棱飞走了。我近前细细观察，树身上布满大大小小的蛀孔，洞口黏着蛀虫的粪便，蚂蚁排成两条长龙，来回搬运食物。

出竹林，已离山顶不远，登高远眺，山峰各抱地势，竞相峥嵘，云彩尽染山村，互相竞美。此时此景给我“风摇松竹起涛声，云过山梁亦娇情”的感觉。

往事如烟，我年轻时经常在此山樵柴，蓝天白云烘托下的村庄，在黛色中分外养眼，有村庄就会有炊烟，有炊烟就会有生活。山里人的午饭比城里人要早些，每到做饭时间，山沟里人家的烟囱上就会升起袅袅炊烟，缭绕在山村上空，似云非云，与云为伴，格外美丽动人。炊烟蕴含着希望，蕴含着方向，蕴含着温暖，蕴含着山里人生活的味道。过去，当炊烟逐渐淡去，山梁上、谷地里劳作的人们就知道家里的饭菜已经做好，便会放下手里的农具，哼着小调回家吃午饭。时代发展到今天，山沟里楼屋遍布，做饭也用上了液化气，炊烟缭绕、山村添锦的景象已成过去。举眼望去，偶见几家还有升腾的炊烟，那是村民开办农家乐特意砌造的土灶，用土灶铁锅烧出的饭，饭粒珍珠白，锅巴喷喷香，满足了客人对过去味道的回忆，也吸引了许多回头客。

有蜻蜓从面前飞过，我随着蜻蜓而去，耳边传来“叮咚叮咚”的声音，一条小溪出现在我的视线里。清泉在山沟的小溪里绕着不规则的石头流动，那么清，那么凉。依稀看得见清水里小鱼扇动的鳍。海拔280米处，一座凉亭依溪而建，坐在凉亭里稍歇，脚下流淌着泉水，水声潺潺不绝于耳。抬头望天，碧蓝的天空飘来几朵白云。那云，洁白无瑕，如纱，似梦，像雾，有聚有散。聚时，重叠在一起，簇成一朵大棉花糖；散时，一会儿变成低头吃草的白兔，一会儿变成全身纯白的山羊，一会儿又变成长发飘飘，含羞如玉，妩媚妖娆的白衣少女……

芙蓉的山，芙蓉的水，芙蓉的美景醉了游客，也醉了我！

虎皇园里好吟诗

秋日的一抹斜阳透过云彩的缝隙，投射在虎皇园里，迷人的虎皇园，在秋意中增添了浓重的色彩。

虎皇园，非公花园。它位于宜兴市东北的扶风镇（区划调整后属芳桥镇管辖）。当地人称此处靠山山贫，傍水水穷，是连黄鳝和泥鳅都不能存活的地方。经过虎皇人几十年的奋斗，他们在这块贫瘠的土地上建成了远近闻名的花园式工厂。

沿着整洁的道路步入后园，曲径假山，小桥流水，亭台楼阁，水榭花廊，相映成趣；草木繁茂，鲜花盛开，河水清澈，绿韵成云，野趣横生。

此情此景，让我想起了北周庾信的《咏园花诗》：“暂往春园傍，聊过看果行。枝繁类金谷，花杂映河阳。自红无假染，真白不须妆。燕送归菱井，蜂衔上蜜房。非是金炉气，何关柏殿香。裛衣偏定好，应持奉魏王。”

园里遍植月季。假山旁，小河边，楼台前，水榭侧，到处是一株株、一丛丛月季。虎皇园里的月季，是园主人胡胜初亲自挑选的，也是他在众多的花卉苗木中，倾注精力最多的花种。功夫不负有心人，在他的精心培育下，无论春夏秋冬，风雪雨霜，月季总是生长得蓬蓬勃勃。“花落花开无间断，春来春去不相关。牡丹最贵惟春晚，芍药虽繁只夏初。”枝梢上疏密得当的花苞翘首摇摆，那一朵朵红色、黄色、紫色的花朵，精神抖擞地燃烧在厚实的翠叶间。

紫薇，是受人们青睐的神奇花木，山坡、草地、河岸、路边、花坛，无处不在，夏日开花至深秋，蓬勃热烈。宋代诗人杨万里曾说：“似痴如醉弱还佳，露压风欺分外斜。谁道花无红十日，紫薇长放半年花。”紫薇怕挠，用手轻挠树干，叶动花抖，窸窣有声，“痒痒树”的美称也由此而来。虽已入秋，紫薇依旧枝繁叶茂，紫红、紫蓝、白色的花朵依然密密簇簇在树上绽放。紫薇花，远看花团如球，艳丽如霞；近看花朵细碎，花瓣叠交，相拥而不拉扯，错落而不分离。杨慎诗云：“李径桃蹊与杏丛，春来二十四番风。朝开暮落浑堪惜，何似雕阑百日红。”道出了紫薇的真谛。

在虎皇园里，最让我赞叹的，当数那些百年老枣树了。树干粗壮坚硬，皮皱纹深，精神矍铄，树上枣子已经成熟，一枚入口，脆中带酥，酥中带甜。萧纲《赋咏枣诗》：“浮华齐水丽，垂彩郑都奇。白英纷靡靡，紫实标离离。”更有王安石《赋枣》诗曰：“种桃昔所传，种枣予所欲。在实为美果，论材又良木。”枣树适应性强，南北方都能生长，果实营养丰富，深受世人喜爱。

虎皇园里的桂花，树冠宽大，枝繁叶茂，绿色迷人。南朝范云有《咏桂树诗》：“南中有八树，繁华无四时。不识风霜苦，安知零落期。”桂花分金桂和银桂，金桂花呈紫金色，银桂花白似银，花开时满树生香，芬芳荡漾。朋友告诉我，桂花盛开时，虎皇园里的路成了香径，河成了香河，连飞过的鸟儿也带着桂花的香味。难怪古代文人墨客那么喜欢桂花。辛弃疾这样写道：“大都一点宫黄，人间直恁芬芳。怕是秋天风露，染教世界都香。”更有我们耳熟能详的“人闲桂花落，夜静春山空”……桂花被历代文人墨客写进诗意缠绵的文字里，它蔚然的香气，好像不是从花朵里散发出来，而是从诗句里爬出来的。桂花可以泡酒，还可以加糖做馅包入团子，味道美极了。置身于虎皇园，好像自己也变成一棵色香味齐全的桂树了。

虎皇园里有河，虽不与外河相连，但有涵闸使水系互通。河边芦苇，茭棵丛生，河岸杨柳倒挂，鱼在水中游荡，鸟在苇中歌唱。此时恰好搬出释惠标的《咏水诗》：“骊泉紫阙映，珠浦碧沙沉。岸阔莲香远，流清云影深。风潭如拂镜，山溜似调琴。请君看皎洁，知有淡然心。”虎皇园里水生植物也非常丰富，没有污染的河水着实让人欣慰。“高楼晴见水，楚色霭相和。野极空如练，天遥不辨波。永无人迹到，时有鸟行过。况是苍茫外，残阳照最多。”园中河流水色不一定逊色于野外。

河岸有亭，虽不能与名亭相提并论，但在虎皇园里也算是点睛之作，树木花卉相拥，水在亭下闪亮，江万里《荷花》：“结亭临水似舟中，夜雨潇潇乱打篷。荷叶晓看元不湿，却疑误听五更风。”尤其是在这秋色里，登亭观景，倍感舒适惬意。

秋天，是充满诗意的季节，虎皇园里花红果实，多种植物在秋意中绽放美姿，着实让人赞叹不已！

曹张路上的悬铃木

锡城曹张路上，东西两行，有100多棵固守了数十个春秋的悬铃木。炽热的夏天，高大、挺拔的悬铃木，如一把撑开的遮阳大伞，把强烈的阳光阻挡在空中，给街道搭上了“凉棚”。细心观察，毛茸茸的果实在浓密的树叶掩盖下偷偷地生长。

早年时的悬铃木，树干表面呈青白色，没有纹路，十分平滑。成年后，尤其是上了些年纪的树，表皮会一块块地翘起，时间长了变成黑色，树身磕磕巴巴，犹如老年人脸上的黑斑。

悬铃木和白杨树一样，木质疏松，容易开裂，打不了家具，做不了房梁。政府引进它的初衷是用它做绿化树、庭荫树、行道树，用来美化城市，给行人遮阳。南京是六朝古都，是引进悬铃木做行道树较早的城市，经过人工修饰培养，路边的悬铃木特别帅气壮观。南京人对悬铃木是有着特殊感情的，记得2011年修地铁，政府欲砍伐一些悬铃木，引起了轩然大波。郑州朋友告诉我，郑州定为河南省会后，用悬铃木做行道树，历年种植累计达30万株以上，郑州能被冠以“绿城”的美誉，高大伟岸的悬铃木功不可没。

悬铃木属于外来物种，这已经被《中国植物志》确认。是哪座城市最早引进？云南人说：“是19世纪法国传教士把悬铃木带到了昆明。”上海人说：“上海是最先用悬铃木做行道树的城市。”我看到过一份资料：上海法租界于1887年花1000两银子从法国购买250株悬铃木植于租界内。4两白银一株的树苗，身价确实不低，上海从此开启了用悬铃木做行道树的历史。

悬铃木属于高大乔木，它不远万里来到中国，果然不负众望，粉白匀整的枝干可摩天，它不仅是铮铮铁汉，而且志高存远，一年四季都在努力地向上生长。不过，用它做行道树，高大的躯干若被大风刮倒，会殃及居民和行人。四月是悬铃木花期，花絮随风飞舞，落在人皮肤上会致皮肤过敏发痒，飘落在地上的花絮，和煦的春风把它们吹滚成棉花糖状大大小小的花球。

秋风萧瑟，树叶仍顽强地固守在树枝上，叶片青中带翠，翠中显黄，悬铃木仍然是街道上一道靓丽的风景。冬天，在大自然枕戈待旦的日子里，经寒流一次次袭扰，悬铃木叶片变褐、变黑、变干枯，被寒风撕碎了也迟迟不肯离开生长了一年的枝头。隆冬季节，一场雨雪，枯萎了的树叶密密匝匝地覆盖了曹张路。

清晨，曹张路在微弱的路灯下忙碌起来。点心铺里，油锅沸腾，炉火通红，油条和烧饼的香味交融着在空气中蔓延。面食店里，顾客在津津有味地品尝面条、馄饨等美食。水产店里，鱼在箱中挣扎，蟹在兜里吐沫，虾在盆里舞蹈。鲜肉店里，切肉、剁骨、称重、报价、扫码，有条不紊。悬铃木掩映下的，是川流不息的早起人群。

曹张路上的悬铃木，枝干毫无规则地在狭小的空间生长着，杂乱无章的电线在树枝间穿插着，电杆攀线竟从树身穿孔而过，日长月久，路牌嵌进了树的身体，该给这些代表着东西方文化交流的悬铃木施些人文关怀了。

城市绿化，种什么树，争论不小，起伏波折，变化巨大。时下，可供做行道树的树种很多，用悬铃木做行道树已不是首选，曹张路上那些已经上了年纪的悬铃木，是无锡城市发展的一个缩影，陪伴无锡这座城市走过了一个又一个春秋。悬铃木会不会在无锡这座城市消失，我不得而知。但我相信，聪明智慧的无锡人会做出正确的选择。

树上的秋天

秋风改变了植物的颜色，秋阳让落叶树留下了枯萎前的灿烂，一树秋色，绚丽多姿，美不胜收！

在乡下，栽树也是居家过日子的内容。老屋翻建后，父亲在周围栽上了枣树、柿树、银杏树，屈指算来已17个春秋。秋云飘逸，秋水如镜，飒爽的秋色在树上铺陈开来，这里便成为我独赏秋色的地方。

枣树木质坚硬，生长缓慢，历经春夏秋冬，风雪雨霜，腰围仍粗不过碗口，主干高不过4米，黑黢黢的树干上透着粗犷的纹理，树根处还生出了拳头大的树瘤。头两年，枣树并不茁壮，后来根扎深了，枝枝杈杈长满了树身，父亲把多余的叉枝剪掉，让它往高里长。随着年轮增加，枣树生机勃勃，枝繁叶茂。不经意间，绿叶中星星点点开满了淡淡的黄绿色的小花。随着时间的推移，青色的枣儿像一个个害羞的小姑娘，躲在树叶下偷偷地生长。初秋，放大了的青枣夹在绿叶间并不招人喜欢，相反，叶面上多彩的刺毛虫令人生畏；中秋时节，枣儿半红半白，树叶开始泛黄，枣儿熟了，嚼在嘴里脆而甘甜；秋分时节，红彤彤的枣子挂在树上，挨挨挤挤像一个个缩小版的“灯笼”，把树枝压弯了腰。

小时候，村上李家屋后也有两棵枣树，树很高，拿根长竹竿才能够着。在那个水果稀少的年代，枣子自然是孩子们喜爱的食物。看着主人家里没人，小伙伴们分好工，望风的望风，敲打的敲打，捡拾的捡拾，然后，躲到没有人的地方，抓起枣儿往衣服上擦擦，塞进嘴巴，津津有味地品尝偷来的成果。

如今，高大的枣树上，熟透了的枣子红彤彤地挂在枝头，连周围的空气里也好像弥漫着枣子的味道，却请不来叽叽喳喳、活泼可爱的淘气顽童了。

父亲种下的柿树，几年前因河浜砌石驳岸挖掉了。邻居家菜园里正好也有棵柿树，树龄虽不是很长，由于长在菜地里，肥沃的土壤让它格外壮实，枝上硕果累累。进入秋天，柿子由青色变黄色，再由黄色变红色，柿子变红代表已经熟透，灯笼似的挂在树上；黄色的树叶在树上招摇，特别引人注目。柿子熟透了才能成为口中美味，没有熟透的柿子吃在嘴里，难掩满嘴的涩。那时，母亲总会在家里藏一些柿子，熟透时拿出来招待客人，让客人带回家慢慢品尝。

不知是邻居没有空闲，还是不喜欢吃柿子的原因，熟透了的柿子竟无人问津，任凭鸟雀肆意地糟蹋。

被科学家称为“活化石”的银杏树，是树中的佼佼者，光洁挺拔的树干，扇形似的叶片，古朴而雅致，由于天生丽质，成为理想的观赏树。它的果实具有养生延年、祛痰、止咳、润肺、消喘等功效，深受人们喜爱。秋风徐来，银杏树叶从干燥暗淡的绿，向青黄驳杂过渡，经过几场风雨，高大挺拔的树突然染上了金色的黄；银杏果实也在凉爽的秋风和善良的秋阳里成熟了。成熟了的银杏果外表由青色变成了淡黄色，皮下一层厚厚的软囊包住了果核，核里躺着既可食用、又可药用的杏肉。阳光高照，黄灿灿的杏树上，树叶窸窣，犹如金蝶翩跹。

银杏果成熟后会从树上脱落到地上，母亲会把果实收拾在缸里，然后加水浸泡，去皮后在场地上晒干。谁家需要随时可取，还让住在城市里的儿孙们带回送给那些喜欢的亲朋好友。

在我眼里，秋是四季中的黄金时期，不光是色彩，更有它的姿态，自由的，包容的，随性的，你有怎样的心情，它就给你怎样的风景。

秋天去青海湖

上个月，我去了青海湖。

深居内陆的青海湖，秋天来得早。海拔高、缺氧、温度低，还遇上了入秋以来的第一场雪。路边的凤毛菊、铁线莲、紫花针茅仍在开花；沿湖草甸上的冷蒿、冰草、芨芨草在悄悄地发生变化；流石坡上的点地梅、晶晶花、微孔草也在与逐渐变冷的高原气候顽强地抗争。

秋天的青海湖是美丽的。

夜里刚下过雨夹雪，草地上，牦牛埋头啃草，羊群"咩咩"欢叫。朴实敦厚的牧民或为迁徙牛羊去冬季牧场做准备，或为牛羊准备冬季的草料。他们担忧今年的冬天雪过多过大，愿望是牛羊能安全过冬。

草地、山脉、河流，都在静悄悄地发生着变化，繁茂季节的热闹、喧嚣，在不知不觉中消退，浅黄的色彩已成为湖岸的主色调。

花儿、草儿、灌木都赶紧把自己成熟的种子抖落，让飘零的种子潜伏起来，用自己的身体呵护着，直到发芽、生长、开花、结果……

大地渐冷，绿草变色，山峰将藏起本色，河流将逐步僵化。青海湖的周边，有无数条河流缓缓地向湖里输送清流，千万别小看这些河流，如果没有它们，青海湖也许会变成一潭死水，干枯成盐池；如果没有这些流淌的河流，哪来绿草茵茵的草原，成群的牛羊？无论是直接流入青海湖的布哈河、哈尔盖河、伊克乌拉河，还是河水不直接入湖的夏而格曲河、夏日哈河、峻河，都与青海湖紧密相连。

大大小小的河流，源于湖周边连绵的群山，是这些群山在滋养着青海湖，庇护着这片美丽的水域。在这个季节里，河水的流量在逐渐缩小，河流们知道，离冰封雪冻的日子越来越近，身边的帐篷会一个一个地撤离，牛羊饮水的身影也将远去，自己的身子也会变得僵硬起来。

晴空中飘着美丽的云彩，云有散有聚，散时各自表现，聚时抱拢成团。当它飘到湖的上空，会向湖面投去一团阴影，让美丽而宁静的青海湖又添加几分神秘的色彩。秋阳透过云隙，折射在湖面上，湖水湛蓝，微浪击岸，非常迷人。

青海湖是鸟的天堂。春天里，天鹅、斑头雁、赤麻鸭、鸬鹚、棕头鸥不约而同来到这里，满怀爱意追逐配偶、欢悦腾飞的场景，让人目不暇接。交配、产卵、孵化、喂养，然后，在秋天里长途跋涉飞回南方过冬。为保护鸟类，鸟岛景区关闭了。能见到的大多是鸥鸟，那些鸥鸟成群结队地栖息在沙滩，飘浮在湖面，黑压压一片。鸟的数量与社会的文明程度有密切的关系，鸟喜欢在哪里栖息，与有无丰富的食物有关，食物丰富，鸟自然就多。青海湖曾经历过掠夺式的捕捞，湟鱼几乎绝迹时，以鱼为食的鸟也越来越少。经过多年的封湖禁捕，湟鱼多起来了，加上对鸟类的保护，鸟翔天空、水欢鱼跃的场景又回来了。

我无法知道鸟儿的内心，从它们欢悦的戏耍和叫声中可以知道，它们对生活的环境应该是满意的。在湖岸边，我居然见到一群湟鱼在水中悠然自如地嬉戏。也许鱼们知道，这样悠闲地畅游，任意地享受风和日丽的日子即将过去，它们将无可奈何地被封在冰下，度过长长的寒冬。

青海湖的秋天，初雪中看大地变黄，微风中听湖水欢语，湛蓝中观湟鱼嬉戏，晴空中看湖鸟飞翔，更有那晨曦中、落日下的牛哞羊咩。在这样的地方，即使是一棵小草、一朵小花、一只小鸟，都会感到幸福。

绿染青苗坞

周末去看望父母，母亲告诉我，父亲开着电瓶车去蚂蟥岭下竹园里挖笋了。88岁的人了，开着电瓶车在山路上颠簸，要多危险有多危险。我和弟弟急忙开车赶了去，看到父亲正精神矍铄地挖笋，才放下心来。弟弟帮助父亲挖笋，我闲着无事，去青苗坞转转。

上次去青苗坞，还是在1978年的秋天，太阳尽情地向大地挥洒它那耀眼、炙热的光芒。蒸笼一样的山沟里没有一丝风。我和公社林技员老夏去蹲点片区查看山冲田里的水稻旱情，青苗坞是必去的地方。那年，梅雨季节少雨，伏天雨贵如油，入秋后仍然无雨，加上山上植被稀少，水土流失，山涧早已断流，山冲田旱情十分严重。山坡上裸露的岩石，山沟里光溜溜的乱石，在太阳的炙烤下，脚踩上去，隔着凉鞋都觉得烫。远远望去，青苗坞里蒸腾着迷茫的烟气，柴火变黄，稻田开裂，正值抽穗期的水稻开始卷叶。旱情告急，水源穷尽，那年，山冲田里的水稻几乎绝收。

时隔42年，旱情给我留下的烙印，依然记忆犹新。

去青苗坞，可以从坞口进去，路不宽而平坦；也可以翻越蚂蟥岭，岭虽不高但陡峭。上岭的路已淹没在竹林里，我抓住毛竹往上攀登，气急嘘嘘地到达岭上，眼前的景色和我记忆中的景象已成天壤之别。早年光秃秃的岭背，如今松树、毛竹、灌木，密密匝匝，将岭背覆盖得严严实实。当年山农、樵夫常走的上腰路（岭脊上的路），在灌木林里向上延伸。我踩着松软的腐叶，小心翼翼地走到一块既熟悉又陌生的大岩石旁，登上岩顶，一坞青绿尽收眼底。山脊的灌木林，半坡的松杂林，下坡的毛竹林层次分明，错落有致，你拥我挤。叽叽喳喳的鸟儿在林间鸣叫，唤醒了我混沌的大脑。阵阵山风扑面而来，顿感惬意舒畅。映山红夹生在岭脊灌木林间，开放出紫色的红，不多见的石楠，绽放着球形白色的美，连低矮的荆棘也不甘示弱，红的、白的、粉的花蕊，竞相开放，烂漫一片。眼下的青苗坞多像这山里的女子，素衣绿裙，遮不住婀娜多姿的身段；不施脂粉，依然粉面红唇，丽质天成。

返回到蚂蟥岭上，我又沿着埋藏在松林间的中腰路（山腰间的路）走去，高大的黑松和马尾松分布在小路的两旁，路上覆盖着厚厚的松叶，脚踩在上面软绵绵的，富有弹性。树木除松树外，还有青岗栎、麻栎、葛栎等。至于山茱萸、葛藤、刺柴那样的灌木，更是不计其数，遍布在山腰上。这些深绿、浅绿、墨绿的色彩，让青苗坞里的山坡有了层次感和流动感。

越来越密的树林遮盖着小路，透出阴森森的凉气，在路边我见到了野猪的粪便，惧意顿生，从原路退回到岭上，再从竹林中穿插到下腰路（接近沟底的路），发现毛竹在这里唱主调。毛竹有小有大，小的可握，可用做锄把钯柄；大的腰围三四十厘米，高七八米，挺拔的身影，英姿飒爽耸立于天地之间。清明出笋，谷雨长竹，小年挖笋，大年养竹。适逢大年，竹林里竹笋争先恐后地拱破泥土，生机勃勃地往高里长，不几天就宝塔似的矗立在地面上，轰轰烈烈的景象令人难忘。

山沟里流水潺潺，水流清澈，甘甜可口。

昨夜下过雨，今日天朗气清，阳光明媚，脚下氤着潮湿、滋润的气息，就连林荫间透射下来的斑驳阳光，也似乎被这一坞的绿色所稀释，被这密密的枝叶所过滤。“空山不见人，但闻人语声。返景入山林，复照青苔上。”静而幽的环境，不正是城市人所盼望的吗？

出青苗坞口，不远处，有几家农家乐，食材大都来自山里。山沟里生长的野芹菜，凉拌，清爽可口；冬天腌制的咸肉，现挖的毛笋，笋鲜肉肥；竹林里散养的、草丛中觅食的土鸡，白斩、红烧、煲汤，肉鲜味美；乌米是大米经坞里山坡上采摘的树叶捣碎浸泡而成，用山泉水煮出的乌米饭，加些许白糖，香糯甘甜，舌尖生津。

坐在绿树掩映、花草簇拥的农家院内，欣赏着绿染的青山，聆听着潺潺的泉流，喝着农家自制的野山茶，品尝着清新而纯正的农家饭菜，享受着安静舒适的环境，自己也感觉被染上了绿色。

大汉岕

沿宜张公路向西行至绿洲路，左转过牌坊，经百合山庄，穿过宁杭高速和高铁桥涵，就到了铜官山西北麓的大汉岕。

“清明出笋，谷雨长竹”。正值笋竹过渡期，林场对进岕人员管理较严。联系了宜兴林场大汉岕工区原主任殷国良，岕口护林员才放我们进岕。

国良是土生土长的林场人，从小跟着父亲在林场摸打滚爬，当了多年的工区书记、主任，对林业经济非常熟悉。20世纪90年代，靠吃财政补贴过日子的林场，搞起了多种经营，创办了纯净水厂。2001年水厂改制，国良辞去了工区书记、主任的职务，自主创业。水厂位于大汉岕口，利用岕里甘甜的山泉水，经过机械灌装，打造出纯净水品牌“大汉山泉”，销往以宜兴为中心的周边城市。后来生产各种品牌水的厂家越来越多，竞争越来越激烈，利润越来越薄，水生意越来越难做。他审时度势，因地制宜，改造了厂房设备，扩大营销渠道，利用空余房舍和岕里的优质野生食材，开办了农家乐。

大汉岕优良的环境，美丽的景色，厚重的文化遗存，吸引了不少城里人来观赏风景，品尝富有特色的农家饭菜，体验山里人的生活滋味。疫情给他增加了经营的难度，压力很大。复工复产后，形势逐步好转。

宜兴自古多竹，素有竹海之称。竹在大汉岕里依然唱主角。毛竹基节分明，笔直屹立，节间多空，枝繁叶茂，挺拔向上，具有逾寒冬而不凋零的顽强性格，不贪图荣华富贵的高贵品质，超乎想象的奉献精神。

在岕里行走，两边群山对峙。山坳里，密密匝匝的竹子相拥着向山坡延伸。正逢毛笋大年，林场工人忙于“打退笋”（挖掉不能成竹的竹笋）。金蒙蒙的太阳时不时地从云彩中跳出来，将光芒涂抹在两边山坡上，竹林镜子般映出青翠和光亮。跑着的山溪，游龙似的在竹林里穿行，流淌的溪水没有工夫抬头仰望大树、翠竹和斑斓的山崖。竹林里粗大挺拔的毛竹，皮青肉韧的淡竹，薄肉黄皮的刚竹，体形苗条的水竹，共同构成了随风起浪的茫茫竹海。

绿意磅礴的大汉岕里，生长着质地坚硬，挺拔高大的株树；腰粗膀圆，枝杈众多的朴树；皮肤粗糙，枝繁叶茂的枫杨……此外，野柿树、野桃树、野栗子树，东一株、西一株地生长在山坡上。丰富的植被，吸引了许多鸟儿在这里驻扎繁衍。

不善飞翔、胆小如鼠的竹鸡，见到我们“咯”的一声尖叫，拼命往前奔跑。一头扎进竹林，迅即无影无踪。

画眉站在灌木的高处，面向太阳，梳理美丽的羽毛。然后，金鸡独立，伸展翅膀，做了个亮相动作，敞开洪亮的嗓子，带着颤音婉转地歌唱。

杜鹃鸟在春天里表现得非常活跃，在密密的竹林里，成双成对，不知疲倦，至情至性，荡气回肠地鸣唱。

叫天子从草地上扑棱棱地展开双翅，垂直升高，直插云霄，在空旷的蓝天里喋喋不休地鸣叫，直到把郁积在心中的那股浊气吐尽，才无声无息落回到草丛之中。

石狮庵和无梁殿作为地标，清楚地标注在导航图上。

石狮庵，朝南向，庵后面是横卧的山梁，庵前面是溪涧，水流清澈。传说，无梁殿僧尼化缘筹款多年，建造了石狮庵。当年，石狮庵香火很旺，后来僧尼迁散，庵堂年久失修倒塌。石狮庵遗址，残垣断壁，荒草丛生。

50多年前，我见过无梁殿，西南向，砖砌，双层拱圈，拱顶上生长着茂密的杂草，形如陕北的窑洞。整座建筑除门窗外，没用一根竹木，无梁殿因此而得名。那时，无梁殿里已没有修行的僧尼，成为护林员和樵夫遮风避雨、临时休息的场所。因修建蓄能电站蓄水池，无梁殿遗址被毁。

一爿五间知青房，红砖清水墙，黄色平瓦盖顶，坐北朝南，在溪涧旁的台地上度过了近50个春秋，依旧矗立在这深山里。门前茅草丛生，房屋门窗洞开，墙体破损，命运堪忧。当年，知识青年响应号召，从繁华闹市来到深山老林，与林业工人一起劳动，守护山林。站在知青房前，我似乎听到了它对那个年代那段历史的诉说。

顺着溪流而上，聆听着一泓山泉细碎跌宕的韵律，穿过浓密的灌木林，当我与规模宏大的石坝对视时，我惊呆了。坝长130多米，宽13米，高约15

米，全用黄石修筑而成。大大小小的石块，整整齐齐地排列，仿佛在向人们诉说建造者的艰辛。如此宏大的工程，因为地质的原因而被废弃。

站在石坝上仰望，天空湛蓝，云彩洁白，山峰高耸，雄鹰翔空；俯视山坳，满眼淌绿，青翠欲滴，生机盎然，和谐壮美。

山花岭位于大汉岕底，离岕口4千米，这一带，是当年抗击日寇，反对国民党统治的游击区，也是情报传送的交接地。

山花岭上，灌木茂盛，野花盛开，东可达铜官山顶，西接金山坞、罗汉岭，南侧有一洞——观音洞。洞深3米，宽约2.5米，高约1.8米，洞顶滴水不断，天长日久，形成了锅状水池，水可直饮，炎夏酷暑，洞内凉爽，是避暑休息的好处所。

“平芜尽处是春山，行人更在春山外。”大汉岕美景和美食相映生辉。繁华闹市与山野之地完美结合，肯定会青春勃发，岕口人家一定会过上更加富有殷实的日子。

生态园里白鹭飞

洴浰，一个与水有关的村庄，位于宜兴西氿最西端。徐悲鸿父亲徐达章老先生《荆溪十景图》中的“洴浰雪蓑”就是以洴浰村东雪蓑禅寺为背景的。雪蓑禅寺旁，建了个文浩生态园，优雅的环境成了“鹭鸟的天堂”。

通往村子的乡道两旁是沃野良田，麦子已经收割完毕，拖拉机犁翻的麦田里，泥土散发出芳香，一群白鹭悠然自得地迈着脚步，在麦田的沟渠和犁翻的泥土里觅食。微风轻送，白鹭不时张开长而尖的铁色喙，东啄一下，西啄一下。我仔细观察，有只白鹭叼起一条黄鳝，左顾右盼，展开长翅，收起长腿，向东飞去。

生态园内树木繁茂，绿油油的桑田里，桑葚采摘已近尾声，黑黝黝的桑葚落了一地，野鸡在桑田里发出了“咯咯”的叫声。穿过桑田，是大片待售的绿化树，层层叠叠的树叶遮住了天空，挡住了阳光。

在树林中行走，地上落满了灰白的鸟粪，洁白的羽毛，浅褐的蛋壳，连树干也被鸟粪染成了灰白色。树上是密密麻麻、数不胜数的鸟窝。鹭鸟在上空飞来飞去，发出“噢噢”的鸣叫。

树上，羽翼未丰的小白鹭在巢边扇动翅膀扑腾。一只小鹭鸟立足未稳，从树上掉到树下，不知所措地东张西望。顾不得头顶随时会掉下腥臭的鸟粪，我跑进树林去看小鹭鸟有没有摔伤。小家伙并不领情，见我过去，拼命地扑腾翅膀，摇摇晃晃地向前奔跑，跑不动了，就蜷缩在地上，发出颤抖的哀鸣。不帮它一把，它不仅无法返回自己的窝巢，还会成为食肉动物的美餐。管理人员小心翼翼地捧起小白鹭，轻轻地把它送回了自己的“家”。

令我惊叹的是，几乎每棵树上的枝丫间，都有枯枝搭建的鸟巢，密密匝匝。巢里一般两到三只小鹭鸟，有的刚出壳不久，肉身一团；有的已经长出绒灰色的羽毛，一声不响地在窝里待着；有的虽已近成鸟，但还没有胆量展翅翱翔，只是在窝边上拍打翅膀，练习飞翔。也许是我的出现，鹭爸鹭妈在上空扑棱着翅膀嘶叫，摆出为保护儿女而不惜一战的模样。

白鹭繁衍期是文浩生态园观赏鹭鸟的最佳时期，过了繁衍期，白鹭家族会去寻找更适合它们生活的地方。我登上生态园办公楼眺望，出去觅食的鹭鸟扇动着翅膀，由低向高，由近往远，向着认定的方向飞去。捕食归来的鹭鸟，划着优美的弧线，从遥远的地方飞来，离巢一两百米时，平展双翅，伸直双脚，优美地回旋、滑行，然后轻盈地落在树上的巢旁，把嘴里叼着的食物放到巢里。这些食物有小鱼、小虾、泥鳅、蚯蚓、黄鳝……

这么多白鹭聚集在一起，在同一片树林里安家，孵化出这么多小鹭鸟，我还是第一次见到。白鹭体形高大，嘴长、腿长、颈长，体态优雅。脚趾呈半蹼，适于涉水觅食。鹭科中有白鹭、苍鹭、池鹭、牛背鹭之分。在生态园筑巢哺育后代的鹭鸟，除了白鹭，还有灰色的苍鹭，至于有没有池鹭、牛背鹭等，分辨不清了。

白鹭最富灵性，也最擅长“择优而栖”。洴浰村周围河网密布，东边是水波浩渺的西氿，南面是钟张运河，西面河荡纵横交错、稻田密布，北面是宜溧运河。这几年，政府重视生态环境保护，水产养殖业快速发展，给鹭鸟提供了丰富的食物。生态园位置优越，环境优良，员工爱鸟、护鸟意识强，是鹭鸟栖息和繁殖后代的理想场所。

听生态园老板说：“苗木过剩，价格也一落千丈，生态园处于亏本状态，要维持下去，得靠其他产业赚钱弥补。”我突发奇想：何不把文浩生态园打造成集科普教育、生态旅游、摄影写生、休闲养生于一体，既是人的乐园又是鹭鸟家园的生态旅游乐园？让生态效益转化为经济效益，不仅能够维护生态园的生存，还可以反哺鸟类的保护，打造人鸟共存的喜庆场面，给洴浰村点染更多的缤纷色彩。

九曲溪的雨和水

雨

九曲溪的雨淅淅沥沥，断断续续下了好几天，老天依然没有放晴的迹象。虽然仍在疫情防控期间，九曲溪漂流的游客依然不少。

去漂流的路上，雨点打在车窗玻璃上，细细碎碎的，有点儿大珠小珠落玉盘的味道。九曲溪上空白茫茫的，雨从云层里轻轻地飘落，均匀地洒向山谷溪流，形成弥漫的水雾，笼罩着九曲溪。微风吹来，雨随风势，迷蒙袅娜，山谷愈加朦胧，沟壑愈加幽深。

在树下等票，我无聊地观察起雨来。雨飘落在树叶上，形成水珠，顺着叶脉慢慢地滑落，跌在树下的石块上，又溅起来，在石块上空形成一朵又一朵珠花，珠花落下，顺着石缝渗进沟里，与另一些雨滴相遇，聚集在一起，流进九曲溪，向下游奔流而去。

溪对岸一棵枫杨树，树枝斜伸在水面上，有几只鸟儿栖息在树枝上。有的扭动脑袋，用尖喙梳理被雨淋湿的羽毛；有的伸长脖子，全神贯注盯着水面觅食。鱼儿浮上来，一只绿色羽毛的鸟儿倏地扑向水面，叼起一条小鱼，扇动翅膀，扑棱棱地向对面山林飞去。我顺着鸟飞去的方向，遥看雨中山体，高峻秀美，雨雾迷蒙间风姿绰约，灵气活现。

我出生在农村，在乡村里长大，自然对梅雨格外有感情。今天，九曲溪的细雨，给了我“天街小雨润如酥，草色遥看近却无”的感觉。如果雨后在溪边漫步，一定能嗅到花儿的芬芳、叶的清香，尘世间的喧嚣扰攘，自然离你远去了。

水

水是雨的延续，雨是水的前身。漂流自然离不开水，九曲溪的水没有海水浩瀚汹涌，没有湖水平静悠然。登上六人座的仿制竹排，淋着细雨在溪上漂流，别有一番风味。九曲溪并不宽广，曲折蜿蜒，白水翻腾，水石相击，溪水滚滚向前，其声哗哗；水流平缓处，溪水“邃雅素澈，碧玉无瑕”，非常讨人喜欢。

排工是两位50岁左右的汉子。排头上的，头戴竹笠，身披雨衣，穿着拖鞋，眯着一双小眼睛，厚厚的嘴唇，朴实中透着几分机灵，厚道中隐藏着几分睿智。他说：“九曲溪的水也分春夏秋冬。春天，溪水生机勃勃；夏天，溪水乘汛炽盛；秋天，溪水腴丽宜人；冬天，溪水削淡清闲。”无论哪个季节（除山洪暴发），水质始终清纯坦荡，素绿简约。我说你倒像个文人，把九曲溪的水说得如此完美。他急忙说：“这可不是我说的，是从别人嘴里学来的。九曲溪的水绝对是原生态的、纯天然的，可以直接饮用，不信您可以品尝品尝。”

听着介绍，看着一溪清流，我情不自禁地用双手捧来喝了一口，清凉甘甜，很是清爽，感觉和小时候用来解渴的泉水没有多大区别。听导游说，武夷山居民用的自来水就源自九曲溪，居民做饭、泡茶均可随放随用。九曲溪的水是武夷山人取之不尽、用之不竭的大水囊，养育了一代又一代的武夷山人。

溪中有潭，水面较宽，水势平缓，水呈翡翠色，幽深莫测，似有龙潜其中。悬崖壁立，森然若物，好似溪水碧流的守护神。据说当年拍摄《西游记》，“唐三藏收沙僧”的片段就曾在此取景。水浅处，绿水清波中出现了鳊鱼、鲤鱼、鲫鱼……最多的是瘦长的参条鱼，摇头摆尾，往来翕忽，悠然自得。水是九曲溪的魂，流动的溪水又谱成了优美的水韵曲。仁者乐山，智者乐水，武夷山的山水满足了游者所追寻的山野之趣。

千变万化的九曲溪，使得武夷山更加灵秀鲜活。但愿一溪碧水，一路清澈，归入大海。

春到荆溪

花

春天，一路快跑，便跃上了树枝头。桃花红似火，柳树垂丝绦，梨花白如雪，海棠花鲜艳。还有自命清高的兰花，等不及司花女神令下，也迫不及待竞相争艳。

山坡田野，小径大道，田塍阡陌，各色各样的小花，红的、白的、粉的、黄的……或浓妆、或淡抹、或整齐、或零散地抢占着宜兴的山山水水，村落宅院，一路走去，都是五彩缤纷的色彩。

宜兴古时曾称荆溪，如今宜兴的田野已少见大片大片的油菜田。视土如命的乡民见缝插针，在零散地块种上油菜，由于给足了土地肥力，油菜花霸气地在田间、地头、河岸、坡地上生机勃勃，随风摇曳。爱凑热闹的蜜蜂用清晰浑厚的歌喉，吟唱着“采蜜歌”；美丽的蝴蝶围着油菜花儿，比翼双飞舞姿翩翩。连乾隆皇帝看了金灿灿的油菜花也情不自禁写出：“黄萼裳裳绿叶绸，千村欣卜榨新油。爱他生计资民用，不是闲花野草流。”油菜花没有桃花艳丽，没有海棠娇贵，也没有樱花浪漫，更没有兰花俊雅，但它的黄色弥漫了田野，让人精神振奋。

茶

茶树在山坡上，经一场又一场春雨洗涤，沐浴着和煦的阳光，在春色里把自己装扮成了盆景。

一垄垄茶树似列队的士兵，昂头挺胸，正接受着游客的检阅。茶树新芽初上，芽小如锥头，几缕春风，几轮春阳，锥头长成钉头，渐分成两爿，缀在枝头，嫩黄一片，像新嫁娘，秀色醉人。采茶姑娘满茶园已成过去，现今的茶园里，大多是上了年纪的妇人，虽少了青春风韵，但依然谈笑风生，运指如飞，茶叶纷纷扬扬落在茶篓里，嫩得透明，绿得发亮。

茶厂里，看着摊开的茶叶，有一种富足感。经制茶师傅轻揉细搓，文火翻炒，新茶出锅了。新茶泡在杯子里，软茸茸，黄澄澄，翠滴滴，非常好看。

笋

宜兴多竹，有竹就有笋，好笋长在深山野岭、溪涧幽谷，远离城市，远离喧嚣。最早吃到鲜笋的，当然是日出而作日落而息的山民。自打记事起，笋就深深地融入我的记忆，吃笋是每年雷打不动的活动，而挖笋成时髦还是近几年的事。

春笋露头，扛着山锄拎着蛇皮袋，发现欲破土而出的笋尖，扒开隆突的泥土，嫩黄色的竹笋映入眼帘，挥动山锄，恰到好处，一只鲜嫩的竹笋被挖了出来。

挖笋算不上技术活，但非常费力气，腰酸背疼是免不了的。现在住在深山竹林里的大多是上了些年纪的人，年轻人去了山外就业，上山挖笋变成了留守老人的“专利”。

春笋鲜嫩，雪里蕻炒笋片，味道鲜美；碎笋尖焖鸡蛋，香酥可口；咸肉煨笋，人见人爱，特别是那汤汁，让人叫绝。山中原本不怎么起眼的竹笋，身价翻倍往上涨。竹笋大大方方地走进酒楼宾馆，成为餐桌上的座上宾，得益于竹笋鲜嫩、清脆、醇香的品质，也离不开厨师们高超的厨艺和食客们的追捧。

笋在历代文人的眼里也算得上是极品。李后主词“斜托香腮春笋嫩，为谁和泪倚阑干”，把笋比作小姑娘的脸蛋一样娇嫩；苏东坡被贬谪黄州还吟出“长江绕郭知鱼美，好竹连山觉笋香”，还说“无竹令人俗，无肉使人瘦。若要不俗也不瘦，餐餐笋煮肉”这样洒脱幽默的诗话。难怪他好友黄鲁直调侃他：“公如端为苦笋归，明日春衫诚可脱。”为了吃笋连官都不要做了。最有名的莫过于当过几天七品芝麻官的郑板桥，他一生都在种竹、养竹、写竹、画竹，诗文书画几乎一大半都离不开笋竹，说他是竹痴、笋痴绝不为过！

竹笋是天赐尤物，山中珍宝，吃腻了生猛海鲜、珍馐美味的时候，去山里尝尝原汁原味的鲜笋，也是人生一大快事，岂不美哉！

铜山写真

横山村更名为铜山村后，我只去过一次，那一次也是来去匆匆，走马观花。我对这个30多年前蹲过点的村庄非常熟悉，那里的山、那里的水、那里的地、那里的人，至今仍定格在脑海里。30多年过去了，当时的老人大多离开了世界，成年人也白发苍苍，孩子已变成大人……那里的一草一木，一房一屋，都发生了很大变化，就连铜山也变了模样。时间真是一位魔术大师，能创造出令人惊叹的奇迹，但任其如何改变，我依旧忘不了心中的铜山、铜山村和铜山村人。怀着一种特殊的感情，我时刻关注着那里发生的一切。

铜　山

宜兴城南有一座铜山，主峰高达580米，宜兴人习惯叫它铜官山。关于这个名字的由来，还有一则寓意深刻的传说。

很久很久前，宜兴遭遇了百年难遇的特大旱灾，太湖里走人，西氿里推车，土地龟裂，颗粒无收。当时的县令为百姓上山求雨，发誓老天爷一天不下雨，他就一直跪地不起，渴不饮水，以命相求。老天爷没有被县令的虔诚所感动，也没有因灾民的苦难发慈悲，旱灾仍在不断蔓延，县令终于昏倒在山上，再也没有醒来。当地百姓为了纪念他，筹钱浇铸了一口铜棺材，将他埋葬在山上。从此，人们便把这座山叫作铜棺山，后因“棺”字不雅而改成“官”字。民间传说虽然无法考证，但可看出这里的人民纯朴善良，特别看重地方官员的官德。

铜山属天目山余脉，地处天目山的最北端。站在山上极目眺望，东边茫茫太湖时隐时现，云蒸雾绕，飘移不定；南边苍山竹海连绵不绝，连天空也被映成翠绿色；西边钟张运河横贯而过，宛若白练闪闪发光；北边高楼林立参差不齐，高铁以闪电般的速度擦“山”而过……站在山顶仿佛置身于观景台上，可以仔细欣赏四周迥然不同的景致。

铜山的四季风景如画，美不胜收。春天的铜山花香似酒，鸟语如歌，蜂蝶成群，秀色可餐；夏天的铜山林木茂盛，浓荫匝地，空气清新，凉爽怡人；秋天的铜山绿黄相间，娇艳迷人，硕果累累，满山飘香；冬天的铜山寒气弥漫，大雪压枝，银装素裹，冰清玉洁。其实，铜山不但风光秀美，还是个物产丰富的好地方。

铜山并不产铜，但石头沙性强，细腻度高，是极佳的磨刀石，磨出的刀十分锋利。于是，家家户户都用铜山石作磨刀石，除了自己使用外，还送给山外的亲戚朋友。铜山盛产竹、木、茶，野生动物也有几十种，蕨菜、黄花菜、山马兰、野大蒜……更是漫山遍野，随处可见，这些原本不值钱的野菜，如今都成了餐桌上的美味佳肴。

俗话说靠山吃山，靠水吃水，靠着铜山吃铜山，山民们用山里的石头筑墙，山上的竹木做梁，盖起一间间茅草房。他们在山坡上种茶，在山脚下种粮，终年劳作，自足自给，过着悠然的世外桃源生活。铜山除了物产丰富，自然景观也很多，堪称小型的洞天世界。和遍布溶洞的宜兴山区相比，铜山的溶洞大都在半山腰，其中观音洞、鹅子洞、朝阳洞颇具特色，虽非经典名洞，面积也不算大，却另有一番味道。

生活在如此得天独厚的地方，按理说应该富足而安居乐业了，其实不然，艰难困苦的山里生活，使山民的心理发生了变化，精神上产生了依托。于是，铜山周围便有了不少庙宇，北有南岳寺，西有大罗寺，南有芙蓉寺……虽然历经时代的变迁，庙宇大多被毁坏，但现存的南岳寺，不仅保留着原先的面貌，还在原来的基础上进一步扩建，烧香拜佛者络绎不绝，庙里的香火十分旺盛。

20世纪60年代末，当地政府决定在铜山山顶上修建电视发射台，从全县抽调了大批年轻力壮的农民，开山筑路，挖洞造房，竖杆架线，铺设电缆，苦战了两年，终于建成。从此，宜兴人民便可收看到清晰的电视转播节目。21世纪初，国家利用铜山的自然条件，在山上修建了蓄能电站，低峰时抽水上山，高峰时放水发电，发展经济，造福乡民，铜山又一次发挥了巨大作用。

虽然对环境有一定的损害，但随着环保意识的不断增强，人们开始植树造林，修复植被，保护生态，重视环境，铜山渐渐恢复了往日的面貌。

铜山村

距宜广公路5公里处，路的南侧立着一块巨石，上面镌刻着三个用红漆描过的大字——铜山村。铜山村以前之所以被叫作横山村，因为村子的东南面有一座横山，村庄由此而得名。但是，宜兴有两个横山村，另一个在西南方向的横山水库下，为了区别两个不同的山村，人们把铜山脚下的叫作东横山村，水库坝下的叫作西横山村。尽管加上“东”“西”两字以示区别，还有不少人张冠李戴，不辨方向而跑错地方，多走了不少冤枉路。为了方便当地群众，那年地名普查时，政府干脆把东横山村改成铜山村。由于铜山物产丰富名声响亮，以铜山作为村名，人们自然乐于接受，还觉得比以前的村名更贴切了。

21世纪初，铜山村与南村合并后，地域扩展了，人口增加了，行政管辖也由新的街道负责。不了解情况的人，还以为铜山村成了城中村，其实不然，乘车进城少说也得走上半个小时。

铜山村在历史上有山而没有村，仅有的几户人家，住在大罗寺前面的山岗下，形成的自然村落叫寺前村。不知何年何月起，从遥远的湖北来了一群人，在铜官山下落了户，他们靠帮工为生，替山外的东家种地，帮护林的人砍柴，赖以糊口和维持生计。后来又来了一批浙江温州人，在铜山脚下开荒种茶，时间长了就在那里落户了。这些湖北人、浙江温州人和本地人，混合组成了铜山村。随着时间的推移，村庄不断扩大，人口逐步增多，语言上却不尽相同：本地人说宜兴话，湖北人说湖北话，温州人说温州话，各种语言混杂在一起，形成了多种口音并存的移民村。经过几百年的融合，现在的铜山村人，都会说宜兴话了，由于长期养成的习惯，加上乡音难改，来自不同地方的铜山村人，在家里或者圈子里，仍然爱说家乡话。

铜山村三面环山，家家户户“开门见山”，整个村庄就像坐落在一只巨大的畚箕里。山上林木茂盛，郁郁葱葱；山口有溪流顺坡而下，形成好看的瀑布；山脚下有大块的淤积地，清澈的溪水从地里流过，浇灌、耕作十分方便。

按理说，有着如此优越的自然条件，铜山人可谓“头顶银行，脚踩粮仓”，理应生活得非常富庶了。事实并非如此，由于村域内山多地少，土地贫瘠，又属沙粒土，田里的肥料容易流失，因此粮食产量一直不高。

虽然山上林木茂盛，伐木取材也能变钱，然而，林不是铜山村的林，树不是铜山村的树，铜山村人只能望山兴叹，毫无办法。加上交通又不便利，山里人与外界接触少，见识受到限制，商品意识不强，所以过去的铜山村人，一直生活在封闭的空间里，只能以土筑墙，以草盖房。一场大旱庄稼死光，一场大雨庄稼冲光，生活的阴影就像那高高的铜山，重重地压在心头。新中国成立后，铜山村的状况才有所改变。然而，水滴成流，绳锯木断，积弱和贫穷并非一日形成，落后也就难以迅速消除了。就是到了今天，与山外那些村庄相比，铜山村依然还有较大差距，经济不够发达，百姓还不富裕。

铜山村人

新中国成立前，来自不同地方的铜山村人，提着磨得雪亮的镰刀，身上衣衫褴褛，靠帮工、砍柴、护林为生，过着叫花子般的生活。哪里有压迫，哪里就有反抗，为了改变生存条件，他们不得不奋起反抗。

1927年11月1日，万益、史砚芬领导宜兴农民秋收起义，臂缠红布条的农民军控制了宜兴城，成立了宜兴历史上第一个苏维埃政权——宜兴县工农委员会。国民党政府分兵几路进行围攻，农民军终因寡不敌众而失败。参加起义的农民军里，就有不少铜山村人。抗日战争时期，铜山人纷纷参加新四军，活跃在抗战的第一线，奋勇抵抗日本军队的侵略。解放战争中，铜山村人为了中国的革命事业贡献出自己的宝贵生命，徐文奎就是其中的杰出代表。

1943年，以徐文奎为首的11名铜山村人，参加了宜南武工队。他们活跃在铜官山地区，打日寇、除汉奸、斗顽敌，多次粉碎日军对太滆地区、铜官山区的围剿，打击日寇嚣张气焰，保护人民生命财产，一直战斗到日本人投降。

解放战争中，这支身经百战的敌后武工队，变成了苏南游击队，积极投身于解放战争，为解放军渡江作战、解放江南做出了贡献。1948年，敌我双方的斗争更加激烈。大年初三，游击队在铜山脚下的梅园村开会，被国民党宜兴县县长李乙飞率领的部队包围了，战斗进行得异常激烈，为了掩护战友撤退，徐文奎和两位战士主动请缨，要求留下来阻击敌人。

他们冲出藏身的屋子，迅速进入茶地，利用茶树做掩护，向围上来的敌人猛烈射击，用来吸引敌人的注意力。屋内的那些同志，则从后窗下钻到深涧里，安全地回到铜官山里。敌人仗着人多势众，轮番发动进攻，切断了他们的退路。徐文奎和两名战友，虽然陷入敌人的重重包围之中，但仍然坚持战斗，宁死不屈，终因子弹耗尽而壮烈牺牲。

残酷的敌人不仅割下他们的头颅，挂在宜兴城门口上示众，就连房屋的主人也不放过，一把大火烧毁了房屋，烧死了房主。当游击队和家人为他们收尸时，找不到徐文奎的头颅，只能用糯米做个人头，安葬在铜官山下。敌人的残暴并没有吓倒铜山人民，徐文奎牺牲后，铜山人民反抗得更加激烈，经过浴血奋斗，终于迎来宜兴的解放。

新中国成立后，铜山村人的生活发生了很大的变化，原来以帮工砍柴护林为生的山民，分到了林地和土地，过上自给自足的生活，走上集体化的道路。在成立人民公社的同时，宜兴县国营林场也成立了，铜山的林业权隶属于林场。为了壮大集体经济，将铜山脚下那片乱石遍地、杂草丛生的山坡地变成良田，党支部书记詹正才带领铜山村人，硬是用钢钎、抬杠、畚箕、箩筐，依靠肩挑车推人扛，搬走了一块块乱石，开出了一方方耕地，种上了一垄垄茶树。在这场拓荒种茶、战天斗地的斗争中，他既是指挥员，又是战斗员，始终战斗在第一线。

这里值得一提的是大队长殷荣兴，村民们都喜欢叫他“大老鹰”。那时，大老鹰才50来岁，身高体壮，臂力过人，由于有条“老火腿”，复发时腿仿佛被火烧火燎，疼痛难忍；尤其在冬天，一旦形成冻疮，就会皮破肉烂。因此，村民们劝他多做些现场指导工作，少干些抡锤、撑钎、破石、搬运这类体力活，保护好那条要命的病腿。他把村民们对自己的关心，当作多做贡献的动力，上工比别人早，收工比别人晚，锤比别人抡得高，钎比别人撑得正，土比别人挑得多，石比别人运得快。就这样，他和铜山村的村民们，连续干了三个冬春，终于使昔日的荒坡地，变成了千亩茶果园。

铜山村人不仅敢于改造山河，善于在荒坡上种粮植茶，搞工业办企业同样也是行家里手。新中国成立初期担任副乡长的徐夕芝，患了肝病，医生判定他不久将离开人世，组织上安排他到农具厂当厂长。虽然农具厂属大集体性质，却只有七八个工人，是个靠手工操作的小作坊，整天打造锄头钉耙，编制箩筐簸箕。当时还是计划经济年代，原料有保证，产品有销路，小日子过得挺不错。上级安排他当厂长，是想让他工作轻松些，日子好过些，得以延长生命。徐夕芝可不这样想，他把公家的事看得比自己的命还重要，整天泡在厂里，废寝忘食地工作，从敲敲打打起家，不断地发展壮大，硬是把一个铁工车间，变成全县颇有名气的印刷机械制造厂。印刷机械销遍苏浙皖，有些产品还打进上海市场，生产的c630车床，成了市场上的抢手货。如今，他虽然早已离开人世，铜山村人谈到印刷机械制造厂，就会想起他，记着他为乡亲们所做的一切。

改革开放就像一只巨大的摇篮，培育出一大批有志的企业家，他们在汲取家乡山水灵性的同时，也在全力回报家乡，蒋益军就是其中一位。他把企业产生的绝大部分利润，全都投入建设铜山村。从农业大学聘请专家顾问，招聘了十多名农林专业毕业的研究生、博士生，专门采集铜官地区的稀有植物，经过改良培育试种逐步向社会推广。不懈的努力没有白费，如今的铜山村绿水青山，满目青翠，茶满坡、竹满山，大树成行，小树成片，石蒜满垄，水蒲满田……

对于蒋益军来说，眼下所从事的事业，难以产生效益，是赔本买卖，必须依靠大量的投入，才能维持各项工作。由于他的不断投资，消化了铜山村上百名男女劳力，改善了当地的生态环境，相信不久的将来，许多城市都会引进他们培育的花卉苗木，把大地装扮得更加美丽。

铜山村地理位置独特，周围环境优美，山清水秀，景色宜人，既有自然洞天，又有人文故事，非常适合旅游度假，是一块难得的风水宝地。相信无锡的有识之士，迟早会发现这块未经雕琢的璞玉，进行旅游开发，到那时，铜山将会变得更加美丽诱人。

山水恋情

清早起床，开门见山。山郁郁葱葱，四季常青，犹如一座巨大的氧吧，释放着无穷无尽的营养。新鲜空气带着草木的清香，瀑布般奔涌而来，涤荡着五脏六腑，驱赶着混浊气息，让人为之精神一振。

出门办事，荡舟下氿。水清澈明净，静谧安然，恰似一面天然的明镜，倒映着霞光云影和空中的飞鸟。小船行驶在碧水中，鱼虾缓缓游弋，涟漪荡漾开来，活水特有的那种气息款款袭来。

我从小就习惯于上山下氿，长年盘桓在山水间，对山与氿有着别样的情感。闲来无事时，喜欢坐在书桌前搜索枯肠，想用准确的语言颂扬它们，时常感到词不达意，总觉得似乎在隔靴搔痒，于是想起当地流行的口头禅——靠山吃山，靠水吃水，山是爷，氿是娘……

山之恋

站在家门口，满眼都是起伏绵延的山——高到铜官山，中到离墨山，低到紫云山，以及宗家山、对门山……远山近岭，高低错落，青翠欲滴，无不历历在目。小时候，母亲经常带我去山上，爬到一个约定的地方，大人们捋起衣袖开始干活，我们几个小孩便在山上玩耍。干完活收工了，大人携着孩子一起回家。由于长期与山为伴，生活在大山的怀抱里，我对山上的花草树木、岩石涧水特别熟悉，对山也就有着别样的恋情。

山是大家的衣食父母，这句话好像是为我们创造的。

春天来了，春风吹得树木醉，万物生长花草香，大山一改往日的容颜，突然变得充满活力。阳光明媚，鸟语花香，我蹲在向阳的山坡上，用磨得雪亮的镰刀，割着绿茵茵的嫩草，背回家去喂养圈里的猪羊。望着牲口们滚圆的肚子，打着饱嗝的样子，心里有种说不出的喜悦，年底父母那干瘪的口袋里，又可多装进一些钞票了。

春雨霏霏，连绵不断，雨水洗尽了山上的尘埃，翠绿的竹林里冒出无数春笋，这可是大山馈赠的礼物，绝对不能错过。冒着蒙蒙细雨，我背着篓筐爬上山去，挥动手中的山锄，挖出一只又一只竹笋，给家人改善伙食，让劳累的父母一饱口福……

夏天的大山热气腾腾，火球似的太阳挂在天上，灼热的阳光倾泻下来，如同置身在巨大的蒸笼里。我和几个年轻人，冒着难以忍受的酷暑，背着杀虫器穿梭在树林间，扶正倾斜的幼苗，灭杀树上的害虫，使正在生长的树木免遭伤害；放下肩上的杀虫器，动手割着茂密的杂草，防止杂草和树木争夺营养；悉心护理山坡上的林木，让它们深深根植于泥土中，早日茁壮成长，尽快派上用场，使山上的“银行”得以不断增值。

劳动之余，我们会抽出点时间，在山上采摘黄花菜，弥补餐桌上的不足。黄花菜烧猪肉味道特别鲜美，可惜当时缺衣少食，猪肉更是弥足珍贵，只有过年时才能见到，平时只能将黄花菜清煮或者红烧了。

秋天的大山黄绿相间，满山飘香，硕果累累，遍地是宝……忙里偷闲上一趟山，采撷树上的野果，填充饥饿的肠胃，弥补不足的口粮，增加必需的营养，还能调动食欲变换口味；顺便捡些枯枝干柴，气喘吁吁背回家去，充实渐渐空缺的柴房，让黑乎乎的灶台不断飘出饭菜香味。

山风呼啸，寒气逼人，冬天的大山充满诱惑，给人无限的憧憬和遐想——肩背篓筐，手挥柴刀，额上冒着汗珠，嘴里喷着白气，为过年准备足够的柴火，避免有米无柴的尴尬；挥动砍刀越砍越开心，砍伐山坡竹林里的竹子，运下山去卖掉换钱：添上一件新衣裳，买上几个小鞭炮，吃上一顿红烧肉……再坐车或走路回家，让兴奋的情绪长驻心里。

从小长到大，熟悉的是山里的乡亲，结交的是山里的朋友，长期和山打交道，对山有着特殊的感情，所以非常认同村里人常说的“山是爷，氿是娘”……

一天，我收到一张大红请柬，一位好友的儿子结婚，要我为新人证婚，我欣然前往。

记得老友结婚是在20世纪70年代末，新房安置在山里，一间刚造好的平房，白墙黑瓦，前后有窗，宽大的老式木床，刚刷上深红的荸荠漆，倒也显得喜气洋洋。床上的褥子、床单虽然是旧的，却洗得干干净净；被子、枕头是新买的，铺在床上区别明显；一张梳妆台，一口挂衣橱，这就是新郎的全部结婚用品。新娘家也不富裕，陪嫁过来的物品，是一些简单的床上用品和生活用品，外加一百斤大米，这在当时已经很不错了。爷爷、奶奶、伯伯、叔叔、舅舅、老爷、七大姑、八大姨，高高兴兴坐在一起，摆上十几桌酒席，大家痛痛快快吃一顿，婚事也就结束了，之后便是生儿育女过日子了。

老友在城里买了一套商品房给儿子做新房。如今老友有两个家，一个安在城里，一个仍在山里，孩子在城里工作。我曾经去他城里的家看过，一百二十多平方米的房子，装修算不上豪华，但经济实用，收拾得很干净，显得十分宽敞。装修房屋时，孩子特地给父母留了一间朝南的居室，老友虽然很少去居住，但感受到孩子的孝心，也就心满意足了。从大山里走出来的孩子，深知父母养育子女的艰辛，自然懂得如何孝敬自己的父母了。

老友山里那间老房子，20世纪90年代翻建成两层楼房，依山傍水，向阳朝南，空气流通，阳光充沛，是个颐养天年的好所在。他离不开自己建造的屋，更离不开养育他的山，决意在那里守望一辈子。尽管山里条件艰苦，和城市相比差距较大，他还是愿意住在山里，因为习惯了开门见山，哪天看不到山，心里就会空空荡荡，吃不好睡不香，就像掉了魂似的。

家乡的那些山，犹如一群伟岸的男子汉，顶天立地，志存高远，一如既往地向人们输送着爱，只有付出和奉献，从不索取和苛求。不是吗？山上建成的蓄能电站，不仅向人们提供环保的能源，还创造了不菲的财政收入；山脚下的高速铁路，利用山体节约成本，否则不知要多耗费多少钱财，抬高多少造价……然而，青山未改碧水长流，山名还是原先的山名，知道的人却越来越少了，人们向往热闹的城市，山里的人口在不断减少……

历史的轨迹曲折迂回，十年风水轮流转，当人们厌烦了喧嚣的城市生活，渴望回归大自然时，以往寂静的群山，也就变得热闹起来。纷至沓来的游客，不断光顾好友的小楼，上门讨口水喝，顺便休憩一会。送上门来的商机，使他萌生了赚钱的念头：将自己的老屋稍加改造办起农家乐，将山坡上的树林、竹林，围起来变成天然养殖场，喂养不用合成饲料的鸡鸭，专供游客食用，这可是眼下最热销的家禽……

如今的家乡，大山小山，山山是宝，流金淌银，造福于人。随着环保意识的增强，人们开始关注群山的生态环境，保护山上的花草树木，使我这个生于斯长于斯、远离家乡的大山之子，感到由衷的高兴。

氿之情

一方水土养育一方人。从小喝着氿里的水长大，自然也就最熟悉氿了。

家就筑在氿边，迎着巍巍青山，靠着滔滔氿水，可谓地道的枕氿人家。推开后门，跃入眼帘的是氿；跨下台阶，伸手触摸的是氿……从娘胎里呱呱坠地，清洗身子用氿里的水，煮饭熬粥用氿里的水，种田劳作用氿里的水，就连母亲那浓浓的乳汁，也和氿有着千丝万缕的关系。难怪乡亲们会说，氿是大伙共同的母亲。

氿是一位伟大的母亲，用她那阔大的胸怀，养育了一代又一代人，给我的童年带来极大乐趣。记得很小的时候，我总喜欢避开大人，偷偷溜出家门，独自来到氿边，扑上下翻飞的蝴蝶， 采五颜六色的野花，抓成群结队的小鱼，摸活蹦乱跳的小虾，望着氿水不愿离去。一不小心掉在氿里，吓得父母大声尖叫，手忙脚乱地扑过来，将我从水里拽上来。

喝着氿水长大的孩子，大都非常懂事，很小就能帮大人干活了。

年幼时，我和一群孩子经常出没于氿边，拾芦苇中的鸟蛋，摸浅滩上的螺丝，抠氿底的蚌，割岸边的草，挖肥大的野菜……氿宛如一座巨大的宝库，为我们提供食物的同时，还带来各种欢乐，取之不尽，其乐无穷！

随着年龄的增长，力气渐渐变大，臂上有了肌肉，于是抢着干重活，挑氿里的水，捕氿里的鱼，捉氿里的蟹，捞氿里的水草，罱氿里的河泥，乘氿里的船进城，踏着氿边小路上学……由于长期生活在氿的怀抱里，我时常会站在氿边胡思乱想，苦苦思索着氿的名称。当时，有个问题一直萦绕在心头，绞尽脑汁也百思不解——为什么全世界的湖都叫湖，而宜兴的湖却要叫氿？真是岂有此理，让人感到莫名其妙！

为此，我曾经求教过几位老师，他们的答案漏洞百出，连我这个六年级的小学生都觉得牵强附会，文不对题。直到遇见一位老先生，从他那门牙不齐的嘴里，方才获知了氿的来历。

相传秦始皇一统天下后，外出巡游南岳衡山，途经湘江口铜官渡，骤遇大风，几乎覆舟，盛怒而返。数年之后，巡游会稽，道出阳羡，春登南山，风和日丽。始皇大悦，对李斯说："此亦南岳，何必去衡山。"于是敕封南山为南岳（汉武帝时，又封霍山为南岳，故中国共有三处南岳），移镇铜官。始皇大会群臣，宴请阳羡父老，一时没有那么多酒，便取东西二湖水代之，赏赐于众人。东西二湖亦因始皇之赏，被称为东氿和西氿，沿袭至今……

难怪宜兴的湖被叫作氿，原来是秦始皇敕封的。

说来好笑，由于当时年少无知，我们享尽了氿的恩泽，却并不领她的情，反而经常责怪她，恨不得发扬愚公移山的精神，将氿变成一马平川的田野。当时人们是这样想的，如果填埋成功的话，可以生产多少粮食，可以居住多少人口，可以扩大多少地盘……

因为在日常生活中，氿确实给大伙带来诸多不便——抬腿挡住去路，举头隔开群山，荡舟摇船，劳心费力。一次，村里两位年轻的姑娘，摇着船去运化肥，不慎落水被氿吞噬了。家人哭得呼天抢地，众人陪着默默垂泪，两位风华正茂的姑娘，就这样突然走了，再也没有回来。更有甚者，氿会无缘无故地兴风作浪，掀翻运送疏浚河道工人的机帆船，风大浪激，天气寒冷，葬送了十多条鲜活的生命，那种目不忍睹的惨状，谁见了谁都会心寒……

命运让我跟氿打了多年交道，离开家乡时，依恋之情油然而生。在以后的岁月里，我总希望居住的房子，窗外能有一片水，这样便可放飞想象，让时空不断交叉，使光阴快速倒流，重新回到年轻时，置身在氿特有的气息中。

在氿的无声召唤下，我多次回到家乡，长时间徘徊在氿边，仔细观察氿，深度拥抱氿，发现了氿的变化，决定回到氿边居住，重返难以割舍的故地。

春天的氿温柔可爱，令人心醉。阳光明媚，碧波荡漾，柳在风中纤摇，鱼在水中舞蹈，鸟在浪中穿梭，蝶在花中翻飞……一座东西走向的世纪大桥，连接着宜城和新街，桥上人如流车似潮，呈现出一派繁忙景象。桥西的农田和村庄，如今均已不复存在，商品楼高高耸立，别墅群历历在目；假山叠嶂，河道交错，游人如织，风景似画；昔日虾笼氿，今日大花园，荒凉无处觅，繁华在眼前！

夏天的氿热情奔放，令人心动。晨曦初露，水天一色，沉睡的氿尚未醒来，本应静谧的氿滨人影晃动，脚步匆匆：散步、跑步、打拳、跳舞、游泳者随处可见，人们汗流浃背却热情不减，这里成了早晚锻炼的最佳场所。强健体魄，延年益寿，享受生活，留住幸福，人们不惜起早贪黑，聚于氿，炼于氿，纵情于氿，在运动中拥抱初升的太阳，迎来新的一天。

秋天的氿深沉含蓄，令人心仪。天高云淡，北雁南飞，依偎在氿边的村庄，失去了往日的繁忙，岸边稻浪滚滚的景象，早已成为历史。在金黄色原野里，女人弯腰割稻，男人挑担送肥的场景，只能在记忆中重现了。小块零星的农田里，仍然响着收割机，谷粒的香味，泥土的芬芳，显然比从前淡了许多。加速推进的城市化，正在改变氿的面貌，美丽的团氿变成内湖，不久的将来，东西两氿亦会步其后尘。太阳照样从东氿冉冉升起，从西氿慢慢落下，无论是升起时的红云，还是落下时的余晖，都会涂抹着这座氿滨城市，提醒人们应该关爱氿，一如我那难以排遣的恋氿情思。

冬天的氿静穆肃然，令人心颤。从远处眺望，大风驱赶着滚滚波涛，浩浩荡荡奔涌而来，逼人的寒气冷彻骨髓，氿突然一反常态，变得拒人于千里，成了一个难解的谜。唯有小心接近她，真正置身于其间，才能隐隐约约听到她的倾诉和心声。氿的语言特别丰富，就像那嬗变的形体，时而化为呼啸的北风，时而幻成沙沙的雨雪，时而寂然无声，时而大声喧哗，让人永远难以捉摸……好多年没有见到大雪纷飞、冰封氿面的场景了，那种场面只要见过一次，肯定终生难忘。当我看到徐悲鸿的父亲徐达章的《荆溪十景图》中的“洴浰雪蓑”图时，终于明白冬天的氿，为何会变得如此静穆肃然。

氿，生命的载体，大地的母亲，人类的财富，幸福的源泉，人们理应倍加呵护和珍爱她。

秋色天台山

刚经过秋雨的洗涤，山路是湿漉漉的，树叶是绿油油的，草尖是亮晶晶的，花儿是鲜艳艳的，鸟声是清脆脆的，山泉是清凌凌的，天空是蓝莹莹的，天台的一切都沉浸在秋的蕴色里。

天台山给我的第一感觉是，一切都那样自然、那样纯净、那样和谐、那样合人意。进入“琼台仙谷”景区，仿佛一切都唾手可得。我们的行程是由天台山山顶往下走。本应该是“会当凌绝顶，一览众山小”，把天台美景一览无余的，但是天公不作美，昨天的秋雨还没有下够似的，今天来得更猛了，密密麻麻、迷迷蒙蒙的细雨伴着山雾在山间飘荡，阻隔了视线，我暗暗地叫苦，好不容易得来的天台之行，恐怕只能落得乘兴而来，扫兴而归了。

在蒙蒙雨雾中，我踏着湿漉漉的台阶小心翼翼地行走，山峰伟岸，峭壁嶙峋，山雾缥缈，水声朗朗，水中的天台已如此俊朗如黛，那雨后阳光下的天台又该是怎么样呢？我反复思考着。天遂人愿，烟雨停息，云雾飘离，天空放晴，秋阳高挂，天蓝如洗。此时的天台山是天蓝如碧，山峰秀奇，水清如玉，天地相映，山水相依，山美水秀，如入人间仙境。

双目尽收天台景，耳边又闻飞瀑声，是天台一景的龙潭飞瀑到了。只见一股飞流从两座山峰之间浩浩荡荡奔腾而来，从山口喷泻而出，也许是昨天的秋雨使水量大增，飞流直下的瀑水受到岩石的阻击，水珠四射，轰轰作响，贯雷震耳，惊心动魄。瀑泻龙潭，一碧如黛，波荡崖荡，涌起蒙蒙水雾，颇有庐山瀑布之势。瀑水跌落，在深不可测的龙潭中旋转几圈后向西夺路而去，洋洋洒洒注入玉渊潭中 。瀑水山色，峭壁深潭，构成了一幅《秋瀑图》，可惜我不会画画，难抒我胸中意境，只能用相机摄下这美妙的景色。

从通天栈道顺阶而下，有石桥横跨两崖之间，两边是悬崖，桥下是深谷，人未上桥，无名的恐惧油然而生，望着游人悠然而过，我仍忧虑难除，又不能不过，于是小心翼翼从桥上走过，嫣然回首，险景依存。栈道依崖建筑，虽不能与巴山蜀水上的栈道相提并论，在秀丽的江南山水之间修建这样的栈道也非易事。在栈道间停步仰望，头上黛山秀色，秋色渐浓，树林中渐渐泛出些鹅黄色，一叶知秋，它告诉我秋的到来；侧看怪石横生，峭壁如削，细看岩壁，布满天然石纹，似流水，似山峰，似平原，细细端详，说像啥就是啥；扶栏鸟瞰，绝壁深壑，白云在沟壑中飘飞，飞鸟在深谷中追逐嬉戏，似乎这离冬不远的秋对鸟儿们是没有任何影响的了。面对这秋色美景，我却有一种飘飘然的感觉，上可以升天，横可以飞越，下可以与鸟比翼双飞，比起过空中石桥时悠然得多了。走完通天栈道，就进入了九峰环抱、翠壁倒影、碧波澄澈的“八仙湖”景区。

沿着沿湖栈道观赏风景，山静、水静、心静，气爽神清，如醉如痴，也许这就是秋色给人的特有感觉。湖两岸峰高崖陡，天然巨石或立或卧，秀女梳妆、济公放荡、神龟探首……妙趣横生，遐想天穷。

悬空廊是天台一景，虽比不上山西悬空寺奇妙，也没有它历史悠久、名声显赫，但从建筑工艺和格局看有异曲同工之处，依崖凿岩，借力而筑，飞云瓦盖如浮云飘依，也算是仙人造化，凌空奇迹了。廊中墙壁刻有古铜币状的摩崖，内方呈“口”字形，四周配以“隹、五、矢、疋”上下左右四字均依附于“口”，成“唯吾知足”四字。唯吾知足，禅意哲理，人生韵味，于深处领教，妙处感悟，到此境界，心境豁然。

观诸葛亮“八阵图”式平台，中间用黑白卵石砌成“太极阴阳图”，四周有八块方石对着远处八座山峰，乃是过海的八位仙人，称八仙聚会。遥望八座山峰，白云缭绕，祥瑞灵气，仙乐缥缈，此时的我不是神仙胜似神仙了。

到入口处，已是金乌西坠的时候，太阳依然亮丽，对面山岩，依然是峭崖壁立，奇峰插天。岩崖上“琼台仙谷”四个刚劲有力、光彩夺目的大字，在摩崖上特别引人眼球。它似有点睛之意，原来一路走来，都处在仙谷中，难怪我有一种神仙般的感觉。坐在卖品部小憩，面对夕阳秋色，远眺天台美景，回味仙谷见闻，一股重游天台的愿望油然而生。难怪诗仙李白直呼：“龙楼凤阙不肯往，飞腾直欲天台去！”足见天台之魅力了。

品味土楼

我几乎爱上了土楼。它纯朴的韵味，神奇的构造，无不体现了客家民风和先人的智慧，这些都让我魂牵梦绕。从永定回来，有好几回在梦里又来到了那富有传奇色彩的土楼。

传说中的土楼，气势恢宏，古风沉郁，是东方文明的一颗明珠，是神话般的山村民居建筑。它以历史悠久，风格独特，结构精巧而堪称世界建筑的一朵奇葩。

近距离接触后，才真正体会到“闽南名山楼占多，安然世外历春秋”之意境。群山高耸，峻岭叠起，溪流飞走，在如涛如浪如画如诗的青山秀水中，错落有致地坐落着人类智慧的结晶——客家土楼。土楼，顾名思义，是用土建筑起来的楼。这样的土楼在永定和南靖有35000余座。这些高矮分明，楼龄不一，造型多样的土楼大都以生土夯筑，造型别致，巧夺天工，历经数百年的岁月沧桑，不仅安然无恙，而且至今仍在使用。

我到土楼探访是在夏天，尽管太阳直射在身体上火辣辣的，但青山如黛，溪水清凌，给人以清新怡人的感觉，疲劳和闷热顿时少了许多。从县城出发不过一个多小时就到了“六群四楼”中的洪坑客家土楼群。这是比较典型的山坳村落，清澈的洪川溪从村中穿过，房屋依山顺溪而建，山脚溪流两岸分布着46座土楼，都是明清时期的建筑，其中振成楼、奎聚楼、福裕楼是最夺人眼球的。

振成楼是洪坑最醒目的圆形土楼，素有“土楼王子”之称。它占地5000多平方米，悬山顶柱梁式构架，分内外两层，形成楼中有楼、楼外有楼的格局。外楼高四层，远远望去就像一座坚不可摧的大碉堡。走近土楼，没有人不对这样庞大的土墙建筑惊叹叫绝。我没有急着走进土楼，而是沿土楼外围走了一圈，细细观察土楼的外表。

离墙一米有一条用块石砌筑的沟，很显然是为防止雨水侵蚀墙体而建，底部是用块石做基础，墙体是用黏性很强的黄土，在夹板的作用下一层层夯实而成。在墙体损伤处，可以看到墙体内有长条竹片存在，很明显是用来连接加固墙体的，在没有钢筋水泥的年代用这样的方法和材料，也是客家先人的高明之处。在不同的层次中，还可以看出在夯土墙的门洞处留有灰浆痕迹，无疑是为建筑的长久之计而考虑。

走进楼内，可以看到院内空间虽然不是很大，但出乎意料地明亮，反给人以开阔之感。依墙组成起来的圆环用的全是上好的木材，层次分明，错落有致。中心为家族祠院，依次为祖堂，围廊，住家。整个院以圆心点为核心，从核心出发，层次分明地层层展开，犹如湖中的涟漪，环环相套，非常壮观。院内有取之不尽、用之不竭的大水井，既是院内居民的生活水井，又是整个院子的消防用井。一二层除了开有门洞外，没有窗，甚至连通风口也没有；三四层有窗口，既可以通风，又可以观察院外，遇有匪患时可以起到防御作用。墙用黑瓦盖顶，屋檐外伸，是为防雨之用。而楼内的房间，一间连着一间，数来有百间之多。楼里老人给我们介绍说，福建最大的土楼可以住百家千人，新媳妇嫁到楼内，一年都认识不完楼内的亲戚，实在让人惊叹不已。全楼的设施布局既有苏州园林的印迹，也有古希腊建筑的特点，堪称中西合璧的杰作。

不仅土楼的构造让人震撼，传奇的土楼文化更让我难忘。参观振成楼可以发现它是按“八卦”图案建造，探研原因，古老的客家人要依循“八卦”原理来抵御自然与社会的不法侵害，这样的建筑构造正体现了他们的睿智。在振兴楼内，外环楼间东西两侧各有一口水井，正好位于八卦阴阳两极上，东边水井处于阳极，传说喝了此井水能成能工巧匠，有“睿智井”之说；西边水井在阴极，水质清洌甘甜，长饮可以美容，俗称“美容井”。品两井之清泉，奇特的是，两井不过相距30米，处同一水平面，水温、水质、水清澈度却大不相同，仿佛真让人体会到了两井的奥妙。土楼所处的环境大多优雅清净，林木苍翠欲滴，瓜果飘香，五谷丰登，正是我梦寐以求的人间仙境。

参观完土楼，内外比较，内部是木梁柱，轻巧而开敞，结构合理，完全是一个与世隔绝的世界；外部是夯土墙，厚实而封闭，坚固中透出悠久，伟悍中透出灵敏，整个外形就像一座难以撼动的大碉堡。这样的设计，这样的建筑在当时的山区可谓是一大创造和发明，至今还让世界注目，让国人骄傲。

如诗如画牯牛降

皖南多山，峻秀多姿，美不胜收。黄山、九华山是群山的杰出代表，可谓安徽的两大名山；皖南古村，历史悠久，韵味十足，西递、宏村更是百看不厌之处。黄山看景，九华拜佛，游西递宏村，品乡村古韵，也就成为皖南游的佳选。其实，在古代徽州府管辖区域内，还有许多自然景色和人文景观极佳的地方，只是远在深山交通不便，宣传不够，而知之者甚少。同在皖南池州市石台县的牯牛降，就是其中之一。

牯牛降因山形酷似一头牯牛从天而降而得名，它离石台县城22公里，总面积6700公顷。牯牛降古称“西黄山”，是黄山山脉向西延伸的主体，以雄、奇、险、秀著称，山岳风光秀美绮丽，集生态与人文于一体，融山水与古村于一处。

我去牯牛降旅游，是在大雪节气的前一天。阳光灿烂，空气新鲜，从池州出发，汽车在山间公路上颠簸了3个小时，才到达牯牛降。

牯牛降是典型的深山型村落，处于层层叠叠的大山包围之中，放眼望去，整个景区是以葱绿为主的色调。涧河里的流水清纯诱人，水流中凸起许多大小不一的滚石，大则以吨计，小则数百斤。

路见一年迈瘦弱的山民，砍了几捆枯枝，用肩膀扛着，从河沟里往大路上送。我看着他爬高走低、吃力艰难的样子，怜悯之心油然而生，顾不得道路崎岖、枯枝肮脏，从山民肩上接过枯枝，帮他扛到堆放的地方。也许是年龄的关系，也许是缺少锻炼，只是几个来回，已额上渗汗，粗气直喘。直到枯枝扛完，那山民也没跟我说一句话。我用怀疑的眼光打量他，憨厚老实，满脸皱纹，一头的枝渣碎叶，瘦小的身躯套着宽大的外套，腰间系着绳索，一把砍刀插在腰间，一看就知道他是个经常砍柴的老山民。就在我疑惑不解时，他突然对着我“哑哑哑”了几声，竖起了大拇指，冲着我不停地点头，我这才知道他有言语障碍，他在用哑语和动作向我表示感谢。

走进具有“绿色自然博物院”之称的牯牛降，给人的第一感觉是山高林密，气候优越，险峰深壑，奇松怪石，烟云飞瀑，小桥流水，白墙青檐，古村人家。在柔和的阳光照耀下，更显示出它的美丽。

牯牛降分为四个景区，龙门景区、主峰景区、奇峰景区和双河口景区。我们主要游览已开发的龙门景区，情人谷、四叠飞瀑、严家古村，给我留下了较为深刻的印象。

在这深山沟里，严姓和檀姓两大家族，演绎着牯牛降的昨天、今天和明天，编织着严家和檀家的恩恩怨怨。“情人谷”就是由严家的小伙子和檀家的姑娘的爱情悲剧而得名。两姓人家同居一条山谷，同饮一沟山泉，同燃一山薪柴，檀家在山腰一呼，严家在山谷即可回应。在这样的环境中，本应该唇齿相依、相互照应，然而两姓却世代怒目相视、争斗不断。有一位严家少年要和檀家的姑娘冲破仇恨，永结连理，但遭到了双方父母和家族的反对。于是他们双双跳崖殉情，用最果断的行动捍卫爱情，他们忠于爱情的行为，因为后人的同情而流芳百世。

今天的牯牛降已不同往昔，严家和檀家不仅相惜相依，互谅互助，嫁娶也自由了，此处成为名副其实的情人谷。这里的好山好水造就了美好风光，成了许多情侣拍摄婚纱照的好去处，我一路上就遇到了两对由安庆专程驱车来此拍摄婚纱照的新人。

四叠飞瀑是牯牛降之行的必到之处。它位于龙门景区谷底，沿着人工道路上行，山涧愈来愈窄，溪流愈来愈急，声响愈来愈大，两岸山高林密，横卧的乱石上长满了苔藓，穿过树缝射下来的阳光特别刺人眼睛。进入瀑区，水流由高及低，“哗哗”泻了下来，没有黄果树瀑布那样壮观，也没有庐山“飞流直下三千尺”那样引人注目，但那白链倒挂、碧玉凝聚的样子，却也让人迷恋。我情不自禁地踩着乱石，越过水流，尽量地靠近岩崖去亲近瀑水，水流飞溅，衣裤上被溅得湿漉漉的，仍然不愿离开。

离开四叠飞瀑，原路返回，一路上导游给我们介绍了不少严家古村的故事。严家古村居住的是东汉著名隐士严子陵的后裔。古时人择地造屋讲究的是风水，环山绕水，山中有水，水中有山，必定是适合人居的地方。牯牛降，下有瀑流涌泉，上有犀牛望月，东水西流，主富主贵，且远离喧嚣，聚气宁人，是适合人居的风水宝地。也许就是这风水宝地，造就了严家子孙发达，人丁兴旺。远望严家古村，青山绿树，粉墙黛瓦，马头墙高耸，虽经过岁月的考验、年轮的磨炼，墙体略显斑驳，仍不失徽派建筑的祥和宁静，也增添了不少浓厚的历史感。

走进严家古村，严家村的祖先们与天斗争，与地斗争，与人斗争的遗迹无处不在。古老的磨坊、石磨依存，石臼还在，从那古老的程度，可以想象它的年代。严氏宗祠，足以说明严家古村的历史年代和这个古老山村不断变迁的历史痕迹。这些历史遗迹的存在，既可以让后人记住前人的艰苦创业史，又可以激励后人发挥自己的聪明才智，去建设美好的家园。牯牛降的明天一定会更加美好！

喜欢岩头村

约了同伴，开车去了慕名已久的浙江省温州市永嘉县岩头村。绵绵细雨一路相伴，纷纷洒洒，“欲断魂”的时节已过，山坡坟地上的祭扫痕迹仍历历在目。

位于楠溪江风景区内的岩头村，西依小汤山，南濒楠溪江，古村老街融为一体，是楠溪江中游最大的村落，创建于南宋初年。

古人造村，喜欢在前有照（河流湖泊），后有靠（山岭高地），交通方便的地方居住。金氏祖先也不例外，选择了岩头这块依山傍水、交通便利的风水宝地安营扎寨，世代相传，悉心经营，终成规模。因为有山，岩头风景如画，因为有水，岩头面容滋润。山水相融，岩头郁郁葱葱，美到极致。

在岩头游走，无论在古村老宅还是在古老的丽水街，你都会为这座做足了水文章的古村而赞叹。因为，村里有楠溪江中游最大、最成功的岩头村水利工程。

清晨，我到村北观察岩头村水利工程的水源地。在那个年代，要将低于村落的溪水引入村庄并不容易，眼前的引水方法似曾在哪里见过？都江堰，是都江堰！李冰父子创造的治水方法被金氏祖先完美无缺地引用在岩头村水利工程上。

水从溪源进入人工修筑的水渠，在村西北角形成上花园。然后分前浚、后浚，前浚向东，形成下花园，分支流经大半个村子，从北面注入丽水湖。后浚顺村子西边的浚水街南下，在水亭祠西南角会合汤山北麓西来的水渠，注入塔湖庙风景区的湖里。岩头水利工程始于元代日新公，至明代桂林公扩建而成，至今500余年，仍为岩头村人的生活提供着诸多方便。

村里的老屋，历经几百年的风风雨雨，大多已经过翻修改造，但仍有多座老宅保存完好。古巷深深，从春到夏，从秋到冬，不断演绎着自己的故事。走在瘦长可爱的古巷里，夜雨淋湿的鹅卵石路面有些湿滑。古巷边上有水渠，南北为主渠，东西为支渠，渠水来自迤逦的幽谷，清凌凌的水在渠里低吟慢唱，流过老宅，流过古巷，会合后一路高歌经丽水湖奔楠溪江而去。

见村民在渠里舀水刷牙，毛巾搭在肩头，完毕，牙具放进水杯，杯子搁在石阶上，双手掬起清澈的渠水在脸上搓洗，用毛巾擦去脸上的水珠回屋去了。女人在渠里浣衣，此起彼落的棒槌声，抑扬顿挫，仿佛是在敲打古老唐诗的韵律。五颜六色的衣服晾在门前竹篙上，从菜地里弄菜回来的人，直接把蔬菜放在渠边的石阶上，一边洗菜一边聊起了家常，爽朗的笑声在晨空中回荡。

水系让整个村庄鲜活水灵起来，一条条横竖相连的水渠是村庄舞动的水袖，曼妙灵动，摇曳着生命的意象，舞出了生活的精彩。有了这穿村而过的溪水，村里的生命愈发蓬勃，村里的景色愈加灵秀。

从明代蹒跚走来的丽水街，既在现实中，又在历史中。据说，丽水街最繁华的时候有上百家店铺，柜台上陈列着烟草、煤油、洋布、食盐、火柴、糕饼、杨梅酒……街廊里有副对联“萍风碧漾观鱼栏，柳浪翠泛闻莺廊”。又观鱼又闻莺，足见这里既是商业街，又是风景极佳处。为方便脚夫，岩头人在街上建有乘风亭，亭子里泡有大碗凉茶，有灶台，有柴草，脚夫们可以点火做饭，免费喝茶；亭柱上挂着草鞋，无论是脚夫还是行路人，若是脚上的草鞋破了，换上一双都不用付钱。“茶待多情客，饭留有义人”，足以说明岩头人的淳朴仁厚。

老街是静止的，岁月在流动；宅院是静止的，主人在流动；湖岸是静止的，湖水在流动；景点是静止的，看风景的人在流动。经历了百千个春夏秋冬，丽水湖一如既往地流淌，日出有清醒的期待，满街飘散着炊烟；日中有繁华的喧闹，过客匆匆川流不息；日落有安详的静谧，飞鸟疲倦归巢歇息。

小汤山在岩头老街的末端，在它脚下的水亭祠，原本是桂林公建造的书院，是岩头耕读文化的典雅之所。后来，它成为专门祭祀桂林公的场所。水亭祠，文昌阁，文峰塔，遥相呼应；塔湖庙，古戏台，智水湖，森秀轩，相映生辉。那棵318年树龄的老樟树，伸出修长的枝丫，覆盖着建于明嘉靖三十七年（1558），有27根石条搭建而成的三孔平桥——丽水桥。与丽水桥遥相呼应的是建于同一时期，因依荷花池而得名的花亭。花亭又称接官亭，立八柱，重檐攒尖顶式木构建筑，天花用五层斗拱叠成八角藻井，隐喻五行八卦。层面垂脊8条，分别立有“张果老骑白驴”塑像，脊端塑有“刘海献钱”图案，结构严密，外观古朴典雅。不远处，一株514年树龄的苦槠，枝繁叶茂，是金氏艰辛和坚韧地营建丽水街的“见证者”。

“灵山佑岩头，碧水绕村流。晓雾藏佳气，晚霞映阁楼。”美丽的山水，古老的村街，厚实的人文底蕴和历史故事，日益完善的民宿，为岩头村旅游开发奠定了坚实的基础。

岩头，我会再来的。

白头翁

除了麻雀，白头翁是我见到最多的鸟。

8月上半月，我在充山疗养院疗养，住二疗区311房，在房间向外眺望，湖景山色尽入眼帘。一只白头翁从湖边的枫杨树上飞来，落到前楼楼台上，探头探脑四处张望，然后，叽里呱啦地叫唤着。于是，长着同样面孔，穿着同样花色衣裳，操着同样调门的白头翁，成群结队地飞了过来，扑啦啦落满了楼台。我搞不清它们之间的关系，也听不懂它们说什么，但可以看出它们之间是真诚相待友好相处的。

白头翁是喜欢热闹的鸟类，生活的地区非常广泛，据资料记载："它的学名叫白头鹎，又名白头翁，属雀形目鹎科小型鸟类，鸣禽，为冬季北方南迁的候鸟，平均寿命10—15年。常见于东亚、我国台湾、长江南部的大多地区。性活泼，不畏人。食昆虫、种子和水果，属杂食性鸟类。雄性胸部灰色较深，枕部白色极为清晰醒目，雌鸟浅淡些。"

清晨，我被叽里呱啦的叫声吵醒了，打开手机，刚好5点。拉开窗帘，站在阳台上向前方望去，被眼前的一幕惊呆了！不知其数的白头翁，扇动翅膀，上下翻飞，在离湖不远的枫杨树上空落叶般翔舞。没有刻意安排，没有雷达导航，却互不碰撞。一会儿飞向湖面，一会儿又飞回到树林上空，叫唤声不绝于耳。在它们下面，数不清的蜻蜓也在飞翔，我不知道白头翁是冲着蜻蜓而来，还是在参加有意义的晨练？白头翁越聚越多，黑压压地在枫杨树上空盘旋。蜻蜓似乎有些害怕，总是想方设法躲避它们，也许白头翁们在进行一场狩猎？奇怪的是面对这么多的猎物，却没见它们捕捉一只蜻蜓，这难道是一场比拼飞翔技巧和能力的比赛？还是在举行白头翁世界特有的仪式？我百思不解。

经多天的观察发现，白头翁的群体活动是有规律的，清晨和傍晚是它们集聚活动的时间段。在充山疗养院，白头翁总是在清晨第一缕曙光照耀前，用悦耳的叫声把我从睡梦中唤醒，我会在它们团队的欢快乐曲声中起床，然后，在楼顶平台上晨练，享受清晨的好时光。傍晚，晚霞映照在湖面上，它们会边歌边舞，送走劳累了一天的太阳，我也会听着它们美妙的叫声在院中散步。然后，在它们的窃窃私语中进入梦乡。

湖边那几棵老枫杨树，还真有些老牛护犊的模样。枝叶繁茂，宽大的树冠不仅能为鸟儿们遮风挡雨，而且是它们对付天敌的保护伞。那天，我坐在房间，隔着玻璃门看白头翁们在前面楼台蹦跳歌唱。突然，它们展开翅膀，惊恐地尖叫着扑向老枫杨树，扑啦啦地钻进枫杨树冠。我觉得好奇，走到阳台上张望，一只老鹰在充山上空翱翔，我明白了白头翁刚才惊慌失措的原因。

我家小院西南角有棵桂树，院外是一大丛竹子。阳春三月，风和日丽，也是白头翁情窦初开的季节。院子里来了一对白头翁，不是在围墙上就是在电线上蹦来跳去，起初我没在意，看到它们老是往桂树里钻，留心观察，发现茂密的枝叶下有个鸟窝，窝里有四只光溜溜的小鸟。那段时间，白头翁觅食非常辛苦，既要填饱自己肚皮，还要抚养儿女。流浪猫来院里，白头翁都会发出尖锐的叫声，我会把猫赶跑，让它们安心抚育后代。

今年，我在院子花盆里种了黄瓜，由于肥料充足，瓜藤爬得老长，藤上开满了喇叭状的黄花，雌花后部是嫩嫩的瓜纽，我期待着品尝自己种植的绿色蔬菜。去老家陪伴父母，也没忘记交代家人施肥浇水。回来后去院里一看，黄瓜藤依然茂盛，只是见花不见瓜，细细观察，黄瓜被啄食得不成样子了。

那天，我无意中发现了秘密：一对白头翁站在围墙上，左瞧瞧，右瞧瞧，互相嘀咕了几声，然后，“倏”地飞到黄瓜藤架上，脑袋滴溜溜地转了几下，没有发现危险，便放心大胆地啄食起黄瓜纽来。我没有去干扰它们享用这鲜嫩的美食，因为它们曾经是我的“邻居”，邻里之间应该互相照应，和睦相处。

一荡清水向东流

家乡的山水是一幅看不厌的水墨画。前不久，我去了趟少有人去的钱墅荡。

钱墅荡位于宜兴城东新庄镇，东有太湖，南有东氿，西有宜城，北有屺山和阳山荡。钱墅荡面积与团氿面积相差不大，虽没有团氿有名，却似一颗璀璨的明珠，镶嵌在宜兴城东的土地上。

中午时分，漂流的云被揉碎了，浸在荡水里，水也跟着妖艳起来，太阳的身影在水中晃荡，飞鸟伸展长长的翅膀，把影子映在水面上。荡的四周还没有高楼大厦，一丛丛芦苇沿着荡岸随意生长，青杆嫩叶，绿得发翠，一副秀色可餐的模样。

有小船漂泊在荡里，一男子侧坐在船舱里，小船明显向一边倾斜。见他左手捏着穿网的竹制串条，右手拎起水中的丝网，抖了抖网上的水，不偏不倚地穿挂在竹条上。有鱼缠在网上，小鱼直接被男子拎进舱里，大鱼则用抄网将鱼兜住捞进舱来，动作不紧不慢，神色不慌不忙。然后，一丝不苟地将被鱼搅乱的渔网理顺，整齐划一地穿在竹条上。船靠岸时，船舱里各种鱼大大小小足有十来斤。

荡边有树枝斜伸在水面上，一只灰色的鹭鸟，从西边逆风飞来，在晃荡的树枝上打了个趔趄，翅膀拍了几下，终于站稳。然后神气活现地站在树枝上，一会儿勾着头，啄啄腹下的羽毛，一会儿昂起头，观赏空中的云彩。然后低着头，全神贯注盯着身下的水面，摆出一副随时战斗的架势，等待猎物——鱼的出现。

我悄悄地走近，蹲在岸边的柳树下，静观它如何捕鱼。五六分钟后，水面出现了水纹，灰鹭以迅雷不及掩耳的速度扑向水面，叼起一条穿条鱼，拍打着翅膀向钱墅荡北边的屺山飞去。也许在这个鸟类繁殖的季节里，那里有它时刻惦记着的儿女。

钱墅荡是过水荡，有客水从上游来，经这里流入太湖。由于荡面宽，流水缓慢，水里的泥沙会在荡里沉淀淤积。在20世纪六七十年代，荡里水草丰美，夏秋季节，荡周围的生产队会组织农民去荡里捞水草做肥料或饲料。荡里农船穿梭，大家用拖刀割，竹棒搅，有的干脆光着身子下到荡里捞，会唱的吼上几声江南小调，释放出劳累和胸中的烦恼，荡面上一派热闹景象。冬天，罱泥船在荡里做足了功夫，用两根竹竿做罱篙，将麻布或竹篾或铁皮做成的罱兜紧紧扎牢在竹竿大头处，罱口系上竹片或铁片，交叉制作成罱泥的罱子。罱夫在船上操动罱篙，罱口在荡底吃泥，大船三人，小船两人，空的罱兜下去，满兜的荡泥被罱上船，松开罱口，荡泥淌进舱里。罱泥非常费力气，罱进船舱的荡泥还得罱泥人用木制的擢锨擢上岸，用作农家肥料。那个年代，荡里的淤泥被清理得干干净净，水清见底，游鱼清晰可见与此有着必然的联系。

天热时节，周围的农民把钱墅荡当作家里的洗澡堂，身体热了，身上脏了，跳入荡中，畅游一番，体清心爽。进入21世纪，周边工厂多了起来，一些小化工厂排污不到位，污水流入荡中，水质浑浊带腥臭味，鱼虾少见了，水草生出来便腐烂了，人们也不敢下荡游泳了，没有了这些，荡就变成了死荡。自从贯彻“绿水青山就是金山银山”的发展理念，荡周围的工厂得到有效整治，荡水重新变清了，水草繁茂了，鱼虾也多起来了，虽然与20世纪比，还有相当大的距离，毕竟在向好的方向发展，只是日益累积的淤泥却成了大麻烦。

我站在荡边，细细观察，岸上姹紫嫣红，柳枝飘荡；水上波光粼粼，水鸟翱翔；水中水草轻动，游鱼从容。整个荡区就是一片湿地，众多物种在不知不觉地净化流水，也在净化人们的思想，转变人们的理念。看着一荡清水缓缓向东流去，我不禁感叹，我们的环境虽然有了很大改善，毕竟还非常脆弱，这份美丽需要人们去努力呵护。

第三辑

人间有爱

秋风里的乡愁

江苏南部有座小城叫溧水，历史悠久，古老质朴，虽然离六朝古都南京很近，由于地理环境的原因，地处丘陵地带的溧水城乡在新中国成立前一直处于闭塞贫穷的状态。

城西石湫镇九塘华山头自然村，是我的祖籍地……

1935年闹旱灾，溧水城乡天旱地裂，人畜饮水十分困难，庄稼颗粒无收。大年三十，地主老财派账房先生到祖父家收租，吃了上顿愁下顿的家里，哪里交得起租。太祖母跪地恳求宽容，并承诺来年补交，账房先生不依不饶，性格刚烈的祖父忍无可忍与其发生了肢体冲突。眼见家徒四壁的茅屋里逼不出任何东西，账房先生撂下一句“年后找你们算账”的狠话走了。祖父估摸着年后难逃一劫，让大女儿去把送给人家当童养媳的小女儿领了回来，带着两个女儿和三岁的儿子去祖坟上磕头烧纸，既是给祖宗拜年，也算是向祖宗告别。

1936年的一天，北风呼啸，雪花飞舞，祖父穿着蓑衣，戴着斗笠，肩挑装着一家人生活用品的箩筐；祖母背着三岁的娇儿，一把破旧油布伞阻挡着飘飘荡荡的雪花；年近花甲的太祖母披着油布，拄着拐棍；十六岁的大姑妈背着包袱，戴着斗笠；冒着风雪外出讨饭逃荒。出村不远，给人家当童养媳的小姑妈得知举家外出，一路哭喊追赶，非要随爹娘同行。女儿是娘的心头肉，一天不见心里慌，两天不见愁断肠，三天不见泪汪汪。举家出走，独把她留下，于心不忍。母女二人抱头痛哭死活不肯分开，太祖母也不忍心将小孙女留在老家，祖父也同样深爱着女儿，只因女儿已经送给了人家，又把她带走情理上说不过去。其实，在这样的年景，家里多一口人多一张嘴，走了一个反倒减轻了负担，所以，婆家也没有人赶来接她回去。于是，小姑妈也就随同家人一起走上了一条不归之路。

漫漫风雪天，长长泥泞路，举家逃荒人，愁苦何时休。一家人沿途乞讨，走走停停，经句容过镇江，一路往东，见村进村，嗑门求乞，无话搭话，穷途求生，遇有需要帮工的人家，不图工钱，只求有安身之处，能填饱肚皮是一家人的最大满足。在那年头，逃荒讨饭的沿途皆是，活计难求，僧多粥少的局面导致一家人不得不继续东进，行到苏州已是秋天。太阳在白日里依然是那样的炙热，晚上才渐渐降低了些“热情”。秋虫唧唧的夜容易引发人的种种相思，一家人挤在一间废弃的小屋里，三个孩子已进入梦乡，大人们不仅为明天的生活发愁，思乡的情绪也纠缠着他们，让他们久久不能入眠。茅屋虽矮，好歹是自己的家，土地虽瘦，毕竟是养活了几代人的地，乡亲虽穷，却系着千丝万缕无法割舍的情，返乡成为他们这个秋天里的最大念想。其实回去也不是那么简单，租种的水田已被收走，自己的几亩薄地没有播种更无收成，没有收成一家人又如何熬过漫长的冬天？回家挨饿还不如在外帮工乞讨。思乡是一份复杂的情结，情结中隐藏着无限的愁。不管难有多大，愁有多痛，毕竟是在家乡，亲朋好友借点凑点也方便。打定主意，在凉爽的秋风里，一家人踏上了返乡的路。

苏州离无锡很近，成年人步行也就一天多的路程，一家人沿着运河足足走了六七天。古运河在无锡穿城而过，高耸的石桥，枕河的人家，穿梭的行船，热闹的街景，深深地吸引着他们。一家人在寻找住宿地的不经意间碰上了好心人，这位素昧平生的好人不仅让他们住了下来，还介绍祖父去运河边的窑场里背砖挑瓦，祖母则帮东家洗衣做饭。太祖母带着大姑妈捡破烂，小姑妈照顾三岁的弟弟。一家人白天干活，晚上聚在一起，生活虽艰苦，比起沿途乞讨已是生活在天堂里。起早摸黑为生计而忙，别人觉得这一家人活得太苦太累，而他们却不这么认为，因为他们认定在苦水里生，在苦水里长，苦就是他们的生活，生来就是做牛做马吃苦的命，他们的生活就应当在苦水里渡过。如果有一天苦从他们的生活里消失了，他们反而会感觉不习惯，会一无所措，会无所适从。睁开眼睛干活，闭上眼睛睡觉，屋子虽小容得下一家人的身子，屋面虽旧能挡得住外面的风雨。无锡是个容得下人的地方，稳定的日子过得特别快，一家人忙忙碌碌，不知不觉又到了来年的秋天。

时近中秋，天高云淡，秋风送爽，月亮早早地悬挂在天空，饱经风霜的一家人，坐在古运河大拱桥的桥栏石上，空中的明月，飘移的云彩，沿河的房舍一齐倒映在古运河中，微风轻拂着河面，泛起阵阵涟漪，水波轻轻地拍打着河岸，恰似人间私语。祖父触景生情，想起前年中秋夜，一家人围坐在门前的土场上，天空的圆月和屋旁的华山一齐倒影在门前水塘中的情景，思乡的他，眼眶里噙满了泪水。无锡是座美丽而人人向往的城市，在这座城市生活了一年的一家人，或多或少对这座城市产生了一定的感情，虽没有自己的住房、体面的工作，但生活毕竟优于地处穷乡僻壤的溧水九塘。其实，城市的生活对孩子们是向往，对长期生活在乡村的成年人并没有太多的吸引，在他们的眼里依然是外地，热闹的城市不会让他们放弃思乡情结。城市虽好，仍然留不住他们的心，瓦房能住不是自己的家。华山头下的草屋还能住人吗？屋后旷野上的几亩薄地有人打理吗？门前水塘里的水还那样清冽吗？经过灾难的乡亲还离乡背井流落他乡吗？离家快两年了，身为一家之主的祖父无时无刻不在想念生他养他的九塘华山头村，还有早不见晚见的乡亲，浓烈的思乡之情缠绕着他，也缠绕着这一家人。

窑场上的工友大多来自大江南北，来的地点不同遭遇略同，朝夕相处难解难分，依依不舍是工友们的真情表露，挽留是东家对一个好帮工的最好表达。经过反复权衡，祖父暂时打消了返乡的念头，一家人依旧在这座城市重复着以前的工作，过着流离失所、饿不着撑不死的生活。

日子如流水，不知不觉就从身边流走了，又是一年秋风送爽、丹桂飘香的季节。晚霞映照在窑场上，运河上吹来的风令人倍感凉爽。窑内的砖瓦正处于闷窑饮水阶段，祖父那晚的工作是给窑顶的窑池里挑水，黄昏时分，池水加满了，他独坐在窑顶上，点了筒旱烟，眼望着蔚蓝的天空，闪闪的繁星，微明的弯月和偶尔飘过的白云。心想，那飘忽不定的白云，不就像游荡不定的自己吗？飘来荡去几时才算是尽头。故乡的情景一幕幕从眼前掠过，让祖父再次陷入难以自拔的痛苦之中。

祖父是个说一不二想到做到的人，一旦做出了决定，九头牛也拉不回来。就在这年秋天，他毅然决定放弃苦中有乐，比较稳定的城市生活，带着一家人踏上了返乡之路。

令他没有想到的是，离开无锡竟然是走上了永远回不了家乡的不归之路。来时，一家人走的是北线，从无锡返回走的是南线，尽管归心似箭，路还得一步一步走，饭还得一口一口吃，人留人时留不住，天留人时不留也得留。秋日里的天说变就变，淅淅沥沥的秋雨，断断续续下个不停，一天也走不了几里路，住破庙，宿牛棚，秋分时节才走进地处苏浙皖交界的宜兴城。

宜兴是一座有数千年历史的古城，河道港湾交叉，山水一脉相连，交通便利，物产丰富，景色宜人。

宜兴西乡有个叫涧桥的地方，村子不大，面山靠河，山上葱绿一片，河水晶莹透亮，土地肥沃，村民和善。也许人的一生是有定律的，该在哪里生活你就得去那里扎根，逃不掉也推不开。一家人走到这座依山傍水的小村子，太祖母因路途劳累发起了高烧，别说求医，人生地不熟，连找处住宿地方都实在太难了，何况还有个病人，幸好离村不远处有几座烧石灰的废窑，券拱依然完好。祖父砍来树枝，在河滩上割了些芦苇，编了个遮风挡雨的门，窑洞成了流浪人临时的家。为了给太祖母治病和维持全家人的生活，祖父去财主家打工，凭着勤快和一手好农活赢得了财主家的信任。收稻、锄田、种麦……累死累活勉强能维持一家人的生计。有好心人见大姑妈出落得亭亭玉立，就有人上门提亲，劝说祖父将大姑妈嫁了，也好让姑爷家出点钱给太祖母治病。初来乍到，又在这样的逆境下，祖父也别无办法，同意了大姑妈的婚事。大姑妈出嫁，给思乡心切的祖父系上了绊绳，继续西归意味着家人分离，亲情割舍是人生最大的痛苦。于是，一家人决定暂时住下来。在村民的帮助下，在千年古窑场上，搭起一座遮风避雨的茅草房，漂泊流浪了几年的一家人，总算又有了属于自己藏身的茅屋。

宜兴的地质条件远胜溧水，层叠的山峦，流淌的河流，肥沃的土地，有序的村庄，组合在一起，就是一幅水墨画。可是在那个年代，最好的自然条件也不是穷人的生活天堂。大姑妈出嫁的那年冬天，太祖母病入膏肓，在漫长的冬夜里咽下最后一口气，一口薄皮棺材装着朝思暮想着故乡的人的躯体，草草安葬在乱坟岗上。太祖母的去世，给思念故乡的祖父的心上又添了一堵墙。其实，祖父的思乡情结始终没有放下，在晚辈们面前总是唠叨生他养他的九塘华山。每到秋天，那牛奶色的浓雾，纷纷扬扬的落叶，唧唧的虫鸣都会勾起他的乡愁。

而我的父亲姑妈们则不然，九塘在他们的心灵中没有留下什么难忘的烙印。溧水宜兴离得不远，中间隔了个溧阳，直径距离不过七八十公里，不过，在没有铁路又没有公路连接的年代，成年人日不歇脚，至少也要跑上二三天。路程相隔不远，语言却大不相同，初时语言交流有些困难，没过多久也就适应了。山明水秀，人杰地灵，土地肥沃，旱涝保收，乡邻友善，大姑妈嫁人，太祖母离开人世，入土安葬在这地方，让祖父这颗思乡的心暂时稳定下来了。

祖父是家里的主劳力，承担着养活一家的重担，迫于生计，不仅外出帮工，还种了几亩租田，老家九塘在一家人的脑海里渐渐地淡去。

一个外乡人在异地生活不容易，加上兵荒马乱的年代，更是举步艰难。那年国民党的部队路过，一个营长见小姑妈颇有几分姿色，非要把她带走纳为小妾。祖父与家人不肯，那强盗营长扬言“不同意就杀你全家”，为保一家人性命，小姑妈被逼跟随那营长而去，行军途中乘隙逃离，躲进远离城镇的小山村，遇好心人收留，在那小山村里结婚成家。

父亲十三岁那年的秋天，祖父不顾家人的反对，执意要带父亲回趟老家。离家十年，坐落在九塘华山头村的茅草房还在吗？亲戚朋友还安好吗？村子还是老样子吗？已经十年没有给祖坟添过土了，不是子孙不孝，是这世道太炎凉了。祖父把行李绑缚在木制独轮车上，车头前系了根绳子，父推子拉一路向西行去。出门时还是蓝天白云，下午就淅淅沥沥下起了小雨，原本坑坑洼洼的道路，经雨淋更加泥泞不堪，车轱辘上沾满了泥，载物减负的车却变成了父子俩行路的累赘。实在迈不动脚步，寻找了一所祠堂暂避风雨。祠堂是宗族聚会和族人议事的地方，也是摆放祖宗牌位和存放棺材灵柩的场所。阴森森的祠堂里摆放着十几口黑漆棺材，没有人住的祠堂越发显得阴森可怕。入夜，父子俩勉强入睡，一阵窸窸窣窣的声音惊醒了他们，父亲幼小的心灵里装着许多有关鬼神的传说，这声音莫非是鬼神发出来的？父亲害怕，自然地向祖父身体靠紧。“叽叽叽叽”的声音让父子俩知道是老鼠在作怪，但那个年代里，老鼠的活动亦让人毛骨悚然。棺木因热胀冷缩发出“噼噼啪啪”的声响更让父子俩惊心，是鬼魂不愿他们在此打扰？还是棺材里的尸体死后复活？天还没亮，父子俩就急匆匆地离开了地狱般的祠堂。夜宿祠堂让人惊魂未定，白天路上同样让人担惊受怕，离家乡越近危险越大，途中经常碰到戴着钢盔、背着长枪的日本兵。

溧水小城依旧，日寇横行，汪伪逞凶，人民食不果腹，衣不遮体，提心吊胆的生活让旧时的亲戚朋友逃的逃，走的走，留下的也是过着穷困潦倒的生活。居住在溧水城西，以剃头为生的堂弟，见到十年不见的堂兄，拖着瘸腿，伏在堂兄肩上，眼泪如注，一贯坚强的祖父也抱着堂弟泣不成声。堂弟的生活也过得紧紧巴巴，堂哥、堂侄的到来，虽然增加了生活上的负担，他还是尽其所有招待多年杳无音信的亲人。父子俩第二天回到了久别的九塘华山头村。父亲三岁离开，脑海里没有存留下家乡的影像，更没有熟悉的面孔，这次回归并没有在他的心灵里产生多大的情感反应。祖父则不同，这个生他养他的小山村给了他太多的记忆。儿时的同伴也和他一样肩负着养家糊口的重任，过着吃了上顿愁下顿的生活，见面寒暄几句就匆匆地忙自己的生活去了。草房早已梁断柱倒，土墙经风吹雨淋已残缺不全，赖以生存的薄地因欠租而被地主霸占，原本就简单的生活生产用品早已荡然无存。埋在土里的亲人，坟头依然还在，添过土，烧完纸，磕过头，回村告别邻居，祖父领着父亲到妻妹家走访。又是一场悲喜交集的场面，姨妈拉着外甥左看右看一个劲地说像姐姐。时隔十年，亲戚、乡邻，依然是和自己一样穷困，待久了只会增加亲戚们的负担，离开才能减少他们的麻烦。

告别妻妹一家时，妻妹反复叮咛让姐姐回去相聚；堂弟拖着残腿行走了三里多，含泪送别堂兄和堂侄，直到互相望不到身影。

回到涧桥的家，祖父躺倒了好几天。

就在那年冬天，祖母一病不起，成为一家人中第二个异乡之魂。

后来，中华人民共和国成立，祖父分得了土地，父亲十九岁那年结婚，从此，一家人开始了安居乐业的幸福生活。

在坟地间行走

那年农历四月二十七日，那是个令人难忘的日子。凌晨时分，沉睡中的岳母一口气没接上，当着两个儿子的面，没有留下半句话语，一声不响地走了，走得是那样平静，那样安详，没有一丝遗憾，一丝恐慌。

灵堂设在大舅子家堂屋里，堂屋长台上摆放着岳母的遗像。那是她十多年前的相片，虽然已是七十多岁时拍的了，但依旧是精神矍铄、和蔼慈祥、厚道本分、与世无争的模样。老人家安详地躺在堂屋的门板上，身体比活着的时候瘦小了许多，脸上盖着黄表纸，胸前放着杆钩秤，寓意为黄纸盖脸，称心如意。事实也是如此，老人在世的时候，过着衣食无忧的生活，小辈们对她体贴孝顺。死后，儿女们怕她在另一个世界里受穷，围在她身边为她叠元宝。隔一会儿就往火盆里扔几个，看着元宝纸钱在火盆里萎缩消失，灰色的纸灰随着热空气上扬，像是真的和亡灵一起去了阴曹地府。其实也是，岳母走时已八十有八，没有任何痛苦状，可谓顺天应了，也应了她自己近日来唠叨的一句话："老伴先走了八年，孤苦伶仃，甚是可怜，我要去陪他了，这样我俩都快乐了。"

这一次，岳父真的来接她了，他们又将生活在一起。在世，岳父母携手走过了七十年的时间，一直是妻主外，夫主内，直到岳父中风倒下，里里外外全靠岳母一人，这样的生活持续了近10年。确实岳父离不开她。那时岳母负担很重，医生早就预言她的一些病随时将夺去她的生命。但她仍无怨无悔照顾着老伴，从不麻烦小辈。但是精心的照料终没有留住岳父，岳父走了，她仍然住在那里不肯离开，她总是说老伴是一生的伴，他会常回来与她唠唠嗑，吃她做的饭菜。在这种精神寄托中，岳母又走过了八年。

也许是岳母活着的时候，没有拖累子女，子女们反而总觉得欠了老人家的，也许尽心尽力地做好老人的最后一件事，是他们最后的回报。在每一位来吊丧的亲朋好友鞠躬磕头时，女儿、儿媳的哭声伴随着唢呐声在屋里回荡，久久不能散去。三天三夜通宵达旦的陪伴，让倦容早早地爬上了每一个小辈的脸上，但大家都打起了十二分的精神，将老人入殓、火化、安葬。

岳母的坟地选在岳父坟地的边上，紧贴在一起，两个墓穴一个土墩，这样的葬法也算是圆了两位老人生前的心愿！距离岳父坟地三四米处，是他们大女儿的墓，大女儿早岳父走了十几年，这是岳父母永远的痛。老人一生生了十三个子女，前五个因各种原因早逝，大女儿是第一个活下来的孩子，理所当然成了父母的挚爱，在父母的护佑下，在弟妹的谦让下，生活幸福、工作顺利，但是在即将退休的那年，却因工伤意外死在了岗位上。父母的不舍，让她回到了老家的土坡上，起初是两位老人相互搀扶，后来就只是岳母孤单守护，但改不了的是痛心的哭声。现在，三人又团聚了。再过去几步、十几步……都是曾经与岳母共同劳动、生活过的人，闲不下来的岳母是不会寂寞的。

送葬的队伍很长，四代人，还有共同劳动、工作过的人。岳母的人缘很好，这跟她的工作有关，她一直是村妇女主任，家长里短的事都归她管。号召妇女参加集体劳动，教育妇女勤俭持家，调解家庭纠纷，化解邻里矛盾，动员年轻夫妻计划生育。别看都是些婆婆妈妈的事情，但岳母却乐此不疲。谁家的男人打女人，她要帮弱势的女人说说话，替她消消气，让他们夫妻和睦相处；谁家的女人生孩子，要报个户口上个证，主动上门提个弦，告诉他们怎么办，让他们少跑冤枉路；谁家的公婆骂媳妇，谁家的媳妇嫌长辈，她得上门当回老娘舅，让他们停止纷争，化干戈为玉帛。那年村上一对夫妻打架，女的抱起孩子回了娘家，男人几次上门，女人死活不肯回家，非要男人当面道歉并保证不再欺负她，男人来了牛性死活不肯去岳父母家，这就苦了她这个妇女主任，跑了女家跑男家，跑了男家跑女家，前后跑了几十趟不算，还得两头受气，好不容易把女人请回了家，不料男人一句冲撞话，女人掉头又回了娘家。这可难为了她老人家，早一趟，晚一趟，求爷爷，告奶奶，直至一家人有说有笑和睦相处。

就这样岳母成了村民们最贴心的人，也成了村里村外的名人。难怪送她最后一程的人有这么多。

到坟地要穿过一片茶园，茶园里的采茶人停止了手上的作业，边看着送葬队伍边议论着。也许她们在说：“人啊就和这茶树一样，年轻时候枝繁叶茂，嫩枝绿叶夺人眼球，老年时候枝枯叶败，枝叶凋零满目苍黄，历尽沧桑，直到化作烈火，变成黑灰方肯作罢！”这人跟这茶树没什么两样？但我不这样认为，岳母在我心中永远是我最尊敬、最热爱的母亲。那年的夏天格外热，我住进了医院，在生与死的搏斗中，岳母帮助了我战胜死神。她在医院一待就是二十多天，安慰、鼓励的话语，激励着我与病魔进行不懈的抗争；煮饭熬药，端汤送水，擦身喂食，她都用心去做，她用最博大的母爱，帮助我与死神抗争。当病房里的人知道她所陪护的病人，是她未过门的女婿时，向她投来的是赞许和敬佩的眼光。

也许是苍天对岳母仁心的回报，前几天的高温突然离去，淅淅沥沥的小雨也随风而止。雨后的泥土特别松软，仿佛这大地也要经过洗礼后，才能接受新坟冢。这也许是对岳母最高的厚爱。

晚辈们分批跪地磕头，做入土前的最后告别，许愿要老人家为他们消灾祛祸。在鞭炮声中，你会感觉生距死是那么接近，更会觉得精彩地活着多么难得。

岳母的人生经历可谓丰富，虽没有惊天动地的事业，但她却活得很精彩，劳动是永恒的主题。乡里（公社）开三级干部会议，她是妇女主任，完全可以坐在会堂里闭目养神，可是她没有这样做。早上起早买菜、洗菜，中午提前出来做饭、做菜，一个女人承担了两个男人都承担不了的工作。有人问她你怎么高兴干这重活累活呢？她说：“大伙儿一年到头也够辛苦的了，趁着会议让他们吃好一点，多听一点，聚精会神领会好会议精神，回去抓好生产，多打粮食，让社员多分一点，过上个好年。”因此，烧菜做饭，刷锅洗碗，成了她每次会议前后必做之事，难怪有许多生产队干部说她是个闲不下来的傻大姐。

岳母到死都没成为共产党员，不是她不够共产党员的资格，而是在她看来，让年轻人入党要比让她这个目不识丁的农村妇女入党强得多，因此她总是教育年轻人要向党组织靠拢，推荐他们加入党组织。自己则在党外不厌其烦地做着党的工作，虽未入党，却尽着一个共产党员的义务，在我的心目中她一直是个不是共产党员的党员。

妇女工作在那个年代基本是尽义务，年终一次性补贴几个工分就算不错了，她老人家从来没有计较过。参加生产队劳动，和岳父一起挣工分养家糊口，是她义不容辞的责任，只要没有特殊情况，劳动的队伍中总少不了她的身影。那时岳母家有八口人，上有叔公和她们一起生活，下有五个孩子。俗话说，嫁鸡随鸡，嫁狗随狗，嫁头驴子跟着走，可她家不是，大女儿嫁人不走人，除了劳动，洗衣做饭带孙子的事一样也少不了她，累得她经常直不起腰来。

最后的鞭炮声是对岳母的颂扬。子孙满堂、和睦大家庭都少不了她老人家的功劳。孙辈们的悲痛欲绝更是对她的肯定。在坟地间走动，面对满坡的坟头，许多亡灵旧事就会在脑海中被翻出来，细细咀嚼，我终于懂得了什么叫理性的悲伤，更懂得了什么叫活得有意义。

悼钱群

6月19日中午，我走进饭堂，际平告诉我，钱群上午在办公室突发心梗走了，遗体还在医院抢救室。我本来很好的心情，“咯噔”一下，变得沉重无比，即刻和际平、玉民驱车赶往人民医院。

初识钱群，我还在无锡市中级人民法院，他在市人大法制委员会工作。1993年，我院起草《无锡市房屋居住权处理办法》时，我开始与钱群交往。每次参加草案的座谈和修改，都能见到他的身影。三十出头的年龄，中等个子，梳着分头，四方脸上总带着笑容。对每个人的发言都认真地听，认真地记，遇有不清楚的地方，主动提问请教。多次接触交谈，我发觉他年纪虽轻，但具有全面法学知识，而且其他方面的知识也懂得很多。

2002年底，我到市人大任职，直到2012年6月离任，做了两届市人大常委会副主任（兼任市人大法制委员会主任委员），分管立法工作。钱群是市人大常委会法制工委副主任，2008年任市人大法制委员会副主任委员、市人大常委会法制工委主任。我们一起共事10年，既是同事又是朋友。他的品行、为人，宽广的眼界，博学多才，勤勤恳恳忘我工作的精神，以及对事业的完美追求，让我感到由衷敬佩，与这样的人共事真是一种享受。

权力、名誉、地位对每个人都具有吸引力，如何正确对待，树立起正确的世界观、人生观、价值观、地位观、权力观、利益观是对一个人最直接的考验。那年，钱群40岁出头，担任市人大常委会法工委副主任已多年，他本有机会晋升法工委主任，由于组织上另有安排，让我跟他谈谈，做做他的思想工作。当他走进我办公室，他笑着对我说：“我知道您今天找我来，是要做我的思想工作。其实，我早有思想准备，说一点想法没有是假话，谁不想有作为、有进步？组织决定我绝对拥护，新主任来了，我会一如既往、竭尽全力配合做好工作，请组织上放心。”不多的几句话，充分体现了他不计个人得失的崇高思想和宽广胸怀。

无锡在1986年取得地方立法权，钱群就和立法结上了缘，一干就是30多年，直至生命的最后一刻。在这30多年里，无锡正在施行的90多部法规，没有一部不是在他的亲力亲为中出台的。立法工作任务重，要求高，既要坚持科学立法，又要充分发扬民主；既要坚持依法立法，又要结合地方实际有所创新。一部法规从立项到出台，需要经过多次调研和几十次反复修改，倾注着立法人的大量心血。这对于一个身体强壮者来说，也许坚持坚持就挺过去了，而钱群是胃癌切除后的康复病人，繁重的工作自然会影响他的健康。2008年初，市人大党组从法院调入专业人才给他当副手，增加人员、充实力量，既是为了圆满完成繁重的立法任务，也是为了减轻钱群的压力，让他有休养的时间和空间。

《无锡市宜兴紫砂条例》是特殊行业的立法。针对紫砂行业乱象，在宜兴相关部门和行业协会的提议下，人大常委会决定制定《无锡市宜兴紫砂条例》，为传统文化及产品提供法律保护。内容既涵盖紫砂资源的开采和保护，紫砂研究、设计、生产、制作技艺的保护和传承，也规定了作品、产品的保护，又在弘扬紫砂文化、维护经营单位和个人以及技艺人员的合法权益上做了规定。记得当时在“紫砂地理标志产品保护”的问题上存在不同观点，对“紫砂地理标志产品”概念还比较模糊，为体现地方立法的超前性，他寻找相关资料，多次走访调查，召集有关方面协商，平衡各方利益，最终在《无锡市宜兴紫砂条例》22条对紫砂地理标志产品保护做了规定，体现了该条例的完整性。

2007年5月，太湖蓝藻暴发，水厂水源受到严重污染，守着太湖没水喝，严酷的事实给无锡人敲响了警钟。水危机事件后，环境治理，特别是水环境治理摆上了重要议事日程。围绕市委和政府的重大决策，人大把环境治理作为新一届立法重点。从下半年开始，法工委会同相关工委为下年度立法计划和新一届立法规划进行调研。炎热的天气，他在充满恶臭的太湖周围查看，从望虞河到走马塘，从蠡湖到外太湖，凡是与立法有关的江、河、湖、荡都没放过。那天，钱群对我说身体有些不舒服，我看着他蜡黄的脸色，劝他休息几天，去医院检查，他婉言谢绝，直到下年度立法计划确定，他都没有离开岗位一天。

无锡市第十四届人民代表大会常务委员会在四年六个月任期中，相继完成了《无锡市河道管理条例》《无锡市排水管理条例》《无锡市航道管理条例》《无锡市太湖新城生态城条例》《无锡市蠡湖景区条例》《无锡市供水条例》六个涉及水环境保护和治理的地方性法规。为体现法规的不同特色和各法规间涉及水环境保护和治理的衔接，以刚性的法规约束水环境的保护和治理，钱群和法工委的同志们走访、座谈、论证，夜以继日，逐条逐句，连一个标点符号也不放过地讨论修改。制定《无锡市蠡湖景区条例》时，在是否要设定“垂钓、游泳”条款上存在争议，钱群力排众议，在29条做了规定。加上后面的两个法规，共同形成了无锡历史上最广泛、最严厉的系列性“治水”法规。其中的酸甜苦辣，钱群倾注的心血，外人不知，我和他的同事们历历在目。如今，太湖水质一年比一年好转，是对钱群的最好告慰：你为无锡水环境治理和改善做出的贡献，立下的功劳，人民不会忘记！

钱群不忘初心、牢记使命，几十年如一日，在同一单位、同一岗位，从事同一枯燥而乏味的工作，没有半句怨言，鞠躬尽瘁，死后而已。人生的价值和意义并不在于做多大的官，干多惊天动地的事，而在于在平凡的工作岗位上获得赞誉和掌声。钱群，我相信，你的同伴们一定会继续你未了的事业，一定会用你的荣辱观，你的奉献精神，你的高贵品质，你的人生态度对照和勉励自己，在立法岗位上，踏着你的脚印，更加坚实有力地前行。

钱群，你就这样早早地，静静地，无声无息地走了，走得是那样自然，那样安详！但在我这个兄长眼里，你永远没有走，因为你永远活在我的心中。

谨以此文告慰钱群的在天之灵！

牛的故事

整整一个冬天，队里那头老牯牛不是蹲牛棚，就是晒太阳，懒得挪动身子，一副无精打采的样子。即便去河边喝水，一路上也慢腾腾的，步履异常沉重，活像解掉绳子就会散开的架子。除了站着吃草，躺着反刍，很少活动腿脚，目光混浊而空洞，犹如患了重病似的。稻草吃掉一大堆，牛粪拉了一大池，非但没见长膘，反而消瘦了许多。

春回大地，万物萌动，躲在枯枝败叶下的小草，率先露出细嫩的新芽，给大地披上淡淡的春装。铜山脚下北面的坡地上，枯萎的野草还在休眠，向阳朝南的山坡上，已是绿草茵茵春光勃发了。老牯牛在饲养员老蒋牵引下，迈着宠辱不惊的步子，从沟底艰难地爬上南坡。那是一条沟底路，曲曲弯弯伸向山坡，它已无法记清楚，自己到底走过多少遍，这里本来没有路，是老牯牛和它的前辈，硬是用四只蹄子，一步一步踩出来的。

老蒋把缰绳绕在牛角上，让牛自由自在吃草，自己找个避风的地方，从口袋里摸出老花镜，戴在布满皱纹的脸上，一边看书一边晒太阳，让瀑布似的暖阳洗涤着弱不禁风的身子。老牯牛自由了，远离阴暗的牛棚，没有蝇虫叮咬，没有臭气熏烤，唯有艳阳当空高照，行走在散发着春天气息的草地上，品尝着新鲜的嫩草，精神似乎有所好转。

日月如流，眼看快惊蛰了，虽经老蒋精心调理，老牯牛仍然没有缓过劲来，神态还是萎靡不振，行动依旧迟缓木讷，犹如一架即将报废的机器，更像一台没有上紧发条快要停摆的旧式闹钟，甭说畜生应有的精气神，就连吃草速度也大不如前，细嚼慢咽，半死不活。

见老牯牛如此模样，队长着急了，对老蒋大声说道："增加一些精饲料，瞧它那无精打采的样子，哪有力气拉犁耕地，队里的百余亩田地怎么办?"

老蒋听了连连点头，心里却不是滋味，又不敢反驳队长，只能在肚里默默说道："它从娘胎里钻出来，一直是我伺候的，我几乎把它当成儿子，也够尽心尽力的了。该添什么饲料，不比你清楚?"

老蒋一生经历过各种重大变故，是个有故事的角色。小时候家中有田有房，父亲是教书先生，从小就教他断文识字，在村里也算是文化人了。

由于体力差，劳动能力弱，队里让他养牛。即使干这种脏活，还有人不放心，怕他养不好耕牛。为此，队长反复向大家解释："都是乡里乡亲的，低头不见抬头见，他也要吃饭生活的。话都说到这份上，还是有人向上反映，要求更换贫下中农养牛，直到老蒋把牛养得膘肥体壮，闲言碎语才烟消云散。

三年困难时期过去了，农村不再实行"一大二公"，普遍划分小核算单位，按人头分配自留地。老蒋所在的生产队也不例外，一百五十多人，二百多亩耕地，一分为二变成两个队，农具搭配拆分，仅有的一头耕牛只能抓阄，谁抓着归谁，结果老蒋的队抓到空阄，耕牛归新组建的生产队。饲养员老蒋没跟牛分在一起，难免有点伤感，然而，新上任的队长并不歧视他，他倒也因祸得福了。

一个七十多人的生产队，没有一头耕牛，只能用人力耕田，不仅劳动强度大，影响多种经营，还会延误农时，错过播种季节，影响农作物产量。队里派人去安徽买回一条小母牛，社员们议论纷纷，都说不该买母牛。队长只能辩道："母牛有母牛的好处，不但能耕田犁地，还会生小牛，也许过些日子，就会多出一头牛来。"大家觉得有理，也就默认了。

饲养小母牛的任务，自然落到老蒋头上，他又和牛形影不离了。

在老蒋精心照料下，小母牛渐渐长大，身体变得结实，两眼炯炯有神，皮毛油光水滑，可以耕田犁地了。训练牲口干活，不是一件简单的事，费时耗力不说，还有一定的风险。说来奇怪，小母牛非常聪明，也很听话，没让训练者过于操心，无师自通地学会干农活：拉犁的姿势，行走的步子，都能与耕田手合拍，犁耙始终在一条线上；耕田手吆喝一声，或者抖一下鼻绳，它就知道如何调整自己的行动，可谓循规蹈矩，身上很少出现鞭痕。望着埋头苦干的小母牛，打量着一垄垄犁翻的泥土，大家露出满意的笑容。

有人跟老蒋开玩笑，说他把小母牛当老婆养，牛才会这么乖乖听话。

那年春天，小母牛引颈叫唤，引来邻村一头大公牛，不停地在它跟前转悠，想方设法献殷勤，一会儿用头擦它身体，一会儿用鼻嗅它臀部，那股亲昵劲，连老蒋都觉得肉麻。小母牛耍性子跑在前面，大公牛扬蹄跟在后面，对方缠绵了一阵，也就各奔东西，仿佛不认识似的。从那以后，小母牛的肚子，如同打足气的皮球，不断膨胀开来，产下一头公牛仔：闪亮的眼睛，浅黄色的皮毛，招风耳朵，长长的腿，一看就知道是大公牛的种。

队里添了头牲口，大家就像捡到钱包，全都喜滋滋的。队长去公社畜牧兽医站报喜，给小牛上“户口”；还去粮站买黄豆，给母牛滋补身子，让它有足够的奶水喂养小牛。老蒋更是忙得不亦乐乎，挑嫩草、泡黄豆、赶苍蝇、篦虱子，怕母牛睡觉压伤小牛，干脆将铺盖搬到牛圈里，比丈夫伺候妻子坐月子还周到。

小牛仔在老蒋的百般呵护下健康成长，比母亲多了一份自由，可以不受限制地出入牛棚，跑到山坡上去吃草，去门前的河里饮水。吃饱喝足了，撒开四蹄跑上一圈，偶尔还会亮开嗓子，“哞哞”地叫上几声，声音嫩得像豆腐花。随着时间的推移，小牯牛胆子越来越大，不仅到处撒野，还去田里偷吃庄稼，经常有人找队长告状。

冬去春来，光阴似箭。胃口极佳的小牯牛，养得膘肥体壮，重量已超过母亲。不能再让它无拘无束，到处乱跑破坏庄稼，该给它上些规矩了。木匠老丁找根丁字形的柳树杈，做成光滑的牛鼻栓，请来兽医为小牯牛穿鼻。为了预防不测，特地准备了几根麻绳，挑选了几位身强力壮的汉子，准备将它放倒后穿牛鼻子。尽管兽医和颜悦色地向它靠近，机灵的小牯牛还是预感到来者不怀好意，鼻孔喘着粗气，眼睛扫视对方，捆绑的绳子还没碰到腿，它就转身跑掉了，站在不远处大声叫唤，仿佛在嘲讽众人，又像在向母亲求救。

饲养员老蒋大声呼唤着，慢慢走过去，小牯牛仍然站在原地，始终不肯迈步，对着老蒋摇头晃脑，仿佛在说：“你别骗我了，等那帮家伙离开，我就回去。”尽管小牯牛聪明伶俐，极富灵性，毕竟是头牲口，哪里是人类的对手？经过一番哄吓蒙骗，难免上当受骗，在绳子束缚下，随着几声哀鸣，木栓挂上牛鼻子，虽然经过抗争，最终只能认命。

小牯牛毛色纯正，弯角健硕，大眼有神，大耳扇风，附近一带村子里，没有哪头牛比它强。虽然身高体壮，论年龄上还是嫩牛仔，但吃草的速度，灵活的腿脚，连那些上了年纪的牛也没法比。给它穿鼻栓的那年夏天，小牯牛和几个孩子在河里洗澡，一个游到河心的孩子，突然大声求救，在水中挣扎着，眼看灾难就要发生了。

孩子们的惊叫声，引来正在割草的老蒋，不会游泳的老蒋，急忙骑着小牯牛去救人。小牯牛不负众望，快速游到河心，老蒋伸出双手，将那个即将沉入河底的孩子，硬生生拽上牛背，驮到岸边。小牯牛不但救人有功，还用坚实的牛背，让孩子伏在上面，吐出腹腔内的积水，最终转危为安。

四月的一天，阳光灿烂，碧绿的原野上，露珠在草尖上闪亮，一个适合耕地的好日子。饲养员老蒋起了个早，把小牯牛牵到紫云英田里，让它美美饱餐一顿，然后学习耕田犁地。两名年轻的耕田手，扛着犁背着犁匣来到田头，小牯牛抬头望了眼，继续大口吞咽，享受着田间的美食。耕田手把犁架到田中央，防止牛野性发作时，把犁拖过田埂，造成埂毁犁损伤及牛腿。起先，小牯牛并不在意，母亲整天在田里干活，耕田犁地忙个不停，它早就熟视无睹了。当耕田手在它肩胛上，架上木制的犁匣，开始有些好奇，随后觉得不对，于是使劲晃脑袋，犁匣从肩胛上摔下来，险些砸在耕田手脚上。

老蒋赶紧扭住鼻绳，耕田手捡起犁匣，重新架在肩胛上，迅速系好绳套，接过缰绳牵着它朝前走。小牯牛感到身上增添了分量，觉得很不舒服，老是抖动身子，想把东西卸下来。尽管后面的耕田手，一个劲地吆喝着，前面的牵引者，拽着牛绳往前拉，小牯牛的前蹄，死死踩在泥里，硬撑着不肯迈步。后面的耕田手，随即给了一鞭子，它大概觉得疼痛，勉强朝前走几步。犁开始吃泥，肩上分量加重了，它又止住脚步，站在那里不肯向前。后面的耕田手，又重重给了一鞭子，它抽搐了几下，依然一动不动，一副宁死不屈的模样。

见小牯牛不为所动，两名耕田手改变策略，一人牵着牛绳，一人喂它吃红花草，老蒋也上前帮忙，捧着嫩得滴水的红花草，引诱它朝前走。开始还有些效果，小牯牛很快发现上当了，三人合伙在骗它，于是再次停下脚步，连草也不吃了，随你怎样哄骗，就是软硬不吃，一副爱理不理的样子。耕田手恼怒了，在它屁股上狠狠抽了几鞭，小牯牛突然摔脱缰绳，拖着犁往斜刺里跑，犁越过田埂，拖出一个豁口，溪水哗哗往外流，引得老蒋惊叫不已。

两个耕田手彻底火了，看来不给点儿厉害让它尝尝，它是不会轻易就范的，于是卸下犁匣，将它牵到一棵老槐树下，系紧了牛绳。小牯牛一身轻松，眼中露出得意的目光，以胜利者的姿态，低头啃吃田里的嫩草。没想到，雨点般的击打接踵而至，两个耕田手手持竹枝，铆足了劲抽它臀部，每抽打一下，小牯牛就发出凄厉的叫声，四蹄乱踩，脑袋晃动，欲挣脱拴着的缰绳，想逃离痛苦的惩罚。一阵抽打之后，小牯牛的臀部，出现一道道伤痕，两眼含泪，充满恐惧。

打从娘肚里出来，小牯牛就深受欢迎，集各种宠爱于一身，遭到如此毒打，还是平生第一次。望着耕田手扬起的竹枝，它将眼睛转向老蒋，发出求救的信号，知道这两人不会罢休，唯有老蒋能救它。让它感到失望的是，老蒋居然无动于衷，站在面前一动不动，脸上显得毫无表情。挨了毒打的小牯牛，总算老实多了，不像原先那么倔强，被人牵着朝前走，虽然不服气，步子七歪八斜，倒也一步步往前挪。中午休息时，老蒋给它吃了些黄豆，算是安抚和奖励。小牯牛确实聪明，一旦专心学习，很快掌握要领，耕田耙地不在话下，各种农活得心应手，有时和母亲同地劳作，跑得比母亲快，似乎想减轻母亲的负担。这一年，队里耕田犁地的活，全由它娘俩包掉了。

两头牛一起干活，牛力绰绰有余，于是有人出主意，让小牯牛架套拉车，承担运输工作。说来奇怪，拉轱辘车这种活，小牯牛竟然一学就会，训练时不但没反抗，还满不在乎，一副悠然自得的样子。看着它将一车车肥料，运往田间地头；又将地里的收获，一车车拉回村里，大家全都交口称赞，它也成了牛群中的明星。

队里有人提建议，把多余的牛力出租给其他生产队，按劳付酬，增加收入。按时播种是丰收的基础，为了不耽误农时，想租牛干活的生产队还真不少，队里揽来的农活，总由小牯牛承担，它又成了队里的摇钱树。

春秋迭易，岁月轮回，时间是最好的训练师。“孩子”终于长大了，“母亲”的地位开始下降，一个不大的生产队，养两头牛显然有些多余。那年冬天，队里以不菲的价格，将母牛卖到其他生产队，换取生产储备金。母牛离开的那天，社员们聚集在打谷场上，不少人上去抱牛头，摸身子，默默地为它送行。老蒋眼里噙满泪水，犹如自己的闺女即将远行，心中充满依恋之情。此时的小牯牛，已经长成大牯牛，它压根不知道将和母亲分开，是老蒋故意支走它，怕它在这种场合野性大发。

空荡的牛圈里，没有母亲陪伴，大牯牛很郁闷，凄惨地叫了几天。

朝夕相处的母亲走了，大牯牛形影相吊，孤独而寂寞地生活着，眼中充满忧虑，干活更加卖力：耕田犁地，负泥背土，拉车载物，长途运输，一刻不停地忙碌着，包揽了队里所有的重活，还能为别的队干活，好在天生一副好筋骨，繁重的活计压不倒它。那年公社组织耕牛比赛，大牯牛得了第一名。

风定落花香，岁月催人老。忙活了一辈子的大牯牛，和饲养员老蒋一样，步入生命的晚年：浑身长满茧子，多处没有皮毛，胯下磨出老茧，干活力不从心，许多农活难以派上用场了。联产承包，分田到户，没有人家肯认养它，尽管它救过人，为队里做过巨大贡献，比赛时得过第一名……它已成为累赘，被人们所抛弃，唯有的“价值”，那就是吃它的肉，喝它的汤，啃它的骨头，过一下口腹之瘾，美美饱餐一顿。

宰杀那天，天空布满乌云，寒风嗖嗖刮来，人们穿着棉衣还嫌冷，场上围满看宰牛的人。是老蒋抓着牛鼻栓，把老牯牛牵来的。一路上，老牯牛用粗糙的舌头，不停地舔着喂养它的主人——那双老皮皴裂的手。老蒋抚摸着老牯牛的头，将脸贴在牛脸上，嘴里喷出白气，眼中蹦出泪珠，久久不忍离去。他擦掉泪水，拍拍牛头，将缰绳交给身边的人，佝偻着身子，迈着小步匆匆离去。

老牯牛躺在地上，四条腿被麻绳捆着，睁大布满血丝的眼睛，望着一张张熟悉的脸，以及身边的木盆，闪亮的尖刀，露出迷惘的眼神。两个小伙子揪住牛角，将木盆塞到脖子下，拿起地上的尖刀，商量着下刀的地方。它的眼神突然大变，从迷惘到疑惑，从惊恐到绝望，终于明白自己的下场，一串清泪滚落在干涩的脸上。

有个孩子好奇地喊道：“快看啊，老牯牛哭了！”

锋利的尖刀刺进颈脖，一股温热的鲜血，喷洒进木盆里，老牯牛发出一声长叹，粪便和尿液奔涌而出，周围死一般的沉寂。

虾王咪咪

春光明媚，桃红柳绿，轻风轻拂，碧波荡漾。

池塘岸边的菖蒲一片葱绿，身姿摇曳，风情万种；水草与涟漪翩翩起舞，相依相偎，窃窃私语；一群小鱼在水中窜来窜去，动作敏捷，无忧无虑；虾群不甘寂寞，从塘底浮到水面上，沐浴着阳光，享受着和风，观赏着蓝天白云。群虾中有只腰身粗长、外壳黝黑、双钳锋利、尾鳍硕大的大虾——被众虾称为咪咪的虾王。它的王位并非世袭，也不靠争强好胜而得，而是由于德高望重，使得群虾由衷信服，自发拥戴它为大王。

虾王咪咪挥动着双钳，剪断连绵的水草，扫清前行的障碍，借助水的浮力，自由自在地游动着。群虾争先恐后追逐着它，上下跃动，左护右拥，享受着美好的春光。虾王咪咪前进时，会用那暴露在外的双眼，注意观察周围的动静，一旦发现危险，立即发出“逃跑”的指令。突然，它大喊一声：“快跑!”尾鳍张开，双钳并拢，大腿伸直，身体前倾，嗖地一下扎到塘底。众虾紧随其后，纷纷钻到了水底，惊魂未定地围着虾王咪咪，七嘴八舌地问发生了什么?

虾王咪咪喘了口气，打量着身边的群虾，十分痛惜地说：“今天再次惨遭袭击，令孤家失去了一批子民，你们也失去不少兄弟姐妹。看到有口网悄悄地伸过来，我就知道情况不妙，迅速发出了逃跑命令。幸亏大家逃得快，要不然，就会被丢进油锅里红烧清煮，变成一盘盘菜肴。往后要多加小心，切不可贪恋春光，忽略自身安全，白白葬送了生命。”

一只小虾米天真地问道：“大王，谁在袭击我们?捕捞我们有何目的?”

虾王咪咪没好气地说道：“除了人类还会有谁?人的嘴既臭又馋，是个无底洞，整天变着法子吃；为了口腹之快，什么东西都敢吃，被他们抓住别想活着回来。”

众虾一片沉寂，一只虾哭丧着脸说：“我们生长在池塘里，活动范围有限，迟早会被抓住的，活着还有什么意思？”

那些胆小的虾，一只只脸色苍白，央求虾王咪咪赶快想办法。

虾王咪咪想了想，表情严肃地说：“尔等要振作起来，坚强地活下去，我们也是生命，也有生存的权利。地球上的生命，无论生活在陆地还是生活在水中，无论体积大小，无论身体强弱，无论智商高低，都是这个世界所需要的。我们不得不承认，人类是地球上最强大的动物，他们有聪明的大脑，强壮的身躯，灵巧的双手，旺盛的繁殖能力。他们会制造各种工具，用来捕捉需要的动物，满足自己的欲望。他们为了身体健康，为了自身的快乐，不惜残杀其他生命——剥它们的皮，食它们的肉，喝它们的血，连它们的骨头都不放过！只要有一点利用价值，他们就会肆无忌惮地滥杀无辜，将其他动物视作盘中餐。他们虽然创造了世界，却无权践踏其他生命、伤害其他生灵，他们玷污了万物之灵的美名！”

又有一只虾不解地问道：“人类为何要捕捉我们，他们想干什么？”

虾王咪咪嗤之以鼻，觉得这个问题太幼稚：“他们想吃掉你！如果被他们抓住了，他们会将我们清洗干净，倒进滚烫的油锅里，用铲子拨来拨去，放上各种调料，美其名曰‘油爆虾’；或者加上葱、盐和水，放在锅里清煮，叫作‘清水虾’；更为残忍的，莫过于掐去我们的头，剥掉我们的壳，剩下赤裸的身体，放点青椒名为‘青椒虾凝’。他们大嚼大咽时，连壳都吞进去，还振振有词地说虾壳含钙高，多吃点可以补钙。好像我们罪大恶极，不杀不足以平民愤，生前必须受此酷刑，死后还得尸骨无存，何等的心狠手辣！”

几只血气方刚的虾，顿时热血沸腾，发誓要跟人类拼命。

虾王连连摇头说：“你们太自不量力了，连凶猛的森林之王老虎，都不是人类的对手。它们有时按捺不住，决心跟人类拼个你死我活，不是被关进笼子里，就是被剿杀得一干二净。大象够厉害吧？身高体壮，规模空前，还有长长的象牙，力卷千斤的鼻子，仍然斗不过人类，最后只能听从调遣，乖乖地替他们干活。我们如此弱小，拿什么去跟人类拼命？”

众虾沉默无语，悲观情绪四处弥散着，不时传来一声长叹。

过了一会，虾王咪咪翘翘长须，干咳一声，提高嗓音说：“尔等好好听着，今天专门抽的时间，给你们讲一讲适者生存的道理……”

群虾精神一振，纷纷睁大眼睛，慢慢向虾王咪咪靠拢。

虾王咪咪大声说道：“知道人类有个叫达尔文的吗？都不知道？也太没有文化了。达尔文在进化论中提出适者生存，我举双钳表示赞同。我为何能活到今天，就是参透了这个道理，并能运用自如。简单地说，就是知己知彼，不断选择和适应生存环境。我的诀窍就一个字：逃。人类有三十六计，走为上策，‘走’就是‘逃’，我总结出一套生存秘诀：那就是见缝插针地逃，瞒天过海地逃，无中生有地逃，声东击西地逃，调虎离山地逃，偷梁换柱地逃，以逸待劳地逃……一句话，想活就得逃，逃则生不逃则死。我多次身处险境，为何都能化险为夷，靠的就是随机应变，逃是唯一的生存之道。”

众虾舞动双钳，一起拼命鼓掌，觉得虾王咪咪太伟大了。

虾王咪咪清洗着带泥的胡须，慢条斯理地说道：“孤家出生在太湖边的芦苇丛中，母亲给我起了个名字叫‘咪咪’。自出生那天起，周围就充满危险。母亲每时每刻守护着我们，让我们感受到特殊的幸福和温暖。由于年少无知，我们无忧无虑地生活着，母亲却提心吊胆，整天东张西望，保护大家的安全。随着时间的推移，母亲累得精疲力竭，身体非常虚弱，仍然坚持站岗放哨。一次，它外出觅食遭鱼群袭击，被一条白鱼活生生地吞了下去。

由于缺乏母亲保护，我的生活越发艰难，时时充满危险。尽管食物丰富，周围有芦苇水草做掩护，大的动物进不来，可那些灵巧的小鱼，善于隐蔽的小蟹，经常偷袭我们，吃掉不少兄弟姐妹。好在我反应灵敏，弹跳速度快，多次化险为夷，躲过了一场场灾难，总算活了下来。

“记得有一次，我们在玩捉迷藏，一大群兄弟姐妹们，有的站在芦苇上，有的钻进水草里，有的藏在石缝中……我自告奋勇，承担站岗放哨的任务，睁大两只眼睛，密切注视周围的动静。哪里知道，不远处有只石蟹，悄悄地爬了过来，由于颜色和石头差不多，我没有看清楚。石蟹伸出双钳，突然朝我冲来，我一看情况不妙，赶紧大声示警，嗖的一下弹出老远。我的一个兄弟，由于动作太慢，被石蟹夹住当午餐了。”

众虾全都吓傻了，胡须簌簌发抖，嘴里喊着：“好危险啊！”它们围着虾王咪咪，轻轻摆动双钳，既害怕又想听，一副欲罢不能的样子。

虾王咪咪得意地捋捋胡须，继续大声说道：“随着岁月的流逝，我的身体更加强壮，胆子也越来越大，敢游到远处去觅食。那天，我随波逐流来到湖中，见到了一座用尼龙线编织的‘房子’，悬挂在水里，分外引人注目。我很好奇，顺着大门爬进去，里面特别宽大，房子确实很长，房间挨着房间，显得非常牢固，住在这儿肯定很安全。当时，房子里有不少朋友，大家聚在一起，吵吵嚷嚷，打打玩玩，倒也十分热闹。”

身边一只黑虾打断虾王咪咪的话，焦急地问道：“大王，房子里有没有危险？”

虾王咪咪点点头，投去赞赏的目光：“问得好！当时我也是这样想的，看看周围的情况，这么多兄弟姐妹在一起，大家都很快乐，应该不会有危险的。再说还有几只老虾，它们见多识广，经验丰富，什么场面没有经历过？那天，我就住在房子里，舒舒服服睡了一夜。第二天早晨，房子突然摇晃起来，慢慢露出水面，大家吓坏了，赶紧往后跑，发觉没有去处。里面乱成一团，我挤不过人家，只好贴着壁往上爬，天无绝人之路，顶上有个洞，真是吉人天相，虽然不算大，还能钻出去。我伸直身子，并拢手腿，抱紧双钳，尾部先探出去，好不容易挤到外面，房子已经被提到船沿上，我活动麻木的手脚，‘噗’地一声跳进湖里，再次逃过一劫。”

众虾大惊失色，不断发出赞叹声。

虾王咪咪喘了口气，一副惊魂未定的样子：“通过这次教训，以后遇到再好的房子，我也不敢进去了。湖里的植物越来越少，水质越来越差，兄弟姐妹们开始生病，病情愈来愈严重，死亡威胁着我们，应该换个地方了。我带领大家逆水而上，游到一条河里。水质虽然也不尽如人意，比起湖里的水，至少没有腥臭味。河边垂柳依依，绿草茵茵，没有大片的芦苇，也没有大的风浪，我们游到河湾里，决定把家安在那儿。这是个挺不错的地方，水面上覆盖着荷叶，水底下蔓延着水草，阳光充足，食物丰富，几根粗大的管道里，冲出一股股激流，供我们嬉戏玩耍。我们的生活非常安逸，家族数量迅速增加，这里不就是梦寐以求的天堂？

“谁知好景不长，我们的领地闯进两条黑鱼，驻扎在水草浓密处，产下一大片卵，夫妻俩轮流看守，不让任何水族靠近。我偷偷观察过他们：身体肥胖，肤色黝黑，嘴巴很大，牙齿锋利，眼睛不大却满眼凶光，充满杀气，圆滚滚的身体，由于尾鳍有力，游动速度极快，鱼、虾、青蛙全都成了它们的美食。我多次警告孩子们，这里充满危险，大家要提高警惕，时时远离它们，尽管小心翼翼，儿孙们还是不断消失。

“一次，黑鱼夫妻带着一群孩子，在水草间游玩，为了避开它们，我们特地绕道而行。它们尾巴一甩，突然发起攻击，那种凶神恶煞的眼神，让人为之胆战心惊。我迅速扎到水底，躲藏在河泥里，逃过血腥的追杀。我那些可怜的孩子，由于动作迟缓，大多葬身鱼腹。多行不义必自毙！这种提心吊胆的日子，总算熬到了头。一天晌午，黑鱼夫妻挨在一起，浮在水面上晒太阳，一把鱼叉从天而降，同时扎住了两条黑鱼，真是罕见的绝技！没有黑鱼夫妻的保护，小黑鱼们乱了方寸，纷纷逃得不知去向。

“河湾里恢复了平静，安逸的生活再次降临。那天，我和孩子们在河边觅食，看到一根细长的线上，粘满喷香的食物。大家争先恐后扑上去，狼吞虎咽吃了起来，看着它们迫不及待的样子，我既好气又好笑，真是一群贪得无厌的家伙。然后，以前的经历提醒我，这些食物十分可疑，它们从何而来，天上真会掉馅饼？我在周围游动着，观察了一会，没有发现危险，才慢慢靠上去，用钳夹点尝尝，真的很好吃，难怪孩子们会吃得如此开心。水中的食物吃光了，它们又夹住长线，争抢上面的食物，我游过去帮忙，刚夹住线头，突然被提出水面，还没反应过来，就成了钓虾人的篓中物。”

群虾吓得浑身发抖，失声惊叫着，好像身临其境似的。

虾王眯眯摆摆双钳，让大家静下来，继续大声说道：“望着哭成一团的孩子，孤家十分心疼，但又毫无办法，见虾篓尚未盖上，一个筋斗翻了出来……吃一堑长一智，在我身边的兄弟姐妹，老少爷们，大家长了心眼，处处小心谨慎，再也不敢贸然行事。万万没想到，那些狡猾的人类，竟会用如此毒辣的手段——他们把农药倒进河里，闻到那种怪异的味道，大家渐渐陷入昏迷，全都漂浮在水面上，趁我们昏迷时，他们大肆捕捞，整个家族几乎全军覆没。当时，我也昏厥过去，漂浮在水面上，被一只塑料袋遮住身子，总算侥幸逃过一劫。

“几次死里逃生，使我决心离开这里，去寻找新的家园。然而，天下之大，何处才能安身立命？湖里不安全，河里不安全，沟里也不安全，处处有风险，哪里才是真正的世外桃源？群虾七嘴八舌说开了，有的主张去长江，有的主张去大海，还有的主张去水库，说水库面积大，水质又好，禁止捕鱼捞虾，相对比较安全。这倒是个好主意，问题是如何进入水库？大家知道鱼喜欢逆水往上游，遇到激流拼命往上冲，既刺激又潇洒，它们有办法进入水库，否则就没有鲤鱼跳龙门了；蟹偏爱四处爬行，无论水底岸上，全都一往无前，不达目的誓不罢休，它们也有办法进入水库；我们可是弱小的虾，除了被人食用，可谓一无所长，进入水库简直比登天还难！

“梅雨季节来临了，连绵不断的大雨，没日没夜下着，山洪暴发，泛滥成灾。混浊的洪水到处奔涌，淹没了城市和农村，带着我和孩子们飞速向前，那种惊心动魄的场面，令人终生难忘。为了保证安全，我让孩子们手挽着手，脚勾着脚，钳夹着钳，死死抱成一团，防止被大水冲散。那是一场特殊的旅行，我们随着激流四处飘荡，见到以往趾高气扬的人类，站在房顶上挥手求援，一副无助的可怜相；见到平时衣食无虞的鸡鸭牛羊，在水中拼命挣扎，发出绝望的叫声；见到各种不同的杂物，以迅雷不及掩耳之势，冲进一座座漂亮的房子……尽管累得筋疲力尽，我仍然保持清醒的大脑，因为我是群虾之王，要对手下的子民负责，不能辜负大家的信任。我睁大眼睛，观察周围的动静，寻找稍纵即逝的机会。突然发现不远处，有个巨大的水库，洪水正朝那儿席卷而去。我让孩子们抓住我的身体，听我的指令行事，当大水靠近水库时，我大声喊道：‘赶快跳进去！’我拼尽全力跃进水库，那些孩子们倒也争气，纷纷跟着我跳进去，大家一起潜入水底，这里也就成了我们的家。

“水库是个好地方，依山傍水，水域宽广，水流平稳，水质优良，少了许多天敌，可谓虾的水上乐园。这里禁止捕捉鱼虾，解除了我们的后顾之忧，大家可以自由自在地安享太平生活了。有几次，我看到有人想偷捕鱼虾，被水库管理员发现，立即被轰走。看来人类也有好人，就像虾群也有坏虾，不能一概而论，应该有所区别。幸福的生活令人陶醉，大家尽情吃喝玩乐，全都变得身宽体胖，于是努力繁殖后代，家族人口迅速长大，水库里到处都是我们的身影。一个月黑风高的夜里，我正在睡觉，突然传来一阵嘶嘶的声音，正想查个究竟，身体感到发麻，失去了知觉。后来才知道，人们用电将我们击昏，然后一网打尽。醒来已在水桶里，我想这次彻底完了，再也回不到清澈的水库，再也见不到美丽的家园了！

“第二天早晨，我们被送到菜市场，在鱼摊上待价而沽。不一会，就被从盆里捞出来，装进塑料袋里，卖给一个衣着时髦的女人。那女人将我们带回家，交给了一个老婆婆，自己就去看电视了。老婆婆行动迟缓，老眼昏花，将塑料袋放在菜篮子里，去池塘里清洗。趁老婆婆不注意，我从塑料袋里爬出来，躲在青菜下面，偷偷观察动静。老婆婆并没有发现我，将菜篮放在石埠上，开始洗青菜，我一看机会来了，就悄悄钻出来，纵身跳进池塘……承蒙大家抬爱，推举我为虾王，请记住我的话——任何时候都不能丧失信心，安全第一，绝处逢生。”

群虾纷纷挥动双钳，又是鼓掌又是赞叹，搅得池塘里水花飞溅。

虾王咪咪皱着眉头说：“池塘里虽然安静，一旦到了年底，人们就会动用抽水机，抽干里面的水，开始捕鱼捉虾，连螺蛳也不放过，我们的末日也就来临了。孩子们，你们不必害怕，有我虾王咪咪在，绝对保证大家的安全。经过仔细观察，我发现池塘中间有个涵洞，连着另一口池塘，清理这口池塘时，将水抽进那口池塘。我们可以抢在抽水前，钻到另一口池塘里，这样就万无一失了。记住我的忠告：提高警惕，练习逃跑，多生多育，繁殖后代，使我们的虾族长盛不衰。”

众虾齐声高呼，虾王咪咪万岁！

篾匠老丁

冬去春来，阳气上升，大地回暖，万物复苏。绵绵春雨滋润大地，禾苗青翠，竹影婆娑。篾匠老丁总是在这个季节，带着身高体壮的徒弟，挑着竹制的工匠箱，从山口悠悠地向村里走来。

老丁从小瘦弱多病，父母痛惜他，怕他以后难以胜任繁重的农活，小学毕业就让他拜师学艺。父母让他学篾匠，因为篾匠不需要像泥瓦匠、木匠那样攀高走低，高空作业；也不像杀猪匠起早摸黑，捅刀子卖肉；更不会像剃头匠那样走街串村，四处叫卖，还让人瞧不起。他也聪明伶俐，一点就通，吃苦耐劳，勤奋好学，很讨师傅喜欢。成年后的老丁依然身材瘦小，一副弱不禁风的模样，由于竹艺高超，诚实守信，成了四乡八邻里有名的篾匠。人们需要打席编箩，首先想到的是老丁。

用完东家备好的早餐，师徒俩就忙活开了。老丁瞄一眼备下的料竹，量好尺寸，打上记号，徒弟揽起肥硕的毛竹，往大腿上一架，先锯去尖瘦的竹梢，后锯掉节密肉硬的竹头，操起背厚刃薄的篾刀，在料竹的大头处，骑中砍下，用力往下一拉，嘶啦一声，料竹开成了两爿。遇上特大的料竹，在竹段顶端开个十字口，在刀口处嵌入木条，然后用木槌敲打十字型的木条，槌下木条，哗啦一声，料竹撕成四爿，嫩白的竹膜在竹腔里散发出清香。老丁手执长柄竹铲，嚓嚓几下，铲掉竹腔内的竹结，利索地把竹爿劈成细竹片，用篾刀剐去竹筋，然后坐在小竹椅上，一手操弄篾刀，一手捏住竹片，刀进手退，配合默契。在篾刀娴熟的进退中，竹片变成了细薄瘦长的竹篾。外层的竹篾叫蔑青，中层的叫篾簧，里层的叫篾绒。篾青是竹篾中最上等的，篾簧居中，篾绒次之。徒弟在长条椅上支起刮刀，“刺啦刺啦”地将竹篾上的竹绒刮去，刮去竹绒的篾条更加柔韧光滑。

老丁最拿手的是编凉席，编出的凉席不仅平整光滑，而且带有花纹，既耐看又耐用。编凉席可以一人四边轮流着编，也可以两人一起转着编。老丁和徒弟就是知己知彼的好搭档，一个手势，一个眼神就心领神会，一拱屁股，一跺脚就知道怎么做，怎样编。师徒俩背靠背地蹲着，脚踩在席上，手里捏着，嘴里衔着油光透亮的篾条，篾条从嘴里换到手里，手里篾条如金龙起舞，翻来覆去，窸窣窸窣，来去自如，一会竖着编，一会横着编，云彩在他们脚下铺展开来，到晚饭时分，一张带有花纹的凉席编成了。

过去的农村，家家离不开竹制品。夏天用的凉席，筛米筛糠用的筛子，挑谷用的箩筐，晒谷用的晒席，蒸馍蒸菜用的蒸笼，还有竹篮，竹椅、竹躺、竹床、抓鱼用的竹罩，盛鱼用的竹篓……没有哪样不需要篾匠。老丁是个多面手，没有他不会做的活，因此，他成了这行中远近闻名的香饽饽。

每当老丁进村，我们这些顽童就围着老丁师徒团团转，看他们选料、断竹、开片、劈篾、编筐、织席……一旦制成竹罩，我们就争先恐后成为罩中之“鱼”。老丁似乎吃透了我们的心思，摸透了我们的脾性，为了不让我们影响他们干活，他会以竹风筝、竹头箍为条件，让我们离开，有了竹玩具，我们这些顽童自然就到空旷的地方野去了。

铜铝匠

前不久，我在朋友家发现一把保存完好，20世纪六七十年代由走村穿巷的铜铝匠浇铸的黄铜锅铲。

铜铝匠是我童年时代经常见到，挑着担子走村穿巷，利用废铜废铝浇铸家庭日常生活用品的手艺人。铜铝匠进村一吆喝，村子里就热闹开了，孩子们跟在后面学着叫喊“浇铜勺、锅铲，铸铝盆、铝锅……”村民们闻声忙着翻箱倒柜把积攒的废铜废铝全翻出来，让铜铝匠以旧变新，制作家里需要的日常用具。

铜铝匠一般是师徒，也有父子、兄弟搭档的。一只熔化炉，一台木制风箱，一袋沙子，几种模具，备带一些废铜废铝，装成一大挑子，由年轻的徒弟、儿子、兄弟中身体壮实者挑着。进村选好地点，放下担子，摊开各种工具、物料，组成一个土法制作铜铝制品的摊点。徒弟支好熔化炉，拉动风箱，烧红坩埚，把敲碎的废铜废铝放进去熔化；师傅从袋子里倒出细沙，喷些水，水不能太多，也不能太少，沙能用手捏成块就行了。然后把铜勺、铜铲、铝盆、铝锅、铝壶等现成模具和沙模吻合，预留出口子。虽不繁琐，但也是项技术活，这样的活计在铜铝匠们手上，就像农民播种插秧一样熟练。凭着精湛的手艺，铜铝匠们变废为宝，以旧变新，浇铸出来的生活用具价廉物美、经久耐用。如果谁家浇铸缺些铜、铝，铜铝匠会根据需要按质论价添加些材料。浇铸一般都是先浇铸铜壶、铝盆、铝锅，然后浇铸铜勺、铝铲。

木制风箱在徒弟手中“呼啦呼啦”直响，炉子里的火苗异常欢实，坩埚被炉火舔得通红，那些挤在坩埚里的废铜废铝慢慢变软，熔化成像果汁一样的铜水或铝水。这时，徒弟会一手拉着风箱，一手拿着长勺将坩埚里漂着的残渣捞出来；这时，师傅也已经将模具吻合在沙模型上，固定成型了。徒弟停下风箱，双手握住夹钳将坩埚夹住，把熔化的铜水或铝水顺着预留口倒入模型中，约过一两分钟，师傅熟练地揭开模罩，让模型中的毛坯冷却几分钟，一个铜水或铝水铸的壶、盆、锅就呈现在人们面前。剩下的工作是检查有无瑕疵，着手打磨，沉甸甸的新制铜铝用具非常结实耐用。

做完大件做小件，小件一般是勺、铲之类的，师傅会根据主人家提供材料数量决定浇制件数。制作勺、铲之类的模型要简单得多，在河沙上喷些水，利用现成的生活用具在沙上弄成形状并压实。年轻的徒弟将坩埚里已经熔化的铜水或铝水倒进模型中，注满，然后将坩埚放置在一边，拿一把小勺把坩埚内的剩余铜水或铝水舀出来，防止残留在坩埚内的铜水铝水冷却后与坩埚凝固在一起。这一连串的动作紧凑娴熟，有条不紊。约过两三分钟，铜水或铝水在模型内凝固得差不多时，师傅会打开模具，脱出模罩，一个个金亮亮的铜勺或银光闪闪的铝铲浇铸成了。

此时，师傅会用夹子夹起烫手的铜勺、铝铲，对着阳光细心观察有无砂眼，有细小的砂眼，会补上一点铜水或铝水让砂眼弥合，有疙疙瘩瘩则用锉刀锉去，然后用砂轮简单打磨，打磨后的用具，铜制的光彩照人，铝制的银光闪亮，十分讨人喜欢。

现在商场里卖的不锈钢用具光亮好看，由于技术先进，机械制造，耐用性也明显比土法制造的高。但在那个年代，土法制造铜铝制品，看似简单，其实也是技术活，没有长时间的实践和悟性是不会得心应手的。比如，铜与铝熔化的程度如何拿捏把握，在没有仪表的年代，全凭肉眼根据铜铝在熔化过程中颜色的变化分辨识别，温度够了，铜铝才能熔化得彻底，火候到了，熔化彻底了，浇铸出来的用具，才不会有砂眼，而且结实耐用。

小时候，看废铜废铝在坩埚里凤凰涅槃非常神奇，也非常羡慕铜铝匠们的高超手艺，认为他们的技术高不可攀。时代发展，科技进步，铜铝匠走村串巷已成为历史，这样的铜铝翻砂铸造工艺恐怕再无传人。但必须承认，那是一个时代人们生活的真实写照，也是铜铝匠们留下的历史印记。

老妹的菜园

在岗位上，我习惯了上班下班的生活，突然改变，确实需要调整和适应。闲来无事，回老家转了两天，跑到至今还在为他人看守毛竹林的老妹家看看，找一找阔别了三十多年的田间生活的感觉。

老妹和妹夫都是老实巴交的庄稼人，老妹没什么文化，到结婚年龄，经人介绍，嫁到太华山里，在那里生活了几年，由于不习惯山沟沟里的生活，带着丈夫儿子仍然回到了生她养她的地方。老妹一辈子跟泥土打交道，种粮种菜自然成为她的谋生之路，凭着自己的勤奋，总是菜茂粮丰。现在虽然不单单靠种地这一条生计了，但老妹闲暇时间全用在了拾掇菜园子上。

老妹出门干活去了。只有因飞来车祸，至今还拄着拐棍的妹夫在家。他们住的护林房还是20世纪70年代我老爸当林业队队长时建造的小平房。不远处的枫杨树上，夏蝉争先恐后，此起彼伏，“受不了，受不了”地叫着。我和妹夫聊了一会儿养伤和治疗的话题，然后顶着火辣辣的太阳，嗅着被太阳炙烤出来的土腥味，兴致勃勃地走进老妹家的菜园。

菜园地在房子的东面和北面，但两块地落差很大。北边是一块斜坡地，地表的土被人移作他用了，剩下的全是生泥，连草都长不好。老妹把它开垦出来，又从外面移来熟土覆盖在上面，无形中把菜园面积扩大了一倍。菜园里种满了各种各样的时令蔬菜瓜果，嫩绿青翠，十分养眼。

原本用来防止禽畜糟蹋的篱笆墙成了名副其实的花墙。洁白的葫芦花、金黄的南瓜花、鹅黄的丝瓜花在篱笆上蓬勃展开，在阳光和绿叶中更加五彩斑斓，多姿多彩。青中透白的瓢葫芦和长腿葫芦，以不同的姿态在努力地展示着自己的风采。体长皮青、条纹清楚的丝瓜，在烈日的炙烤中，不仅没有一点耷叶猥琐的迹象，反而枝繁叶茂，欣欣向荣。皮黑体大、形态不一的南瓜，以它沉重的身躯和壮实的体质向人们展示主人对它的厚爱。我试图计算一下篱笆墙上墙下的成果，由于藤蔓和野草的阻挡，最终还是以失败告终。

在篱笆墙的不远处，是一块比较平整的小高地，高地上种植了冬瓜，青青的瓜皮上不仅透出白白的细毛，像是染上了初霜似的，巨大的身躯展示着战胜酷暑的信心。冬瓜地里还夹种了久违了的白皮冻瓜，瓜叶的遮盖和杂草的掩护，仍然藏不住娇嫩白净而硕大的身躯。

在老妹开垦的斜坡地里，黑皮水瓜和青皮甜瓜横七竖八躺在绿叶下，悠闲地躲避着太阳的暴晒。黑皮水瓜和带青皮甜瓜虽然同属瓜类，但它们是同类中不同的品种。水瓜无论大小嫩熟，瓜肉都饱含水分，吃起来非常清脆可口。甜瓜就不一样了，没有成熟的甜瓜苦味很重，特别是瓜瓤，更是苦不堪言，因此不熟不能食用。待到皮色青里透白，瓜皮有微弱裂痕时，就表示瓜熟了。于是凭着经验，我采摘了起来，不一会儿就装了满满一篮子。

把瓜拎到屋里，妹夫说，菜园里的各式蔬菜，不采都老了，需要什么就尽管采摘。我又换了只竹篮，折回了菜园。

支架上生长着长豆和黄瓜，须茎缠绕在支架上，藤蔓顺着支架一个劲地往上爬升，虽超出了支架的范围，仍摆出了一副不肯罢休的样子，翘首寻找着新的靠山。黄瓜满身的毛刺，摘起来有些扎手，但是它们碧绿水嫩的样子吸引着我，够不着的地方，我依靠长条椅把它们一一请到竹篮子里。一串串倒挂的豆角，长的足有两尺多，成双成对不愿分离。我也随手采摘了些。

摘完了长豆和黄瓜，我又打起了呈紫红色、闪着玛瑙色泽的茄子和圆润光滑的、墨绿色的青椒的主意，直到篮满为止。正想离开菜园，离篱笆墙不远处的红薯吸引了我。红薯是块茎类植物，地下部分是主产品，地上部分是副产品，在日常生活中，被人们划入粗粮类，是喂猪的精饲料。它虽然比不上米面，但一直是人们食物中精细搭配的主要品种。如今，特别是城市人更加喜欢把它当作健康食品来食用。这时的红薯正是地下块根发育的时候，看着青翠诱人，几近疯长的红薯藤，我禁不住手痒起来，毫不手软，连茎带叶满载而归，还顺带采了不少的空心菜。

走出菜园，望着满园的翠绿，我想起了小时候村里人家菜园里，黄绿交错，瓜果交叠，摘了长，长了摘，似乎永远也采摘不完的瓜果蔬菜，心里就甜滋滋的。正是这些大小不一的菜园地，给了村民们太多太多的方便和实惠。

我把这些采摘来的劳动果实，分成了数份，准备回去分送给城里的亲戚朋友，让大家分享我老妹的成果，当然其中不乏我的一份功劳。临行前，我依依不舍地望着绿油油的菜园地，不由自主地发出了“人勤地不懒”的感叹，今天的我享受了丰收的喜悦，今后我也要来挥洒汗水，重新体验这农耕的辛苦和甘甜！

剃头师傅仇宝元

每天早上8点，仇宝元新生路上的人人理发店就准时开张营业了。真不敢相信，一爿不起眼的理发店，竟在那里经营了20多年。

20世纪80年代末，仇宝元还是个没见过多少世面的愣头青，放着家里的地不种，现成的房子不住，丢下妻儿老小，从苏北农村只身来到人生地不熟的无锡城。没有专业特长，没有亲戚投靠，仅凭学了几天的理发手艺，在曹张路口租下了一个铁皮棚给人刮个胡子剃个头，一天下来，最多挣个几元钱，去掉成本，剩下的只够生活费。不过仇宝元已经很满意了，因为他在这座城市里落了脚。

好景不长，市容整顿，铁皮棚被拆除。没有了营业场所的他，只能另找门路，在新生路上的一家理发店给人打工。从此，他与新生路结下了不解之缘。

一天，一位素不相识的中年妇女急匆匆地跑到店里跟掌门师傅说，她爹快不行了，想请位师傅给老人家理个发，让他老人家干干净净离开人世。店里的几位师傅没一个吱声，你看我我看你，各干各的活。望着女人失望的脸，仇宝元心软了，对她说："我跟你去吧！"那女人无可奈何地点了点头。给一个站不能站，坐不能坐，已经奄奄一息的老人理发、修脸，仇宝元还是第一次。老人头发很长，满脸的胡茬，人也瘦得皮包骨，在家人的帮扶下，仇宝元把平生所学的剪、推、修、刮、梳、掏，所有的本领都用上了，前后足足花了一个多小时，总算让老人家干干净净地躺到了床上。

生活在逆境中的人，挣扎是必然的。有的为生命的延续挣扎，有的为改变命运挣扎，有的为生活挣扎，没有挣扎，人就会失去动力，社会就不能前进。仇宝元来这座城市是为了挣钱，养家糊口，他羡慕城市人，也想在这座城市里落脚生根，过一辈子城里人的生活。他知道凭他现在的状况是不可能的，但经过努力也许能实现。随着时间的推移，仇宝元认识了不少人，有好心人劝他自己开店。还有位老常客愿意把新生路上的门面房租给他，仇宝元动心了。

新生路上的人人理发店不张不扬地开张了，仇宝元成了掌门人。他一个人忙不过来，把苏北老家的妻子也叫到店里给他当下手，既解决了夫妻两地分居的问题，又缓解了店里人手紧张的矛盾。由于待人诚恳热情，服务到位，收费合理，店里的生意一天比一天好。周围几家机关还专门给机关人员发了理发票，到他店里理发。有了固定的客源，生意一天比一天红火。

一天晚上，仇宝元在打扫卫生，发现一张折叠好的一百元人民币。他在确认钱不是自己的后，把一天中来店里理发的十几号人，不管是认识的，还是不认识的，在脑海里过电影似的过了几遍。始终排不出是谁把钱掉在这里的。他把认识的名字写在本子上，不认识的模样记在脑海里。前后一个月，认识的都说没有丢钱。那天，一位中年男子来理发，对仇宝元说："我还是理上次的发型。"面对这位似曾见过的顾客，仇宝元问："什么时候来理的发？"那位顾客说："一个月前来过。"仇宝元又问："你有没有丢过钱？"他说："丢过啊，那天，我就丢了一张一百元的大钞呢。"仇师傅从小本子里拿出了折叠好的一百元钱问："是不是你的？"那顾客看了看说："是啊，还是老样子啊！"找到了失主，仇师傅心中的石头终于落了地。

随着城市建设步伐的加快，崇宁路、新生路拓宽，花鸟市场搬迁，东河花园落成，改变了周围的环境。仇宝元的人人理发店拆了，他得重新租房子开店，而且还得在老地方，因为，崇宁路、新生路是他的根基，周围有他许多"衣食父母"。新生路地处闹市区，又紧靠大商场，商业气息特别浓，店面房成了抢手货。卖服装的、卖百货的、开超市的、卖小吃的、做美容的……争相在那里租房开店。房租金一个劲地往上涨。仇宝元狠下心，租下了一间店铺。

富裕起来的人们，审美观也发生了变化，过去少见的红头发、黄头发在大街上已不觉为奇，一次发型做下来三五百已不是新鲜事。于是，美容店、发廊应运而生，干洗、水洗、按摩、做脸、敲腿、捶背样样齐全。面对激烈的竞争，人人理发店的掌门人仇宝元也动摇过，是否也应该学学那些门面豪华、穿着讲究、用料名贵、收费昂贵的美容店呢？考虑再三，人人理发店的服务对象还是新生路范围内的机关职员和居民，为他们服务，就得坚持精心服务，合理收费。在店面租金日高、成本加大的压力下，仇宝元把原来较大的店面改成了小店面，以降低成本费用。

我是人人理发店的老常客，更不会嫌弃他们的小店面，每月理一次发，雷打不动。那天理完发，我把一张人民币扔在桌子上走了。我又一次走进人人理发店，仇宝元师傅说："您上次理发多付了钱。""没有啊！不是一张十元人民币吗？""那天盘账，我们发现一张五十元的人民币，排了一下就是你扔在桌子上的那张。"

现在的仇宝元，终于在这座城市扎下了根，有了自己的房子，孩子大学毕业，找到了工作，一家人成了无锡的新市民。

有一种蔬菜叫扁豆

内姨是个种蔬菜能手，家前屋后，只要能种蔬菜，她都会见缝插针地种上。内姨家门前有块小菜地，除了一年四季种植时令蔬菜外，还喜欢在菜地的边角落里播下几颗扁豆种子，有白扁豆也有紫扁豆。

扁豆生来就具野性，自生能力很强，不仅抗风雨、耐旱涝，而且抗病抗虫害。种子落地，发芽出苗，抽藤长枝，开花结果，不需要过多的人工呵护，它可以漫无边际地生长，随心所欲地开花，自由任性地结果，全凭着自己的脾性，漫无边际地自由发挥，而且产豆期可达两月之久。扁豆虽然无需人过多的照顾，但它的生长习性和长豆、丝瓜一样，属爬藤类植物，如果给它攀附的架子，它会生长得更加有滋有味。于是，内姨早早地在靠厨房屋的山墙边为扁豆搭好了藤架，任它们在架子上自由地生长。

秋天，扁豆经过泥土的供养，阳光的温暖，雨露的滋润，藤蔓生长得蓬蓬勃勃，藤甲开始抽苔开花。白扁豆的藤径粗壮有力，藤茎爬得很远，叶片也比紫扁豆宽大，花朵层层叠叠呈白色。紫扁豆的藤径呈紫红色，长出的藤蔓枝杈比白扁豆要多一些，紫红色的花朵重重叠叠非常美丽。中秋节，我去了趟内姨家，坐在堂屋里，菜地里的蔬菜尽入眼帘，那爬升在藤架上的扁豆更是一目了然。举目望去，满支架的扁豆花，无论白色还是紫色，就像一只只蝴蝶，有的在展翅飞翔，有的在闭目养神，一副高傲自大、目中无人的样子。走近细看，有些花朵开始枯萎，根部已经长出了细嫩的豆荚。白扁豆大些，紫扁豆小些，只只娇嫩无比，惹人喜爱，过段时间就可以采摘食用了。

采扁豆不像采瓜果那样舒服爽心，因为瓜果可以随时洗了食用，遇上个大的会带给你一个惊喜。采扁豆则不同，扁豆不仅不能生吃，采摘时有的还得登梯爬高。不过，采扁豆也有采扁豆的乐趣！站在扁豆架下，望着薄薄长长，形如刀状的扁豆，特别是那白扁豆，你会感受到它的坚忍不拔，一如驰骋疆场的勇士，让你也进入准备战斗的状态；紫扁豆你会感觉温柔了许多，豆角圆润饱满，有着丰富的肉感，表皮上紫红色的迷人曲线，犹如丰腴美貌的少妇。满架的花朵，满枝的扁豆，让你眼花缭乱，大有不忍下手的感觉。其实，采摘时你不必心疼那些扁豆，采了大的，小的会长得更快。采扁豆你可以随心所欲一只只地挑着采，也可以在一根枝上一抓一把地捋着采，直到你欲望满足为止。去年在内姨家，内姨采扁豆送我，我和妻一起帮着采，我是一只只地挑着采，她们姐妹俩捋着采，不一会就采了一大篮。我说这么多的扁豆要吃多久？内姨说，你们吃不了，可以与左邻右舍共享啊！其实，现在的城市人，左邻右舍的关系不比过去，相邻间不认识的居多，你送过去，弄得不好还会遭冷遇。

过去在农村，我最不喜欢吃的是扁豆，因为扁豆煮过头了烂稀稀的，皮肉咽下去了，经还在嘴巴里；火候不到，吃起来硬戗戗的，还带有一股生腥气。现在不同了，丝瓜长豆，萝卜青菜，茄子扁豆都成了餐桌上的最爱。扁豆的吃法也有了改进，猪肉加辣椒、爆炒扁豆丝，吃起来非常可口。先将猪肉、扁豆切成丝，肉丝下锅爆炒出油，再先辣椒后扁豆下锅爆炒，放入佐料起锅，肉鲜，豆嫩，辣香，味道赛过山珍海味，吃了还想吃。

内姨家因建设需要将被拆迁，年内就要搬家，菜地没有了，扁豆自然也不会再种了。没有了蓬蓬勃勃的扁豆藤蔓，没有了重重叠叠、紫白分明、蝴蝶样的扁豆花，没有了一串串的刀状豆荚，门前就失去了一道亮丽的风景，我的餐桌上就会少一道美味佳肴，遗憾。

八分地的坚持

锡城下雪了。我站在阳台上，望着满天飞雪，想起了20世纪60年代末父亲带领社员顶风冒雪改造山冲田的情景。

父亲一生惜土如金。他上任当生产队长前，队里在罗家山山冲里的十多亩水田，一年只种一熟稻，亩产量三四百斤。改造山冲田，提高亩产量成为他上任后责无旁贷的事。

十多亩山冲田，大小四十余块，起于青阳沟，止于白洋荡，弯弯曲曲呈梯状分布，土薄地瘦，山泉水长年不断地从田里流过，造成土肥严重流失。

改造山冲田并非易事，时间上只有冬春两季可以安排用工。在那时的冬春，县乡水利工程任务重，青壮劳动力都上了县乡的大型水利工地，队里剩下的老弱病残，搞搞田间管理已够忙的了。但父亲没有放弃，完成县乡水利工程任务后，马不停蹄带领社员冒严寒、顶风雪，在山冲田两边开挖新沟、加深老沟，把满田灌的泉水引进沟里；挑高垫低，把小块水田整合成大块；削草皮烧土灰为山冲田增土增肥。

经过几个冬春的努力，这些措施还真起作用，山冲田面貌焕然一新。

农村实行联产承包责任制，父亲分得了处于山冲顶头的八分水稻田。八分田分成五块，大的三分多，小的才几厘，田块之间落差大，拖拉机进不去，耕牛没法用，全靠人工翻种。水田分到家后，父亲顶着洋洋洒洒的雪花，挑着畚箕、山锄、铁钯开始整合这几块水田。经过一个多月艰苦劳动，五块水田变成了平展展的三块，一熟绿肥一熟稻，绿油油的禾苗，黄澄澄的稻谷，父亲的八分山冲田彻底变了样，成了上等的丰产田。

随着时间的推移，山坡上的毛竹成林了，树木茂盛了，没有人割的野草也四处蔓延，山沟成了各种野生动物活动的天堂。特别是喜食稻谷的鸟雀，从稻谷灌浆便开始啄食，被啄的嫩谷开裂了，浆水外溢而成为瘪壳；成熟了的稻田一片金黄，鸟雀们成群结队，成天叽叽喳喳围着稻田转，连食带糟蹋，丰年变成了歉收年。更加可恶的是野猪，一来一群，不仅偷吃稻谷，还在稻田里打滚，稻田被它们糟蹋得不成样子。山冲里的水田失去了以往欣欣向荣的景象，撂荒面积越来越多。父亲依然坚持一年两熟，由于种植面积的缩小，成群结队的鸟雀集中在父亲那几块水稻田里啄食。父亲扎了多个稻草人竖在稻田里，用来吓唬鸟雀。头几天还管用，后来形同虚设，弄得父亲也束手无策。村里人劝父亲放弃，父亲总是说："顶风冒雪，千辛万苦整出来的地，抛荒了多可惜！"

那年冬天，父亲怀着对山冲田的依恋，又一次对他的山冲田进行了改造。他拆毁了田埂，挑来泥土垫在低处，把三块田整合成两块，加深了排水沟，让水田变成了旱地。第二年春天，父亲在地里挖了一条条细沟，运来土灰施埋在沟里做基肥，种上了茶树种子。茶种在土里发芽，躲过冬天的杂草种子和草根们也毫不客气，不分昼夜地在土里发芽生根，繁衍生息，贪婪地吸收着土地的乳汁。草根系发达，出土后一个劲疯长，跟茶苗争水争肥。父亲从春天到夏天再到秋天，一遍又一遍地为茶苗除草施肥，三年后终于迎来了第一个采摘年，制出了第一批绿茶。

小小的茶田每年为父亲创造了数倍于种粮的收益，山冲里的那片梯田，除了父亲的茶园还在产生效益外，其余的都已荒废。

岁月易逝，2008年，父亲已是75岁的人了，虽然身体依然硬朗，茶树的修剪、施肥、采摘已明显表现出力不从心。子女们也帮不上忙，村上人对父亲说："您的茶叶让我们采摘加工食用吧！"父亲慷慨地答应了。

父亲依旧眷恋着他山冲里的八分土地，在准备放弃对茶树管理的同时，已经有了新的计划，他要让他的茶园变成竹园，让土地继续发挥效益。

在放弃对茶园管理前，他把靠毛竹林最近的茶地和毛竹林地用土填满连接在一起，把山坡地上的毛竹鞭（竹根）牵引进茶地，让竹根任意地在茶地里蔓生。当第一枝竹笋出土后，他就挖去了竹笋周围的茶树，并施上肥料，竹进茶退，才几年时间，茶地里的毛竹已占据了三分之一的土地，再过几年，父亲的茶园将成为名副其实的竹林。

我看着父亲脸上的皱纹和被他整合的土地在想，这土地和父亲，究竟是谁跟谁呢？

柿子黄了的时候

夏的炙热逐渐被秋风褪去，不温不火的太阳照在母亲院子外面的柿子树上，前些日子还青涩涩的柿子，不知什么时候被太阳染成了黄色，像灯笼似的悬挂在树枝上，向人们炫耀着秋天的色彩。有风吹来，沉甸甸的树枝随风摇晃，鸟儿在树上啾唧，等待分享秋的果实。每当这个时候，母亲总喜欢把院门打开，望着满树的橙黄，嘴里念叨着："十月柿儿黄，举家添衣裳，采柿为哪桩，娘亲思儿郎"的歌谣。

母亲喜欢柿树的原因有二：一是柿树不同于其他果树，不需要特别的管理，就连像桃树那样的修枝打杈的活都可以省去，照样春来长叶，夏到开花结果，秋深收获。只要没有大的自然灾害和人为的因素影响，一般都能丰收。二是源自母亲的期盼，她期盼儿孙们能常到她身边，让她在这小院常享天伦之乐，于是就设计种下了果树吸引孙子孙女们到她身边。她常说："孙子孙女们都快结婚生子了，曾孙子们都生活在城市里，对常吃的水果长在树上是啥样子都不知道，我们在院内院外种上几棵，也好让他们长些见识。"父亲觉得母亲说得有道理，于是，十多年前就在院外种下了几棵柿子树。近年来，院内外果树的品种又增加了，桃、梨、枣、樱桃等，在收获的季节总是沉甸甸地压弯了树枝。果不其然，五颜六色，诱人的果实吸引着孙辈来尝鲜，体验农家乐的生活。母亲的设计起到了效果。每到周末，儿孙满堂，打散了母亲的孤独，小院内传出了阵阵欢笑声。

院内院外十几棵果树，要数柿子树生长得最好，虽说柿子树不需要太多的照顾，但母亲仍倾注了百倍的心血。在柿树种下去的头三年，母亲细心照料，柿树长到两米多高，还没有开花挂果，但母亲还是无微不至地照料柿子树。她相信有好的基础，来年一定会大丰收。果然，到了第四年，果子挂上了枝头，虽不多，但个头特大。柿子不同于其他水果，长熟了采摘下来就可以食用，柿子看上去是黄了，咬在嘴里却是涩得很，根本就无法下口，只有经过加工的柿子才能食用。母亲把黄了的柿子采摘下来，用水洗干净擦干，找了两只纸箱，把柿子一个个一层层地平放在箱子里，每层夹放几个苹果，过十来天打开看看，柿子的皮红了没有？肉熟了没有？皮红肉熟就可以食用了。方法虽简单，但是需要耐心，需要把握好“火候”，太硬没有甜味，太软皮容易破，汁流出后就没有什么可吃的了。那一年就没有加工好。母亲没有泄气，慢慢地总结，反复实践，经过母亲加工的柿子真可谓软硬适中，汁甜味美。每年秋天，母亲总要加工几箱，让孙子辈们品尝。年复一年，年年如此。近几年，母亲又学会了用石灰水浸泡的方法加工，经加工后的柿子皮青肉脆，去皮食用，脆甜爽口。

母亲年纪大了，上不了树采摘，儿孙们也怕老人有个闪失，就自己去采摘，自己带回去加工，学着母亲的样，用苹果催熟，用石灰水浸泡……方法用尽总不如母亲加工的味道好。

于是，还是省点事。每当收获时，我和儿孙就回到母亲的院内，儿子上树采摘，孙子提篮运送，我负责清洗，母亲负责加工，吆喝声，欢笑声，回荡在小院上空。放松心情，体验亲情，灿烂的阳光照着母亲，分外年轻。

瓜地里的交易

儿时生活中，有些看起来的小事，对人生却会产生重要的意义，成为人一生中闪烁的灯塔，左右人的生命航线和生命质量。

那年我20岁，夏日正午的太阳炙烤得大地要冒出烟来。生产队在远离村庄的旱地里种了一大片瓜。种类很多，地的四周是南瓜，中央是随采随吃的水瓜、菜瓜、甜瓜和西瓜。

看瓜棚就搭在大路边上，里边搁了两张简易床，坐在看瓜棚里，整个瓜地一目了然。爷爷是个种瓜能手，料理瓜地和看瓜的事自然少不了他。那时的孩子不像现在忙得像猴子似的，暑假里的主要事情就是割草、游泳、抓知了，有时也为在地里劳动的家人做些端茶送水的事，没事的时候，几个年龄差不多的孩子结伴泡在生产队的瓜棚里睡觉、玩石子。

瓜地里的水瓜长得牛腿似的粗，乌青色，光亮亮的，煞是好看；菜瓜长得像大人的胳膊，长长的，青青的皮上还长着一层白色的细毛；甜瓜圆滑白嫩地蹲在瓜叶下，就像婴儿依偎在母亲的怀抱里，贼圆贼圆的西瓜表面个个都画着大花脸，就像唱戏的脸谱。瓜棚里的孩子，就像馋猫盯着鱼一样盯着地里的瓜，口水流出来又吸进去，但没有一个敢去摘一只瓜。只有看瓜人感到不恩赐一下是赶不走这群小馋猫的时候，才会跟他们谈好吃完以后就回家的条件。此时的孩子都特别乖，会抢着帮大人干活，在愿望得到满足后，一个个在嬉闹中，蹦蹦跳跳地回家去了。

一天，爷爷和另一位看瓜的老人去供销社买肥料，叫我帮他们看守瓜地。也不知怎的，那天小伙伴们一个都没来。一个人目视原野，一个人享受阳光，最容易产生孤独，特别是孩子，更耐不住这样的孤独。

其实爷爷他们走了没多久，我已经忍耐不住瓜棚里的孤独，外面绿色的世界，富有的田野，灼热的阳光，不远处清澈而诱人的河水，一群孩子正在游泳戏水，那有多么诱人啊！夏日的晌午，农人大多在家里纳凉小息，连最喜欢唱歌的黄鹂和最喜欢唠叨的麻雀也跑到有水的地方喝水洗澡去了，哪里还会有人来光顾这片瓜地。我再也忍耐不住，光着脚板，踩着滚烫的大地，跑向河边，一头扎进了清澈的河水。不知过了多长时间，孩子们在家人的召唤中陆续回家去了，没有了同伴，我也只好依依不舍地离开了那温馨的河水，回到了瓜棚。

咦？钱！哪儿来的钱！莫非我洗澡洗花了眼？我用手揉了揉眼睛，钱，还是钱，没错，是钱，我拿起来一看，两个贰分、一个一分，三只角子叠在一起，下面还有张小纸条，上面写着："我是过路人，又饿又渴，摘了你们一条水瓜，解渴充饥，留下身上仅有的五分钱，不够下次路过我会补上的。"我一手捏着三只角子，一手捏着纸条，跑出瓜棚，往大路两头张望，连个鬼影都没有。疑团在我幼稚的心灵中蔓延开来，是谁这样傻呢？瓜都摘了，吃也吃了，还留下钱干什么？又没有人抓到你，谁也不会把你当作贼。

我一会儿数数这五分钱，一会儿看看这白纸黑字的小纸条，犯难了，是把它交给生产队呢？还是交给爷爷他们呢？还是把钱藏起来自己留着用？

这事除了吃瓜留钱的，知道的就是我，只要我不说，天知地知，他知我知，除此谁也不知。在那时，有些生产队一个男劳力一天才挣三角钱，五分钱对他们来说，可以买一两红糖，二两土烧酒，三两酱油，四两食盐。对于我来说，可以买一本写字簿，两支铅笔，三块橡皮擦，五颗纸包糖。钱对一个家庭来说实在太需要了，为了钱，爷爷奶奶到处拣破铜烂铁、破雨鞋，母亲经常泡进水里摸河蚌、螺蛳卖钱的凄苦情景就在我眼前，这五分钱可以让他（她）们少吃多少苦。记得有一次，我把家里的破雨鞋拿去换糖吃，结果挨了打，如果我有钱就不会拿家里的东西去换，也不用挨打了。家规的严厉又让我不敢放肆，曾经有一次我跟着父亲经过邻队的桃园，望着满树青中带红的鲜桃，口里的唾沫都流出来了，我趁父亲不注意，顺手采了个桃子，结果被父亲训斥不算，他还硬带着我找到看桃人认错还桃。看桃人对父亲说："孩子小，算了。"转身把桃子塞到我手里说："拿去吃吧，下次不能随便采哦！"想起这些，脸上发烫，心里发颤。老师在课堂上说的"要做诚实的孩子，不能要别人的东西，更不能拿别人的东西，捡到东西要归还失主，找不到失主要上交”，在我耳边响了起来。我拿了这五分钱，不等于小偷偷了别人的东西一样吗？这五分钱在我的手里简直就成了烫手山芋。

思来想去，拿定了主意。傍晚，我把钱和纸条交到了爷爷和另一位看瓜人的手里，如实地把我离开瓜棚去游泳，路人吃瓜留钱的事情告诉了他们。当天晚上，爷爷就让另一位看瓜人把钱和纸条交到了生产队。

事情已经过去了很多年，我也接近船到码头车到站的年龄，但无论在乡村还是在城市，无论在机关还是在基层，我会时不时地想起那年夏天瓜田里的交易，想起那一张纸条、五分钱和那个没有留下姓名的交易人，是他为我垒砌和树立起了人生中最有影响力的标杆。

走在山间小路上

年过七十的我，走过很多路。宽路、窄路、直路、弯路、泥土路、水泥路、柏油路——曲曲折折，高高低低，平平坦坦。回望梳理，记得最深刻的，是老家那条通往山里的崎岖小路。

出村子不远，沿着弯弯曲曲的涧沟向南，走过涧沟上的石条桥，就到了进山第一岗——大山岗。山间小路从这里开始，沿着山坡沟谷，曲曲折折一路向山的深处延伸。山间的路，沟谷、山坡、山梁都是小路该到的地方，有时与杂草为伴，有时与松竹为伍，有时与岩石为邻，有时与山泉同行。总之，山间小路并不孤单。

从我记事起，我经常在那条山间小路上行走。在靠劳动挣工分养家糊口的年代，家人不会放弃任何挣工分的机会，他们劳动，我和差不多年龄的小朋友一起也不闲着。放学了，第一件事不是完成作业，而是挎着竹篮，拿着镰刀沿着山间小路割草，喂猪、喂兔、喂羊。靠山吃山，靠水吃水。自挑得动柴担起，那条山间小路便成为我早出晚归上山砍柴运柴之路，小路的弯曲凹凸我都了如指掌。

春天，小路上铺满嫩绿的小草，脚踩上去都有些舍不得，路两旁叫不出名的小花，微笑着向你示好。春风轻拂，小花摇曳着美丽的身姿。邻家小姑娘总喜欢采回去插在瓶子里，放在堂前长台上，好像春天是她家独有的一样。夏天，草木葱茏，绿树成荫。喜欢打赤脚的我，踩在绿意盎然的小路上，感受嫩草轻轻搔揉脚底的温柔，采片路边的竹叶，凑近嘴唇使劲地吹，不出声音不肯罢休。秋天，山上的野柿子、野毛栗熟了，一群顽童沿着山间小路，哼着牛头不对马嘴的山歌，去采摘大山贡献的果实；回来的路上，见到村上的孩子，会把成果分些给他们共享，听到的是家长对我们的夸奖。冬天，白雪覆盖了小路，我会跟着进山打猎的村民在小路上探索前行，四处寻找野兽的脚印；回首，被踩过的雪地里，依然是那条山间小路。

山间小路陪伴我走过了20多个春秋。后来我走出故乡，走进热闹喧嚣的城市，那条山间小路也经历了翻天覆地的变化，20世纪70年代拓宽成机耕路，碎石路面；21世纪初拓宽成能走汽车的乡道，水泥路面；在新农村建设中，再次拓宽成汽车能双向行驶的柏油马路。无论怎样的变化，印在我脑海里的仍然是那条山间小路。

那条山间小路经常在我梦里出现，因为那条路上，不仅有父辈们默默耕耘的足迹，而且还承载过我的希望，背负着我的梦想，让我走出了一条耐得住寂寞，经得起繁华的人生之路。

退休后，我经常会去那条山间小路上走走，因为那条小路旁的山坡上，漫山遍野的竹林也有我的一份功劳，运竹、栽竹、护竹的活我都干过，望着这漫山遍野、郁郁葱葱的竹林，心里得到的是安慰；小路两边的山坡上，安息着我的长辈和我熟悉的乡亲，他们的音容笑貌始终在我的脑海里回旋。小路上留下过我的童年、少年、青年时期许多的苦恼和欢乐。缠绵不断的牵念还会让我回望走过的人生，我没有因为付出多得到少而抱怨，没有因为失败而悲伤，没有因为成功而骄傲。“脚下的路在变，人心不能变”的哲理让我明白，无论路如何曲折坎坷，只要坚守初心，走在任何路上都会堂堂正正，坦坦然然，永远不会迷失方向。

几个农民兄弟的事

40多年前，我在宜兴县元上公社（今西渚镇）工作。那时的乡镇干部，做好分管工作外，都要定点包片在大队，与社员同吃同住同劳动。我定点的蔡塘大队，党支部书记潘保华，是提拔不久的年轻干部，敢想敢说，敢作敢为。在那个年代，安徽省凤阳县小岗村包干到户引领全国农业改革大潮，农民思想十分活跃，分田到户，联产承包，每时每刻都在发生，也同样影响我们公社。是统是分，县里存在不同意见。

在传达学习党的十一届三中全会通过的“中共中央关于加强农业的两个文件”时，大家一致认为：中央对农村的政策做出了重大调整，农村有奔头了，农民有好日子过了。那天，我和保华聊了很久，有一个共同的感觉：农业的春天来了，中国的春天来了。两个年轻人在一起，思想比较活跃，有许多共鸣之处，有一股前不怕狼后不怕虎的闯劲。我们认为不仅可以搞家庭联产承包，还应该大力发展家庭副业。商定选择基础比较好的生产队搞分组作业试点，摸索出一些经验再逐步深化。下二队基础比较好，队长任荣金是位老党员，老实本分，积极肯干，工作认真负责，有他带头，我们放心。全队分成三个作业组，土地划分到组，积极提倡发展家庭副业。老任不仅农业生产上是一把好手，而且养殖家禽家畜经验丰富。在安排好三个组粮食生产的同时，带头搞起了家庭养殖。他养的鸡鸭鹅只只肥壮，产蛋率高，家庭一年的收入是以前的好几倍。分组作业群众积极性有所提高，但总脱不了“由大锅饭到中锅饭”的感觉。于是，一个更大胆的家庭联产承包方案被提了出来，并且很快得到了落实。

那时候，我在公社工作，除了会议就是驻点在村。蔡塘离公社近，我还要兼顾其他工作，因此，总是大清早去，和保华碰个头，有事一起商量，然后参加生产队里劳动，中午回公社食堂吃饭，下午没有其他工作，会继续去参加劳动。保华几次在饭点上请我去他家里吃饭，说绝不会为我去买菜，自己家里的青菜鸡蛋白米饭，随便吃点，省得跑来跑去。我一次都没有答应。因为那时的农村生活还比较艰苦，我不想麻烦他和家人。但是，这没有影响我们之间的友谊和感情。

1980年，保华卸任大队书记，到公社沼气站工作。那时，农民对发展利用沼气还没有足够的认识。那天，保华和任荣金到我办公室，说想利用家禽家畜粪便加草料沤制沼气，老任愿意带头搞试验。我说："好啊！既可以发展家庭养殖业增加收入，又可以变废为宝解决生活用燃料，还可以满足粮食生产所需的肥料，我支持你们的方案。"果然，老任家的沼气获得成功，蔡塘村也成了使用沼气最多的村。

有一天，老任对我说，他今年养的300多只鸭子又肥又壮，想加工成板鸭出售。我说，加工制作板鸭是门技术，涉及食品安全，质量要绝对保证。他说，这个请放心，质量上绝对不会马虎。我帮他联系了供销社作为销售渠道。没有想到他的板鸭出来后被上门客买光了，还卖了个好价钱。周围的村民跟着他学，他不仅乐意，而且不厌其烦地指导，带领大家一起致富。老任也成了劳动致富的模范，被选为县里人大常委会委员。

在元上工作期间，我结识了筱里大队担任农业技术员兼团支部书记的陈燕福。小伙子不仅长得帅，而且肯动脑筋肯吃苦。1980年底，全乡落实了家庭联产承包责任制，农村经济也由计划经济逐步向指导性经济转变，农业技术推广指导由队到户，燕福不辞劳苦，逐户进行农业技术指导，赢得了村民的一致好评。

一天，燕福来我办公室说要办一家竹木钢钻厂。我说："当然可以，不过在资金、技术、销路上要有着落，我会全力支持你。"1982年底，他创办的元上竹木钢钻厂正式开张，生意红红火火。1983年，燕福兼任元上福利社经理，当年就吸收十多个残疾人员就业。那年开始，燕福连续四年被评为"新长征突击手"。

1991年，我离开宜兴到无锡工作后和他们中断了联系。

前年，我接到了两个电话，一个是保华打来的，另一个是燕福打来的。保华说他已经退休，除为第三代服务，享受天伦之乐外，闲下来就写写毛笔字。然后给我发来了书法图片，2017年上海世界华人艺术家书画作品邀请展，他送展的作品获得了金奖。

燕福说他后来做建材生意，21世纪初涉足环保产业。2006年，他承建的黑龙江塔河县污水处理厂，由于当地缺乏资金，项目遇到困难，他卖掉自己的住房，自筹资金，垫资完成了这个项目，获得了塔河县委县政府的好评。继塔河项目后又承接多个环保项目，并保质保量按期完成。

塔河是个边境地区，土地肥沃，粮林资源丰富，好山好水孕育出的是纯绿色农产品，无污染的粮食原料和塔河的天然水质，加上他家祖上传下来的传统酿酒技术，他想在塔河办酒厂。朋友们劝他，地生人不熟，加上夏短冬长，天寒地冻，不利于酒曲发酵，不要把多年积蓄付之东流。燕福说："我是一名共产党员，看看塔河，再看看我家乡宜兴，差距实在太大了，我想在缩小南北差距上为塔河做一点贡献，也想在帮困扶贫上出一把力。"2012年大兴安岭呼玛河酒业有限公司正式成立。经过多年的努力，公司酿出的纯粮食白酒赢得了好评，而且销到了省外。呼玛河酒业也在上海股交中心挂牌上市。

公司发展了，手头宽裕了，燕福"不忘初心、牢记使命"，每年拿出一定的资金支持塔河建设和帮困扶贫，回报社会。

这几个农民兄弟，他们是广大农民中的一员，也是中国共产党中的一员，又是普通劳动者，在他们身上流淌着农民兄弟的情感和智慧，也正是有许许多多的他们，做出的点点滴滴，汇集成了推动历史前进的动力，才使我们的国家日益强盛，人民日益富裕。

后记

《山水恋情》是我第三本散文集。

面对一叠厚厚的清样，我认真地修改、补充和校对，就像给刚出世的婴儿穿衣戴帽，梳妆打扮。完成这项繁琐的工作，终于可以松口气了。

认识任智民、曹建平是一种缘分。人缘相亲，文缘相通，共同的兴趣爱好，让我们相遇、相识、相交、相知，最终成为挚友。由于喜欢他们的作品，也就喜欢上了写作，我一步一步走到今天。

将发表过的文章结集出版，如同进行一次阶段性的回望与总结。

我从2003年出版《直面人生》，到2007年出版《珍藏的记忆》，总共用了4年时间。这本《山水恋情》结集出版，整整花了14年。也许是上了年纪，精力确实有限；也许是上有老下有小，手头杂务太多；反正自己心里清楚，写作速度大不如从前了。其实，写作也是一种游戏，既能娱人也能娱己。我当以“落日心犹壮，秋风病欲苏”的心态，在文章中寻找别样的快乐。

感谢王兰同志在该书的装帧设计上花费了许多心血，在此表示诚挚的谢意。

王金大

2022年10月